第九卷
文 论

目 录

第一辑

我怎样写《谁是最可爱的人》 …………………………（3）
我是怎样写《东方》的
　　——在解放军文艺社军事题材短篇小说读书班的谈话 …（6）
《春天漫笔》后记 …………………………………………（20）
《不断集》后记 ……………………………………………（23）
《壮行集》后记 ……………………………………………（25）
写在《邓中夏传》出版的时候 ……………………………（27）
关于《我的老师》 …………………………………………（29）
关于《依依惜别的深情》 …………………………………（31）
关于《路标》 ………………………………………………（34）
《东方》二版后记 …………………………………………（36）
《怀人集》序 ………………………………………………（37）
关于《地球的红飘带》 ……………………………………（39）
《这才是青春开花处》序 …………………………………（41）
祝《地球的红飘带》连环画问世 …………………………（44）
帝国主义的本性是不会改变的
　　——《谁是最可爱的人》盲人版序言 ………………（45）
我的写作信条
　　——在广州军区直属机关文艺讲座上的谈话 ………（47）
生活的恩惠
　　——写作与采访生活的漫忆 …………………………（57）

文学和生活的路
　　——我的自传 …………………………………………（62）

第二辑

关于公式化、概念化的创作倾向
　　——在全国作协第二次理事会上的发言 ……………（69）
"本质论"——错误的文艺思想
　　——在整风学习小组会上的发言 ………………………（72）
生活再深些，站得再高些 …………………………………（78）
大家都来写点散文 …………………………………………（82）
牢记周总理遗教 ……………………………………………（85）
解放思想，团结向前
　　——在全国作协第三次大表大会上的发言 ……………（90）
题赠《沃原》 …………………………………………………（98）
敬悼茅公 ……………………………………………………（99）
无产阶级文艺毫不褪色的旗帜 …………………………（103）
在"决议"的鼓舞下 ………………………………………（107）
从文艺批评说到如何理解"双百"方针 …………………（109）
涣散软弱的原因何在？
　　——在一次文艺座谈会上的发言 ………………………（116）
巩固我们的精神长城 ……………………………………（120）
致"郭小川诗歌学术讨论会"的贺信 ……………………（126）
题赠羽帆诗社 ……………………………………………（127）
在批评和自我批评中前进 ………………………………（128）
谈中国解放区文学
　　——在石家庄召开的解放区文学讨论会上的讲话 ……（130）
继承传统，开拓未来
　　——《晋察冀诗抄》重版后记 ……………………………（133）
一面捡来的镜子 …………………………………………（137）
《在延安文艺座谈会上的讲话》的命运与中国文艺的命运 …（140）
共产党作家的崇高形象 …………………………………（142）

到底谁疏远了谁？
　　——和胡世宗关于诗的通信 …………………………（145）
会晋察冀老战友
　　——在晋察冀文艺研讨会上的发言 ………………（147）
我的回答
　　——在"文艺漫谈会"上的发言 ………………………（150）
致西安丁玲学术讨论会的信 …………………………（156）
期望于文艺工作者 ………………………………………（158）
继承和发扬报告文学的革命传统
　　——在报告文学创作座谈会上的发言 ………………（160）
战斗者的品质 ……………………………………………（167）
这个口号丢不得 …………………………………………（168）
文艺工作者需要"认母" …………………………………（171）
走什么样的道路？做什么样的作家？
　　——在全国青年业余文艺创作者会议上的讲话 ……（174）
致桂林全国诗歌座谈会的信 ……………………………（181）
献上对草明大姐的敬意 …………………………………（182）
废园闲话 …………………………………………………（184）
回答语文教师的提问 ……………………………………（188）
祝贺中国石油文联成立 …………………………………（191）
致山西丁玲学术讨论会的贺信 …………………………（194）
继承优秀传统，发展社会主义新文化 …………………（195）
在坚实的基础上团结起来 ………………………………（199）

第三辑

访苏联作家别克 …………………………………………（203）
从《生命甘泉的追寻者》谈到报告文学 ………………（209）
《散文特写选》序言 ……………………………………（212）
《晋察冀诗抄》序 ………………………………………（219）
傅仇《伐木声声》集前赘语 ……………………………（228）
王石祥《骆驼草》序 ……………………………………（235）
曼晴的诗 …………………………………………………（239）

《徐明诗选》序 …………………………………………… (243)

《生命之歌》序 …………………………………………… (247)

长篇叙事诗的重要成就
　　——读《长歌行》札记 ………………………………… (250)

《推涛集》序 ……………………………………………… (257)

《家园集》序 ……………………………………………… (259)

青春的诗篇 ………………………………………………… (263)

谈谈报告文学 ……………………………………………… (266)

明星，穿过岁月的风尘
　　——叙事长诗《高尚的人》重版序 …………………… (271)

序《而今百龄正童年》 …………………………………… (274)

祝《毛泽东诗词鉴赏》问世 ……………………………… (277)

战地黄花分外香
　　——读《采桑子·重阳》 ……………………………… (278)

序《一个红军战士的歌》 ………………………………… (282)

又是一篇《背影》
　　——读丁宁的散文《愧疚》 …………………………… (286)

值得一读的一本好书
　　——读《中国红军长征记》 …………………………… (288)

记一位蒙古族作家 ………………………………………… (290)

读《西路军女战士蒙难记》 ……………………………… (294)

元辉的诗 …………………………………………………… (297)

大森林的知音
　　——记森林诗人傅仇 …………………………………… (300)

一部真实生动的回忆录
　　——读洪学智同志的《抗美援朝战争回忆》 ………… (304)

《三十年代中原诗抄》序 ………………………………… (307)

一位老红军的诗集 ………………………………………… (316)

《石玉山随笔》序 ………………………………………… (318)

《炮火中的女记者》序 …………………………………… (321)

一本表现青少年智慧的书 ………………………………… (324)

金伞的诗 …………………………………………………… (326)

向孙犁同志学习
　　——在孙犁创作60周年研讨会上的发言 …………（328）
祝贺梁斌兼怀王林
　　——在祝贺梁斌创作60周年座谈会上的发言 ………（332）
贺《新战争与和平》问世 …………………………………（334）
《王宗槐回忆录》序 ………………………………………（336）
《风雨历程》序 ……………………………………………（339）
李健诗集《战神之光》序 …………………………………（341）
名将传奇有新篇 …………………………………………（343）
魏传统《书法精品选》序 …………………………………（346）
推荐一本好书——《京城雷锋孙茂芳》 …………………（348）
《志愿军女军人》序 ………………………………………（350）
《潜龙吟》序 ………………………………………………（353）
"帅星升起丛书"序 ………………………………………（356）
革命在铁索上前进
　　——喜看电视剧《大渡桥横铁索寒》 ………………（359）
向柯岗祝贺 ………………………………………………（361）
马加创作生涯研讨会的贺信 ……………………………（363）
序李钧《生命甘泉的追寻者》 ……………………………（364）

第一辑

我怎样写《谁是最可爱的人》

我能写出《谁是最可爱的人》,最基本的原因,是我们的战士的英雄气魄、英雄事迹,是这样地伟大,这样地感人;而这一切,把我完全感动了。

"谁是最可爱的人"这个主题,是我很久以来就在脑子里翻腾着的一个主题。也就是说,是我内心情感的长期积累。我在部队里时间比较长,对战士有这样一种感情,觉得我们的战士是最可爱的人。每当我和他们坐在一起,不知道为什么,我就觉得满心眼儿地高兴。

这次我到朝鲜去,在志愿军里,使这种感情更加深了一层。我更加觉得战士们的可爱。我看到他们在朝鲜战争中,虽然面临的任务是这样艰巨,作战环境是这样艰苦,但我们战士的英勇,比起我过去在抗日战争和解放战争中所看到的,还有着更高的发展。尤其这种英勇的普遍性,更是空前的。譬如,我在某步兵团曾了解到一个令人惊讶的数目字,这个团,至第三次战役结束止,伤员随队作战的比送到医院休养的数目字还要大。这恐怕在世界战争的历史上,也是一种奇迹!这些事实督促着我,使我有一种更加强烈的愿望来表现"谁是最可爱的人"这一主题。

现在,回过头来看,使我更明确了这一点:在现实生活中的深入感受,对写作的人是多么重要!你感受得深了,写出来,也就必然有那么一股子劲,人家读了,也就感受得深;你感受得浅,人家从你这儿感受到的,也就浅;你根本还没有感受呢,那就用不着说了。这儿,我还要强调一句,就是深入的感受,跟深入群众火热的斗争是联系在一起的,跟不断地改造自己的世界观是联系在一起的。就拿在战士中的采访来说吧,你跟他们交上知心朋友,你对他们了解得深,他们的气质、思想、感情,就会感染你,使你也沉入到他们的情绪中。也就是说,才能使你感受得更深些。

怎样来表现这一主题呢?我希图追求最本质的东西。在朝鲜,我脑子里经常想着一个问题:我们的战士,为什么那样英勇呢?就硬是不怕死呵!那种高度的英雄气概是从什么地方来的呢?为了找答案,我找人谈了好多话,开了好多座谈会。我细细跟他们谈,让他们把心里的话谈出来。跟我谈的,有指挥员、战斗英雄、一般的战士、干部、新参军的学生和过去曾经是落后的人。我了解到,他们由于锻炼与认识的不同,虽然有些差异,但是都有着共同的一点,即对于伟大祖国的爱,对朝鲜人民深厚的同情和在这个思想基础上产生的革命英雄主义。于是,我了解了在党的教育下这种伟大深厚的爱国主义与国际主义的思想感情,就是我们战士英勇无畏的最基本的动力。我想,这不是最本质的东西吗?这就是最本质的东西。我肯定了它。我一定要反映它。我毫不怀疑。一切其他枝节性的、片面性的、偶然性的东西,都不能改变我对这个问题的认识。

问题的本质找到了,那么,应该怎么样反映这个最本质的东西呢?在朝鲜时,我曾写了一篇《自豪吧,祖国》的通讯,里边写了20多个我认为最生动的例子。带回来给同志们看了看,感到不好,就没有拿出去发表。因为例子堆得太多了,好像记账,哪一个也说得不清楚、不充分。以后写《谁是最可爱的人》,就只选择了几个例子,在写完后又删掉了两个。事实告诉我:用最能代表一般的典型例子,来说明本质的东西,给人的印象是清楚明白的,也会是突出的。

写战士怎样才写得生动?我觉得不仅应写战士的英雄行为,还要写出英雄的思想感情。譬如写一个激烈的战斗场面和战士的英雄行为,如果仅仅写敌人炮火多么厉害,敌人如何凶猛地往上冲,经过我们战士的一阵手榴弹,把敌人打下去了,接着敌人又第二次冲锋,第三次冲锋,我们的战士又是第二次、第三次地用手榴弹把他们打下去了等等,很可能使读者感到我们的战士不像一个活的人,而煞像一个投手榴弹的机器。这就是只写了战士的一层皮,没有写出英雄的灵魂。把活的人写死了,把英雄的人写成了纸人纸马。再出奇惊人的事迹,也觉得不太感动人。可是,如果我们写出了战士的思想感情,那给人的感觉就会大大不同。他们会感到:原来做出这样英勇行为的人,是跟自己一样有血有肉的人。即使例子不太突出,仍然会感人的。比如负伤不下火线的事情,这在革命队伍中,几乎是最平常的了,但如果能把一个伤员负伤却不下火线时的思想感情写出来,是会感动人的。何况我们的战士的思想感情是如此地崇高而美丽,它本身是具有多么感人的力量!

这篇东西的经验又告诉我:一篇东西的目的性,要简单明确。一篇短东西,能把一个意思说透,的确不是一件很容易的事。可是,动起笔来,又总爱面面俱到,想告诉人家这个,又想告诉人家那个。结果呢,问题提得不尖锐、不明确,更别说深入地解决问题。因为哪个意思也没有说透,怎么能给人以深刻的印象呢?我写这篇东西之初,原也想说好几个意思,最后没有那样做。

至于为什么以通讯的形式出现,这就牵连到过去自己的一个老毛病。我原是个喜爱写诗的,虽然在抗战期间写过些通讯,但对通讯,总不是那么看重。这次回来,又想先写别的,但又老想:这样伟大的斗争和伟大的战士必须要很快写出来呵,如果慢慢在那儿钻长的、刻细的,最后又弄不成,怎么对得起战士们呢?这样,就着笔写了这篇通讯。这篇东西的写作经过及一点点浅薄的体会,就是这样。

1951年5月

我是怎样写《东方》的

——在解放军文艺社军事题材短篇小说
读书班的谈话

  解放军文艺社办了小说读书班,来了这么多作者,心里很高兴。我们的文学创作队伍的确比较老了,尽管还是很有战斗力的。但是无可讳言的是年纪大了,需要新的力量来补充。同志们要我来谈一谈怎么写《东方》的,这个问题以前没谈过,主要是想先听听大家的议论,然后自己再总结。同志们喜欢听一些具体的东西,不喜欢听太抽象的,因此,我同意谈这个题目。由于来不及过细思考,谈不到经验,只供大家随便听听。

  这本书是1959年在邢台开始动笔的。后来调我去编战史,这工作就中断了。编完战史又接着写。1965年我去越南访问之前写了一半多一点,大约40多万字。此后,一直中断了九年半的时间。到1974年才又继续写,写了将近两年的工夫,到了1975年10月草稿完成。这本书现在说来也不是没有遗憾,原计划是要把彭总作为一个人物来写,但是庐山会议以后不好办了。所以干脆写群众。再一个问题,就是第二次动笔是在一种心境不好的情况下进行的。因为当时是那种空气,心里很苦闷。我原来很想到全国各地走一走,了解一些实际情况。但当时出不去,在家呆着,也没有什么可干的。当时真是有一点"欲渡黄河冰塞川,将登太行雪满山""拔剑四顾心茫然"啊。在这种情况下,总还是要干一些事情,我的老伴也说,还是把这个完成吧。总之,当时的心理就是赶快把这件事情划个句号,然后束之高阁,并未打算出版。所以写后半部时心情不那么从容。这是我先介绍的一点情况,下面分成若干小题目谈谈。

一、是伟大的斗争引发了我

我是1950年调到总政的。在宣传部编了半年教材，夏天，朝鲜战争就爆发了。10月，志愿军出国了。我出国的任务是和一个小组了解美军政治思想状况，准备向新的作战对象开展政治攻势。当时同去的有新华社的同志，还有英共的夏庇若同志，他开玩笑地称自己是"英国人民的志愿军"。我们到了朝鲜，先去俘虏营了解情况，任务完成后，大家都愿意到前线去看一看。我们越过汉江，到了汉城。那时朝鲜北方的城镇几乎已被美国的炸弹夷为平地，到处都是火光。尽管我们的部队装备很差，但作战确实非常勇敢，在连续的三次战役中，一直打过三八线，取得了震惊世界的胜利。许多惊天动地的事迹，确实使我十分感动。我的心里总像有一团火在燃烧，回国后就写了那些通讯。随着战争的进一步发展，全国人民抗美援朝的热情也很不一般。当时虽然困难很多，但确实是一个国家新生了，到处是朝气蓬勃的样子。比如哪一个志愿军代表回国作报告，大家就把他围起来，抬起来，举起来。周围的这些事情都冲击着我。这些都使我进一步考虑这场战争的意义，越想越不简单。首先就出国作战的决策来说，如果没有一种伟大的高瞻远瞩的胸怀和气概，是不可能作出的。因为当时我们国家一直打了22年仗，可以说是满身战伤，疮痍满目。就像我后来写的：郭祥回到家里，他妈妈从罐里掏来掏去就掏出一个鸡蛋，没有什么东西。打了那么多年仗，整个国家经济非常困难，解放以后部队大都从事各种生产，有的修铁道，有的开荒种地。部队装备是很差的。当时新中国刚刚诞生，立足未稳，国内还有一百多万国民党残匪尚未肃清，三分之二的地区土改还没有进行。这种情况下，我们出国作战有没有把握，能不能顶住敌人，能不能经得起这场战争的考验，会不会打破我们的坛坛罐罐呢？如果战争万一失利的话，怎么办？国家建设还怎么进行？所以这确实是非常严峻的问题。因此，党中央，特别是毛主席作出这种决策是很不简单的。当时党外一些人士对这个问题不大理解，党内也有人不赞成。大家知道，起初是派林彪去，因为他推脱不去，才派了彭总。但是事后证明，战争不但没有影响到建设，由正义战争激发出来的全国人民的积极性反而进一步推动了这个建设。前方后方似乎形成了两个战场，互相推进。在这同时期内，还进行了镇压反革命运动和土改运动。这三个运动结合得非常好，非常成功。这一个阶段，在我的记忆中是一段很美好的回忆，激动人心的回忆。

抗美援朝战争的重大意义，我觉得是同中国革命的胜利分不开的。没有中国革命在东方的胜利，也就不可能有抗美援朝的胜利。我的书名《东方》也包含着这个意思：这里是今天的东方，不是昨天的东方了，中国人民是站起来了，朝鲜人民也站起来了。他们已经显示了自己的力量，还有的是没有显示出来的潜在的力量。这个力量将是很大的。今天，虽然经过了10年动乱和破坏，我觉得没有丧失信心的必要。在我看，这只不过是历史的一个暂时的曲折而已。对这些不可以看得很轻，但是也不可以看得过重。对我们的革命事业，绝对不能丧失信心。

总之，写作《东方》，是伟大的斗争引发了我。我在现实生活里面受到感动，又在感动中不断加深了理性认识，这就是写作这本书的推动力量。所以主题往往不是主观地在屋子里空想出来的，而是从现实斗争中来的，是这个伟大的斗争使我产生了创作冲动。我渐渐感到，光写几篇通讯不够，有许多英雄人物和其他人物没有表现出来，战争的进程也没有表现出来，前后方的联系，战争本身的意义及军事上的、政治工作上的斗争经验都还没有表现出来，因此很自然地想写这么一个长篇。写这个长篇的目的不外两个方面：一是我们的国家要建设起来，变成一个各方面都很强大的国家，当然党的方针路线是根本性的东西，此外，也还要有全国人民而不是少数人的革命积极性。今天仍然如此。志愿军当时在敌我装备相当悬殊的条件下发扬的革命精神是极其可贵的。如果我们能用志愿军式的革命精神去建设，我们的国家就可以经过比较短一些的时间建设起来。当然也不可能太短。而没有这种精神则是不行的。写作《东方》的第二个意思，就是为反侵略战争作准备。将来一旦再发生战争的话，我们的人民有这种准备和没这种准备是不一样的。准备无非是两方面：一是物质上的，一是精神上的。你首先精神上解除了武装，就是有比较好的武器也不行。历史上有些战争也不完全是打得精疲力尽，子弹打光了才失败的。所以我们必须使自己的人民和青年有这个准备。这是关系到我们的人民和社会主义制度能否继续生存和发展的问题。我写这本书的意图就是这样。

二、艺术上也要有所为

我认为，看一个作者的艺术观点，看他的作品就够了。我在艺术上有一个基本的观点，就是要力求做到党性和真实性的统一。我们讲的党性也就是恩格斯讲的倾向性，意思是一样的。我们无产阶级文学决不掩盖这一点。我们的作品应该是有党性的，这就是无产阶级的世界观。我们追求的，就是这种世界观与真实性的统一。我认为这两个东西是可以统一的。当然不是说其他阶级的作家任何时候都可以做到统一。一个阶级处于上升发展时期，敢于面对现实，代表它的利益的作家，就比较容易做到统一；而一些没落阶级的作家，他所面临的现实与他脑子里的想法、世界观则是矛盾的。今天的无产阶级正是处在上升时期，它是进步的、发展的，它的世界观与历史前进的方向是一致的；如果无产阶级作家能用科学的历史唯物主义的观点来观察社会，在文艺创作中就能够达到真实性与党性的统一。这个党性当然不是指一个时期的政策，而是指历史唯物主义与辩证唯物主义这个根本的认识路线所反映的无产阶级的根本利益。我觉得，在现时代做一个无产阶级作家，决不可忽视党性，而应做到真实性和党性的一致。

同时，我觉得，思想政治上有良好的愿望，还要有艺术上孜孜不倦的追求。我们对人民事业的忠心，不但要表现在立场坚定上，也要表现在艺术的追求上。因为我们干的就是这个嘛！无产阶级文学，为马克思主义世界观武装的文学，现在正处在兴旺发展时期。虽然伟大的无产阶级文学家已经为我们开辟了前进的道路，但是仍然需要我们不断地实践，不断地总结经验，不断地向无产阶级文学光辉灿烂的高峰推进。而现代资产阶级文学，不仅远远逊色于资产阶级上升时的作品，而且确实腐朽没落了。为了把无产阶级文学推向新的高峰，除了发挥我们的思想政治优势，还要大大提高我们的艺术能力。

在《东方》写作之前，我思考过一些问题，也注意别人的经验，中心点是在军事题材文学创作上,应该在哪些方面去作进一步的努力。

第一,写军事题材的作品,不能仅仅局限在战场上或狭小的战斗上,而应该放在广阔的时代背景上,才能充分显示出战争的意义。从抗美援朝战争的实际出发,我觉得还要写出国内国外两个"战场"的关系。只有这样,才便于揭示前方的同志为何那么英勇,他出于一种什么力量,他为了保卫什么而勇于献身;同时也证明,没有广大人民的拥护和支持,战争也不可能取得胜利。所以光是写战场、枪炮,光是局限在前方怎么打,就把自己的眼光局限住了,同时也不能显示战争的全貌,不能深刻地揭示胜利的源泉。

第二,写军事题材作品,也像写其他题材的作品一样,不能够见事不见人,不能够只注意人物的共性不注意人物的个性。我们看到一些作品有这个弱点:写了一大篇,战役过程、战斗过程都写了,但人物不突出,给人的印象很模糊,尤其是人物的个性不鲜明。

第三,有些作品,往往次要人物倒成功了,也就是说,花的笔墨虽不算多,但却给人以鲜明的印象,而主要人物往往花的力量最大,用的笔墨最多,给人的印象反而不深。主要人物是否成功,决定一个作品的成败。为什么力量用得最大,反而不成功呢?原因之一,就是当时条条框框不少。这样写不好,那样写也不好,还有写出来能不能发表,会不会受批评等等。总之,有许多清规戒律,如果没有勇气,就会无所作为。但是我还是决心冲破这些束缚。我认为一个作者要虚心听取别人的意见,不能固步自封,但是也不应一点主心骨都没有。这些年教训很多,编辑一时叫从这方面改,一时叫从那方面改,稿子改了一箱子,东西还是出不来。我就对有的同志说:出不来没有关系嘛!你为了印出来,叫你这样就这样,叫你那样就那样,有时会改好,也有时会改坏。如果我们把文学创作看成是严肃的革命事业,就要在艺术上有所追求。

三、亲身经历、感性知识是最重要的条件,但是也要善于运用群众的经验来丰富自己

文学是生活的反映,是生活的艺术的反映。理论也反映生活,但是手段不一样。没有生活就没有艺术,这个观点什么时候都是正确的。这一点在我们这一代多数作家头脑中是根深蒂固的,不大容易动摇的。没有生活怎么搞创作呢?你要说我们思想僵化也可以。直到现在,我还是喜欢那些生活气息很浓厚的作品。哪怕技巧上稍许差些,但是生活气息很浓,我喜欢。当然艺术技巧上高一些更好了。相比之下,一些作品技巧上还不错,但里面看不出有多少生活,甚至胡编乱造,这样的东西我不喜欢看,也不愿浪费时间。因为你从中得不到什么好处嘛。所以我们还是希望作品的生活底子很扎实。当然,艺术水平也要尽可能地高一些。可惜缺乏生活的作品现在仍屡见不鲜。可能概念换了一下,但是仍旧从主观出发,塞点材料进去。要写一部长篇,它要容纳多少生活呀,要容纳很多的生活,甚至你这个人一辈子的生活,刚看到一点就写一部几十万字的长篇,确实没多大必要,作为艺术实践也不一定好,浪费很多精力,千万不可以这样。要写一部长篇,可以说要动用全部的生活库存。

我真正想写长篇,是 1952 年第二次入朝以后。在近一年时间里,我访问了两个军、志愿军总部、兵站、医院、炮兵、工兵、高炮阵地,还在一个营部和连的阵地上住了一个月。此外,还访问了朝鲜人民军和朝鲜人民以及战时的平壤城。我所以进行这样大量的活动,因为我们的文学作品是要具体地描绘生活,作家应当是用语言的画家,像画家那样去写生。对生活无知,那是不行的。我感到对作家最可贵的是直接的、第一手的材料,感性的材料。亲身经历最重要。凡有亲自经历的机会,一定要去亲历其境。你访问十个人,能有一个人给你谈得很具体就不错了,因为他不是作家,不可能说得细致入微。有一次我在阵地上正和别人谈话,吹来一阵小风,很小的小风,旁边一棵小树卡吧一下,脑袋就垂下来了,这是因为被炮弹皮削得就剩下一点了。像这样的情景,靠访问是得不到的。战时的平壤城,我呆过半个月。整个城市就剩下一栋半楼房,也已被炸

弹洞穿，到处是螺丝、碎钢筋、机器零件，残存的平房都被炸得斜着膀子，还没有倒下来。即使这样，街上还在广播着战斗歌曲，表现出特有的抗敌气氛，给人以深刻的感受。像这些如不亲历其境，单靠访问别人不会告诉你。创作当然可以想象，但有些是不可能想象到的。比如我访问过一个朝鲜妇女，李承晚的自卫队活埋了她的孩子，对她说："你这个孩子到明年我就叫他发芽了。"像这种语言，作者很难创造出来。在敌人掌握制空权的情况下，朝鲜战场上的汽车、火车，你走遍全世界也看不到那种样子。我们的汽车周身全是黄尘，挡风玻璃上有防止反光的防护板，两个小灯前还伸出半尺长的东西遮光。汽车本身就像一个在泥土里摸爬滚打的战士。你去看材料，战史上会给你写这些东西吗？另外，谈的东西很容易忘掉，看到过的、思索过的，才会在思想上打上更深的烙印。

最重要的是亲身经历、感受，但是光靠自己的经验也还不够。因为你只能看到事物的一部分。所以还要善于运用别人的经验、群众的经验来丰富自己。这样，既有直接的经验，也有别人的生活经验。我在深入生活中间，也经常和同志们分析研究一些人物，"解剖"一些人物，这样才能把人了解得透一些。像陆希荣这个人物，就是同一些同志研究过的。

四、写作前我还作了哪些准备

我刚才说了，我写这部作品，想把前后方两个"战场"都了解得多一点。在国内这方面我还有许多生活不熟悉。比如我想写点工人生活，但对工人没有更多的了解。我觉得作为一个党员，对于自己为之奋斗的阶级应当有些感性的了解。近代的工人阶级到底是什么样的？以前接触不多，所以我就到二七机车车辆厂当了一段时间的车间副支部书记。在这个过程中间，我写了一本短篇《老烟筒》；另外还和钱小惠同志合作写了一部电影小说《红色的风暴》。虽是历史题材，实际也是运用的体验了的实际生活。另外，我还深入农村进行了一些研究。当时《东方》的故事还没有构成，究竟后方写什么，还不明确。这个时期，我到了大清河北，就住在战争时期的拥军模范一位大妈家里。随后又在滹沱河两岸走了不少村庄，访问了不少合作社,特别是成立最早的耿长锁合作社。在这当中,我接触了不少农村人物,例如像小契这样可爱的人物。

为了了解抗美援朝战争发生前后阶级斗争的情况,我在邢台地区借阅了大批卷宗。我坚持只有我信得过的生活我才写。我根本不相信的、怀疑的、心中无数的就不写。看了邢台地区的大量案卷,研究了这个地区的情况,尔后我在作品中写的像地主用美人计,后来又真的生了孩子,这都是实有其事的。

我参加了抗美援朝政治工作的经验总结。抗美援朝这一阶段的政治工作是搞得不错的,可以说是我军政治工作发展相当好的一个阶段。那个时期武器很差,敌我装备很悬殊,政治思想工作却发挥了巨大的威力。赴朝慰问团、志愿军归国代表团,还有党的工作、青年工作、文化宣传、敌军工作等等,都很活跃。像上甘岭那样的战斗,伤亡很大,剩下十二三个单位的人也能组织起来,立即组成坚强的支部。所以我也有意识地把这些政治工作的经验融会到了这个作品中。

我阅读了抗美援朝战史。在军事学院看了他们保存的相当一部分资料。我还仔细阅读了《志愿军一日》等群众性作品。因为一部大的作品的完成,光靠一个人经验有限,很需要吸取群众提供的大量素材。创造一个人物,需要很多典型的细节,所有的都是你想得起来的吗?不可能。这里就运用了广大指战员的一些东西。所以这部作品的成果也不是一个人的。本来我应该在后记里说明这一点,但由于这本书没有写后记,请允许我在这里向他们致谢。

总之,这个作品从1959年动笔写,经历了很长时间。这里有一个基本的指导思想,就是要忠于生活,只有真实地描写了生活,作品才能具有较长的生命力。

五、关于人物的塑造

关于郭祥。写这样一部书,究竟要写个什么样的人物作为主人公呢,这是写作时首先考虑到的问题。在长期革命战争中,在我们的部队中,我接触了这样一种人:他们受到长期战争烈火的锻炼,在什么样的条件下也能生活,再强大的敌人压他,他也不示弱。过去常称他们是"突破口的干部""革命的好战分子",他们也常常以此自豪。他们平时休整就感到寂寞,本来生病了,一听说打仗就好了。他们身上有一种征服敌人的渴望,也就是他们说的"宁可在敌人头上尿尿,也不许敌人在面前吐痰"。这种性格在我们的各级指挥员中都可以找到。我们常说那个团能战斗,就因为那里有这样一批战斗骨干。如果我们将来还要打仗,那就少不了还要有这种人,没有这种人是不行的。那么这是不是典型环境中的典型性格呀?我认为就是。因为这种人的出现,正是革命战争长期熏陶的结果。在当时的典型环境中,怕死不怕死,敢不敢为革命献身,这就是最高的道德标准。在写这种人的时候,还要有一个性格化的问题。作为艺术典型,应该包括共性与个性两个方面。只有个性没有共性就没有普遍意义,这当然不行。但另一方面,只有共性没有个性,作为艺术典型就是不成功的,也就是过去说的公式化概念化,形成千人一面,千部一腔。当然,处理好这两方面的关系,特别是搞好人物的性格化,并不很容易。正因为不容易,这样的典型在文学作品中就比较少。这个问题的解决,还是靠很好地研究生活里边的人物,同时突出性格中主要的东西。

郭祥是有模特儿的,当然并不是一个。一直到现在我写东西还是觉得有几个模特儿比较放心,比较有个抓挠头。如果人物在你头脑中就没有活起来,你写出来一定是概念的。说到郭祥,生活中有一些这样的人物。比如抗日战争中我参加晋察冀英模会,就遇到过一个战斗英雄,很出色,性格诙谐,很逗人喜欢。我们过去睡在老百姓炕上,大家紧紧挤着,叫"贴白菜帮",谁要一起来就再也没空躺下去。他出了个"情况",人们一惊起来了,他却躺下睡了。还有一次,他到据点里去打一个伪军。当他走到这个伪军面前,只有几步远,伪军问:"你是什么人?"他说:"自己人。"说着他就掏出枪来,想一枪就把他打死。谁知子弹臭了,伪军立刻端着枪喝道:"自己人为什么开枪?"他坦然一笑说:"跟你闹着玩哩!"还有一个战斗英雄,打大同时很英勇。我写过一首诗叫《英雄阵地》,发表在《晋察冀日报》上,张家口一个姑娘看了他的事迹后很感动,写了一封信,还给他送来一块表。可巧,这时候他正在禁闭室里蹲着哩,因为犯了纪律。我在写《东方》时有过考虑,是写一个正经八百、不苟言笑的人物作主人公呢,还是写一个活泼一点的?后来选择了后面一个。因为我们这个民族受封建影响太深,许多人性格比较古板,写这种性格对民族会有好影响。当时文艺思想上有一个争论很大的问题是能不能写英雄人物的缺点。我想,只要我们自己是热爱英雄人物的,总会想尽力写得好一些,不会随便来丑化他。而为了从生活出发,从特定的个性出发,即使写了一些缺点,也不算什么问题,甚至是有必要的。因为我们还是想把人物写得活一些,更像是生活中的人物。生活中的人物,他身上的优缺点总是相统一的。我们一动笔往往就把那一面取消了,只剩下一面,因此使人感到不真实。这是创造人物中一个很大的问题。我看没有必要非要人物脚穿高底靴,头绕灵光圈,使人丧失真实感。

前面提到,有些作品往往主要人物反而不如次要人物突出。我看主要原因是顾虑过多,老是考虑这是主要英雄人物呀!可别把他写坏了!所以就特别地慎重。慎重并不坏,但是战战兢兢,如临深渊,如履薄冰,心理上压力大,过分拘谨,就会写成四平八稳的人物。就像父母对于自己的孩子过分溺爱,缺点也成了优点,反而不能很好地分析他、了解他了。

关于反面人物陆希荣的塑造。这个人物也是从生活中接触到这类人物后才形成的。我写这个人物的基本构思,用一句话来说,就是写个人主义的毁灭。小说出版之前,我去工厂听阅读小组的意见,一个工人说,陆希荣这个人物还不如让炮弹炸死算了,后来还回了国,又当了小伙计,生活还不错嘛!心里觉得不解气。实际上他从无产阶级队伍分化出去,当了资产阶级的帮闲,这就说明他已经从精神上完蛋了。我认为无产阶级文学的一个重要内容,是歌颂集体主义,批判个人主义。如果这个界限划不清,那就很糟糕。在冲击封建主义方面,资产阶级作家们很英勇。他们用个性解放、个人主义去冲击封建制度和封建意识,这个任务完成得很出色。今天,虽然我们生活中遗留的封建的东西还很多,但是今天反封建残余,也还是要站在无产阶级的立场上去反。现在是社会主义革命时期,赞扬无产阶级集体主义、批判资产阶级个人主义,还是一个很重要的任务。

在我们的生活中间,在革命的历史上,个人主义与集体主义是经常发生冲突的。因为闹个人主义，必然使集体受到损害，并且最后导致个人的毁灭。比如历史上的张国焘就是一个典型。他参加过"五四"运动，也搞过早期的工人运动，以后担任四方面军的领导人。长征中，他看到中央红军力量削弱了，就野心勃勃地要分裂党，最后成了可耻的叛徒。这种人，当年在革命队伍里也扮演了一些角色，但个人主义恶性发展，终于离开党完事。在我们的生活里，也有不少因个人主义毁灭的例子。所以我就想写这样一个例子，一个典型。因为这对我们的生活有教育意义。将来战争来了，这类人物还是会出现的。《东方》既然是为未来战争作准备的，就有必要写这么个人物，同主人公作一个鲜明的对照，也是对正面人物的陪衬。决不能说一个人一参加革命就十全十美，但不少同志在革命斗争中把个人主义的东西扫除了，至少是减少了。也有些人没有，学了一些马列主义词句，当作装饰品，把自己的个人主义伪装起来，到某种时候就暴露了。在《东方》里，我又用另一个人物刘大顺来跟陆希荣对比。他是个解放战士，对共产党很感激，但因为入朝时他对新的战争不认识，起点不高吧，在战争开始他就趴下了，郭祥要揍他。但这个人和陆希荣不一样，他不是掩饰错误的人，他起点不高，但越来越高，渐渐对战争有了认识。这两个人物对郭祥都是陪衬，都是为了深化主题，从世界观、人生观上让人想一些问题。一个人哪怕起点低，觉悟不高，但只要忠诚老实，肯于改造自己，也可以成为一个优秀的战士。反之，虽有才能但不注意改造，也不行。

　　下面讲讲杨大妈这个人物。这是一个真正的群众中的英雄。这种人物是在血和泪的土地上成长起来的，也是我们这个政权的最可靠的支柱。所以我把这个人物作为群众的代表。她是普普通通的劳动群众，在旧社会一肚子辛酸。我在抗战时期曾看到这样的英模人物，正像她说的，"提起旧社会，真他妈的没一条好处"。她和郭祥一样，都是旧制度旧社会的对立物、掘墓人。这种人靠共产党、八路军来了以后才解放出来，他们和党完全一条心，同生死共患难。所以我写她看不到八路军时就感到寂寞了。那跟有些人就不一样，你住他家的房子，他确实不高兴。像杨大妈这类人物，在根据地生活期间，我也认识了几个。如"子弟兵的母亲"戎冠秀，"冀中子弟兵的母亲"李杏阁，还有大清河北被称为"官大妈"的刘大娟。"官"是大家的意思,也就是大众的母亲。这几位根据地的母亲,我都是同她们接触过的。不是自己的母亲,想叫她"娘"是很难出口的,但她们其中一位我确实叫了"娘"。把她们写在文学作品中,是我早就有的愿望。我也考虑过这些革命母亲在文学作品中不少人都写了,我写时应有所不同。怎么做到有所不同呢?就要通过性格化,表现个性。有一位大妈性格泼辣直爽,坦白又精明。半夜八路军来了,老大爷就去开门,带路啦,叫人啦,张罗些杂事;她则和那些游击大队长商议军情大事,披衣坐在炕上颇像一个指挥员。所以我就着重从这个方面写她的性格。她的这种性格,也是大清河北斗争环境的产物。那地方斗争很残酷,平、津、保三角地带是敌人的必争之地,一直到平津战役,一些干部还在地道里蹲着呢。当时大妈最怕的是那样一些人,头天在她家吃了饭,第二天就叛变领着敌人来抓她。所以在那种情况下,不是她那种性格就很难应付。因为我比较熟悉她,写到她也就顺手些。

书中其他一些人物,有的也有模特儿,比如里面写到一个贫农叫小契,我确实在他家住过。合作化初期,我在一个村子住,按照老根据地的风习,我到每家轮流吃派饭,这是个很好的了解群众的机会。这个小契家的情况就像我描写的,他的那个院子没有墙,就有个门楼。所以我说走遍天下也找不出这样的家。我是很热爱这个人物的。

开始写作最好有模特儿。像画家似的,最初可以多搞一些人物速写,搞些积累。写长篇不妨先搞人物传记,每个人物都给他立个"档案"。创作以前,不能是对人物没有什么想法就往下写。当然写时会有发展、变化,但不可事前没有准备。

有同志问:傻五十这个人物,着墨不多,印象很深,是怎么写出来的?

这种人写出来并不困难,每个村子都有这种人物。他们多是生长在贫农家庭,父母早年去世,没人教育,又缺个心眼,但是本质上很憨厚可爱。能不能把这种人物写进作品?按照一种观点,就是歪曲了人民解放军的形象。但我想,只要从总的方面说,作品符合人民的利益,就不要让许多条条框框限制住了。这个人物的塑造主要靠典型的细节。好细节的珠子如何串在人物性格的线上?一个根本的着眼点就是服从人物的性格。只能适合他,不能适合第二人,才最好。如果用不上,宁可先库存起来。

有同志问:《东方》的故事是怎样编起来的?郭祥、陆希荣、杨雪之间的爱情描写,当初是否有顾虑,怕不怕人家说是写三角恋爱呢?

最初,怎么把抗美援朝的生活组织起来,确实是个难题。当时我很想从生活中找个现成的故事加以改造,将材料串起来。过去文学作品有这方面成功的例子。但是,我能找到的只是报上登的一个志愿军未婚妻的故事。线条太单了,负担不了我要表达的内容。后来,只好自己结构了。虽然汲取了一些文学作品的手法,不过人物是新的,它还可以表达我的意思。当初写爱情的确有不少条条框框,就是不写"三角"也容易受到指责。但是因为主题的需要,我还是这样写了。

有的同志问,是先有人物还是先有故事、先有战争过程,尔后让人物在其中活动?作为一个长篇,纯粹表现战争过程会显得很枯燥;如果单是写个人命运的一个故事,和战争进程脱离了,也可能会显得单薄。当时我很想把二者结合起来,把战争发展过程和人物命运结合起来。至于是先有人物还是先有故事,当然还是先有人物,故事是人物行动的结果。你先有故事,然后把人物往里装,这是不好的。事实上这两个是交错进行的。按素常的说法是从人物出发。

六、几点希望

我开头就说了,我们办这种读书班很好,我们的队伍老了,希望同志们来做接班人。接班人就有个做什么样的接班人的问题,还是要做无产阶级文学事业的接班人。过去搞阶级斗争扩大化是不对的,但阶级观点、阶级立场这些根本性的东西还是很重要的。我们说做无产阶级文学接班人,就是要沿着鲁迅开辟的道路,继承毛主席《在延安文艺座谈会上的讲话》以来的优良传统,好好总结 30 年来正反两方面的经验教训,继续前进。

我这里再说说作者的修养。说来说去,还是要深入群众,深入实际,深入工农兵斗争生活;学习马列,改造思想;学习和借鉴古今中外优秀作品。从这几方面不断地加强自己。

深入生活。这个观念在某些同志心中还不是那么坚定。有人就说姚雪垠没有在李自成手下当过兵,怎么写出了《李自成》？雪垠同志确实没在李自成手下当过兵,但他很好地研究了大量历史资料,并在人民群众中积累了丰富的生活经验,如果离开这些恐怕是不成的。写作要有生活。但怎么观察生活,要有一个探照灯。马克思主义就是我们的探照灯。

要继续解放思想,还要重视改造思想。解放思想不能脱离马列主义的轨道,不能违背四项基本原则。离开了这个轨道,只能解放到小资产阶级、资产阶级、封建主义方面去。

继续贯彻"双百"方针。"双百"方针绝不是资产阶级自由化,而是在斗争中发展马克思主义。这个方针的要点,一是主张放,一是放出来争论。过去,这个方针长期没有执行好。不是不让放,就是放出来任其自流。我们应当防止这两种偏向,越来越全面。文艺批评不应该打棍子,但是也不能认为一有批评就是"棍子"。只要摆事实讲道理,健康的批评是应该经常进行的。

现在文艺思想活跃,众说纷纭,我看我们还是要扎扎实实地深入生活,搞出一些结结实实的作品,不要迎合不健康的风气和低级趣味,应多写一些有助于坚定人民信心、提高党的威信的东西。要人民前进就要让人民有信心,首先还要我们自己本身就很坚定。

希望同志们写出更多的好作品来。

1980 年 6 月

《春天漫笔》后记

书编好了,写个后记,也就是跟读者谈谈心,做个交代。

这是一本散文、杂文集。原打算把"寄故乡"一类散文编成一本,把"春天漫笔"这类文字编成一本。这样内容单纯些,也可以照顾读者们的不同兴趣。可是几年来前一类散文写得很少,搁置太久,也不相宜,于是就把它们合编在一起了。说得好听些,就叫它做混合分队罢!

近几年来,写的这类文字,包括《幸福的花为勇士而开》那本小册子在内,大体上是这么两个方面:一是火上加油,给能干的小伙子们、姑娘们添点儿干劲;一是挖资本主义的墙角——个人主义。资产阶级老是挖我们的墙角,一点都不消极怠工。看来我们对他们也不便放松。这样才能使我们自己人兴奋愉快,轻装前进。

编起这本小书,感想之一:还是写得太少。这有负于读者。太少,就说明工作迟缓,就说明还没有抓住时机,从事更广泛的战斗。也说明自己还不够敏锐坚强。

感想之二:自己对杂文艺术的形式,也不够熟练。杂文,这本来是一种轻便犀利的武器,它要求作者对革命的坚定、勇敢,也要求运用得灵活、机智。只要找出问题的要领,看准敌人的要害,文章并不一定要写得多长,更无须太拘谨和笨重。这样也就可以挤出时间来,多写一些。

谈起这些文章,不能不记一笔一些报刊编辑的功劳,特别是《中国青年》的编辑同志。编辑同志们——他们是领导意图和读者意愿的忠实代表,也是我的教师和亲切的朋友。他们帮助作者组织访问,提供材料,研究问题,审改文章,有时还给作者以亲切的鼓励。

文章发表了,读者很容易知道作者的名字,却往往不知道他们的辛劳。他们是我们文化工作中的无名英雄。这里的许多东西,都是在他们的热情督促下写的。我愿向他(她)们致以敬意。但今后我也希望他们体谅作者原有的写作计划,楔子钉得太多,计划常常落空,会使人感到非常被动。

这个集子共收散文、杂文18篇。《春天漫笔》一篇,费时较多,篇幅也较大,就拿它来当做总题。此文写在1956年4月,右派兴风作浪时,有两个人写文章攻击它,说我是"神经病",现在他们该明白了,假若他们自己的神经很健全,怎么会看错了形势?怎么几天之后就变得灰溜溜的呢?他们的名字,我不准备讲,因为他们这种人,尽管名字臭得像狗屎,只要出名就好。我颇知道一些他们的脾气。

《访苏联作家别克》是一篇谈写作经验的文章。别克很强调研究人、研究生活,对生活中具有典型性格的人,能锐敏地发现。这有很宝贵的参考价值。尤其他那种创作毅力,更值得学习。但是在创造典型上,每个成功的作家都各有他自己独特的方法,这不是死的。在深入生活上,他也过分强调善于搜集材料,而不是强调长期深入火热的斗争。收入这篇文章,并没有劝人机械摹仿的意思。

最后,我还想对亲爱的读者说几句话。也就是要求同志们给我一点体谅、原谅。几年来,我收到不少读者朋友的来信。他们的关怀和信任,给了我很大鼓舞。这是在我们的新社会里,读者与作者的新关系,是真正的同志之情,朋友之情,兄弟之情。我深深地感激他们。但是,因为外出或者是突击工作,就常常有一些信件积压下来。在这种情况下,只有采取择要答复的办法。凡来信中有亟待解决的问题,我都尽量予以答复。附有稿件的,我自己看不了,就托解放军文艺编辑部的同志代看。(附带说明:我已从1953年起不在解放军文艺编辑部工作。)还不免有一些信件,因时间耽搁过久,没有回信。我想同志们一定会感到失望。这使我心中不安,但却没有一个解决办法,只有心中默默祈求这些同志的原谅。有一些信件,是的确难于一时答复的。例如来信提到:"我非常喜欢文学,请把你的写作经验告诉我。"或者一连提出七八个问题:怎样收集材料?怎样刻画人物?怎样确定主题?等等。使人很难在短时间内回答。另有一些信,提出的是一些非常简单的问题,只要他肯张口问一下,就可以得到圆满的答案。我很怀疑,来信者是否瞧不起自己的老师、自己周围的伙伴?这些信,也多半没有作复。

　　来信的主要内容之一,是渴望了解文学知识和创作经验。我想,是可以注意这方面的问题,特别是那些成熟作家的经验。但是决不要把文学创作看作一种纯技术性的工作,以为知道了几个条条,就可以创作出好作品来。这是对文学创作的误解。如果一个人有志于创作,就要下定决心,使自己的思想政治水平,生活经验和艺术修养这三个方面不间断地提高,并且通过创作实践,做长期的努力。尤其重要的,还要把创作的目的摆得端正。

　　写得不少了,就此带住。

1959 年 4 月 14 日

《不断集》后记

这个小册子,除顺便收入几篇抗美援朝的短诗以外,是我1956年以来的诗歌结集。取名《不断集》。

这首先是,我很喜欢"不断"这个词在我们的事业与生活里所表达的含义。无论做什么事,都要有远大的目标和切实的、不断的努力。两者要密切结合。从大的方面说,同革命阶段论密切结合的"不断革命"的思想,就是我们时代的伟大的思想。我国人民继民主革命之后连续取得社会主义革命的伟大胜利;在社会主义革命与建设时期内,又取得了许多重大的成就,并且毫不惜力地支援了全世界的革命运动。这都是我们党以"不断革命"的思想指导革命斗争的结果。在我们进军的中途,产生的缺点错误是可以纠正的,但是"不断革命"的旗帜,(它必须同革命的阶段论相结合!)却是不能放弃的,它将使我国人民永远保持战斗的青春!

从小的方面说,从个人来说,也要"不断学习","不断改造","不断努力","不断进步",总之,都不能脱离开这种"不断"的精神。"抽刀断水水更流",何况我们是革命的流水!

对于我们诗歌工作者,也要有远大的目标和切实不断的努力。没有远大的目标,就会失去方向;没有切实不断的努力,就不能夺取这个目标。我们的目标是:创造具有共产主义内容与民族形式统一的新诗歌,以便更有力地为劳动群众服务,为我们的社会主义事业与世界革命的事业服务。为此,我们必须有切实不断的努力。

近几年来,我们的诗坛是活跃的,兴旺的。我看到我们的前辈们、同辈们和年轻一些的同志们写出了许许多多的好诗,并且在民族化的道路上大大跨进了一步。其中不少诗达到了很高的水平。

当我读到这些诗的时候,使我振奋、敬佩和羡慕。我确信,我们新中国的诗歌,是大有希望的。对当代的诗歌抱虚无主义的态度,是毫无根据的。我要急起直追,向这些同志学习。

我把这些诗题名《不断集》,还有一种心情,这就是自己写得太少,断断续续,甚至断而不续,这主要是我没有集中更多的精力,同时也还缺少"不断"的精神,以致无论质量与数量都不能令人满意。同志们都劝我勉励我多写一些,我自己也希望如此,故题名《不断集》以激励自己。

1963 年 5 月 10 日 12 时于北京

《壮行集》后记

一个人一辈子要写些什么,多半是由当时群众的需要决定的。这本小册子里收集的关于人生观问题的文章,就是这样。记得1954年《中国青年》展开"什么是幸福?"的讨论,在讨论临近结束时要我写一篇文章。说实在话,我当时不大愿意写,一来我平日对这类问题缺少研究,甚至很少考虑;二来我认为这类文章最好由革命前辈或者由英模人物来写比较合适。可是,在《中国青年》编辑热情而固执的请求下,我不得不拿起笔来。我的第一篇谈论人生观问题的文章《幸福的花为勇士而开》就是这样产生的。哪知这篇文章发表后,青年读者反应很热烈,说是对他们很有帮助。这对我也是一个教育,从此我就改变了看法,认为,既然群众如此需要,我就应当为他们服务,不应考虑其他。鲁迅一生写了大量杂文,出发点都是考虑对革命有用,并不曾想到这些文章会长期存在。在这点上,我们仍然应当很好地向鲁迅学习。后来,《中国青年》再要我写这类文章时,我也就作为自己分内的工作而慨然应诺了。

从1954年到1963年的10年间,《中国青年》依据当时青年的思想情况,曾展开了关于人生观的多次讨论。除1954年进行的"什么是幸福?"的讨论,还有1957年关于徐进思想的讨论,1959年对向秀丽光荣殉职引起的不同看法的讨论,以及1963年"向雷锋同志学习"中引起的"这是不是傻瓜?"的讨论等。这些讨论,在我看是进行得很好的,颇有成效的。它不仅对我国青年树立革命人生观起到了积极的作用,而且对解决人民内部思想问题提供了成功的方式。同时也活跃了青年的民主生活。

在人生观的领域里,不同阶级意识的斗争一向是比较尖锐的。

自然，我写的这些东西，也不可避免地会遭到攻击，先是来自右的方面，以后又来自"左"的方面。"文化大革命"一开始，林彪、"四人帮"极左路线的个别追随者，就首先选定了从这些文章开刀，把这些文章斥之为"宣扬了资产阶级的幸福观"，是"用软刀子杀人"。其论点是：集体幸福不应包含个人幸福，幸福的概念也不应包含任何物质内容。现在看来，这种观点多么荒谬可笑，它确实是极左思潮的产物和典型的形而上学。

"四人帮"被粉碎，伟大祖国进入历史发展的新时期。当前的现实是：一方面我们担负着建设社会主义的现代化强国的宏伟任务，一方面林彪、"四人帮"遗留下的严重后果又紧紧拖着我们的后腿。至于人民思想上受到的毒害，尤其不可低估。在这种情况下，我把这些经过风雨的篇章重新收集在一起，自然是希望它还能够对当前的现实生活起些积极的作用。向"四化"进军的号角已经吹响了，我国千千万万的青年们，正在各条战线上投入决定我们祖国命运的新的斗争。本书取名《壮行集》，就是为这些走向生活的青年朋友壮行，为他们献身"四化"的伟大实践壮行。在这里，我怀着满心挚诚，热烈地凝望着他们，祝愿他们能像革命先辈那样，朝气蓬勃，奋发前进，战胜重重困难，为伟大祖国创立新的功勋！

1979 年国庆

写在《邓中夏传》出版的时候①

《邓中夏传》是一部传记文学。早在1954年,刘少奇同志就作了有关这一工作的批示。不久,《工人日报》开始登启事,向全国征集有关邓中夏烈士的资料。

1961年春,中宣部把我们调出来,着手进行这一工作。为了进一步搜集材料,邓中夏同志夫人夏明同志陪着我们走访了中夏同志当年生活和战斗过的北京、武汉、上海、南京、长沙、广州等地,前后访问了100多人,其中有郭沫若、茅盾、李立三、陶铸、陈郁、史良、朱务善、杨东莼、陈望道、李达、包惠僧、冀朝鼎、潘梓年、陈同生、马非百、郑绍文、马乃松、苏兆征同志夫人,以及当年的老工人,阅读了不少有关的档案、资料和文件。我们还实地观看了中夏同志在北大时住过的"曦园",在长辛店和上海小沙渡进行启蒙活动的工人生活区,被捕时的住址,以及和夏明同志对证的法庭、关押的监狱、牺牲的刑场。在访问中,我们受到各地党组织和老同志们热情的接待和帮助,了解了大量有关中夏同志的生动感人的事迹及当年如火如荼的革命斗争的情况。

第二年夏天,我们来到青岛海滨,住在部队招待所里,开始酝酿这部传记的人物、结构、情节。为了形象地再现当年的情景,我们决定采用文学的手法。工作开始后,我们整个身心投了进去。入秋,避暑的人都走了,我们仍然留在那里。直到12月初,才带着写出的十几万字草稿回到了北京。此后,我们利用两三年的业余时间,完成了初稿。

---

① 这篇短文是由钱小惠同志同我合写的。

"十年内乱",我们受到冲击,稿子被封。夏明同志因受"四人帮"迫害,得了半身不遂病。1977年秋,她给中央领导写信,要求出版这部传记,很快得到中央领导的支持。第二年,我们又开始对这部传记作进一步的加工、补充,增加了一些章节。就这样,这部近20万字的传记文学,终于在纪念党诞生60周年的日子里,由人民出版社出版了。

今天,《邓中夏传》能够出版,是和党中央的关怀,有关省、市委及一些老革命、老前辈、老工人的支持和帮助分不开的。至于我们,在写作中由于受材料及能力的限制,难免会产生一些缺点和错误,衷心希望得到广大读者的指教。

1981年5月

关于《我的老师》

《教学通讯》的编辑同志多次约我写篇文章,还为这事跑了好几次,我实在心中不安,故决心于春节前完成之。

我原以为,文章本身已足以说明问题了,不需要作者多饶舌了。而编辑同志却说,关于文章的时代背景、作者的意图以及写作经过等等,还是来谈一谈,这样对教师同志备课会有些帮助。既是这样,我就说说关于《我的老师》的写作情况,给朋友们做个参考。

这篇文章是1953年写的。当时,确如文章开头所说,是《教师报》一个熟人热情索稿"逼"出来的。然而,又不能说全是"逼"出来的、"硬"写出来的。因为在动笔之前,我确实回到我的童年,或者说沉入到我的童年,对那时的儿童世界作了一番遨游。这样,童年时遇到的几个老师,便浮现在我的眼前。尤其是我写的那位蔡老师,又重新激动着我的感情。可以说,那篇文章是出于真情实感。至于文章最后提出的,作为人民教师,应当挚爱我们的孩子,这个结语也不是从概念出发,而是从当时的生活中,从几个不同类型教师的对比中引申出来、提炼出来的。现在课本上的《我的老师》,只是原文中的一段。为了便于儿童阅读,这样选录很好。如果教师为了备课,就不妨看看原文,这样容易掌握总的思想。

中国封建社会的历史很长,因此,在我们的社会生活中,残留的封建性的东西也很多。例如打骂现象,就是其中最不文明的现象之一。旧社会,打人现象很普遍:地主捆绑吊打农民,官僚、资本家打骂工人、仆人,掌柜的打骂学徒,军官打骂士兵,士兵打骂老百姓。这些我小时候经常可以看到。学校自然没有那么严重,性质也不相同,但老师打学生也完全合法。那时,除了可以用教鞭随时打那些爱说爱动的小脑壳外,教室的黑板旁边,还挂着一块专打手心的戒尺。这是"中华民国"的新学校从旧私塾那里继承来的"光荣传统"。这些戒尺长短厚薄不等,大致有一尺多长,半寸或几分厚,但都足以使孩子们触目惊心,起到巨大的威慑作用。当然,有些老师是从来不用的,有些老师只是抓住那些小手,乒乒乓乓打几下完事,而有些老师却不然,他让你伸出手来,板子凌空而下,奋力一击,立刻可以叫你哭爹叫妈,蹲在地上,再伸出手来时,已经肿得老高了。而这绝不算完,因为从来没有只打一板的,至少要完成四板这个最低的定额。至于那些罚站、罚跪等等就更不要说了。解放以后,已经明确规定不应对儿童进行体罚,情况已经不同了。但是,体罚的事是否完全绝迹,尤其从思想上是否彻底肃清了,恐怕还不敢说。对某一些老师说,打骂体罚之类,当然带有盲目性,但从总的来看,确实属于封建意识的残余,需要坚决肃清之。这是这篇文章的主要意图之一。

当然,不打不骂,这还很不够,作为社会主义国家的人民教师,还要有一颗热爱儿童的心。要想做一个好教师,无论如何不热爱儿童是不行的。因为教师是从事着一项光荣而高尚的事业——培育共产主义事业的接班人,而不是冷漠的知识出卖者。除了热情而耐心地把知识传授给孩子们,还要用美好的感情和品德来陶冶他们。当然,要做到有一颗热爱儿童的心,就要有高度的社会主义觉悟,就要对教师的责任有深刻的理解,这是自不待言的了。

这里说的是教师对待学生。至于学生对待老师,同样要热爱和尊重。"十年内乱"期间,大批所谓师道尊严,对老师随意打骂批斗。这种恶劣做法,大大伤害了正常的师生关系,教训极为沉痛,再也不能重复了。我希望教学《我的老师》时,多从尊师爱生方面引导,我愿我们的每个学校都成为师生互爱的乐园。

以上说的都是思想内容方面。从语文和写作上着眼,可以让孩子们记述一个感动自己的人或一件感动自己的事,初步培养他们叙事和抒情的能力。我认为,老师们是内行,我本不应说得太多,而实际上已经说得太多了。如果起到束缚手脚的作用,那就不如没有这篇文章了。

1983 年 2 月 8 日于北京

关于《依依惜别的深情》

1958年秋,党中央和毛主席决定志愿军自朝鲜撤军回国。这项决定是英明的,就像在朝鲜人民的危急时刻决定出国作战同样英明。这表明我们对任何人的领土没有野心。鉴于其他国家的经验,一个国家的军队驻在另一个国家,不但要负担繁重的军费,时间长了总是搞不好的。

朝鲜战时我去过两次,这次仍想去再看一看。我准备写的长篇小说《东方》就要动手,很想再汲取一些新鲜的印象。而且志愿军归国以后,再到朝鲜也就不那么方便了。

那次我去的时机真不错。朝鲜的秋天很美,山上枫叶红了,其他叶子变成金黄,而松柏则依然青翠,这三种颜色交织着,就像一匹无尽的彩毯包裹着朝鲜的国土。再加上战争停了,三千里江山云散烟消,人民开始过着和平生活,气氛与前两次我去时自然大不相同。

这次我去的是志愿军第一军第一师。他们住在阳德。我一到驻地就接触到一种特有的气氛,不管志愿军还是朝鲜人民都沉浸在深深的离情别绪之中。我在参观战士们为朝鲜战友留下的礼物时,不禁大为惊异,礼物中竟有未婚妻赠送的腰带,绣花袜底儿,还有洞房的合欢杯等等,连我这在部队多年的人都从来没有见过。朝鲜人民的深情厚谊也是这样。我一到老百姓家里,那些阿妈妮们就要把珍藏的毛巾、背心、衣服拿给我看,说是某年某月某个过路的志愿军战士留下的。我在这篇文章里写到的分手场面,就是我的亲身经历。那一天,把一个营的队伍送走了,最后有两个姑娘哭倒在地,非要跟到车站不行。我和几个团的干部好说歹说,才把她俩拉到吉普车上,一同回到团部。吃饭时,她俩还含着眼泪说:"回国以后,他们还能住到这样好的营房吗?"这种情感怎能不令我深深地感动呢! 我过去在根据地看到人民同子弟兵亲密动人的事,自然是很多的; 部队在离开一个地区时往往是保密的;因此,我从未见过一支部队的离开会引发如此多的眼泪!

我在文章中写到的老诗翁朴仁俊,是真有其人。他是一个民间诗人,在朝鲜文坛并不有名。我到过他家里,见他用有光纸糊了许多白信封,自己写也替别人写了许多诗,用信封装起来,准备送给志愿军。在这种友谊气氛的感染下,我觉得也应当有所表示,就把自己的绿面狐皮领滩羊皮大衣脱下来,送给了他。这件皮大衣是解放宁夏的纪念,当时给每个团以上的干部发了一件。我并且附了如下一首诗:

> 塞上硝烟送青春,
> 战袍随我不离身。
> 秋风飒飒黄河岸,
> 雨雪霏霏汉江滨。
> 我今又来阳德郡,
> 红叶如海情谊深。
> 手托战袍送诗翁,
> 对月披霜永长吟。

此后数年,朴翁仍有诗寄来,我也有诗相答。当时老人已78岁,现在恐怕不在人间了。

在我离开阳德的时候,一位穿粉色衣衫的朝鲜大嫂紧紧拉着我的手走了一两里路,直到我上车才将手松开。我也享受到朝鲜人民给予志愿军的荣誉和友情。在平壤车站,志愿军登车的时候,人丛中有一个女孩子哭得如醉如痴,我问起她,才知道她是一个孤儿。总之,在北朝鲜到处看到的都是惜别的泪雨,我在心里默默地说,真是,送行泪洒湿了朝鲜的国土……

我在心里不断地寻问:为什么会这样?一个异国的军队在另一个国家里为什么会这样?老实说,即使同一个国家的军民如此亲密无间心心相印,也并不是容易做到的。自然,原因并不难找,中国人民志愿军是在朝鲜人民处在最危险的时刻出现在他们身边的,在3年多的战斗中,他们又流了那么多的鲜血,这些怎不使朝鲜人民深深地感怀!可是,假如我们的军队纪律不好,作风不好,对人民没有正确的态度,即使你流了血,也仍然可能是另一个结果。我军之所以受到朝鲜人民如此的热爱,不是别的,而是我军长期形成的模范纪律和传统优良作风的胜利!我在内心里深深感到:我们的军队是可爱的,是举世无双的!

回到国内,我很快就写出了这篇文章。写得很顺畅,几乎没有费什么工夫。

寄给《人民日报》,他们很重视,认为是《谁是最可爱的人》的姊妹篇。事后得知,稿子是邓拓同志亲自处理的。原来的题目是《送行泪洒湿了朝鲜国土》,邓拓同志改成了现在的样子。原文中有一段写到毛岸英的牺牲,被删去了。这一段也说到毛泽东同志。岸英牺牲后,有相当长时间瞒着他,怕他难过,后来他知道了,却说:"为什么要瞒我?别人的儿子可以牺牲,为什么我的儿子不能牺牲?"删去这一段,我自然觉得可惜。后来据邓拓同志解释说,因为主席不愿别人提及此事,故删去了。自然,删去也并非不可,邓拓同志总是比我更了解上面的情况。

这篇文章发表后反应不错,我尤其高兴的,是受到散文大师冰心老人的赞扬。在人大开会时,她一见到我就高兴地说:"你写了一篇好文章!"后来在1960年第3期的《语文学习》上,她发表了一篇读后感。这是我深为感谢的。

散文有别于诗,而诗的成分却愈浓郁愈好,也就是愈诗化愈好。我在写作此文时,并没有有意诗化,只是随着感情奔流。要知道我在朝鲜浓浓的秋色里度过的那段日子就是诗呵!

1988 年 12 月 30 日于北京

关于《路标》

雷锋,自从60年代初出现之后,便在我的心中树立起一个崇高的美丽的形象。时隔20年,现在他仍然是我心中崇高美丽的形象。我想今后不管怎样变,也不管别人怎样看,雷锋的形象在我心中是不会凋谢的了。

为什么呢?因为雷锋不仅是我军战士的伟大典型,而且是我们时代出现的共产主义新人的典型。他代表着我们的理想和希望。我们希望我们的青年,我们希望未来的人类,就应该是这个样子。假若雷锋的形象在我的心目中暗淡了,模糊了,不值钱了,那就说明我的理想动摇了。

《路标》写在1963年学习雷锋的高潮中。那时,我们的人民,我们的青年,甚至我们的孩子,都在学习雷锋。而且做了好事都是不说的。那种情景真是使人感动。在感动之下,我从理智上也作了认真的思考与分析。我认为,学习雷锋的群众性活动,是一个共产主义思想扩展阵地的运动,它对我国的建设,对我们社会的发展,对我国青年共产主义世界观的形成,有着极其巨大深远的意义。因此,我写了《路标》这篇文章。

我认为,雷锋精神的实质,就是共产主义思想、集体主义思想。它与资产阶级思想、个人主义思想是相对立的。在我看,只有不断加强共产主义思想、集体主义思想的教育,不断克服资产阶级思想、个人主义思想,才能使我们的青年健康成长,才能更快地使我们的国家强大起来,不但能经得起各种风险,而且从长远看,能更顺利地向共产主义过渡。以雷锋为光辉的榜样,把大家引向共产主义、集体主义的道路,从个人主义的狭小天地与庸俗的眼界中解放出来,就是这篇文章的核心。

现在有一种不好的风气,就是崇尚所谓实惠,鄙薄崇高的理想,把雷锋这样的人看成"傻瓜",这实际上是利己主义的庸人哲学。愿老师们善于引导,使青年们不要受这种庸俗哲学的毒害吧。试想,假若历史上没有那么多为革命、为人民抛头颅洒热血的"傻瓜",怎么会有今天呢!

1984 年 5 月 24 日

《东方》二版后记

　　本书于1978年9月出版,包括解放军文艺出版社,共印刷过3次。这次是第二版,除文字上作了某些修饰外,最大的变动就是增补了彭总的形象,也写到了毛主席、周总理和其他人。新增部分共写了6章,已分别插入各部。现在第一部中的《征鞍》,第二部中的《木屋》,第三部中的《待月儿圆时(二)》《待月儿圆时(三)》《狂欢声中》,第四部中的《伤痛》,第六部中的《停战以后》,均为新增补之章节。

　　1980年6月,我在谈到《东方》时曾经说,这本书原计划是准备写彭总的,但因为是1959年动笔,不好办了,所以就干脆写群众。彭总对抗美援朝贡献很大,没有写到他,不能不是一件憾事。此后经过再三考虑,觉得重要的是应当对历史负责,能够弥补的遗憾要尽力弥补。这样就于1982年重新做了一些准备工作,访问了熟悉彭总的同志,1983年动手写了这些新的篇章。因为是原计划所有,所以插入并不费事。自然,纯从小说的角度看,不增加这一些也是可以的。但从当年那场战争本身看,书中增加了战争指导者的形象,无疑会加强广度和力量,进一步显示出克敌制胜的因素。同时,这座建筑物也总算有了屋顶了。

　　诚然,写成一部书是不容易的,但我要再一次说:荣誉属于创造历史的人们! 光荣的抗美援朝的英雄们永垂不朽!

　　此外,我还要向一切为本书付出劳动的同志,给予热情鼓励、帮助和支持的同志,致以最诚挚的感谢!

1984年4月12日

《怀人集》序

这几年我写的散文一类东西比较少,这一点也可能会使关心我的读者失望吧。作家与读者之间通过作品的感情联系是很重要的,写得过少,也就会减弱这种联系。然而,经过朋友的帮助整理,也多少有几篇,于是编成这本小册子,算作对关心者的一点慰安。

这本小书取名《怀人集》,是因为其中多数都是怀人之作。这里有著名的无产阶级革命家,也有朋友和同志。他们每人都是一部活生生的历史,包含着丰富深刻的内容,值得我们怀念和思考。

另一部分,是偏重于和青年同志们谈理想的。北京有一个石油地质学校,1955年,他们的第一批毕业生出发到边疆勘探石油,我曾到这个学校为他们送行。我有一首送别词《祝福走向生活的人们》,后来发表在《中国青年》杂志上。从此,我同他们结下了深厚的友谊。这间学校后来迁到湖北荆州,升级为江汉石油学院。1982年我又为这间学院的第一届毕业生写了祝贺的信,就是收在本集的《希望你们丝毫不逊色于前一代的青年》(曾发表在《光明日报》和《湖北日报》)。一年后,石油部在江汉石油学院举行石油院校思想政治工作会议,他们很懂得群众路线,也把我发动起来,到会上作了一个发言。收入本集的《班门弄斧杂谈》,就是这个发言,后来发表在《高教战线》杂志上。同时,江汉石油学院也要我在他们的师生员工大会上讲了一次话,就是收在本集的《和石油战士谈心》。令人特别兴奋的是,去年4月20日,原北京石油地质学校55届的毕业生们,也就是我当年为之送行的朋友们,又在北京聚会了。他们在石油部举行了一个"为祖国服务30周年"的纪念会。那个会真是令人感动极了。30年前他(她)们都还是带着稚气的翩翩少年,如今都已是久经锻炼的石油战线上的坚强骨干了。会场上迎面贴着八个大字:"理想,信念,友谊,奋进"。两旁一副对联:"昔日登峰寻宝藏何惧艰难困苦;今时欢聚叙佳音仍是协力同心。"还有一条明晃晃的大横幅:"争风斗雨三十年"。那天,当年的校长、教师都来了,石油部的教育司司长陈鸿璠同志亲临指导,同学们亲密地坐了一个半月形。会议由当年的团支部书记赵陵龄同志主持。整个会场充满了激动、热烈的气氛。我也在陈鸿璠同志之后讲了话,我看见同志们不断地用手绢擦着眼泪。本集里收的《这就是我们的哲学》(发表在《高教战线》上)就是那次的讲话。会上,天津塘沽渤海石油公司设计研究院的党委副书记、地质师田光道同志,将他获得的大庆会战标兵奖章赠送给我;河北涿县物探局的工程师金文和同志,送了为我刻制的一方印章;我在《祝福走向生活的人们》中提到的那位豪迈的姑娘赵陵龄,在会上朗诵了热情的诗句;牟莺乔同志将半本纸色发黄的《中国青年》(上面载有《祝福走向生活的人们》那篇文章)赠给我留作纪念。这本旧杂志,她一直带在身边,保存了30年,"文革"中由于小心收藏,才保存到今天。同志们的这种热情真使我激动万分,感激万分,相形之下,我觉得我自己实在为他们做得太少了!我把这些记下来,也是为了永志不忘。

当年志愿军的朋友,要编一本书反映文艺工作者在朝鲜战场上的活动。为了答复他们的要求,我就摘抄了在阵地上的几页日记,这次也收在这里。

现在人们的思想庞杂多样,每个作者都不可能得到所有读者的一致赞同。但是每种琴声也都会找到自己的知音。就让这本小册子去漫游吧,去寻找它自己的伙伴吧。作者既然编出它自然就有它存在的理由。

其他,不再多赘。

1986年3月27日

关于《地球的红飘带》

1987年过去了。新年前夕,《作家生活报》问我:"在过去的一年里,你有什么可喜可贺的事?"我的回答是,差堪自慰的事倒有一件,这就是了却一桩多年的心愿——完成了一本描写中国红军长征的长篇小说《地球的红飘带》,人们说,伟大的中华民族有两个"万":一个是在月球上可以看到的中国的万里长城;另一个就是举世闻名的二万五千里长征。这两者在世界上都是独一无二的。红军的长征是我参加这支军队之日起就倾心和向往的。可是因为它本身非凡的壮丽,使我一直未敢举笔。从1983年起才下定最后决心。连续两年在长征路上作了实地考察,并作了其他方面的准备。总算在1985年5月动手了。至1986年12月写出了初稿,1987年又用了四五个月的时间进行了修改,终于完成。为着给伟大的人民解放军建军60周年献礼,就由人民文学出版社在《当代》增刊上发表了。现在单行本也很快就要出来。1987年是我参加这支军队的50周年,尽管我献上的礼物难称丰厚,对我自己也是些许的安慰。

这一作品的完成,应该说比较顺利。初稿只用了一年半时间,加上修改是两年。速度较过去为快。主要原因是精力集中。过去我写《东方》时,干扰太多,开会呀,约稿呀,杂事呀,常常插进去许多临时性的东西。这回不然,我每天工作时间正常,上下午写作,晚上松一松,看看书报,保持持续的精力。其实写作的速度并没有加快,还是老太太坐牛车——慢慢地晃悠着,因为不中断也就快了。

有的同志问:《地球的红飘带》已经出版了,你那一把年纪也不小了,你还不满足吗?还要写吗?

我说,是的,确实不满足,确实还要写。因为我自觉还有热情,还有精力;我所亲身经历的那个伟大的时代——抗日战争和解放战争,那个哺育我的时代,我还没有反馈呵!我不愿靠虚名安度晚年,我还要拿出东西来,我对自己所走的道路充满信心,我在令人眼花缭乱的声色氛围中毫不惶惑地前进。

1988年1月11日于北京

《这才是青春开花处》序

这本集子里收的 50 余篇文章,大抵是 1987 年以来的散文和杂文。其中尤以 1990 年写的为多。可以说是我的近作了。

一个作家,除了写大部头的作品之外,及时写些短小的东西,以保持同群众的精神联系,是很必要的。可是前几年,在资产阶级自由化大肆泛滥的时期,不少老作家发表东西很难,至少是很不顺利。一些报刊,发表什么人的文章,不发表什么人的文章;什么人的文章应当突出再突出,放在头条;什么人的文章缩小再缩小,当做陪衬,他们头脑里是很清楚的。应当说他们的"党性"是很强的。我渐渐发现,那些高喊"博爱""人道主义"的人愈行时,他们占据的地盘愈多,我得到的"博爱",得到的人道主义待遇就愈少。他们的自由愈多,我得到的自由就愈可怜。等到他们纵横扫荡马克思主义如入无人之境的时候,我的自由就差不多消失殆尽了。所以我在 1988 年的一次文艺漫谈会上说,有些人把"双百"方针喊得山响,等到他们掌了权,就不让别人鸣放了。

即使如此,我还是尽可能地在一定的范围内发出一点声音。这里所收的 1990 年以前的作品,就属于这种情况。党的四中全会以后,情况不同了,政治思想战线开始出现了转机,我憋在肚子里的话就想倾吐一番。这样,在 1990 年里就一气写了不少杂文。大都收在本书的第三辑里。这些杂文,广大读者很喜欢,说读来"很过瘾"。但也有人不喜欢,不高兴。今天思想被搞得这样混乱,一篇文章要想使所有的人都满意,大概是不可能的了。我也不抱这个幻想。

石油战线的同志对我很热情,多次邀我去油田跑一跑。岁月催人老,我觉得应当实践自己的诺言了。于是有了去秋 9 月的西北之行。年终石油文联在东营开成立会,我又随之访问了胜利油田。石油战线的兴盛气象和多年来锤炼的战斗精神使我感动,发而为文者凡八篇,就是收在本集的《石油战线巡礼》。当然对于百万石油大军来说,撷取的不过是一鳞半爪而已,许多闻名的大油田,例如大庆等等还不曾谋面。下一步都要抽出空儿专程拜访。中国石油天然气总公司的领导及石油出版社的同志,怀着满腔热情要出这本散文集,我自然很高兴。能使战斗在最艰苦地区的、生产第一线的劳动者看到这些东西,那是作者的最大愉快。同时我也希望,石油战线的战斗精神能在全国读者中得到更广泛的流布。

文艺战线是思想战线的一翼。它过去被称为政治的晴雨表,不是没有道理。尽管我们都希望风平浪静,坐在家里安安静静地写作,但是文艺的天地中总是充满着风风雨雨。一些人不了解情况或不及细察,总认为文人多事和文人相轻。甚至有人把这些纷争一律说成是"窝里斗",归之于个人恩怨,这更是大谬不然了。自然,个人恩怨,学术流派上的不同见解,这些都是有的;但从总体上去考察,还是不同立场、不同思想倾向和政治倾向的矛盾。只要社会上还存在着不同的阶级、阶层,存在着不同的政治集团,不同的意识形态,还存在着社会主义和资本主义两条道路的斗争,那么,代表着不同倾向的文艺这根敏锐的神经,它们之间的斗争就是不可避免的。例如坚持四项基本原则同坚持资产阶级自由化之间的斗争,就最尖锐地反映到思想战线上来,其中也反映到文艺战线上来。这怎么能说是什么"窝里斗"呢!如果故意这样说,那就有点儿抹杀原则是非界限的嫌疑了。收在本书第四辑中的文章,就是作者对文艺问题的一些看法,供关心文艺的同志们参考。

在当今世界上,近一两年来,国际共产主义运动遭受了从来不曾有过的重大挫折,帝国主义者的凶焰愈来愈咄咄逼人。冷静思之,我们的国家不是没有潜在的威胁。令人欣慰的是,在这浓云密布、风急浪高的严重关头,我们伟大的党依然高举马列主义毛泽东思想的旗帜,在社会主义的道路上英勇迈进,此情此景,真可以说"已是悬崖百丈冰,犹有花枝俏"了。但是我们还必须清醒地看到,反社会主义的势力是不会死心的,社会主义同资本主义两条道路的斗争,远远没有结束。我们这一代毕竟老了,至于中国的命运和前途究竟如何,这个问题是要现在的青年来回答的。本书取名《这才是青春开花处》,无非表示作者对青年同志寄予的深厚期望。请让我最后说一句:同志们!你们肩头的责任是很重的!希望你们在实践中锻炼成长吧!

1991年"二七"纪念日

祝《地球的红飘带》连环画问世

我的小说《地球的红飘带》问世不久，王素同志就热情地打来电话，说中国连环画出版社约请她要把这本小说编成连环画，我当即表示赞同。今年春，她同中国连环画出版社总编辑姜维朴和画家沈尧伊同志一同到我家里来商谈此事。他们说要把这本连环画作为建国40周年的献礼。他们崇高的热情使我深受感动，在拜金主义像黄风一样弥漫的日子里，这是多么可贵！从他们的心上，我似乎听到长征——人类历史的壮举所激起的深沉的回声。沈尧伊同志过去走过长征路上的一些地方，但这次他又走了一下，以便获取新鲜的印象和灵感纳入画笔之中。

秋天，果然是收获的季节，姜维朴同志又领着王素、沈尧伊同志来了。沈尧伊同志夹着一大包一尺见方的大大的画幅就地铺开，我一看这些画幅场面宏伟，气势壮观，不仅描绘景物细腻，而且刻画毛、周、朱等领导人物相当传神。我当时就说，沈尧伊同志，你可以开展览会了！

王素同志是解放战争时期入伍的文艺战士，她经手编辑出版的长篇小说、报告文学和诗集60多种，也编过不少连环画文学脚本。我的《谁是最可爱的人》重新出版时，也经过她的手。我也正是那时认识她的。因此，我对她编的脚本很放心。沈尧伊同志1966年毕业于中央美术学院，在油画、版画、插图和连环画等美术领域都有优秀作品，特别在连环画方面形成了自己的风格。他们的合作可谓珠联璧合。这部连环画计划800余幅，可以说是相当可观的连环画集了。它必将带给广大读者以喜悦。现在我以欢欣和感谢的心情企待着这部连环画集的出版。

帝国主义的本性是不会改变的

——《谁是最可爱的人》盲文版序言

听中国盲文出版社的同志说,本书是我国出版的第一本盲文读物,我听后自然很高兴,因为我可以结识许许多多的盲人朋友了。现在乘此书再版的机会,请允许我向盲人朋友们致意,祝福你们生活安康,自强不息,战胜困难,并在知识之国里不断畅游前进。

党对盲人的教育,一向是很重视的。建国之初,就建立了盲文印刷所。

当第一本盲文读物《谁是最可爱的人》出版后,印刷所领导人张文秋、黄乃曾将该书亲自送给了毛主席。毛主席闭上眼睛摸了摸,对他们说:我们共产党干革命,就是为了解放劳苦大众,盲人又是他们之中最痛苦的人,你们出版盲文图书是件很有意义的事情。盲人教育的事业就这样一步步发展起来。我认为,盲人尽管遭遇不幸,只要使他们受了教育,为知识武装起来,是同样可以为人民作出许多贡献的。

《谁是最可爱的人》,是我在抗美援朝战争中战地通讯的结集。最初于1951年10月出版。以后再版4次,至1994年已印刷8次。这次是根据1994年第8次印刷的版本印行的。

回顾抗美援朝战争,已经过去40余年了。世界形势已经起了许多根本性的变化。但是有一条没有变,这就是帝国主义包括美帝国主义的本性没有变。它剥削本国人民以及压榨第三世界国家的本性没有变;它称霸世界的野心没有变;它仇视社会主义国家尤其是仇视中国的本性也没有变。自然,不变中也有变,例如它更加重视和平演变的战略,更加重视经济与文化的渗透,达到不战而胜。但是这只是手段的变化,而绝非本性的改变,帝国主义的本性,直到它们在地球上彻底覆亡为止是不会改变的。

美国只不过是地球上的一个国家罢了,可是我们却天天听到它向全球每一个地方发号施令。不是今天制裁这个,就是明天制裁那个,好像每一个国家的内政都是它的家事。对中国尤其是这样。试问,天底下有这样的道理吗?例如人权问题,在美国本身就很严重,1992年的洛杉矶事件,不就是一个明显的例子吗?但它却恬不知耻地,一天到晚挥动"人权"的大棒,向别人施加压力。前几年发生的"银河号事件",逼得我们的一条船,像没娘的孩子一样在公海上漂流了40多天,我们堂堂的中华民族,堂堂的中华人民共和国,怎么能容忍这样的欺辱呢!

因此,我再次说,帝国主义的本性没有改变也是不会改变的,即使它装成狼外婆,也仍然是狼。

1996年4月14日

我的写作信条

——在广州军区直属机关文艺讲座上的谈话

我这次出来 7 个月了。各地业余作者同志们,希望我谈谈创作的体会。东谈一点,西谈一点,凑起来有 10 条。我自己就是根据它来进行创作实践和生活实践的,因此也可以说是我自己的写作信条。其中有些不是自己实践得来的经验,而是看别人作品、古典作品得到的启示,准备今后这样去做的。经验是从实践中来的,我的实践不多,经验自然也少。而且个人的经验不可避免有它的片面性。请同志们多多批评指正。

一、做无产阶级文学旗帜下的士兵

谈起写作,无非是三个问题:(1)为什么写作,为谁写作;(2)写什么;(3)怎样写。这第一条是立场问题,第二条是内容问题,第三条是方法问题。当然,二、三条同样都包括立场和世界观问题,不过,我觉得,为什么写作,为谁写作毕竟是一个最根本的问题。一个人写作的出发点是什么,将影响到他的整个艺术活动。这是应该认真考虑的。一个人走上创作道路,有多种情况,其中也往往有下面两种情况。一种情况是:作者本人并不是为了要写作品,但他经历了很多事情以后,有很多感触,对社会生活形成了一种看法,思想上积压了很多东西,于是,产生了写作的冲动,不写出来就心中不安,这就促使他进行了艺术上的表现。另一种情况是:本人小时候读了些文艺书,对文艺发生了兴趣,自己逐渐想从事这种活动。两种情况中,我觉得第一种情况更符合艺术创作本身的规律。历史上有很多作家都是这样的,包括进步作家和反动作家。他们是心中有话要发泄出来才从事写作的。如曹雪芹,是否他一开始就想从事文学,埋头写多少年呢?他是经历了若干年上层社会生活之后,后来潦倒,回顾往事而写出了《红楼梦》的。现在有许多老干部,深深感到自己亲身参加的革命斗争的伟大,怕这些革命事迹埋没了可惜,想传给下一代,因之不能自己地拿起笔来,不管这支笔多么沉重。一些工农作家也是这样。如高玉宝,他是因为自己过去吃了很多苦,解放了,胜利了,怕人们忘掉了过去而写作的。据说开始时他是为了教育他的父亲而写的。这些人不会提出应该写什么,怎样搜集材料一类的问题,因为他写的就是他一生中感受最深的事情。这是符合艺术的规律的。我所说的第二种情况,却是首先对文学发生兴趣,想从事这种活动。这种情况当然也并不是要不得,这也是一种客观存在。但这与前面一种情况不同。常常听见有人问,应选什么题材,搜集什么材料,这本来应当是不成问题的,不知道应当去收集什么材料,为什么要写作呢?当然这也不是什么坏事,不过他首先要大大充实自己的生活,在火热的生活里好好地滚一滚,等到他对生活有了较深的体会并且形成自己的看法,才能彻底解决这个问题。

  为什么要谈上面这些问题呢?因为我体察到处于第二种情况的人,常常容易不自觉地把艺术放在第一位。这里谈谈我自己过去的事,也算自我批评吧!我算作哪一种情况呢?应该算作第二种。当我还没有革命觉悟的时候,就喜爱上了文学,认为搞这行不坏。这样有无毛病呢?有的。我17岁的时候跑到山西参加了八路军,以后又去延安抗大学习。毕业分配工作的时候,正遇鲁艺招考。当时我就转过念头,想到鲁艺去学几天,学些写作经验,提高技巧,装备一下,然后再去前方更好地为人民服务。但是我立刻否定了这个念头,没有提出这个要求。因为我想整个民族正处在生死存亡的关头,个人要求装备一下,学点技巧,是太微不足道了,不该这样打算。现在想起来还感到惭愧。以后我一直是搞业余创作,有时候工作忙,没时间写东西,就又有些苦恼,又暴露了这一个问题。我思考的结论是:一个战士,当然应该很爱自己的剑,一把明光锃亮的宝剑,确实是令人喜爱的。但是你是因为热爱革命斗争才热爱剑呢?还是因为爱剑而参加革命斗争呢？很明显，一个战士是因为热爱革命斗争才热爱剑，不是因为爱剑才参加革命斗争的。这也就是：我爱艺术，我更爱真理。艺术是手段，不是目的，我们的目的是为真理而斗争。为了真理，可以粉身碎骨，可以牺牲自己的一切。用笔来写作，只不过是一个人战斗的方式之一。我觉得这样才是正确的。当然也不要把这两者对立起来。要想写出好作品，对我们的事业有所贡献，不仅要觉悟很高，还要有高度的艺术水平。但我所讲的是根本的出发点问题，应该从哪里出发。不同的理解，就会培养出不同类型的作家。出发点是为了革命，就会把自己向一个革命战士的目标来培养，造就出来的是革命的战士，而不是只懂得一点艺术技巧的小手艺匠。如果出发点是为了艺术，也可能学会点技巧，找些材料，东凑西拼，也可能搞出一点东西，但成为一个革命战士这种类型的作家是困难的。一句话，我们培养自己的方向应当是无产阶级的作家和战士，是无产阶级文学旗帜下的士兵。

二、爱憎分明，是非分明

作为一个革命的文艺工作者，爱憎分明很重要。我们常常看到伟大作家的作品，感到有一种震撼人心的力量。当然不能不佩服他们在艺术结构上有杰出的东西。但所以产生这种效果，作家强烈的爱憎恐怕是主要原因。

所谓爱憎，是热爱人民，憎恨敌人，是热爱革命，憎恨反动，热爱新生的东西，憎恶腐朽的东西。作家不仅要有一般的爱憎，而且要有更深的爱憎。一位领导同志有次曾谈起来，说爱要爱个死，恨要恨个透。这是很对的。有了爱憎分明的态度，才能更深地观察生活，才能使作品有震撼人心的力量，不致成为一杯薄酒。

此外，还要是非分明。有人提出在生活中如何收集材料的问题。我看具有是非分明的观点才能有深刻的感受，否则一切都如流水般过去。不去思考哪些是对的，哪些是不对的，感受就很难深刻。一个模棱两可的人是不可能成为好作家的。是非观念以何为指导？要以马列主义为指导。"是"指马列主义之是，"非"指马列主义之非。

三、刻苦地研究生活

在毛主席的文艺思想中,这是一个根本问题。深入生活,一方面是为了改造自己,同时也是为了吸取创作原料。作家发言靠什么,就是靠生活,是通过生活来发言的。记得有次周总理对中央民族歌舞团讲话时,曾说过艺术不要光喊政治口号,喊口号我比你们会喊。这意思就是告诉我们,要通过生活来发言。写东西要力求真实,不真实的东西是没有生命的。艺术的真实要以生活的真实为基础,没有生活的真实,也就谈不到什么艺术的真实。过去有人片面地强调"写真实",主张一个作者只要"写真实",去进行什么自我搏斗,就可以达到马列主义。其实这是取消无产阶级世界观对创作的指导作用,否认马列主义在观察生活中的指导作用。我们反对单纯强调"写真实",但是却不要误会成我们的东西不要真实。相反,只有以马列主义为探照灯,才能照亮生活,达到更高的真实。比如在农村实行合作化以前,常有吵架、打官司的事情。北方风俗,老头老婆的儿子们长大了,靠谁养呢?一种是吃"轮头饭",由几个儿子轮班来养;一种是儿子儿媳定时定量供给他们多少粮、柴等。可是,有时候并不能按时照付。老头煮饭没柴,就去儿媳处抱一点,儿媳就去夺,展开了"武装斗争"。有的在分家产时,为了争一棵胳臂粗的小树,打起官司。打得小树长得合抱粗,家产都打光了,还是纠缠不清。这些事使人看了很痛心。为什么会发生这样的事情?如果没有马列主义的阶级分析观点,或者是不能理解,或者就说是人心不古,人性不好,这就掉到唯心论的泥坑中去了。有了马列主义,眼睛就亮了,很清楚:这是私有制度的罪恶!私有制一去掉,那些东西不是逐渐减少了吗?可见只有以马列主义作为观察生活的探照灯,才能达到高度的真实。

对生活必须进行刻苦的研究。有人问,写报告文学作品,在不熟悉生活的情况下,或者创作时间短促的时候,是否可以虚构?写报告文学作品能不能虚构,我后面再谈。就说写一般文学作品,这提法也不对。我认为恰恰相反,材料愈多,愈可以大胆虚构;对客观情况不清楚,想借助虚构来补空子是不行的。我觉得,文艺创作只能有中生无,而不能无中生有。

我第一次去朝鲜采访,开始就注意到志愿军打得很英勇,负伤不下火线的人比国内战争还多。什么原因?领导机关对我说这是发扬了爱国主义、国际主义和革命英雄主义的精神。完全不错。但是我并没有满足这个答案,还是深入地研究它。我同好几十个干部战士谈了话,从许多具体事件中得到了相同的答案。但是这已经不同了,已经是通过自己的观察、研究、体验,变成自己的观点了。这才是结实的,与自己有血肉联系的,而不是别人告诉你的。

主题思想,应该是文艺工作者自己体验的结果,是自己生活实践的结论,别人可以提示你,帮助你,但是应该通过自己的体会来得到它。一般地说,主题思想的产生,应当是在研究生活之后,而不是在研究生活之前。先有一个主观的框框,再去找材料往里填的办法是很不好的。

四、熟练手中武器

这里所说的熟练手中武器,就是要理解和掌握自己所使用的某一种文艺形式的特性。文学创作有多种形式:小说、戏剧、诗歌、电影等等。每一种里面又有几种不同的样式,小说有长篇、短篇、中篇,诗歌有抒情诗、叙事诗等等。一个人可以掌握一种或几种,一般地说,十八般武器,样样精通,是困难的。初学写作时,不妨多试几种,因为认识自己也要有个过程。要在实践的过程中,看看自己具有哪方面的才能,使用哪一种顺手。我自己写小说不多,现在还怀疑行不行,但要实践一段再罢手。如果你已经确定使用某一种武器,那就要理解和掌握这一种武器的特性。可以说,每一种文艺形式都有自己的特性,否则,这一形式就不会存在。所谓特性,就是与其他形式的共性之外的特殊规律,也可以说是他的长处和短处。小说与诗比较,长篇小说辛辛苦苦写了几十万字,一篇短诗只有几十行,甚至可以达到小说所达不到的激动人心的效果。这就是诗歌的特性:它具有高度抒情的威力。反之,一部长篇小说可以把整整一个时代装进去,民族习俗、斗争风貌、语言服饰甚至药方子,都可以从容不迫地写进去,而诗歌就不行,也不必要。小说与报告文学比起来,小说很丰富,是否可以不要报告文学了? 也不行。到朝鲜回来的同志马上写小说的很少,大都写报告文学,因为来得快嘛! 这正如战争中的各种武器,重炮、机关枪、手榴弹、刺刀等,都不能互相代替。远射程炮可以摧毁敌人后方的工事,打击敌人的第二梯队,但不能拿大炮冲锋;近战时,还是刺刀、手榴弹带劲。

这里我不准备同时也没有能力去谈各种艺术形式的特点,我只是提起一点注意:要揣摩,要研究你所掌握的那一种艺术形式的特性,要有意识地发挥其长处而避免其短处。在这方面盲目与自觉是不相同的。比如诗歌的特长本来是抒情的威力,短处是叙事不如小说、散文那样从容。可是当你不去有意识地注意这个特点的时候,你写的叙事诗就很可能采取散文、小说的写法,结果写得既不像小说,又不像诗,反而使人感到用散文、小说的形式去表现倒可能更清楚些。这就是作者没有注意诗的特性的缘故。有意识地对某一种文艺形式进行深入的钻研,取其所长,避其所短,对艺术表现是大有好处的。

这里顺便谈谈报告文学的问题。有人问:报告文学可否虚构? 我觉得报告文学不宜虚构。否则岂不同小说一样了吗? 还有什么独特的存在价值? 我想,是否可以说报告文学有其两重性:一是文学性,一是写实性。这就是说,一方面要写真实的人物事件,与小说有别;另一方面它又是一种文学形式,是通过文学手段(形象、典型)来表现的,因此,它又不同于一般的通讯报道。报告文学的文学手段也带有自己的特点,比如小说的典型是作者创造的,而报告文学则依靠作者的观察力从生活中吸取具有典型意义的人和典型意义的事。它的加工方法不是依靠虚构,而是从剪裁取舍上下功夫,哪些应当放大、突出,哪些应当删减、略去;它是从这些方面来进行艺术加工的。

五、集中力量打歼灭战

写文章的方法很多。这里我借用毛主席的一句名言,说一点我个人的体会。就是说,写东西在明确了主题思想之后,就要集中力量攻取堡垒。

首先,动手之前,主题思想一定要明确。如果主题思想还不明确,就等于作战还没有查明敌人在哪里。一个人写文章,难道有主题思想不明确的事情吗?有,这往往是由于在写作之前,作者对问题研究不透酝酿不够所产生的。如果发现了这种情形,写不下去就不要硬写,要停下笔来,再度进行补充生活,调查研究,做到充分酝酿成熟。一旦真正弄通了,就应该围绕中心,"集中力量打歼灭战"。我们写东西很容易犯的毛病是:在一篇作品里,又想说明这个,又想说明那个,实际上形成分兵作战,结果哪个也没有说透。我写某一篇朝鲜通讯时,最初就是如此,又要写志愿军英勇,又要写祖国伟大,总想面面俱到。这正如在作战中想一下把几处敌人全吃掉是不行的,而是要集中兵力吃它一口,力求全歼。

六、精兵主义

韩信用兵是"多多益善",写文章则是兵贵精不在多。创作中选择典型创造典型,是艺术家最主要的手段。要写出典型的人物,要写出人物的个性,往往并不要堆积很多东西,只要抓住若干具有鲜明特征的重要的情节和细节,人物就可以出来;反之堆积一般化的东西很多,人物也站不起来。此外,我们写东西还常常喜欢全线进攻,缺少重点突破。一些古典作品恰恰相反,那些作者们很能巧妙地突破一点,而取得全胜。譬如果戈理的小说《外套》只是通过一件外套写了这个人物的一生。我们往往写了人物的一辈子,很详细,就是不够突出鲜明,这是值得深思的。我们在生活中,积累材料要多,使用材料要少。积累多,将来就有选择余地,可以用其最精华的部分。因此,积累素材时要不厌其多,要多多益善,不怕这些材料暂时用不上。如果积累得少,就没有选择余地了。但是,在使用材料时,就要严格,务求精粹。甚至写成之后,还要下狠心删掉那些次要的部分。

七、当你研究生活的时候,要有最大的老实;当你结构作品的时候,要有最大的"不老实"

为了把自己的作品写得更好一些,我还常常想到一点。用我自己的话说,就是:一个作者,当你研究生活的时候,要有最大的老实;而当你结构作品的时候,却又要有最大的"不老实"。我的意思是说:当你研究人研究生活的时候,没有最大的老实态度,就不可能对复杂的生活,了解得又深又透,既然首先没有生活的真实,也就谈不到什么艺术的真实。而当你进入艺术加工的时候,却又需要摆脱一人一事的局限,让艺术的畅想飞翔起来,才能充分做到艺术作品的生动和鲜明。每当我看到古典作家和当代优秀作家一些作品的时候,常常引起这种启示。以果戈理的《钦差大臣》为例,如果作者对旧俄生活没有那样透彻的了解,他就不可能写得那样深刻;如果作者只拘泥于一人一事,不能大胆想象,也难以产生出那样的艺术妙品。对照我们自己,往往对以上两个方面都做得不够,有时甚至恰恰相反:在研究生活的时候,往往是浅尝辄止,缺乏最大的老实;而当进入艺术加工的时候,却又太"老实"了,拘泥于某些具体琐碎的事件,不敢越出雷池一步。其结果就使得我们的一些作品,显得平淡乏味。此外,还有一种情况:在研究生活的时候不够老实,而在进入艺术加工的时候,却大胆得可惊。结果只能在有限的生活原料上,大量臆造似是而非的离奇情节,或者不能不袭用他人笔下已经出现过的形象。这种情况也是不正常的。在毛泽东同志的文艺思想中,可以看到,他一方面十分强调研究生活的问题,而在另一方面又提出文艺作品可以而且应该比实际生活更高,更强烈,更有集中性,更典型,更理想,可见这两个方面都是很重要的。这两个方面是相反又相成的。可以说,愈是生活底子深厚,艺术想象驰骋的天地也就愈是宽广。一支火箭,如果只能匍匐在地,那就不称其为火箭了;但是,如果想使它腾空而起,遨游太空,却又必须踏踏实实一丝不苟地做好地面上的工作。

八、不怕矛盾

　　有些人认为写矛盾是个危险地带，不敢写。我们要决心搞革命，搞革命文学，就不能害怕矛盾。害怕矛盾就趁早改行。其实改行，也避不开矛盾，因为生活本身就充满了矛盾。毛主席在《矛盾论》中解释得很清楚。我们的中央领导同志说，即使到了共产主义社会，也还会有好人和坏人，也还会有矛盾。一度有人认为戏剧中可以不写矛盾，这是违反马列主义的。无产阶级是不怕矛盾的，因为它是新生的阶级，发展的阶级，真理是在它这一边的。假若害怕矛盾，还干什么革命，搞什么斗争？因此，我们写作不应回避矛盾。矛盾不是能写不能写的问题，而是立场是否站得正确的问题。这是最重要的。写敌我矛盾，是不须多加说明的，就是写人民内部矛盾，也要从革命的利益，从党的利益，从人民的利益出发，而不能从任何其他的出发点出发。因此，怎样写才是对党、对革命有利，怎样写又是对党、对革命不利，我们的头脑要很清醒。尤其是不能有利于敌人反而伤害了自己，不能伤了自己的肉。有些事是在什么时机讲的问题，是现在讲，还是过一个时候讲，这也要考虑到。因为这世界上还有敌人，还有阶级矛盾。但是，我们不怕矛盾。因为将要没落的并不是无产阶级，而是腐朽的资产阶级。我们队伍中某一些人的某一些缺点，归根结底，是旧制度造成的，是封建阶级、资产阶级吹到我们身上的灰尘，而我们扫去它，对我们不仅没有损失，而且只会有利于我们的前进。

九、熟悉几十几百个活人

　　大家都感到现在某一些作品写的人物不突出，不生动，有些概念化、类型化。缺乏活生生的个性。原因何在？还是对人物不熟悉。比如我写的这个连长不突出，那就不妨问问自己：我头脑中究竟有多少个活生生的连长呢？可能有几个，但是不多。而且可能对他们不理解，或者理解得不深刻。当然在写人物时也就不容易突出了。我觉得，一个作者起码要下决心真正去熟悉几十个活人。如果在脑子中装了 30 个、20 个活的连长形象,对他们的出身、历史、生活、性格、爱好以及一切细节都很熟悉,加上一定的表现技巧,就可以塑造出活生生的连长形象来。所以,在这方面要扎扎实实下些功夫。要熟悉人,就要和他们在一起。不和他们共事,是不容易了解一个人的。对人物透彻地了解了,可以作为人物传记登记起来,这就是自己的财产。创作时运用技巧,集中概括一下,是可能刻画出一些人物来的。至于要创造出惊天动地的英雄,不朽的典型,那又是同作者的思想水平、艺术水平有关的。但真正熟悉了一些人,即使写不出了不起的典型,总还是可以写出一些活生生的人物来的。

十、写自己感动的东西

这一条理由很明显,自己不感动,要写出来去感动别人是不可能的。不要存在这种侥幸心理。我想"有感而发",这恐怕是文学艺术的一条规律。自己都不感动,如何去感动别人呢?有人讲:"我自己看到什么都不感动,怎么办?"对这种人只好说:那你就算了吧!总之,不要去写自己没有受到感动的东西。

自己凑起来的十条体会就是这些。文艺队伍太小是不行的,只靠少数人是不行的。要靠大家一致努力。希望大家对我的谈话提出批评。希望大家多写出一些好作品来。

1961 年 11 月 29 日于广州

生活的恩惠
——写作与采访生活的漫忆

上海的《新闻记者》非常热情地约我给记者同志写一点什么。我想,与其发几句空论,倒不如讲讲我自己有关写作与采访生活的某些经历,也许从某一点上会有些借鉴作用。

应该说,我做过不少属于记者的工作,但又没有做过正式记者,只不过是个业余记者罢了。

1938年,也就是我18岁的那年,我正在延安抗日军政大学学习。那时候,由于我喜欢文学,就经常给墙报上写写稿子。同时,我还是老一辈诗人柯仲平同志那个"战歌社"的一员,这样就同几个同学一起办了个《战歌》墙报。也许正是因为这些活动的关系,受到了学校的注意,所以在毕业时,就由总政分配我做了"八路军总政治部战地通讯记者团"的记者。这个记者团分了四个组,八路军的一一五师、一二○师、一二九师和晋察冀军区各派去了一个。我是被派往晋察冀去的。我们那个组的组长叫雷烨,这是一位很优秀的同志。他比我们大几岁,也比我们成熟得多。他到冀东地区去了不久,就先后担任了宣传科长和组织科长,写了不少反映冀东斗争的文章,1940年被选为晋察冀边区的参议员,可惜不久就在反"扫荡"中光荣牺牲了。他牺牲得很壮烈,是在被敌包围中,将自己的照相机砸碎,胶片烧掉,然后拔枪自尽的。我记得他牺牲后,邓拓同志写了一篇很沉痛的文章来悼念他。我们这个组除了雷烨,还有林朗、程追、沈蔚、范瑾、徐逸人等同志。沈蔚同志后来当了《冀中导报》的负责人,也牺牲在他为之战斗的这块土地上了。

我虽然担任了记者团的记者,但事实上并没有做记者的工作。因为我到晋察冀军区之后,就被留在军区政治部宣传部的编辑科当了干事,参加《抗敌副刊》的编辑工作。这张只有两版的石印报纸,说是"副刊",其实是军区的独立报纸,因为边区的《抗敌报》创刊在先,这个报也就以《副刊》名之,不久这个报就改为《抗敌三日刊》,以后又改为《子弟兵》了。

  我在这里当编辑日子并不太长,也不过就是两三个月的时间。以后要往下面派干部,有一位同志不愿意去,我就主动提出请求,从此就分到了一个老红军团——也就是在安顺场首先冲过大渡河的那个团队。我在这个团队的第一营当了一名教育干事。严格说,我的战斗部队的生活应从这时算起。我曾多次回忆到这一点,认为我那时候到下面去工作,决心是下得对的。我并不后悔。尽管在下面战斗频繁,行动多,危险多,也更苦一些,而做记者,有马骑,接触面广,首长待若上宾,似乎也更风光一些,但我还是觉得在下面可以得到当记者得不到的东西。无论是从打生活基础来说,还是从培养对群众的感情来说,从多方面的锻炼来说,都比浮在上面飘来飘去好多了。而那时假若我一开始就当记者,我看不一定就好,尤其是从搞文学这个角度来看。

  那时,我的主要兴趣是写诗,下的功夫也大,通讯、报告文学用的功夫就小一些。但是,不管是诗或报告文学,都多半是从我直接接触的生活中产生的。也就是说,不是靠采访得来。例如1939年末我那篇在当时曾受到好评的《雁宿崖战斗小景》,实际上就是我当时的日记略加修改而成的。因为写的都是自己亲身经历的事,亲眼看到和听到的事,也就用不着进行多少采访了。我的《黄土岭战斗日记》也是这样。基本依靠自己的经历、观察和体验,采访只作为必要的补充,这就是我一个时期内的活动方式。

  以后我离开战斗部队,调到分区去编小报,再下去就多半依靠采访了。我在"百团大战"时的活动就是这样。不过这个时期我写的通讯不算多。我的采访活动比较集中的是1943年的反"扫荡"中。这次日本军队在晋察冀的北岳区连续"扫荡"了3个月。开始我被分配到易县水泉村附近的电话站去做指导员,主要是在敌人"扫荡"中保持电话畅通,使领导机关及时掌握敌情。敌人来时仅作小范围的转移,敌人过去就要立即回到原来的地方。后来因为敌人在整个狼牙山周围地区的烧杀极其严重,上级就命令我离开电话站,在上述地区做些采访,了解群众的受害情况,以便反"扫荡"结束时作些报道。这样我就循着敌人的踪迹,活动在受害最重的地区,一个人奔波在烟火未熄的村庄与血迹斑斑的田野之中。直到今天,我还记得敌人过后留下的惨状和访问过的一些人物。那些大火后的废墟,那些裸露在田野被太阳晒得像烧鸡一样的肢体。有一个妇女被敌人捉住,敌人逼她脱光衣服,随着队伍跳舞,还用烟蒂烧她。有一个从死尸堆里逃出的农民,身上还搭拉着一块被刺刀挑起的肉跑了几十里路。这时的所谓采访,不过是对群众的慰问和鼓励,听群众悲愤的哭诉而已。我的那首诗《好夫妻歌》,就写在这个反"扫荡"中。我还记得,完县有一个龙堂村,村里有一个清澈丰盈的水潭。敌人来时,有些老弱妇孺未曾走脱,约有20余人,挤在一所农舍里,几乎全部被枪杀和刺死了,屋里的那盘炕,成了一盘血炕。我听说此事,专门到这里看了那所房子,找到几个幸存者请他们详细倾谈了惨杀的经过,以及一切细节。由于幸存者描述得十分生动真切,我几乎未作什么加工,就运用对话方式写出来了。可惜这篇作品没有发表,不知怎的遗失了,不然它还可以证实一点帝国主义者的"文明"。

  这次反"扫荡"战后,我写了不少东西,《王老勤的上坡路与下坡路》仅是其中的一篇,其他多未留存下来。这次活动,虽然主要是采访,但这种采访很自然,坐下与群众谈就是了,可以说毫不困难。

  1944年秋天,我被调到冀中军区政治部宣传部工作。从1945年春一直到炎热的8月,是冀中区全面大恢复大发展的时期。从敌人重压下重新站起来的冀中军民,攻城镇,拿炮楼,真是闹得热火朝天。先是搞了一个子牙河东的战役,接着又搞了一个大清河北的战役,刚刚集中起来的游击队,头上还扎着白毛巾,身上穿着紫花布的便衣,数不尽的民兵抬着土炮,扛着担架,带着云梯,随着部队,兵民不分地向敌人的据点展开进攻。记得我当时写过一首歌词,头两句就是"手榴弹机枪掷弹筒,地雷抬杆朝前涌",写的就是这种景象。这里说的"抬杆"就是土炮,足有七八尺长,要两个人才抬得起。在这两次战役中,我被派往参战部队随队行动,整日与部队指战员、民兵们混迹在一起。我这时的活动方式,仍是基本的体验辅之以采访。因为整个的活动,我基本上都参加了,如何挖掘坑道,我就在旁边,每一步进展,人物的活动,都看得清清楚楚,这些都用不着多问了。有一次攻炮楼,我就在炮楼下的外壕里,炸药即将埋好,夜里还下了一点小雨,连炮楼中敌人的哀叹声都听得见,对于即将"坐飞机"升天的敌人来说,真可谓凄风苦雨矣!这里所说的"辅之以采访",还不是战后,主要是战前的吃饭休息或者就在战壕中。我记得在进攻河间沙河桥敌据点时,在战壕中我认识一个战士,这个战士体格魁伟,性格单纯,就是沙河桥附近的人,很令人喜爱。由于他在战前练兵中,全团考了个第一,就被大家戏称为"投弹元帅"。我同他的谈话,就是在战壕中进行的。冲锋开始后,他很英勇,可是没有冲出多远,就身中数弹扑在地上。等到我上去时,一看倒在地上的是他,白衬衣都染红了,已经牺牲了,就止不住流下泪来。最后我们在这个炮楼下堆了很多捆秫秸,怒而焚之,烧得这些日本侵略者鬼哭狼嚎,一层一层地最后退到炮楼顶上,然后纷纷跳下来,摔成肉饼子了。战后我写了一篇长篇报告文学《平原雷火》,其中就有一节写的是《"投弹元帅"保卫家乡》。这一节曾发表在当时冀中军区的石印报纸《前线报》上。那篇《平原雷火》因为日本投降时报社有行动,以后就找不到了。

  解放战争前期,我在一个野战纵队里任教育科长。除完成本职工作外,战斗中仍常常被派往部队随队行动,搞业余写作。我的活动方式仍不外上面所说的那些。这里不须多赘。

  抗美援朝战争开始后,我主要是同一些同志去完成一项任务:了解美军的政治情况。此项任务完成后,大家都很乐意到部队中去看看。可以说,我这次的活动是很轻松的,因为我没有任何任务的压力,写不写东西,写什么,也没有任何限制。所以我只凭自己去观察,去感受,去选择。我要访问什么人,了解什么事,也都由自己来作出判断。我后来写的那些东西,大多数的题目都是当时就记下来了。1952年春我第二次入朝,一些记者同志要我介绍经验,我当时曾经讲过这么一条,即既要重视新闻单位发下的报道要点,但又不要受它的束缚。因为生活本身是异常丰富的和生动活泼的,那就像海水,任何好的预想都很难将它包揽无遗。这些预想只能是提示而不能代替记者主动性的发挥。如果只记着要点上的几个条条,对生动丰富的生活本身不去亲近,不去详加研究,要点之外的东西,一概不予重视,这样就把自己的耳目大大地限制住了,其结果不但难以得到丰富的收获,甚至收起的鱼网会使你失望。

我上面拉拉杂杂说了这么多,早已越出预定要说的范围。概括言之,我是想说明下面几点:

1. 我过去基本的活动方式,是以体验为主而辅之以采访,我认为这样对生活的体会和了解可能会比一般采访要深入些,也便于解决与群众的结合问题。不过这只是一个业余记者的经验,要专业记者也这样做可能有困难。但是,为了加强对年轻记者的培养锻炼,不妨多给予一些时间,甚至一面做工作一面当记者,从长远看是有好处的。

2. 在采访中,不要以主观去代替客观,也不要为预定的设想所束缚,而要广泛地热诚地去接近现实,以清醒的理智去分析现实,尽可能使每篇东西都有唯物论的根基。

3. 开始写作时,不要拘泥于某一种形式,要提高自己的文学素养,做多方面的写作实践。在写作中更要特别注意学习语言,不要满足于一般的新闻语言。

我上面已经申明,这只是作为一个业余记者的狭隘经验。既是个人经验,当然只能是相对的。即便对大家无用,作为一笔文债是偿还了。

1983年5月4日夜

文学和生活的路

——我的自传

我是河南郑州人。1920年旧历正月十六日生于一个城市贫民家庭。在极其困难的条件下,读了平民小学、高小,并勉强上了简易乡村师范。当时民族危机严重,农村破产,城市凋敝,个人又面临失业威胁,双十二事变后,从进步的书报中接受了革命思想。

1937年抗战爆发,从友人处得知延安抗大招生。数月后,即毅然离开家乡,秘密出走。到达西安,因无人向八路军办事处引见,国民党又在西安与延安间拦劫抓捕赴延青年,遂折返潼关,渡过黄河,至山西前线参加了八路军。我先是在一一五师军政干部学校,后并入总司令部随营学校。当时太原已经沦陷,总司令部驻在洪洞县白石村。我在这里第一次看到我们的朱总司令。

1938年初,日寇继续南犯。随营学校奉命并入抗大,我也随队经长途行军到达延安。自3月到年底,我先后在政治队和军事队学习,并于本年4月加入了中国共产党。在宝塔山下,延水之滨,我度过了一生中的黄金时代,看到了毛主席、周副主席等许多老一辈的无产阶级革命家,并受到他们亲切的教育。延安的生活,决定了我的一生。

抗大毕业后,我被派往晋察冀抗日根据地,在老一团的一营任教育干事。这个当年在安顺场抢渡大渡河的英雄团队,多数连排干部和一些班长都还是老红军,我对他们非常敬慕。从此我就同他们生活在一起,参加了大龙华歼灭战、雁宿崖歼灭战和黄土岭围攻战等有名战斗。年底被调到一分区政治部任通讯干事,负责编辑部队小报,直到1944年。在此期间,我参加了"百团大战"和历次的反扫荡战役,随部队活动于易县、满城、徐水、涞水、涞源等狼牙山周围地区。在血与火的斗争中，伟大的人民群众不仅教育了我，也养育了我，我对此将永远感念不忘。

这一时期，是我政治情绪极为饱满的时期，也是我写作较多的时期。从少年时起我就喜欢文学并练习写作，但从这时起才真正找到了创作的源泉。在我面前展开的丰富多彩的斗争生活，以及晋察冀的群山和溪流，都使我经常沉入到诗思之中。当时立志为革命歌唱，曾以红杨树为笔名写了不少街头诗、抒情短诗和几部长诗。其中短诗有《蝈蝈，你喊起他们吧！》《好夫妻歌》等，长诗有《黎明风景》等。通讯也写了不少，其中影响较大的有《雁宿崖战斗小景》(1939年)。这些诗和通讯，发表在当时的《诗建设》《诗战线》和《晋察冀日报》《子弟兵》等报刊上。《黎明风景》并获晋察冀边区文联举办的鲁迅文艺奖金。当时的条件虽很艰苦，很困难，但晋察冀的文坛却很活跃，一片生机勃勃，这是同晋察冀的领导人对文化工作的重视分不开的。

1944年秋，重新恢复冀中军区，我被调到冀中军区政治部任部员。这使我有机会亲近坚持平原游击战争的英雄人民。本年冬我随平原上英雄模范人物参加边区第二届群英会。会上我写了《燕嘎子》等报告文学作品，发表在当时的《子弟兵》报和《晋察冀日报》。1945年夏，在扩大解放区的军事行动中，我连续参加了子牙河东战役和大清河北战役。写了《平原雷火》《攻克独流镇》等报告文学作品。日寇投降，我被任命为七分区宣传科长。不久改编为野战军西征绥远。在归绥(今呼和浩特)城下写了《寄张家口》《塞北晚歌》《三合村》等诗作。

解放战争时期，我任晋察冀野战军第三纵队教育科长，随军野战。在西至大同，东抵青沧，南起正太，北至察北冀东的地区内，施行大踏步进退的机动作战，参加了历次的重要战役和最后解放华北的平津战役。在这期间，我写了《娘子关前》《在突破口》等报告文学作品及《好兄弟歌》《秋千歌辞》《英雄的防线》《两年》等诗篇。平津解放后，我被派到一个骑兵团任政治委员，进军陕西、宁夏，参加了解放大西北的斗争。

1950年5月，我被调到总政治部宣传部，为战士们编写语文教材。志愿军赴朝参战后一个月，我被派往朝鲜，到俘虏营调查了解美军政治情况。任务完成后,为前方的战斗所吸引,随之进入汉城并抵汉江南岸。在志愿军指战员爱国主义、国际主义的伟大精神强烈感动下,写了《谁是最可爱的人》《战士和祖国》《年轻人,让你的青春更美丽吧!》等朝鲜通讯。作品中热爱战士的感情,是我在部队生活中长期积累的结果。

1951年,《解放军文艺》创刊,我任副主编。本年冬参加中国作家代表团到苏联访问,写了《访苏诗草》。1952年4月,再次奔赴朝鲜战场,同战士一起生活在前线阵地,并广泛地接触了各方面的生活,访问了朝鲜人民军和战时的平壤城。次年初返国。在此期间,写了《前进吧,祖国!》《挤垮它》等报告文学作品,并为未来的长篇小说作了准备。

从1953年起,我开始搞专职创作。一方面进入长篇小说《东方》的构思,一方面深入工厂、农村,继续为这部小说作准备。本年10月,我到长辛店二七工厂,以车间副支部书记的身份深入生活。这是我第一次接触近代的工人阶级,并认识到它的伟大。党的初期活动和震天动地的二七斗争,使我从感性上增强了对这个伟大阶级的牢固信念。于是,我与钱小惠同志合写了反映这一壮丽斗争的电影小说《红色的风暴》。

1954年,《中国青年》杂志举办"什么是幸福?"的讨论。在他们约请下,我写了文艺性论文:《幸福的花为勇士而开》。开始我并不认为我是这类文章的合适的作者,后来从实际需要考虑,也就成了我写作活动的一部分。在此后数年《中国青年》关于人生观问题的讨论中,我又继续写了《春天漫笔》《夏日三题》《弃燕雀之小志,慕鸿鹄而高翔!》以及《祝福走向生活的人们》《路标》等散文。这些文章发表后,曾得到许多青年朋友的热情来信。

1954年和1955年农村合作化高潮期间,我重新到冀中农村深入生活,为《东方》继续作准备。1958年,志愿军从朝鲜撤军,我第三次到朝鲜,经历了这一历史性的动人场面,写了散文《依依惜别的深情》。1959年初,《东方》终于在邢台动笔。至本年夏写了10万字。此后即为其他工作所打断。

1959年冬,奉命参加华北解放战争史的编写工作,直到1960年末。这期间访问了希腊,写了《橄榄树》的组诗。1961年,受邓中夏夫人之托,与钱小惠同志同至南方各地访问,准备合写《邓中夏传》。在南游中拜谒了革命圣地井冈山,写了长诗《井冈山漫游》,意图鼓舞人们渡过面临的困难局面。次年参加了音乐舞蹈史诗《东方红》解说词的写作。

1965年夏,遵周总理之命,与巴金、杜宣、菡子等同志先后结伴访问了正在遭受轰炸中的越南北方。回国后写了《人民战争花最红》一组报告文学作品。这些作品还没有写完,1966年4月,那个抛出"文艺黑线专政"论的全军创作会议已经开始。就在这次会议上,由于江青追随者的策划,我遭到了突然袭击。会后,我即被作为"黑线人物""三反分子""资产阶级反动权威"进行批斗了。已经写了40余万字的《东方》原稿也被没收。

此后,我的文学创作工作几乎中断了8年。为了不使《东方》的创作半途而废,我想勉力完成它,然后束之高阁。于是在1974年重新拾起笔来,在极其困难的情况下,继续写作后半部分。终于至次年10月完成初稿。1976年的那些日子,我同全国人民一样,是在忧心如焚中度过的。是年清明,我投身到首都群众的革命洪流之中,在天安门广场的纪念碑下贴出了自己悼念周总理的诗词。

粉碎"四人帮"后,我写了散文《在欢乐的鼓声中行进》和长诗《新的长征》,满怀信心地歌颂了党和人民取得的历史性的胜利。

建国以来,我所担负的行政职务是《解放军文艺》副主编、总政治部创作室副主任、总政治部文艺处副处长、北京军区宣传部副部长和文化部长。我所担负的社会职务有:第一、二、三届全国人大代表,共青团中央委员,全国民主青联副主席,全国文联委员,中国作家协会理事,《人民文学》编委等。

已经出版的作品单行本有:散文集《谁是最可爱的人》《幸福的花为勇士而开》《春天漫笔》;诗集《两年》《黎明风景》《不断集》;短篇小说《老烟筒》;长篇小说《东方》。此外,还与宋之的、丁毅合写了歌剧《打击侵略者》,与白艾合写了中篇小说《长空怒风》,与钱小惠合写了《红色的风暴》;并为晋察冀的诗人编选了合集《晋察冀诗抄》。即将出版的还有散文集《壮行集》。

回顾自己几十年走过的道路,我的体会可以归结为两点,这就是一个无产阶级的文艺工作者,必须和革命斗争结合,和人民群众结合。这也就是毛主席指出的为工农兵服务的道路。我觉得,自己的工作做得还很不够,无论思想水平和艺术水平,都还需要努力提高。但是有一点在我是非常明确的,这就是:不管出现什么艰难和曲折,我对党对人民是永远具有坚定信心的。过去如此,今后也如此。我愿在党的领导下,永远同人民一起前进,为我们神圣的理想——共产主义而斗争!

1979年8月25日

第二辑

关于公式化、概念化的创作倾向

——在全国作协第二次理事会上的发言

周扬同志在他的报告里提出反对公式主义和自然主义的创作倾向,我以为是非常正确的。这里,我想就公式化、概念化的创作倾向说几句话。我认为,这种错误的创作倾向,在过去几年中,是相当严重地伤害了我们的文学。我们如果不进一步地反对这种倾向,我们的文学事业就不能在革命现实主义的道路上向前大大地跨进一步。当然,我不是要求我们的作家协会,要起草一个在某年某月消灭公式化、概念化作品的工作规划,这样提是太幼稚了,因为这是一个艰巨的斗争过程。但是我要求我们的作家协会要更加重视这个问题,这是对我们的革命文学的发展有关键意义的一个问题。过去我们是不是反对了这种倾向了呢?是反对了的,但是反对得还不够坚决。有些地方,有些时候,我们往往存在着似乎是二元论的说法。即是说,一方面承认它不好,一方面又连忙安慰它,说它主题正确啰,题材有教育意义啰,等等。说来,也奇怪得很,这类作品的主题,又往往一般都是正确的。这样,就使得公式化、概念化的错误倾向,没有能够受到应有的尖锐的批评。在我们的电影方面,近年来的确有着无可置疑的成就,但是在不到两年的时间里,却接连出现了3部看来是差不多的影片,《中国青年报》曾为此发表了画着3个头合并在1个身子上的一幅漫画。我觉得在有关报告里,应该有更加严格的自我批评。

我们究竟应该怎样来认识公式化、概念化这种错误的创作倾向呢?它的性质如何?它又同现实主义是怎样的一种关系呢?在周扬同志的报告里,当他提到这种错误的创作倾向的时候,是把它当作脱离和违背革命现实主义的倾向来反对的。可见这种错误的创作倾向并不是现实主义文学的什么一个派别和支流，而是违背现实主义的逆流。因为这种错误的创作倾向就其思想方法的实质来说，乃是一种主观主义与教条主义的东西。是不是可以这样说呢，公式化、概念化正是主观主义与教条主义在文学艺术上的特殊表现形态。如果这样说大体上是正确的话，我们就应该承认，这种错误的创作倾向和现实主义的方法在根本性质上是如何地不容模糊和不能相容。公式化、概念化并不是现实主义的幼稚阶段，也不是现实主义的近邻，甚至于也不是现实主义的远方儿孙！

　　造成公式化、概念化的原因是什么呢？当然，不熟悉生活，缺乏艺术经验，都不能不是重要原因。但是，问题是并不能仅仅由这样两个原因来解释的。有些作家在这个问题上大骂批评家，好像公式化、概念化是由批评家一手造成的，这也是不公平的。假若这样，那么，我们只要打倒批评家，公式化、概念化的倾向就自然而然地消失了。我想谁也不会得出这样的结论。我想，除此而外，应该说还有作者思想上的重要原因。比方说，有人是带着"框框"进入生活的，尽管他在那儿"熟悉"，但生动丰富的生活面貌很难越过他的"框框"的森严的国界。再比方，拿公式化、概念化作品中所出现的那些缺乏个性的四平八稳的人物来说吧，难道作者在自己的周围所见到的尽是这样的人物么？事实不会是这样的，但是为什么作者硬要那样写呢？再比方说，我们在某些作品里看到的结婚之夜谈生产这样一类的情节吧，究竟作者在生活里亲眼见过或听说过多少这样的情节呢？又为什么硬要那样写呢？从这里我们可以知道，造成公式化、概念化的原因，不仅仅是生活问题、经验问题，还有一个带有根本性的问题，这就是作者对于现实生活的根本态度问题。也就是说作者是真正忠实于现实生活呢，或者现实生活只不过是作者手中可以任意左右的玩物。对于一个现实主义的作家，尤其是革命现实主义的作家来说，他首先就要给自己订一条鲜明的不可动摇的法律。这就是无限忠实于生活的真实，尽毕生之力鞠躬尽瘁地获取生活的真实，就像我们忠实于党，忠实于人民，忠实于自己的国家一样。在我们的手里，现实生活是我们庄严的、严峻的工作对象，而决不能是也可以这样、也可以那样地随意轻侮的东西。作家的党性绝不是由肤浅的、廉价的口号来体现的,深刻体现党性的是作品的高度的、历史的真实。要走现实主义的道路,尤其要走革命现实主义道路的人,必须具有这种坚定的、严肃的信念。

在会议上,许多同志指责我们的写作中有不敢正视矛盾和冲突,隐蔽缺点和困难,以及粉饰现实的现象。这种现象是应该受到指责的。严重一些地说,我认为这种现象是缺少革命热情甚至是对人民缺少信心的一种表现。我们的党是久经考验的党,我们的人民是闯过狂风大浪、闯过无数在当时看起来是无法克服的困难的人民。但毕竟我们是胜利了,而且在继续前进。我们有什么是需要隐蔽的呢?需要粉饰的呢?不敢正视的呢?只有代表没落、反动势力的分子,才需要来歪曲现实。至于我们,不管我们有多少缺点和困难,真理是永远在我们这方面的,困难和缺点是一定会克服的,我们没有什么畏惧,我们既敢作大胆、热情的歌颂,也敢作有利于人民的大胆的和热情的批评!如果说其他阶级的作家,在他们追求生活真实的时候和他们自己的理想存在着或大或小的矛盾的话,那末,对我们无产阶级的作家来说,我们忠实于生活的真实和忠实于自己的理想完全是一致的,是没有丝毫矛盾的。只有我们忠实于自己的社会主义与共产主义的理想,才能最大限度地忠实于生活的真实。话也可以反过来说,只有我们无限地忠实于生活的真实,才能确切履行作为一个无产阶级文学战士的职责。让我们像忠实于党的事业一样忠实于生活的真实,用革命现实主义文学的巨大的威力,无限的生命力,为我们的伟大祖国服务!

1956年2月

"本质论"——错误的文艺思想

——在整风学习小组会上的发言

今年2月号的《解放军文艺》上,发表了×××同志的一篇文章,这篇文章的题目是《试谈几种有关公式化、概念化问题的有害论点》,我们不妨先从这篇文章谈起。

近几年来,我们的文学是有成绩的,但是那种面目可憎的公式化、概念化的作品,也确曾泛滥了一时。这种情况,引起了人们的忧虑和不满,大大地损害了我们无产阶级革命文学的声誉。那些来自敌对方面的文艺思想,也借此向我们大肆攻击。在这种情况下,如果我们的文艺批评家们,能够抓住这种不健康的文学现象,仔细看看,作一番认真的细致的研究,真正从文艺领导上、文艺批评上、文艺创作上和作家深入生活等方面找出原因来,这对我们的文学事业,会有很大好处。可是这篇文章,却不是这么客观,他只是在那儿单纯地责备作家,责备他们头脑里有教条主义、生活不深入等等。通篇文章虽然很长,但总的意思却是告诫作家:"……文艺创作中的公式化、概念化倾向的原因,主要是来自主观方面,而不是客观方面,因此,解决的办法,也主要应从作家本身去寻找;虽然,也不能否认客观上的原因。"当然,作家要从本身去找原因,这话也是对的。把过错一古脑儿地推给领导,推给文艺批评,不能认为是实事求是的,也不能真正地解决问题。但是,仅仅强调这一方面的原因,而把文艺领导上的原因轻轻带过,这也是不公平的。这篇文章说,"克服文艺创作中公式化、概念化倾向的斗争,是反对文艺创作中主观主义、教条主义的斗争",这话也是不错的,但是这种主观主义、教条主义的思想,是否也反映在我们的文艺指导思想上呢?在文艺理论的这个领域里,我们有没有那种可以把创作导向公式化、概念化的理论呢？这种理论,对创作有没有影响呢？事实上,不仅有影响,而且有相当大的影响,特别是当这种理论一经和行政方式结合之后,就很怕人；再加上这种理论在群众中的广为传播,就更加造成了对作家的相当沉重的压力。最后把创作赶到公式化、概念化的死胡同里。这种情形,我们的某些文艺领导同志,既然没有身受其痛,所以也就不大感觉得到。因此,我认为,克服创作中公式化、概念化的斗争,必须同时也在文艺理论的战线上展开,只有彻底攻破那种把创作导向公式化、概念化的理论,才能给革命现实主义的文学廓清道路。

1950年冬季,一位同志提出了"反对'落后到转变'的公式主义"的口号,随后又提出了创造解放军的英雄形象的创作方向。这个口号的提出,对于扫除"落后到转变"的创作公式,提醒作家更加注意写部队积极方面的东西,是有积极意义的。但是仔细回想起来,却仍然有许多问题值得再加考虑。第一,这种"落后到转变"的公式主义是有的,但是是否如口号提出者所说的那样严重,值得考虑。据我所知,在华北部队方面,早已在解放战争后期就纠正了这种偏向。胡可同志的《战斗里成长》、徐光耀同志的《平原烈火》以及其他作家写英雄人物的作品已经问世。第二,关于在我军出现的"落后到转变"的作品,包括有名和无名的,有许多都对部队起过很好的教育作用。这些作品,究竟应该给以怎样的估价,这一点很少谈到。第三,这类作品产生的原因和性质也需要具体分析一下。事实上,这类作品的最初产生,是受到政治工作"改造落后分子"的思想启发来的,并且往往是为了结合部队具体任务的需要,比如要解决官兵关系的时候,就演一个干部如何犯"军阀残余"的毛病,另一个干部如何爱兵,以后犯"军阀残余"的干部又如何转变等等。某些文艺工作者,某些还未经过很好改造的知识分子,在写作中欣赏战士的落后方面,这种情形也确实是存在的,但不能一古脑地都归罪于作家的"剥削阶级思想"。在"兵演兵"中也出现了很多这些作品,甚至有落后分子亲自现身说法演自己的转变过程的,这又算什么思想呢？

以上我举出这种情形,说明这位同志对"落后到转变"的这种创作现象,并没有很客观地作一番细致的研究,因而也就难免不那么实事求是地提出问题。但是尽管如此,总算他看出了问题。可是部队内外的作家们为什么对他的这种文艺思想又有一种不满呢？是不是有人喜欢这种"落后到转变"的创作公式或者不同意创造新英雄人物的口号呢？不是的。问题是：他是用什么样的文艺思想反对"落后到转变"？是用什么样的文艺思想提倡写新英雄人物？他的观点，是现实主义的观点，还是公式主义的观点。

《把我们的创作认真地组织领导起来》这篇文章里，在论述到这个问题的时候，我们从作者所举的一些例子可以看到，作者并不仅仅是反对所谓"落后到转变"的公式，实际上是不赞成别人写部队的缺点。作者曾经举例说：

"……尤其是写和表演一些管理员、司务长、炊事员、理发员的时候，就最容易犯夸大和歪曲的毛病。一写他们，总是风纪扣不扣，裤腿一只挽起，一只掉下，手里提二斤肉，号房子不管老乡愿不愿意，粉笔一挥就号上了。是不是这就是我们管理员正确的形象呢？完全不是的！我们的管理员在十分艰难的环境中还能够为部队改善生活，还能够找到房子住，在敌人封锁的情况下，还能够筹到粮食，这些不就是最本质的东西吗！然而，这些作家看不见，也很少去表现过。显然，这是因为在作家的心目中，这些人身上大概就不会有积极的东西。"

管理员、司务长、炊事员、理发员的这些"最本质"的东西，究竟是不是这些作家看不见，也很少去表现过，姑且存疑。我们单说，比如在一部小说里，如果写到他们之中的一个"风纪扣不扣，裤腿一只挽起，一只掉下，手里提二斤肉"，为什么就一定是夸大和歪曲他们的形象呢？如果我们的文学描写应该从生活出发的话，那末，在我们的生活里，管理员的样子真是多得很：在十分困难的环境下为部队改善生活者有之，在十分困难的环境下贪污者亦有之，军风纪异常整齐者有之，风纪扣不扣、手提二斤肉者亦有之，风纪扣不扣但却能为部队改善生活者有之，军风纪异常整齐兼而贪污者亦有之。为什么只有某一固定的样子，才够"管理员正确形象"的规格呢！

这实际上就是要作家不要去碰生活中的任何缺点。如果碰了这个缺点（有些地方简直不是什么缺点，只不过是人物的一点特殊风貌），那就会被认为是出战士的洋相，向他们脸上抹灰。支持这种说法的论据是什么呢？那就是所谓"本质论"（我们姑且这么叫它）。

这种论调认为：一个解放军的战士，"他参加人民解放军这件事本身就是积极的，崇高的。经过党的教育，提高到无产阶级思想，这就是人民解放军战士的本质"。这就是所谓好和更好的简明公式。如果违背了这个公式，这就是违背了事物的本质。因此作者就要求作家"在今后的作品里面，生活里面，搜集材料里面，把思想观点和思想方法端正过来，认识我们人民军队的本质，写我们人民军队的本质，演我们人民军队的本质"。这就是这个理论的简单轮廓。

我自己对于这个理论，当时只觉得有些片面和有些简单化，并没有认清楚这是一种什么样的文艺理论。经过了这几年的实践，才渐渐觉察出这种理论的错误。这种理论，在群众中散布以后，特别是经过行政方式以及一些机械绝对的文艺批评散布以后，产生了两方面的有害影响。一方面许多生活经验缺少的读者，也学会了用几个"条条"和几个"框框"去套作品，甚至学会了那种教训人的腔调，动不动就责备作家"这是对劳动人民形象的歪曲和污蔑！""难道生活里有这样的事吗？""难道我们的干部是这样子的吗？"就以胡可同志的《战线南移》为例，这本来是近年来为数不多的优秀剧作之一。仅仅因为里面写到一个"老油条"的作战科长，《解放军文艺》编辑部就接到了许多封抗议式的来信，认为在我们伟大的志愿军里并没有这样的人。这当然也叫歪曲人民军队的"本质"。甚至有个别很老的同志，竟也这样去认识问题。我想在他们革命的一生中曾经不止一次地遇到过这样的人吧，而且同这些人也谈过话、教育过这些人吧，可是他们竟也认为不典型。这也说明，他所说的典型，也就是那种"本质论"中的"本质"。这种看法，有时甚至发展到神经过敏的程度。这是指对于读者的影响。对于作家呢，那就直接地伤害了创作。作家在这种"本质论"理论的影响下，本来就顾虑重重，再加上一些读者的这种沉重的压力，一些对这种风气抵抗力弱一些的作者，粉饰现实，缓和冲突的情况就发生了。这种作品再经过以同样文艺思想指导的编辑部的传播，就完成了最后的公式化、概念化的过程。

从上面这些情形看来，我们可以知道，这种文艺指导思想并不是什么现实主义的理论，它的实质是把生活的真实简单化、抽象化和理想化的一种文艺指导思想。

我之所以说它把生活的真实简单化、抽象化和理想化,是因为它只承认好的人、好的方面才是生活的本质,而写到落后的人、落后的方面就是歪曲了生活的本质,这就把复杂万端的生活现象作了人工的机械的分割。文艺作品,当然不应该罗列生活现象,而应该反映生活的本质,但是生活的本质不能是简单的图解,而是要通过活生生的、生活本身所具有的丰富性和多样性去体现的。在我们的生活里,先进的人物、先进的事物是和他的对立方面互相纠结着同时存在的,我们不能为了写文艺作品就把他们单独地抽出来给他们特意地造一座公共宿舍。就是对于一个人来说,也往往是这样,一个人的优点和缺点,这一方面和那一方面,也是往往纠结在一起的。甚至同一件事,一方面表现了一个人的优点同时也表现了他的缺点。在生活里,我们常常看到这样的事:有人打仗相当勇猛,但往往失之于鲁莽;有人相当"蔫乎",但却有惊人的沉着;有人思想方法偏"左",但看问题也确有敏锐处;有人比较稳重,又往往失之于保守;有人作风相当果断,雷厉风行,但常常比较粗糙;而有人作风相当细致,往往又优柔寡断。在一个集体里,我们也可以看到这种现象。有些团队战斗作风相当勇猛,但犯纪律方面也颇有名;有些团队,纪律方面很好,但对完成战斗任务,却又比较平常。总之,事物并不像我们所设想的"本质"那样单纯。在表现人物表现生活的时候,并不是那么容易地能用"本质"这把斧头把它们一砍两断的。如果我们用"本质论"这样简单的方法去理解生活,去指导创作,把生活的这一面同另一面对立起来,把一个人的这一面同那一面对立起来,不走到"无冲突论"又走到什么地方去呢?这种文艺思想,不是劝导作家鼓起勇气来去面对严峻的生活的真实,而是要作家从生活真实的面前走开,去另外制作一个镶着花边的、人人勇敢、个个乐观的小世界。这种粉饰生活的"报喜不报忧"的片面理论,哪里还是现实主义呢!我们喊它做"教条主义",难道就冤枉得很吗?当然应该谈到,上面那位同志的文艺思想也是有发展的,在他后来的论文里,观点也有一些改变,总的说是一个认识问题,出发点还是好的。

以上,是我对过去的文艺指导思想的一点意见。当然这不是说我自己过去的认识就是很清楚的,这不过是近几年来个人在实践中的一点体会。同时,也要说到,批判这种错误的文艺思想,是为了清除教条主义对创作的束缚和伤害,并不是要人们轻视写生活中的积极方面,更不是要否定或削弱创造新英雄人物的努力。创造新英雄人物,尤其是创造我们解放军的英雄形象,这仍是我们的伟大的战斗目标。当然,这里所说的英雄人物,和那种不食人间烟火的、处处高人一等的,甚至连脸盘儿、身个儿都是最标准的英雄人物大异其趣;我们所创造的要是真正生活在我们周围的那些人们,那些普通人,那些凡人,其中也可以包括那些风纪扣并不是扣得很好的英雄人物。

1957 年 6 月 14 日

生活再深些，站得再高些

在中国革命文艺运动的历史上，20年前，出现了一部影响最深远的理论著作，这就是毛泽东同志的《在延安文艺座谈会上的讲话》。这部著作，运用马克思列宁主义的观点，正确而深刻地解决了文艺方面一系列的根本问题，给中国无产阶级的文艺运动奠定了巩固的理论基础。从此以后，中国无产阶级的文艺队伍就拥有了自己光辉的战斗纲领。

20年以来，中国革命的文艺运动，已经进入了一个崭新的阶段。只要看一看我们的文艺队伍的壮大和这支队伍精神面貌的变化，只要看一看我们的文艺创作所展示的工农兵生活的新天地，同时看一看我们的文艺活动在革命战争和建设事业中所发挥的作用，就可以证明：毛泽东文艺思想，不仅过去是而且今后仍然是我们无产阶级文艺的永不褪色的红旗！

每当我们回想起自己的文艺生活，总会无限亲切地想起这篇讲话。因为它不仅告诉我们，怎样是革命的文艺，怎样去从事革命的文艺，而且告诉我们怎样做人，怎样做一个革命的人。可以说，这篇讲话，就是党和毛泽东同志哺育革命文艺战士的乳浆。而我们，正是饮了这乳浆成长的。我们的成长过程，我们的艺术生命，都是同它不可分离地联系在一起的。

20年来，我们越来越深刻地体会到：只有按照毛泽东文艺思想忠实地去做，脚跟才会站得最稳，根子才会扎得最深，眼光才会看得最远！

20年后的今天，当我重新温习这篇讲话的时候，不仅感到毛泽东同志的指示丝毫没有过时，而且还深深感到我们自己做得不够，甚至还有执行得不够全面的地方。如果我们执行得再好些,可以肯定,还可以取得更大的成绩。

这里,我想着重谈谈深入生活方面的问题。

大家还记得,毛泽东同志在讲话中,是以何等的热情督促我们、激励我们深入生活。如果把我们自己比作一棵树,毛泽东文艺思想就是要把我们栽到最丰沃的土壤中去,好让我们根扎得深,树长得大,果实结得又多又好。我怀着高兴和敬佩的心情看到,不少同志在这方面下了苦功夫,给我们树立了榜样,因而也就创作出许多好作品。

但是,是否可以说,在这方面我们都已经做得很够了呢?首先我自己就感到做得不够。当然,毛泽东同志在20年前指出的那种"不熟,不懂,英雄无用武之地"的状态,对许多文艺工作者来说,是大大改变了;可是,熟得不透,懂得不深,这个"用武之地",也还是不能彻底解决。比方,我们常常谈起写人物的问题,认为这是一个薄弱环节。有些作品,题材很好,内容也正确,就是缺少人物,缺少那种真正是来自生活的,有血有肉的,活生生的,有鲜明个性的典型人物。原因在哪里呢?原因可能很多,但下面两个原因恐怕是存在的:第一,作者头脑中本来有活生生的人物,但是受到一些清规戒律的束缚,因而不能做到从生活出发;第二,就是作者本身生活基础不够,对于所描写的人物,缺乏具体的感受和深刻的理解。关于第一个问题,作者应该有勇气来打破它,也需要文艺批评工作者们予以帮助;至于第二个问题,却需要作者本人认真对待。我的体会是,每当自己在创造人物发生困难的时候,不妨首先问问自己,比方说,一个连长没有写好,自己头脑里究竟装有多少个活生生的连长形象呢?对他们是否真正熟悉,真正有深刻的理解呢?往往不是知道得不具体,就是知道得不深刻。归根结底,还是研究人、研究生活的工作做得不够。毛泽东同志曾经强调说:"我们的文艺工作者需要做自己的文艺工作,但是这个了解人熟悉人的工作却是第一位的工作。"假若我们按照这项指示认真去做,比方说,我们曾经对10个、8个甚至20个、30个连长做过深刻的研究,对他们的一切细微末节都了如指掌,那就具备了写出活生生的连长形象的基础。至于我写出的这个人物,典型化程度如何,鼓舞人的力量如何,这是同自己的思想艺术水平有关的,但是无论怎样,写出一个活生生的人,而不是一个概念化的人,这一点总是可以做到的。因此,我想一个搞创作的人,既然愿意献身这个工作,那就要在研究人、研究生活上,不辞劳苦,下最大的工夫。毛泽东同志嘱咐我们,要观察、体验、研究、分析一切人,一切阶级,一切群众,一切生动的生活形式和斗争形式。可见要下很大的"本钱"。不深不行,不广也不行。我觉得,我们每个作者起码要熟悉几十几百个活人,熟悉他们的出身、历史、思想、性格以及一切细微末节。只有这样,才能给自己的创作提供雄厚的基础。再加上我们的思想改造不断进展,艺术水平不断提高,也就不难创造出各种各样的英雄人物和各种各样的典型人物,为我们的教育目的服务。

为了把作品写得更好一些,我还常常想到下面一点。用我自己的话来说,就是:一个作者,当你研究生活的时候,要有最大的老实,而当你结构作品的时候,却又要有最大的"不老实"。我的意思是说:当你研究人、研究生活的时候,没有许多扎扎实实的工作,就不可能对复杂的生活情状有广泛深刻的认识,既然不曾拥有生活的真实,也就谈不到什么艺术的真实;而当你进入艺术加工的时候,却又需要摆脱一人一事的局限,让艺术的畅想飞翔起来,这样才能充分做到艺术作品的生动和鲜明。每当我看到古典作家和当代优秀作家们一些作品的时候,常常引起这种启示。以果戈理的《钦差大臣》为例,如果作者对当年旧俄的生活没有那样透彻的了解,他就不可能写得那样深刻;如果作者只拘泥于一人一事,不敢大胆想象,也难以产生出那样的艺术妙品。对照我们自己,往往对以上两个方面都做得不够,有时甚至恰恰相反:在研究生活的时候,往往是浅尝辄止,缺乏最大的老实;而在进入艺术加工的时候,却又太"老实"了,往往拘泥于一些具体琐碎的事件,不敢越出雷池一步。其结果就使一些作品,显得平淡乏味。此外,也还有另一种情况:在研究生活的时候不够老实,而在进入艺术加工的时候,却大胆得可惊。结果只有在有限的生活原料上大量臆造似是而非的离奇情节,或者不能不袭用别人笔下已经出现过的形象。这种情况也是不正常的。在毛泽东文艺思想中,可以看到,他一方面十分强调深入生活的问题,而在另一方面又提出文艺作品可以而且应该比实际生活更高,更强烈,更有集中性,更典型,更理想,可见这两个方面都是很重要的。这两个方面是相反而又相成的。可以说,愈是生活基础深厚,艺术想象驰骋的天地也就愈是宽广。一支火箭,如果只能匍匐在地,那就不称其为火箭了;反过来说,如果想使它腾空而起,遨游太空,却又必须扎扎实实一丝不苟地做好地面上的工作。

  一句话:让我们的生活再深一些,让我们的思想站得再高一些,用我们更好的实践,使毛泽东文艺思想结出更多更美的果实。这是可以做到的:因为在我们头顶上飘扬的文艺红旗,它那不朽的生命力,已经作出了这种预示。

1962 年 5 月

大家都来写点散文

前几天,《上海文艺》编辑部打来电话,要我写一篇漫谈散文的文章。因为我平日对这个问题缺乏探讨,不敢立刻答应。他们随后又追了一封信来,再度说明写这篇文章的必要,我只好随便说点儿感想。

应该说,散文这种体裁,在我们国家的文学史上是有光辉传统的,它在各种文学体裁中是有独特地位的。五四以来的新文学运动,继承和发展了这个传统,散文是一个有突出成绩的部门。伟大的鲁迅以及郭沫若、茅盾等等杰出的作家,他们没有一个不是除其他文体外又写了大量的散文的。尤其是鲁迅,以他毕生的主要精力,创作了极其深刻的、丰富多彩的、光芒四射的散文,成为我国人民文艺宝库中最珍贵的财富。这支接力棒,也传给了以后的革命作家们。无论在战争年代或解放以后,都有众多的作者,为了紧密配合当时的革命斗争,写出了大量的有各自风格的散文。

但是,自"四人帮"推行文化专制主义以来,情况变了。由于他们对文艺园地空前的大破坏,散文这朵花,就同其他文艺姊妹一起可怜地凋残了。至于散文的不同风格和样式,更是无从谈起。而那些面目可憎的、攻击革命老干部的帮腔帮调,却在肃杀荒冷的气氛中喧嚣一时。

现在,大家高兴的是,"四人帮"粉碎了。党中央给人民的革命文艺带来了欣欣向荣的春天。有些艺术部门,现在发展很快。例如话剧,就像跑百米的运动员那样闯到前面去了。其他艺术部门,也都憋足了劲,争先恐后。那末,散文——这个既有古老的民族传统,又有近代的革命传统的散文,该怎么办呢?在今天的形势下,该怎样认识自己的使命呢？

如大家所知道的，在所有的文学体裁中，散文怕是最自由的了。它可以叙事，可以抒情，也可以议论。或者兼而有之。它可以记载一人，一事，一个场面，一丛思想的火花，一曲感情的波澜。总之，它是具有高度灵活性的一种文学形式。在风格上，它不仅允许而且要求有千姿万态的独特风貌。就是对一个作者来说，也往往因思想内容和具体材料的不同，需要作多种多样的表达。它的篇幅虽然比较短小，并不因此限制它的思想深度。它虽然每次只能描绘大时代的一枝一叶，革命洪流的一朵浪花，但是，透过这枝叶，这浪花，也可以望见原野上丰茂的森林和汹涌的江流。正因为散文具有这样的特点和长处，一切站在先进阶级的行列、想对他那个时代有所推动的作家，从来也不会轻视这种形式。他们都是尽量让它变作得心应手的武器，像拿着匕首和手榴弹一样，同革命的人民一起杀向前去。不用说，在这方面最伟大的榜样就是鲁迅。今天，在我们党领导全国人民进行新的长征的鼓声中，不充分地发挥这种武器的特长，又等待何时呢？让我们更清醒地意识到自己的责任！"四人帮"遗留下来那么多反革命的意识形态的垃圾，我们必须彻底摧毁并廓清之；无产阶级的革命正气，党的光荣传统和作风，我们必须大力扶植并歌颂之；人民群众在四化建设中和各项革命事业的进展，我们必须充分描绘并宣扬之。尤其当前，在反映这些发展变化的大型作品还来不及产生的情况下，充分发挥散文轻骑兵的作用，迅速揳入生活的纵深，及时而有效地配合当前的斗争，更有其特殊的重要性。

这些年，伴随着林彪、"四人帮"反革命意识形态而产生的帮八股，真是闹得乌烟瘴气。它不仅对文学艺术有很深的毒害，对新闻、出版以及人民生活的其他领域，都有极恶劣的影响。这种窒息革命精神、令人望而生厌的恶劣文风，就是他们反革命意识形态的表现形式。毛主席在批判党八股时曾经警告说："我们反对主观主义和宗派主义，如果不连党八股也给以清算，那它们就还有一个藏身的地方，它们还可以躲起来。"是的，今天我们要打倒林彪、"四人帮"反革命的意识形态，就应该把它们的妖腔妖调的帮八股，也一起埋葬。文风问题，是一个大问题，不仅会影响一代人，还会影响到我们的后代。因此，清除"四人帮"在文风上的流毒和影响，这是一项极为严肃的斗争任务。在这方面,散文的作者们,是否能起一些先锋作用呢?大家多多采用和提炼群众语言,多写一些新鲜活泼的散文,对改进文风,也许是一个有意义的突破口吧!

提倡写散文,还有一个好处,这就是可以把它当作练兵场,来锻炼我们的文学队伍。这一点对新兵老兵,恐怕都有必要。老兵们,久经战场,按理说,应该是驾轻就熟;可是在十多年间,"四人帮"收了他们的笔,久不动手,不说别人,我自己就觉得文笔生涩得很。再加上一些人年老体弱,生活不足,如果到群众中跑一跑,写点儿散文,既练了笔,也给大家带个头儿,这多好呀!对年轻作者,恐怕更有必要。现在有些年轻同志,出现一种偏向,就是不愿写短东西。常常一不考虑自己生活积累的情况,二不愿刻苦地练基本功,一动笔就是几十万字,这种倾向是不好的。如果能从短的东西开始,多写一点散文,好好磨练磨练自己的语言文字,那对以后写长篇肯定有莫大好处。试想,一篇短短的散文还写不好,怎么能写成引人入胜的长篇呢?

前面谈到,散文是比较自由的文学形式,只是就这种文学体裁的特点说的,并非说不认真对待就能写好。散文是门艺术,如何才写得好,这是一个值得研究、学习和实践的问题。我个人实践有限,难以说得完善。但是有一点可以肯定,这就是散文的作者,一定要投身到革命斗争的前列,与人民大众同呼吸共命运,把自己的笔探进时代激流的深处,从斗争中发现生活的诗意,这却是最根本的一点……今天,这些都不多谈,因为这篇文章的主旨,还是希望——

大家都来写点散文!

1978 年 5 月 21 日于北京

牢记周总理遗教

周总理《在文艺工作座谈会和故事片创作会议上的讲话》，我以前是读过的。现在，重新再读这个讲话，感受很深，印象也很新鲜。有比较才有鉴别。假若没有前十多年的风风雨雨，没有反反复复的实践，感受和印象就不一定是这样了。当我重读这个讲话时，仿佛又看到了总理的音容笑貌，非常亲切，非常感人。总理确实是中国革命文艺的育花人，最好的、最辛勤的育花人。这就更增加了我们对总理的怀念。总理的这个讲话，时间虽过了快20年，至今仍然保持着强大的生命力，有着深刻的指导作用。

这个讲话的内容很丰富，既讲文艺，又讲政治，既是理论上的，又是实践上的。引言的部分很重要，所提出的解放思想、破除迷信、发扬民主等等问题，仍然非常切合当前的实际，有强烈的现实意义。只要略举数例，就可以感到这个讲话是多么重要了。

例如，关于"阶级斗争与统一战线问题"，总理说："对阶级斗争要具体分析，不要把对反革命的警惕性和人民内部的思想改造混同起来。否则，毛主席所说的又有集中又有民主，又有纪律又有自由，又有统一意志，又有个人心情舒畅、生动活泼，那样一种政治局面，就不能形成。"如果当时就贯彻了这个指示，林彪、"四人帮"所造成的那10年内乱就不会出现了。他们不正是混淆了敌我、颠倒了敌我吗！总理还说到，"要使得我们的经济、文化得到更好的发展，就要一方面在政治上提高对国内外阶级敌人的警惕性，一方面更加扩大和加强内部的团结"。两个方面，总理都讲到了，多么完整！如果这些指示，当时能得到实现，不仅我们的文艺会比现在繁荣得多，而且许许多多不应该发生的悲剧也可以避免了。

这个讲话,充满了辩证法,值得我们经常学习,长期学习。它是建国后十几年里我国文艺出现的初步繁荣局面的很好的总结。这个讲话,在革命文艺史上,是毛主席《在延安文艺座谈会上的讲话》在社会主义时期的伟大发展。它不仅在过去,而且在将来,对我们实现社会主义的四个现代化,进行新的长征,都有着重要的意义。今天我们对周总理最好的纪念,就是实现他的遗教。难道我们能再让它没有回响吗!今后我们再也不可能听到周总理的新的指示了,我们要努力学习他的讲话,并把它认真贯彻到行动中去。

党的十一届三中全会提出,从今年起把全党工作的着重点转移到社会主义现代化建设上来。人民很满意,很高兴。我们无产阶级的文艺,部队的文艺,怎么配合社会主义现代化建设?怎么完成这个任务?现在,我们还说不出什么体会来,因为大家正在实践,矛盾既没有充分暴露,解决矛盾的办法更不可能周全。能讲的只是自己曾经作过的一些思考。

总理要我们文艺工作者关心经济基础,要为经济基础服务,促进社会主义经济的发展。如果我们的意识形态、上层建筑,对经济基础不能起促进的作用,那还要它干什么!所以,我们的文艺必须担负起促进社会主义现代化建设的任务来。实现四个现代化,是我们今后工作最大的中心。四化究竟怎么"化"法?说来说去,还是要靠党的正确的方针、路线来"化",还是要由千百万群众来"化"。这就要提高人们的觉悟。文艺配合四化,不能理解为只写技术问题,最重要的还是要写人,写人和人之间的关系。我们要用革命化统帅现代化,保证现代化。一个国家的人民的精神状态不好,思想境界不高,那个社会主义现代化能实现吗?革命文艺的战斗作用,恰恰就要在这里发挥出来。我们文艺工作的内容,当然是很多的,但是主要的大概有以下两个方面:一是振奋士气,二是扫清障碍。当然,这两者是不能截然分开的。

我们要人们振奋士气,英勇无畏地投入战斗,那么,革命历史,我党我军我国人民50多年来革命斗争的光辉业绩,就是我们创作的一个重要的源泉。这方面的素材,我们至今还没有完全发掘出来。我们必须用党和人民半个多世纪以来英勇卓绝的斗争史迹和光荣传统,来教育和激发今天的人民群众。除此而外,我们还要重视反映现实的斗争生活,歌颂今天的英雄人物和先进人物。这是重要的甚至更为重要的方面。比起地方的同志们来,我们部队文艺工作者在反映现实生活、配合当前的斗争方面,是落后了,应该赶上去。作为部队作者,我们还要多写一些鼓舞士气,加强战备,打击侵略者,保卫祖国的作品,为提高部队的战斗力服务。

要前进就要扫清障碍。摆在我们面前的困难是很多的。林彪、"四人帮"的干扰破坏,后果十分严重。到哪个单位,不是问题一大堆呢?只不过是程度各有不同罢了。障碍是什么?还是资产阶级思想,其中就包括林彪、"四人帮"的流毒影响。这些流毒和影响现在是否肃清了?从全国来讲,大规模的揭批查的运动虽然结束了,但是流毒影响并没有完全扫除干净,这方面的任务还很重。总理说阶级斗争有政治上的和思想上的,还有旧社会的习惯势力。这三个方面的问题,现在都还是存在的。林彪、"四人帮"把阶级斗争扩大化是错误的,却并不等于说没有阶级斗争了。总理说:"在社会主义革命和社会主义建设阶段,阶级斗争的面也许缩小了,但有时斗争还会很尖锐。"又说:"思想斗争是长期任务。"这是很值得我们注意的,尤其是搞文艺工作的同志。既然"思想斗争是长期的任务",那么我们就要进行韧性的战斗。譬如说,揭批林彪、"四人帮"的作品,应该在我们创作中占个什么位置?我看,这还是个重要的方面。肃清林彪、"四人帮"的流毒和实现四个现代化是密切相连着的。不肃清林彪、"四人帮"的流毒影响,怎么能加快四个现代化的步伐呢?我们和林彪、"四人帮"的斗争,已经为期十多年之久。甚至于可以说,时间要比这更长。总理在1961年的这个讲话中,就把批判的锋芒指向了极左的倾向。林彪和江青合伙炮制的"文艺黑线",他们那个思想是在上海看电影开座谈会才开始形成的吗?不,远非如此。这都说明,极左的东西早已存在很长的时间了,也不会一下子就绝灭了。除了资产阶级思想,还有叶副主席最近尖锐批评的封建思想,现在也还存在。当年,总理批评过的那些旧的习惯势力,不也是影响我们前进的东西吗?林彪、"四人帮"并没有到每个单位去过,为什么到处都有人闹腾得那么厉害?因为社会上还有他们的思想基础嘛。所以,批判资产阶级思想,清除封建思想的残余,还是我们文艺工作者的重要任务。同时,在四化建设过程中,还会出现我们现在预计不到的新情况、新问题。总之,我们必须用文艺的武器,来为社会主义现代化扫清道路。

总理在这个讲话的引言中讲道:"马克思主义是有框子的。我们有的是大框子,并不一般地反对框子。我们要改造整个社会,使之无产阶级化,这个框子该有多大!我们还要改造自然,这又是多么大的框子!"又说:"把这个伟大的框子缩小成为形而上学、主观主义东西的小框子,是错误的。"大框框,我们是坚决要的;小框框,我们却要一律取消、全部去掉、彻底粉碎。否则,文艺就无从发展繁荣。林彪、"四人帮"在文艺方面搞的那些精神枷锁,必须大破。只是我们现在破得还不力,步子也不快,出现的作品不太理想,群众看了不那么满意。林彪、"四人帮"搞的那些小框框是很可笑的。就拿"主题先行"论来说吧!我们向来鼓励创作人员到生活中去,去发现新的东西。可是,有人受到"主题先行"论的影响,总要先有个题儿才行。不愿到生活中去刻苦地研究生活,没有新发现,你写什么呢?在这个意义上说,创作就是发现。特别是反映部队现实斗争生活的创作,总有人提出:部队矛盾怎么写?反面人物写成什么人?不到生活中去,不到实践中去,不打破"四人帮"的精神枷锁,怎么解决呢?这样,怎么能发展繁荣部队文艺,来为工农兵服务呢?如果我们还让这些主观主义、形而上学的东西束缚着,那是搞不出好作品来的。这个道理,过去也不是不懂,只不过是不能说或者不敢说而已。现在,是到了把这些小框框彻底粉碎的时候了!

但是,对大框框,我们要非常地坚定,因为那是马列主义的轨道,那是不能脱离的。脱离了就是胡说八道,只能走上资产阶级的邪路。无产阶级的文学艺术,永远不能忘记自己的任务。用共产主义思想来教育人民,这是我们无产阶级文艺的本质。如果要离开这个基本之点,那我们还有什么可干的呢!现在,在青年人中间,思想很活跃,这是好的,但是也有人思想很混乱。有些人就有一种"看破红尘"的思想,也就是失去了革命理想。失去了革命的理想,我们还有什么前途呢?社会主义的现代化还能实现吗?我们的革命文艺要帮助青年人树立起革命的理想。今天,你加班了,应该给你加班费;可是,没有加班费,你就不能多劳动了吗?那样,四化是"化"不出来的。树立共产主义理想,对青年人是很重要的。我们的作品,题材、体裁、形式、风格,可以是多种多样的;但是,任务和目的却是共同的,一致的:就是用共产主义思想教育人民,特别是教育青年为共产主义理想而斗争。我们不能因为实行了按劳分配的社会主义原则,就不再提倡不计报酬的共产主义风格和雷锋精神了。抽掉了共产主义的思想,也就抽掉了革命文艺的灵魂。不论是现实题材,还是历史题材,我们在从事创作的时候,都要牢记这一点。我相信未来的实践必将会证明:只要我们按照总理这个讲话的精神去做了,我们社会主义的文艺作品,绝不会比任何其他时代和种类的文艺逊色,而会以从前不曾有过的速度,在规模、数量和质量方面,远远地超越它们。

1979 年 2 月

解放思想，团结向前

——在全国作协第三次代表大会上的发言

在这次具有历史意义的文代会上，我们听取了小平同志的重要讲话和周扬同志的报告。小平同志的讲话，是向我们全体文艺战士提出的新的历史时期的战斗纲领；周扬同志的报告，对我们的文艺战线几十年来的成败得失作了实事求是的科学总结。这些都是对我们的巨大鼓舞。

在持续10年的内乱中，林彪、"四人帮"把我们的文艺队伍打残、打散了，搞乱了，但是无情的历史终于作出了公正的裁判，他们以可耻的失败而告终，党和人民取得了伟大的胜利，在长期革命中有着光荣战绩的中国文艺大军，也重新聚集起来，而且由于经受了严峻的战斗考验而变得更加坚强！

林彪、"四人帮"极左路线的大破坏，给我们的国家带来了极其严重的后果。他们不仅破坏了我们的物质生产，给人民的经济生活造成了种种困难，而且也毒害了人们的思想，败坏了我们的社会风气，破坏了人与人之间的关系，毁坏了我们的人。这就是当前我们面对的现实。在这种情况下，我们文艺工作者必须唤起自己高度的责任感，以最大的热忱，帮助我们的党，帮助我们的人民战胜当前的困难。愈是困难的时候，也就愈是需要发挥文艺武器威力的时候。我们应当认真总结30年来文艺战线正反两方面的经验教训，充分发挥革命文艺的战斗作用，振奋士气，扫除障碍，鼓舞起广大群众的信心和热情，为完成社会主义现代化的历史任务而英勇斗争！

粉碎"四人帮"以来，尤其是具有历史转折意义的三中全会以来，形势活了。活的另一面就是有点乱。主要反映在人们的思想上，从路线、方针、政策到穿戴打扮，都有种种不同的看法。文艺也不例外。我说"活"比"死"强。活就说明事物的各种矛盾在运动,有运动才能发展。死水一潭就谈不到前进。乱当然不好,但是乱可以转化为治。思想上之所以显得有些乱,主要是极左路线没有批透,同时也有一些离开四项基本原则的右的支流乘虚而入。解决思想上的乱,就要划清两条线。一条是同两个"凡是"的思想划清界限,一条是同离开和怀疑四项基本原则的思想划清界限。冲破两个"凡是"的束缚,是思想解放的问题;坚持四项基本原则,是思想解放沿着什么轨道前进的问题。这两者是辩证的统一,不能把解放思想同坚持四项基本原则对立起来。

而要解放思想,就必须进一步批判林彪和江青互相勾结抛出的那个"纪要"。那个"纪要"确实是林彪、江青在文艺方面集极左思潮之大成的代表作,是束缚革命文艺发展的棍子和镣铐。由于"纪要"在部队中流毒深、影响大,有许多东西至今还在束缚着我们的头脑。不彻底批判"纪要",我们的文艺思想就不能从沉重的枷锁中解放出来。

30年来主要的经验教训有三条:(一)从政治上说,混淆了两类矛盾,混淆了思想、学术问题与政治问题的界限。我们的人不是在冲锋陷阵中倒下,而是自相残害了。今天来一个运动倒下一批,明天又倒下一批,倒下的太多了,包括久负盛名的作家、诗人,像丁玲、艾青等同志。最后文化大革命一锅端,就全部黑了。培养一个作家多不容易,打倒很容易。坚持思想斗争是必要的,今后也仍然是不可避免的,但不能和政治问题混淆起来。(二)从艺术上说,最根本的教训是没有更强有力地、始终不渝地坚持革命现实主义的原则。我们的一些作品不真实或者不够真实,"四人帮"则进一步颠倒主观与客观的关系,成为主观主义和反现实主义。(三)在文艺领导上,没有始终坚持艺术民主。党的领导与艺术民主是辩证的统一,也就像党的领导与群众路线的关系一样。经过实践,最好的领导方法就是贯彻双百方针,并善于引导。可惜这一方针过去因为受各种干扰而没有很好贯彻执行。

作为部队的文艺工作者,我这里想着重谈谈与部队创作关系较大的几个问题。即歌颂与暴露的问题,创造英雄人物的问题和题材的问题。在这几个问题上,"四人帮"以极左的面目出现,长期以来制造了种种混乱,是需要澄清的。

关于歌颂与暴露的问题

近来,文艺界在歌颂与暴露的问题上争论较多,分歧也比较大。就部队创作来说,这个问题也长期没有得到解决,已经影响到我们的创作进一步打开局面。这同"四人帮"过去制造的混乱是有关系的。

歌颂与暴露的问题,应当说早已从理论上解决了。《在延安文艺座谈会上的讲话》中已经讲得很清楚,歌颂与暴露的问题归根结底是作者的立场和态度问题。毛泽东同志说"只有真正革命的文艺家才能正确地解决歌颂与暴露的问题",就是这个意思。立场和态度的问题解决了,就知道什么应当歌颂,什么应当暴露,就懂得如何去歌颂和如何去暴露;立场和态度的问题没有解决,不但暴露不好,也歌颂不好。暴露不容易,歌颂就那么简单?歌颂也有几种,有人用嘴唇,有人则发自肺腑。没有对人民对党的深厚的感情,歌颂也是歌颂不好的;如果立场和态度完全错了,那么不论歌颂还是暴露,只能是帮敌人的忙,拆人民的台。

既然歌颂与暴露的问题在理论上已经解决了,为什么在长期的实践中没有正确解决,反而争吵不休呢?简单地说,就是有一种极左的思想把毛泽东同志的指示歪曲了。毛泽东同志曾经十分明确地指出:"一切危害人民群众的黑暗势力必须暴露之,一切人民群众的革命斗争必须歌颂之,这就是革命文艺家的基本任务。"可见这里指出的文艺家的基本任务是两个方面,不是一个方面。当然毛泽东同志也批评了写光明与写黑暗并重,一半对一半的思想,提出了以写光明为主。这是很正确的。但是他从来没有提出过只许歌颂,不许暴露。至于人民内部矛盾,当时没有现在这样突出,但毛泽东同志也清楚地指出:"人民大众也是有缺点的,这些缺点应当用人民内部的批评和自我批评来克服,而进行这种批评和自我批评也是文艺的最重要任务之一。"(请注意这个"最"字!)可惜这个"最重要任务之一",却长期被抹杀了。当然,具有这种思想的人,有许多是我们的同志,他们往往是出于好心,惟恐党和人民的利益受到损害。而另有个别人,后来成为"四人帮"和"纪要"的炮制者,却是因篡党夺权的野心膨胀,把自己一贯极左的主张系统化,变成打人的棍子。别人稍一涉及人民内部矛盾,即被他们视为"暴露社会主义的阴暗面",斥之为"暴露文学"。这样写人民内部矛盾就成为禁区,也就没有多少人敢问津了。尤其部队的作者在处理部队题材时感到更为困难。使文艺只能写一些表面的现象,甚至是虚假的现象,不能反映生活的真实,更不能触及生活中的重大问题。这样文艺也就远远地离开了生活,离开了革命斗争,离开了人民群众,从而也就解除了文艺的武装,把文艺拖上了死路。

为了彻底肃清极左思潮在歌颂与暴露问题上的流毒,就必须从根本上,从思想路线上分清是非。下面,我们举出三点看法:

(一)从我们的哲学思想看。把歌颂与暴露、表扬和批评机械地对立起来,只许歌颂,不许暴露,只有表扬,没有批评,这是唯心主义、形而上学的思想方法,是违背我们党的思想路线的。对立统一是宇宙的根本规律,这个规律不论在自然界、人类社会还是人们的思想中,都是普遍存在的。作为生活的反映的艺术,不可能不反映事物的矛盾,也不应该逃避这种矛盾。正如鲁迅所说:"真的猛士,敢于直面惨淡的人生,敢于正视淋漓的鲜血。"一个革命的战斗的作者,他的责任,不是回避矛盾而是应当站在先进力量的一边,促使矛盾的转化。艺术上的"无冲突论"和人为地制造虚假的矛盾,都是违背马克思主义的。

(二)从我们的社会生活来说。我们的社会主义社会,是当今世界上最进步最新型的社会制度,同时它又是从旧社会脱胎而来的,是带有旧社会痕迹的新社会。因此它既有光明面,也有阴暗面;既有最先进的共产主义因素,也有资本主义和封建主义的遗毒。我们应当全面地认识它的过渡形态,从而加强我们的责任感,清醒地进行歌颂与暴露、表扬与批评,以便逐步扩大我们的光明面,缩小它的阴暗面。毛泽东同志说:"许多人不承认社会主义社会还存在矛盾,因而使得他们在社会矛盾面前缩手缩脚,处于被动地位;不懂得在不断地正确处理和解决矛盾的过程中,将会使社会主义社会内部的统一和团结日益巩固。"我们搞文艺的同志也不是所有的人都懂得这一点,有人甚至故意闭着眼睛粉饰太平,这只能使文艺在社会生活面前无所作为,并麻痹人民的斗志。

（三）从无产阶级文艺的任务看。毛泽东同志明明白白地指出,革命文艺家的基本任务是两个方面,不能歪曲为只是一个方面。又指出,敌我矛盾和人民内部矛盾,这又是两个方面,也不能只写一个方面,回避另一个方面。特别在当前的情况下,人民内部矛盾是大量存在的,阶级斗争在一定范围内还继续存在,而且多是通过人民内部矛盾的形态表现出来,作者要担负起用共产主义精神教育人民的责任,就要以马列主义、毛泽东思想为指导,正确描写和解决种种形式的人民内部矛盾。陈老总在广州会议上曾经说:"社会主义国家不写人民内部矛盾,那就没有什么可以写的了。主要的就是要写人民内部矛盾。人民内部矛盾构成了冲突,写怎么样解决这个冲突,使这个冲突达到合理解决,这就很有教育意义,也有动员作用。"

总之,在正确处理歌颂与暴露、表扬和批评、敌我矛盾和人民内部矛盾的问题上,我们应当纠正极左思潮的种种歪曲,恢复毛泽东思想的本来面目,并且在实践中把它推向前进。因此,除了思想上予以澄清之外,更重要的是投入实践。不去实践,一切都等于零。仅仅停留在口头上,一辈子也不可能前进一步。理论工作需要勇气,艺术工作也一样,没有必要的勇气是不行的。当然,接触到人民内部矛盾的问题,比较复杂,我们不但要敢于处理,还要善于处理。归根结底还是个立场和态度问题。只要根本立场对头,真正从人民的利益出发,从爱护人民保护人民的立场出发,善于区分和处理两类不同性质的矛盾,问题是可以在实践中逐步解决的。最近演出的部队题材的话剧《向前！向前！》就在这方面迈出了可喜的一步。

关于塑造英雄人物问题

在文艺创作塑造人物方面,林彪、"四人帮"的极左路线同样制造了种种混乱,这也是亟待澄清的问题。

回忆建国之初,一些同志就提出了重视塑造英雄人物的问题。这个问题的提出无疑是有重要意义的。事实上,每个阶级都希望塑造出本阶级的英雄人物,来表达本阶级的意志。新兴的无产阶级,当然更希望塑造出自己的英雄,借助榜样的力量来推动革命事业的前进。特别是我党我军数十年艰苦卓绝的斗争,锤炼了无数的英雄人物,这些英雄人物不同于任何时代任何阶级的典型,他们是受共产主义思想熏陶的一代新人。我们把这些无产阶级的新型人物,捧献在文学艺术的画廊,使其占有显著的地位,是有着特别重大的意义的。但是,这个正确的创作思想,后来却被一些人推到"左"边去了。他们提出了英雄人物不能写缺点,要创造高、大、全的理想人物,谁写了缺点,谁就是歪曲或者损害了英雄形象,就是违背了生活的本质。这样,就把一个本来是正确的命题绝对化了。在这种创作思想的影响下,再加上一些简单化的文艺批评推波助澜,就使英雄人物的塑造逐渐离开了现实的土壤。最后,"纪要"的炮制者则进一步把这种"左"的倾向推向极端,提出了"根本任务"论,把塑造英雄人物说成是社会主义文艺的"根本任务"。毛泽东同志早就明确指出:"革命的文艺,应当根据实际生活创造出各种各样的人物来,帮助群众推动历史的前进。"这就明白告诉我们,只要是有助于团结人民、教育人民,只要是有助于革命斗争,描写出生活中的各种人物,都是允许的和必要的。把塑造英雄人物和描写其他人物机械地对立起来,并极力贬低塑造其他典型人物的教育意义,则完全是一种形而上学。这样就不能不使创作的路子越来越狭窄。后来,"四人帮"的追随者,依据他们的所谓实践,又提出了"三突出"的创作模式,这样就把创作彻底推入公式主义的泥坑,并且最后暴露出他们唯心主义英雄史观的实质。人们看到,原来他们所说的"英雄人物",并不是同群众有血肉联系的无产阶级的英雄,而是高踞于群众头上的天才和超人!

鉴于这些历史经验,今后,我们要繁荣部队的文艺创作,就要彻底打碎"四人帮"的那一套精神枷锁,同他们唯心主义的思想体系划清界限。毫无疑问,在实现四个现代化的历史任务中,我们仍然要大力提倡表现我们生活中的英雄人物,在总结已往经验的基础上,真正创造出无产阶级的不朽典型;同时我们也赞成描写其他各种人物,只要对我们的部队有教育意义,没有必要作任何限制。塑造英雄人物也好,塑造其他各种人物也好,最重要的是,不要从概念出发,而要从生活出发;不要从千篇一律的公式出发,而要从研究千差万别的个人出发;不要只着眼他们的共性,而且要特别着眼在他们的个性,并善于通过特定的活生生的个性表现出共性,这样才能写出有血有肉的人物来。

关于题材问题

在题材问题上,我们没有忘记那个参与炮制"纪要"后来又成为放火烧荒的人,早在"纪要"出世前十年就提出了所谓"重大题材"的问题。毛泽东同志刚刚提出"双百方针",他就以极左的面目进行对抗,对所谓的"儿女情、家务事"大加斥责。初看起来,这种论调似乎有理,仔细一想,却是地道的形而上学。例如《红楼梦》,不也是写了"儿女情、家务事"么,但是由于作者深刻的观察,正是通过这些写出了封建阶级的挽歌。怎么能说它不是重大的题材?鲁迅写的《一件小事》题材并不大,但他却写出了劳动人民须要仰视才能看得见的精神高度,又怎么能说它没有重大的意义?这种似是而非的说教,作为"一家之言",也只好由他去说,可是后来公然写进"纪要",并且把"反题材决定"论作为黑八论之一,那就杀机毕露,厉害得很。但也因此暴露了他们自己原来就是"题材决定论"者。我们认为,一部作品是否伟大,并不是由题材来决定的。题材只具有相对的意义,并没有绝对的意义。即使一个好题材,也要看掌握在什么人的手中,作者是否认识到它包含的意义并能艺术地表现出来。决不会因为题材重大写出来意义就很重大。鲁迅在论述题材时,曾说:"我以为根本问题是在作者可是一个'革命人',倘是的,则无论写的是什么事件,用的是什么材料,即都是'革命文学'。从喷泉里出来的都是水,从血管里出来的都是血。"这才真正是抓住了要害。我看,我们还是多听些鲁迅的话吧!

为了解放思想,进一步消除顾虑,我们不妨回顾一下文艺创作的历史情况。抗日战争期间,那时我们都在根据地工作,无论歌颂与暴露也好,题材也好,后来被奉为神明和法律的那些条条框框,当时都是没有的。直到建国之初,也还没有,那时晋冀鲁豫军区演出过《两种作风》,晋察冀军区演出过《李国瑞》《不要杀他》等,从来没有人说是诬蔑了我们的军队。无论领导、群众和文艺工作者,脑子里都没有这些框框。这些框框都是建国后一些人造出来的,直到

"纪要"发展到了顶峰。现在"四人帮"已经彻底垮台了,就让那些他们最赏心悦目的条条框框,为他们殉葬去吧。对于广大文艺工作者,绳子和枷锁本来是没有的,是被别人捆上去的,现在也到最后抛掉的时候了。

同志们!在三中全会精神的指引下,在双百方针的鼓舞下,我们的文艺工作已经开始出现了蓬勃发展的大好形势。我们必须坚决奋勇,继续前进。为了圆满完成党和人民交付给我们的任务,在解放思想,端正思想路线的同时,我们还要大力加强文艺队伍的团结。多年来,由于林彪、"四人帮"颠倒敌我,搞阶级斗争扩大化,大大损害了我们党的团结,群众队伍的团结,也损害了我们革命文艺队伍的团结。今后,我们就应当以更加坚强的团结,来巩固和加强我们的实力。文艺上不同意见的争论是不可避免的,如果掌握得好,是有利于革命文艺事业的发展的。只要我们大的目标相同,都是为了社会主义的事业,为了我们祖国四个现代化的建设,并且是反对"四人帮"的,大家就没有理由不团结起来。当然,对那些业务上一窍不通,半通不通,专靠整人吃饭的人,那些棍棒上沾满同志的鲜血,至今毫无悔改之意,甚至直到今天仍然认定我们是文艺黑线,企图有朝一日卷土重来的人,我们不能不保持警惕。同志们,让我们共同团结在党中央的周围,努力实践毛泽东同志、周恩来同志为我们文艺队伍留下的许多珍贵指示,忠诚地沿着为工农兵服务的道路,为开创一个社会主义文艺繁荣的新时期而努力奋斗!

1979 年 11 月

题赠《沃原》

当前的创作,特别需要振奋人心的东西,能鼓舞革命热情的东西,来坚定人们的信念。但是要燃起别人心灵中熄灭了的火花,就要你自己心里有旺盛的火种;要树立别人的信念,就要你自己有坚定的信念;要让别人看到光明和希望,就要你自己看到光明和希望。

题赠驻马店地区《沃原》。

1980 年新春

敬 悼 茅 公

伟大的革命作家,中国现代文学的巨匠,尊敬的茅盾同志逝世了。

这是自鲁迅、郭沫若去世以来,我国文学的最大损失!也是中国人民的重大损失!

我们这些人,是从少年时起就读他们的作品的。当然还有其他革命作家的作品。当时尽管领会很浅,但是他们作品中的革命精神同艺术魅力一起,却在不知不觉中渗入我们的心中。一条线就这样延续下来,既是文学的线,也是革命的线,虽说是无形的,但却是坚韧的。也许这就叫传统吧,甚至可以说是一种精神上的血缘!

我同茅盾同志(我们都亲切地称他为茅公)的来往不算多,但是,他对中国革命文学,尤其是新中国文学的关怀和培植,却给了我极深刻的印象。

建国之始,他就是我们新中国的文化部长了,工作的繁忙是可想而知的。然而,他仍然挤出时间,以相当大的精力,来阅读青年作家的作品,往往还写成文章,进行详尽的分析。1962年他所写的《读书杂记》,就是阅读了近百篇短篇小说后写出来的,几乎对当时新出现的许多优秀的短篇都提出了自己的意见。这对当时的青年作家们是多么具体而有力的指导。记得我在当年读到茅公的这些文章时,内心异常感动,茅公真不愧是培植新中国文学的一位辛勤的园丁呵!

对于部队的文艺创作,茅公同样给予深切的关怀。《志愿军一日》的出版,使他十分兴奋,曾写了专文欢呼这是"空前的壮举";《星火燎原》的问世,他也给予了高度的评价。1959年,部队举行短篇小说座谈会,请茅盾同志到会讲话,他欣然而至,以几个反映部队的短篇小说为例,进行了剖析和具体的指导。这些都是令人难以忘怀的。

1961年,我和钱小惠同志为了合写《邓中夏传》,同中夏的夫人夏明同志一起到南方访问。我们在上海逗留期间,从市委档案里发现了一份20年代的某年的会议记录,其中记载了一件使我们很感兴味的事。那时上海中共地下党的市委书记就是茅盾,中夏也是市委的负责同志。当时,由于严重的白色恐怖,开一次会都很困难。有一天,在预定的开会时间,只到了茅盾和中夏两人。记录上写道:本日因仅到雁冰、中夏两人,无法举行会议,只好改为个别商谈。(大意)这个材料,一方面使我们感到当时斗争的严酷,一方面也引起了我们访问茅公的念头。所以回到北京,我们就给茅公写信,请求他给我们谈一次中夏的情况。这个请求,茅公很快就慨然应允了。

我们来到茅公家里,他刚送走一批客人,就又来接见我们。那时,茅公虽已65岁,精力还很充沛,不仅思想敏捷,行动也很利索。我们很快就感觉到,他是那样谦逊诚恳,平易近人,温文尔雅,而又颇为健谈。我们提起邓中夏时,他充满热情赞美地说:"中夏这人非常能干,很坚强,又很细致,做事从不鲁莽。他是多方面的,不但善于搞工人运动、学生运动,还善于搞统一战线。他的讲话很有煽动性,还能写东西,新诗旧诗都行,真是多才多艺!"我们提到上海档案中的那份记录,问他有无此事,他笑着说:"这件具体事我倒不记得了,不过我肯定是同他一起开过几次会的。我还记得,有一次他跟我说,要介绍林伯渠入党,说他对林很熟,我说:我只见过一面,既然你熟,你就做介绍人吧!"茅公接着又说,"中夏早就跟我熟了,办上海大学,他是总务长,瞿秋白是教务长,我在文学系还兼两个钟点的课。这个大学原先是个野鸡大学,经过中夏和同志们的努力,后来就变成一个革命大学了。"那天,茅盾同志很高兴,还给我们谈了不少党的初期活动情况。他讲,上海的共产主义小组成立时,他就是小组的成员。党成立后,中央开会多半在他家里。他在商务印书馆编《消息报》,国外来的东西,都由他转给中央……最后,我们还就传记的写作方法向他请教。他说:传记的写作主要是材料问题。首先要注意选择那些可以断定是可信的东西;中夏的文章可以摘录,甚至可以全部放进去；别人的回忆可以作些参考……总之，我们非常满意并感谢他的这次谈话。现在已经过去了20个年头，我和小惠合写的《邓中夏传》已经完成并且已经付印了，不久前，小惠同我商量，问我："书名请谁题写好呢？"我就说："还是请茅公写一个吧！"因为茅公的书法刚劲秀逸，笔画如同钢丝一般，我是很喜欢他的书法的；何况他同中夏、同这本书还有这样的因缘！我们提出这个要求后，他很快就写来了。我们本想，待此书出版时，亲自登门奉上，并再请他写一幅字留作纪念，不想这位可敬的老人竟去世了。今天，回顾这些往事，怎不令人深深地怀念呢！

"文化大革命"前，茅盾同志经常参加文学界的集会和其他集会，我们常常能听到他那带有浓重浙江口音的讲话。他总是那么不慌不忙，侃侃而谈，显得很有精神。冬天他爱穿一件黑大衣，戴一顶土耳其式的皮帽，走路总是很轻快的。可是经过十年动乱，当我在粉碎"四人帮"后第一次文联扩大会上——那是文艺界令人难忘的悲喜交集的大集会——看到他的时候，他已经是手扶拐杖走路颤颤巍巍的老人了。尽管如此，此后凡是文学界比较重要的集会，他还是尽量参加。尤其是培养文学新生力量的集会，还常能听到他语重心长的讲话。我记得，《人民文学》月刊举办的第一次短篇小说评奖，他就来了。这次是有人搀扶着他来的，我看见他那稀疏的头发，那步履艰难的样子，心里热乎乎的，有一种说不出的感动。当时我不禁默默想道：这位老人是要把他最后的一点光和热，都献给未来，献给革命，献给新中国的文学，献给我们的青年！那一次讲话，他还向广大青年作家提出："在我们的文艺队伍里，希望能多出几个鲁迅，多出几个郭老！"李季同志当即插话说："还要多出几个茅公！"是的，我们的队伍是应该多出几个鲁迅、郭沫若和茅盾。自然，要在各方面都比得上他们，那不是轻而易举的事。但是以他们为榜样，虚心地向他们学习，总是应该的吧。成就可以有高低，总是应该像个革命的作家吧，至少应该有一点他们身上的精神吧。在中国共产党领导下成长起来的现代革命文学，许多人为之抛头颅、洒热血，付出沉重代价的革命文学，其光荣传统总是不应该中断，并且要继续前进的吧！

在全国第四次文代会上，已83岁高龄的茅盾同志，又颤颤巍巍地走来了，坐在主席台上讲话了。那次，他讲的第一个问题，就是作家的世界观问题，思想改造的问题。他说："辩证唯物主义和历史唯物主义就是无产阶级的世界观。做任何工作，离不了它，离开了它，就会发生错误。而对于文艺工作者，这个世界观是起决定性作用的，因为文艺工作者是被称为'人类灵魂的工程师'的，如果不具有过硬的无产阶级世界观，这个工程师设计制造的产品不光是质量差，外观不美，经不起时间的考验，而且还会在社会上产生不利于社会主义革命和社会主义建设的后果。"接着，他充分肯定了建国以来文艺工作者在思想改造方面所取得的成绩，随后又警惕我们说："但是，这并不能说我们的世界观已经彻底无产阶级化了，不再需要注意世界观的改造了……掌握无产阶级的世界观是一个长过程，一个连续不断、永无休止的过程，必须在努力地、完整准确地学习马列主义、毛泽东思想的过程中，通过反复的实践和检验，才能逐步掌握，真正掌握。"我听到这些话，心里不禁一震。不错，这些话都是老话，是毛主席《在延安文艺座谈会上的讲话》中的话。但是一个时期以来由于很少人讲过，反而使人觉得格外新鲜，对照现实情况，反而感到这些话本身的含义更深刻了。在积极主张解放思想的同时，茅公能够在这些老话显得不很"时髦"的时候再度强调出来，充分表现了这位老人的政治上的坚定性。这时，我望着面前的茅盾，已经不是那个步履艰难颤颤巍巍的茅盾，而是一株在风雨中巍然屹立的苍松了。

以上我所看到的茅公身上的这一切，如果说有一个源头的话，那便是他对党的忠诚，对共产主义事业的忠诚。在他最后弥留的时刻，那封写给党中央的感人肺腑的信，已经可以说明全部问题。这哪里是一封信？这分明是他把一颗燃烧着的赤心托在党的面前、全国人民的面前。我们完全拥护党中央关于恢复茅盾同志党籍的决定，这是一个与党同心同德战斗一生的忠诚战士应当得到的光荣结论。

事情往往是这样：当一个忠诚的战士离开人世时，就会使人越发感到他的伟大，他的可贵。茅公的逝世就是这样。几天来，我常常涌起一种遗憾的心情，怨自己同他的接触太少，怨自己向他学习得不够，今后只有从他的著作中，继续汲取教诲、营养和力量了。

1981年4月5日

无产阶级文艺毫不褪色的旗帜

越过炮火连天的岁月和充满风雨的年代,毛泽东同志《在延安文艺座谈会上的讲话》(以下简称《讲话》),已经发表了39年。

在《讲话》发表20周年的时候,我曾经说:这个贯穿着马克思主义世界观的光辉著作,是我国无产阶级文艺的战斗纲领和永不褪色的旗帜,也是培养我们革命文艺战士的乳浆。

现在,有人会问:这个《讲话》,已经距现在快要40年了。它已经经历了几个时代,特别是不寻常的十年动乱,你的认识如何?难道和从前的认识会一样吗?

我的回答是:是的,我的认识仍然如此,同过去没有不同。我不能因为一个伟大的马克思主义者在晚年犯有错误,就否定他过去的功绩和正确的思想,也不能把曾经哺育过我(和我们整整一代人)成长的乳浆,说得不值一文。我更不能把引导我们在炮火中前进的旗帜抛在一旁,因为她联系着千百万群众胜利的脚印。因此,现在我要说:《讲话》仍然是我国无产阶级文艺的光荣的毫不褪色的旗帜!也仍然是哺育新一代文艺战士的乳浆;如果他们并不鄙弃中国革命的文艺传统并乐意走无产阶级道路的话。

然而,有人公然说:《讲话》过时了……

难道真的过时了吗?

我说:不,《讲话》并没有过时。不但没有过时,它所阐述的无产阶级文艺的根本原理,对当前的现实恐怕还有颇为新鲜而重要的指导意义。

譬如,那个长期写在我们旗帜上的"为工农兵服务"的方向过时了吗?我看没有过时,在相当长的历史阶段还不会过时。在邓小平同志代表中共中央和国务院对第四次文代会所作的祝词中,就说:"我们要继续坚持毛泽东同志提出的文艺为最广大的人民群众,首先是为工农兵服务的方向。"在去年夏天《人民日报》的社论《文艺为人民服务,为社会主义服务》中,也同样引证了这段话。可见"为人民服务,为社会主义服务"的口号,并没有任何贬低"为工农兵服务"的含义。因为工农兵毕竟是人民的主体,工人阶级毕竟是我国的领导阶级。他们不仅占全国人口的绝大多数,而且是推动历史前进的决定力量。我们的文艺首先强调"为工农兵服务",不仅仅是指以工农兵为对象,给他们演,给他们看,也不仅仅是指我们的作品(和表演)要为工农兵的根本利益服务,而且还要着重表现工农兵,把工农兵置于真正历史主人公的地位。这是无产阶级文艺的崇高职责和光荣使命。当然,文艺作品反映的是社会生活,我们无意排斥也不可能排斥描写各个阶级的人物,更不会排斥描写为劳动人民服务的、已成为工人阶级一部分的知识分子。但是有一点很清楚:假若我们将工农兵置于无足轻重的地位,或者干脆置诸脑后,那就偏离大方向了。如果用《讲话》的精神,衡量当前的文艺情况,能说我们现在做得很够了吗?就没有偏离这个方向的表现吗?

又如,《讲话》中提出的生活是文艺创作唯一源泉的原理,是否过时了呢?我看没有过时,也不会过时。因为文艺是生活的艺术的反映,这是一条勿庸置辩的真理。只有深入生活,与广大工农兵群众同甘苦共命运,再加上其他条件,才能产生出优秀的作品;决不会谁对群众的生活越熟悉,他的创作才能反而受了束缚。在这个重要问题上,《讲话》为我们文艺工作者指明了无限广阔的道路,使我们的思想翅膀和艺术才能得到真正自由驰骋的广大天地。《讲话》对文艺与生活的关系所揭示的根本原理,曾经推动了广大文艺工作者同工农兵群众相结合,这是《讲话》的突出功绩。

但是,在这个根本问题上,看法往往并不一致。有的人总认为,只要多读点书(这自然也很必要),就可以搞出创作来,或者只要懂些写作知识,从报纸上搜罗些材料就可以搞作品了。近年来,题材多样化和描写的生活面的确广泛多了,但是随意胡编乱造的现象并不少见,群众对文艺作品中新的公式化、概念化,不断发出责难。一些以"回到现实主义"相标榜的作品,不仅反映不出生活本质的真实,往往连细节的真实都做不到。按照《讲话》精神,真正做到同工农兵群众相结合,恐怕还是今后极其重要的课题。

再如《讲话》提出的思想改造问题,对今天的文艺工作者过时了吗?不,不但没有过时,恐怕非常切合今天的需要。邓小平同志在上述祝词中提出:"我们希望,文艺工作者中间有越来越多的同志成为名副其实的人类灵魂工程师。"这就更加加重了文艺工作者思想改造的必要性。说起思想改造,就有人感到厌烦和害怕,这自然是过去混淆两类矛盾所造成的恶劣影响。其实,人类的历史就是改造客观世界同改造人类本身的历史。没有改造就没有发展,没有发展就没有今天。建筑在自觉自愿基础上的自我改造,对每个人都应当是很必要很正常的。像周恩来同志那样伟大的人物,尚且不断强调要"活到老,学到老,改造到老",我们有什么理由不改造自己?我们的文艺作品是要影响人、教育人的,为什么我们自己能不先受到教育?马克思主义是不会自动钻进我们头脑中来的,我们头脑中的非无产阶级意识,也不会自动退出和消失。不学马列,不改造自己,就不可能有无产阶级的立场,写出来的东西,就往往是小资产阶级思想(或其他非无产阶级思想)的自我表现。现在一些错误作品受到广大工农兵群众的责难,甚至个别作品,受到台湾国民党反动当局的赏识,被列入反共作品予以拍摄和印行,难道不应当引起我们的警惕和深思吗?

不错,我们当前需要继续解放思想,但是也不可轻视改造思想,现在很需要把这两者结合起来。一个人的头脑中,马克思主义没有钻进来,资产阶级思想没有挤出去,只讲"解放",不讲改造,就只有解放到资产阶级那里去。其实,从正确的意义上讲,解放思想与改造思想都是为了树立无产阶级的世界观,使我们的思想更加符合辩证唯物主义和历史唯物主义的思想路线,绝不是要脱离马列主义、毛泽东思想的轨道。现在有的人在"解放思想"的名义下,把《讲话》早就批判过的资产阶级的旧货色(例如"人性论"等)又当作新鲜东西搬出来,就足以说明思想的混乱了。看来要这种人像《讲话》所说的把立足点真正移到无产阶级这方面来,还需要作出艰巨的努力。

总之,那种借口《讲话》的"局限性"否定它的现实指导作用的"过时"论,我们是坚决反对的;另一种既不否定也不积极提倡的冷漠态度,我们也是不赞成的。既然我们认为《讲话》正确,就应该更高地举起这面旗帜,把它继续作为我们文艺工作的指针。当然,一切伟大的著作,随着新的情况新的实践,都会有新的补充和发展,但是不能偏离经过实践检验被证明是正确的方向。

  我们深切希望文艺战线上的同志们,在党中央的领导下,在《讲话》的旗帜下,能够进一步地团结起来。《讲话》过去是我们团结的旗帜和胜利的旗帜,今后仍然是我们团结的旗帜和胜利的旗帜。三中全会以来,文艺上已经取得了很大成绩,让我们以新的战绩伴随着这面光荣的毫不褪色的旗帜而前进吧!

1981 年 5 月 23 日于北京

在"决议"的鼓舞下

学习十一届六中全会的"决议",使我深受鼓舞。

"决议"肯定了党和人民建国以来的伟大功绩,公正地评价了毛泽东同志的功过,确定了毛泽东同志的历史地位,这是符合全国最广大人民群众的心愿的。尤其是"决议"重新强调了毛泽东思想"将长期指导我们的行动",这一点,不仅会大大促进全党、全国人民思想的统一和团结,而且深刻地关连到人民的命运和历史的发展方向。这些,都充分显示了我们党的英明和伟大。

"毛泽东思想是我们党的宝贵的精神财富",毛泽东的文艺思想(例如《在延安文艺座谈会上的讲话》)又是我们文艺工作者的宝贵财富。但是一个时期以来,对这个"财富",有人觉得是陈年老货看不上眼了。现在学了"决议",看不上眼的应当重视了,疏远的应当亲近了,动摇的应当坚定了。方向不对,路子是不可能走正的。

"决议"对四项基本原则的强调,也使我们文艺工作者深受教育。前一时期,有人把三中全会的精神同四项基本原则对立起来,认为三中全会的精神是"放",四项基本原则的精神是"收",这是不对的。这实际上是并没有弄懂什么是三中全会的精神,或者是把三中全会的精神领会歪了。这次,"决议"明确写道:为了正确地贯彻解放思想的方针,党及时重申必须坚持四项基本原则。可见一切离开四项基本原则的所谓"解放思想",和党中央所主张的解放思想完全是两回事。"决议"强调指出:"四项基本原则,是全党团结和全国各族人民团结的共同的政治基础,也是社会主义现代化建设事业顺利进行的根本保证。一切偏离四项基本原则的言论和行动都是错误的,一切否定和破坏四项基本原则的言论和行动都是不能容许的。"也许有人会觉得这些话有点严厉,但是四项基本原则是我们伟大中华人民共和国的国脉所系,的确不能不这样讲。既然四项基本原则是全党、全国人民团结的共同的政治基础,当然也是我国文艺界团结的政治基础。大家都应当热情宣传和积极维护四项基本原则,并把它作为判断是非的标准。这样,我们的文艺界必然会进一步地团结起来。

"双百"方针是促进我国艺术繁荣和科学进步的长期方针。绝大多数人都是拥护这一方针的。粉碎"四人帮"以来,特别是三中全会以来,贯彻执行这一方针的成效是很明显的。但是如何正确理解和掌握这一方针,才能保证革命文艺事业的健康发展,还需要探讨和总结经验。例如,"双百"方针与四项基本原则是什么关系?能不能把两者对立起来?或者把四项基本原则看作是对"双百"方针的束缚?我看不能。对于一个革命的艺术家,也绝不会感到四项基本原则是对自己的束缚。只有想脱离和"突破"四项基本原则的人,才会感到是一种束缚。两者的关系应当是:四项基本原则既是"双百"方针的大前提,又是"双百"方针正确贯彻的保证。对于违反四项基本原则的倾向,我们必须坚决反对,因为它将在根本上损害我们的社会主义事业。

胡耀邦同志鼓励我们说:"在伟大征途上,我们一定能够征服'十八盘',登上'南天门',到达'玉皇顶',然后再向新的高峰前进。"我坚决相信,伟大的中国人民,在我们久经战阵、富有经验的党的领导下,"一览众山小"的那个早晨是一定会到来的!但愿文艺队伍的伙伴们,不是在将来,在朝霞满天的时候,去奏凯旋曲;而是在现在,在人民正在征服三个"十八盘"的困难时刻,在人们挥汗如雨、艰难跋涉的山径上,多唱几支鼓舞人民同心同德、奋发前进的歌曲吧!

1981 年 6 月

从文艺批评说到如何理解"双百"方针

现在文艺上有一种不大正常的风气,就是对一些有问题的作品批评不得。偶尔有人出来批评一下,便会被说成是"打棍子"。

这种现象,说明我们的文艺批评(或者叫文艺评论)还没有做到正常化和经常化。文艺批评本来是一种正常现象,比如,人们出了剧场,出了电影院,总要议论几句,其实这就是文艺批评,不过没有见诸文字罢了。因为文艺作品一经出版和演出,它就成为社会的东西。不要说不同的阶级因他们不同的立场和根本利益会提出不同的看法,就是同一个阶级内部也会因不同的经历和艺术趣味的差异发生争论。一个和睦的家庭不也常常发生这种争论吗!可见这是很平常的事,很正常的事。可是由于过去一些粗暴的批评留下了一些不好的影响,特别是由于专横的"四人帮"打杀一切的恶风,留下了累累伤痕和严重的后遗症,这就使得一些人对批评表现厌烦,一些人颇似惊弓之鸟。这也难怪,因为"四人帮"就是以整人为能事,并不是搞什么文艺批评,如果批到谁头上,下一步就凶多吉少。由于这些事给人的印象太深了,就造成某些不正常的状态:一有批评立刻就谣言四起,说什么某人"被开除党籍了","开除军籍了","要搞运动了",等等。其实全没有这种事,也不可能有这样的事。一个头脑清醒的人,只要略加思索,就不会相信这些谣言。原因很简单,因为现在的中央实行的不是这样的政策。去年在开得颇为成功的剧本创作座谈会上,胡耀邦同志发表了一个重要讲话,讲话中曾说:"最近,文艺界还有个别同志讲什么'缺乏安全感'。我不赞成这个话。"是的,如果粉碎"四人帮"不久,还摸不准中央的政策,还心有余悸,这是可以理解的。现在拨乱反正已经好几年了,中央的政策是非常坚定和明确的，如果老是讲"缺乏安全感"，那么，要中央怎样做才会产生"安全感"呢？难道要取消所有的批评，取消党的任何领导，对违反四项基本原则的言行也不置一词，才算有了"安全感"吗！事实上不能这样做。我们不能因为"四人帮"打棍子，把正常的文艺批评也取消了。拨乱反正是要回到正确路线上去，而不是要跳到另一个极端。把正常的文艺批评活跃起来是非常必要的，因为健康的文艺批评是革命文艺健康发展的必要条件。

为了使文艺批评日渐活跃起来并使之正常化，我以为较好的做法，就是展开平等的争论。也就是既允许批评，也允许反批评。决不能像"四人帮"那样，只有一方面的文章，只有一面倒的批评。当然更不是为了打倒一个人才进行批评。这样的方法对双方都有好处：如果对某一作品批评得对，那对作者就是一种帮助；如果批评得不对，经过反批评，对批评者本人也是一个提高。当然更重要的是经过批评和争论，真理愈辩愈明，分清了是非，也就教育了广大群众。这样不仅会推动我们的文艺向着健康的道路发展，而且将超出文艺的范围，饶有兴味地提高群众的思想水平和艺术鉴赏能力，从而有利于我们的事业。这才是文艺批评的要旨所在。当然，这种批评，这种争论，首先要分清敌我，分清矛盾的性质，区分错误的严重程度而慎重地掌握分寸。除了个别敌对分子，凡属人民内部矛盾，都要从团结的愿望出发，摆事实，讲道理，实事求是地进行中肯而恰如其分的批评。主要是对作品进行思想和艺术的分析。争论者双方还要有尊重真理、服从真理的精神，如果自己确实不对，就要有向真理低头的高尚风格。要像鲁迅那样，欢迎有操马克思主义枪法的人同自己作战。我们的文艺批评如果这样做，文艺上就会出现更加喜人的生动活泼的政治局面。

但是，这种正常化的文艺批评，为什么还活跃不起来呢？这里恐怕有一个对"双百"方针如何理解的问题。"双百"方针是促进我国文艺繁荣和科学进步的长期的方针，这一方针是受到绝大多数人热烈拥护的。粉碎"四人帮"以后，特别是三中全会以来，这一方针的贯彻执行是收到了明显成效的。但是究竟如何来正确理解这个方针，它是怎样提出来的？其精神实质是什么？在实践过程中有什么历史经验？这都是值得我们认真研究的问题。本文将着重谈谈自己对这一方针的学习和领会,供大家参考。

"双百"方针是毛泽东同志1956年提出来的。在1957年2月的最高国务会议上,毛泽东同志发表了《关于正确处理人民内部矛盾的问题》的著名讲话,其中又详细地阐述了这一方针。3月党中央召开了宣传工作会议,其中也讨论了"双百"方针的问题,毛泽东同志在会议结束前讲了话,对大家提出的问题又再次作了答复和阐明。这些会议笔者当时都参加了。据个人的领会,包括"双百"方针在内的正确处理人民内部矛盾的理论,不是轻率提出来的,而是认真研究了我国社会的各种矛盾,并鉴于国际上社会主义建设的历史经验提出来的。有的国家不承认社会主义社会还有矛盾,而有了矛盾就往往被认为是敌我矛盾,这就造成了肃反扩大化。而毛泽东同志杰出的地方,就在于他不仅敢于面对现实,承认社会主义社会还存在着矛盾,而且提出了正确区分敌我矛盾和人民内部矛盾这两类性质不同的矛盾,这样也就可能正确地解决这两类矛盾。毫无疑问,毛泽东同志的这一思想是伟大而深刻的,他为社会主义革命和建设解决了一个极为重大的理论问题,说是对马克思主义的重大贡献,是并不过分的。但遗憾的是,在我们中国,恰恰还出现了这方面的错误。这是一个极其惨痛的教训,值得我们党、国家和人民深刻记取的。但是发生的错误并不能使这一伟大的理论丧失真理的光辉,因为错误的产生正是违背了这一正确理论的结果。因此,我们应该对这一理论学习得更好,实践得更好,其中就包括"双百"方针的问题。

"双百"方针的精神和实质究竟是什么呢?或者说,它究竟是一个资产阶级自由化的方针呢,还是一个马克思主义的方针呢?这在不同的人是有不同理解的。这个方针的倡导者毛泽东同志就说:"百花齐放、百家争鸣这两个口号,就字面看,是没有阶级性的,无产阶级可以利用它们,资产阶级也可以利用它们,其他的人们也可以利用它们。"这就说明,站在什么立场,怎样理解和掌握这个方针,具有决定意义。据我的领会,毛泽东同志提出的"双百"方针,绝不是自由化的方针,而是在斗争中发展马克思主义的方针。因为他是基于无产阶级同资产阶级在意识形态方面斗争的长期性(这一观点在今天看来依然是正确的)和马克思主义发展的规律提出来的。按照毛泽东同志的意见,我国社会主义和资本主义之间在意识形态方面谁胜谁负的斗争,还需要一个相当长的时间才能解决。因此,马克思主义仍然必须在斗争中发展,也只有在斗争中才能发展,这是真理发展的规律。毛泽东同志说:"资产阶级、小资产阶级,他们的思想意识是一定要反映出来的。一定要在政治问题和思想问题上,用各种办法顽强地表现他们自己。要他们不反映不表现,是不可能的。我们不应当用压制的办法不让他们表现,而应当让他们表现,同时在他们表现的时候,和他们辩论,进行适当的批评。"我想,这才是毛泽东同志提出"双百"方针的本意。如果放弃思想斗争,放弃在意识形态的各个领域里争取马克思主义的优势,放弃马克思主义的领导地位,听任各种意识形态放任自流,甚至听任各种有害的意识形态自由泛滥,那就不是"双百"方针,而是资产阶级自由化的方针。

但是,一提斗争这个词,就有人厌烦和害怕,甚至认为批评、争论会影响安定团结。其实,斗争有各种性质的斗争,有各种方式的斗争,教育本身也是另一种形式的斗争,教育本身就包括在人民民主专政的概念之内。只是由于过去搞"左"了,才把这个概念弄得可怕起来。共产党不是讲斗争吗?确实是讲的。对大自然的斗争,对阶级敌人的斗争,对人民内部错误思想的斗争,天天都在这个斗争里面,这是不以人的意志为转移的。关键是分清斗争的性质,怎样以恰当的方式进行这个斗争,不是进行不进行这个斗争的问题。其实,资产阶级、小资产阶级、封建阶级等等的意识形态,也是在那里同无产阶级作斗争呵!有时候也是蛮厉害的呵!如果比起来,还是共产党客气一点,讲政策一点,不光讲斗争,也讲团结,讲统一。在人民内部经常是为了团结而斗争,经过斗争而统一。至于说,这种斗争,这种批评和争论,是否会影响到安定团结,事实上,只要掌握得恰当,不但不会影响安定团结,而且会有利于安定团结。因为矛盾不解决,总是存在着,日积月累,最后就会导致矛盾的激化,甚至不可收拾。而有了矛盾,经过争论,及时得到解决,也就促进了内部的团结和统一。又斗争,又统一,这就推动了事物的发展。毛泽东同志精辟地指出:"许多人不承认社会主义社会还有矛盾,因而使得他们在社会矛盾面前缩手缩脚,处于被动地位;不懂得在不断地正确处理和解决矛盾的过程中,将会使社会主义社会内部的统一和团结日益巩固。"这一指导思想,不仅在文艺上,而且在整个建设社会主义的实践上，都有巨大的意义。

"双百"方针提出来已经 25 年了。可是由于对它的不同理解，在贯彻执行上一直不是一帆风顺的。如果回顾一下我们的历史经验，除了正面的经验外，还可以发现，它主要遭到来自两方面的干扰破坏。一种是"左"的表现，就是从根本上反对"放"；一种是"右"的表现，就是放弃思想斗争，把"双百"方针理解为资产阶级自由化。这两种倾向都是有害于"双百"方针贯彻的。回顾"双百"方针提出之初，那个后来主张写"戴红五星、红领章走资派"的人就写了文章，同"双百"方针唱对台戏。在 1957 年中央召开的宣传工作会议上，毛泽东同志曾批评说："双百"方针我提出来没有几天，你们就反对，它还没有经过实践嘛！……可见这一方针的贯彻，一开始就不顺利。不久，由于反右运动开始，"双百"方针也就搁浅了。记得三年困难时期，对"双百"方针又一度强调过，但接着就被"十年内乱"破坏了。在这十年中，全中国只剩下几个"样板戏"，真是名副其实的"一花独放"，连"百花齐放"的影子都不见了。教训是惨痛而深刻的，它教育了人们："一花独放"的政策完全是一条绝路，它不仅不能带来文化的繁荣，而且将带来文化的枯萎和衰亡！这一教训，从反面证明了"双百"方针的正确性。

但是，不能说"左"的路走不通，就说明对"双百"方针的右的理解是正确的。在去年 12 月中央工作会议上，党中央在肯定成绩的同时，曾明确指出：近两年来没有积极地理直气壮地宣传四项基本原则，对于那些反对四项基本原则的错误思想，也没有进行有力的斗争。应该说，这一批评是中肯的。粉碎"四人帮"以后，特别是三中全会以来，由于积极贯彻"双百"方针，创作上出现了甚为活跃的局面，收到了良好的成绩，但是也出现了值得重视的带倾向性的问题，其中突出的是资产阶级自由化的倾向。这些倾向在各处不同程度的表现是：否定四项基本原则，特别是企图摆脱和否定党的领导；在创作上，不顾社会效果，失去正确立场的暴露作品颇为流行，忽视我们社会的光明面和积极因素，读后使人悲观消沉甚至丧失信心；更为严重的是，还出现了极少数攻击党、攻击社会主义的作品，严重损害了我们的党和国家以及军队的形象；在文学艺术作品中，出现了格调不高、情操不高，甚至庸俗下流的爱情描写，把青年人的目光引向个人生活的小天地；鄙弃中国文艺的民族传统和革命传统，盲目崇洋，不分优劣，把资产阶级的垃圾也捡起来视若至宝；在出版和艺术产品生产上，出现了以赚钱为目的，以利润代替文艺方向的商业化倾向，为迎合低级趣味，大量印行低劣有害的出版物，而真正具有学术价值的著作，却印数很少，甚至得不到出版；最后，也是最根本的一条，还有思想理论上的混乱，长期作为我们指导思想的《在延安文艺座谈会上的讲话》，竟被一些人视作过时，而那些早已败倒在共产主义旗帜之下的资产阶级的陈旧货色（如梁实秋之流的人性论）却渐次复活。以上种种表现，当然还是支流，但是这样发展下去，难道不会改变我们革命文艺的方向吗？难道不会使我们的文艺脱离社会主义的轨道吗？难道不会给我们的四化事业带来重大的损害吗？难道不会动摇我们国家的根本吗？一些人老是说"不值得大惊小怪"，如果出之于战略上的藐视，那是正确的；如果是掉以轻心，就是对人民事业不负责任的表现。当然，我也认为，由于社会上不同阶级意识的存在，只要实行"双百"方针，它们的出现就是难以避免的。问题在于我们对这些错误倾向、错误作品和言论，及时给予恰当的批评做得不够，而自觉地用批评和讨论的方法，把它们引导到正确的方向，就更加做得不够。这就说明，作为"双百"方针必要内容的思想斗争，还坚持得不够有力。毛泽东同志在指出社会主义和资本主义之间意识形态斗争的长期性之后，曾着重地说："如果对于这种形势认识不足，或者根本不认识，那就要犯绝大的错误，就会忽视必要的思想斗争。"我想这些话对我们是有警钟作用的。

　　从"双百"方针的贯彻过程看，无论来自"左"的抵制还是来自右的歪曲，都是不利于这一方针的正确贯彻，从而也不利于人民文艺事业发展的。如果说"十年内乱"及其以前的一段时间内，主要是"左"的倾向影响到这一方针的贯彻，那么现在出现和存在着的资产阶级自由化倾向及思想斗争的软弱无力，恐怕就要更加引起我们的注意。当然还要继续防止简单粗暴。看来，要正确贯彻这一方针，还必须开展两条战线的斗争。在当前，重要的是团结起来用更大的力量克服资产阶级自由化倾向。我们还要明确一个思想：实行"双百"方针，并不意味着可以放松党的领导，相反更要加强党的领导；尤其马克思主义思想领导的加强，对正确贯彻"双百"方针具有重要意义。

在探讨"双百"方针这一政策时,不能不说到六条标准问题。记得,毛泽东同志在最高国务会议上发表讲话时,是没有谈到六条标准的。后来由于形势的发展,在正式公布这一著作时,就加上了六条标准。毛泽东同志还特意解释道:由于"双百"方针从字面看是没有阶级性的,各个阶级的人都可以利用,因此,必须有一个判断是非的标准。从今天的眼光看,六条标准的提出,仍然是正确的。从这一段实践的检验看,这六条标准也仍然是必要的。不久前公布的十一届六中全会的"决议",对我们的各项工作,都有重大的指导意义。"决议"强调提出:"四项基本原则,是全党团结和全国各族人民团结的共同的政治基础,也是社会主义现代化建设事业顺利进行的根本保证。"那么,四项基本原则,当然也是我们文艺界团结的共同的政治基础,也是我们社会主义文艺事业顺利进行的根本保证。我们的文艺创作和文艺批评等等活动,也理应接受四项基本原则的检验。六条标准和四项基本原则的精神是完全一致的,其中党的领导和社会主义道路,都是其中最主要的两条。毛泽东同志早就解释过,提出这些标准,是为了帮助人民发展对于各种问题的自由讨论,而不是为了妨碍这种讨论。我想,一切热爱党,热爱人民,热爱社会主义祖国的作家、艺术家们,大概不会把这些标准和原则看作是对自己的束缚吧!

在"双百"方针提出以来的 25 年中,虽然经过了曲折的道路,出现了这样那样的偏向,但也丰富了我们的实践经验,增进了我们对"双百"方针的正确理解。只要我们善于总结经验,更加正确地掌握这一方针,并且把我们的文艺队伍牢固地团结起来,我们的社会主义文艺,就会得到更加健康更加繁荣的发展,在推进社会主义现代化的事业中发挥更强有力的作用!

1981 年 8 月 2 日于北戴河

涣散软弱的原因何在？

——在一次文艺座谈会上的发言

完全拥护小平同志、耀邦同志关于思想战线问题的讲话，包括对《苦恋》的批评。讲话为我们向错误思潮，特别是向资产阶级自由化倾向作斗争提供了武器。贯彻讲话本身也是需要斗争的。我作为部队的作者，首先希望在部队要很好地贯彻。

耀邦同志讲话指出，小平同志讲话的主旨就是要克服思想上涣散软弱的状态。周扬同志也说涣散软弱状态是相当严重的。我完全同意这种看法。自小平同志提出要坚持四项基本原则以来，还做过一系列的指示，去年又指出没有理直气壮地宣传四项基本原则，并要求向违反四项基本原则的倾向作斗争，就说明有涣散软弱状态存在。批评《苦恋》所暴露的问题，更集中地说明了这一点。这种状况再不能继续下去了。

耀邦同志要我们找出涣散软弱的原因及克服的办法。我认为首先要在四项基本原则的基础上团结起来。领导核心要团结，文艺骨干要团结，军队和地方要团结，老、中、青作家要团结。单靠个人或少数人的力量是不能完成与错误思潮作斗争的任务的。对错误思潮不能估计过高，也不能估计过低。不能估计过高是因为在广大的人民群众中，这些人是极少数；而在某一些青年知识分子中，这些人还有市场，所以又不能低估。只有团结起来，把力量集中起来，斗争才能取得显著的效果。我以前的发言就说过，如果只是《苦恋》作者个人有这种思想，就不必兴师动众进行批评，正因为是代表了一种思潮，而这种思潮又妨碍了我们前进，所以必须认真对待。这几天的会气氛很好，预兆着我们今后的团结会更加好起来。

涣散软弱的原因是多方面的，有历史的原因，也有现实的原因，有客观上的原因,也有主观上的原因。周扬同志说的"三大"(大动乱、大转折、大开放),就是客观上的原因。我今天抛开别的原因不说,想着重说说主观上、思想认识上的原因。讲三点。

一、对社会主义时期社会主义与资本主义在意识形态方面斗争的长期性是否认识不够?社会主义与资本主义在意识形态方面谁胜谁负的斗争,需要一个相当长的时期才能解决,这是毛主席提出来的一个论点。现在出现的一系列现象,使我不能不重新温习毛主席的这一论点。这个论点现在看是否仍然正确有效?如果说实践是检验真理的标准,那么经过当前这一时期的检验,完全证明这一论点仍然是正确的。我们当前正处在一个特殊的历史时期,一方面在社会主义建设上遭受到极大的挫折和困难,另一方面,由于大开放,资产阶级的影响大大增加,这就使社会主义与资本主义在意识形态方面的斗争比以前要复杂了。六中全会"决议"也正确指出,既要反对阶级斗争扩大化,也要反对阶级斗争熄灭论。我领会,阶级斗争在一定范围内存在,就包含意识形态领域的斗争。当然这并不是说世界观有毛病的人就是阶级敌人,而是说我们在思想战线上对形势的估计麻痹不得。

二、对思想斗争与安定团结的一致性是否有认识不够的地方?我的看法,这两个方面又矛盾,又一致。昨天一位同志说到怕乱,怕来之不易的文艺局面受到破坏,这种心情我是能够理解的。这几年的局面是来之不易,应该珍惜和爱护。过去斗来斗去,大家早烦了。但这只是我们的主观愿望,斗争是不以人的主观意志为转移的。×××到北师大讲话,完全可以谈谈诗歌创作的问题,谁叫他去讲那些煽动的话?!×××筹备文联成立好了,谁叫他去诽谤老干部?!因此,不是斗争不斗争的问题,而是如何区分矛盾性质,如何掌握分寸的问题。思想斗争与安定团结,处理得好是完全可以一致起来的。矛盾出现了就解决,就不会越积越多,否则日积月累,发展到一定的程度就会激化。有矛盾就解决,有助于安定团结。

三、是不是有对"双百"方针如何正确理解的问题?"双百"方针是我们长期的方针,不能因为出现了错误思潮就不贯彻"双百"方针了。但如何理解这一方针很重要,只有正确理解才会正确掌握。我认为,"双百"方针绝不是资产阶级自由化的方针,而是在斗争中发展马克思主义的方针。毛主席确实说过,从字面上看"双百"方针没有阶级性,哪个阶级都可以利用。这就说明,站在什么立场,用什么思想去引导具有决定意义。按照毛泽东同志的看法,资产阶级和小资产阶级的思想意识是一定要反映出来的,我们不应当用压制的办法不让他们表现,而应当让他们表现,同时在他们表现的时候,同他们辩论,进行适当的批评。马克思主义就是这样在同错误思想作斗争中发展起来的。这才是提出"双百"方针的本意。如果放弃争取马克思主义的优势,放弃马克思主义的领导地位,听任各种有害的意识形态自由泛滥,那就不是"双百"方针,而是资产阶级自由化的方针。

下面再谈谈对于《苦恋》的看法。

我很同意许多同志对《苦恋》的批评,思想上有严重错误,艺术上也不真实。姚雪垠同志还特别提到作者艺术道路的问题,我有同感。作者曾说过"我要回到现实主义"。用他的作品对照,是离开现实主义,连细节的真实都做不到。这部影片的情节是凭作者主观概念随意编织的,不是现实主义的手法。作者可以随心所欲,要人物在哪里就在哪里,要他在外国成名就成名,要他在生日吃蛋糕就吃蛋糕,要在雪地上爬出一个大问号就爬出一个大问号,完全经不起推敲。有人说影片艺术性好,这种说法也值得研究,我们说的艺术性,是同真实性联系在一起的。当然,更主要的是思想内容。作者是带着满腔怨恨的情绪写作的。历史的暂时曲折已经模糊了作者的眼睛,使他看不清过去,也看不到未来,把我们的党和社会主义祖国看得一片漆黑。这里不禁使我想起许许多多的老革命家,十年动乱中,他们受苦比我们重,时间比我们长,有的已经残废,甚至献出了自己的生命,然而他们的立场是那样坚定,头脑是那样冷静,对毛主席,对毛泽东思想仍能作出客观公正的分析,不能不使人衷心敬佩。这些值得我们好好学习。由于作者满腔怨恨,原来又缺少马列主义的武装,就捡起资产阶级人权主义的旗帜,向我们的祖国宣战。影片不止一次地告诉人们,我们的祖国不过是一个令人诅咒的"封建庙堂",从根本上否定了她的社会主义性质。遗憾的是,在理论界也有人散布这种错误思想。今后希望有些重要理论问题,最好先在内部发表,免得引起思想混乱。

大家都认为《苦恋》的出现不是孤立的现象,而是一种社会思潮。怎么解决,需要考虑。我认为,着眼点不要放在作者个人身上,也不要放在应付外国人身上。他们本想用舆论来影响我们国内的政策,甚至施加压力。毛主席在平津战役中有一封电报给我印象很深。那时,东单机场邻近东交民巷使馆区,炮轰机场很容易打不准,引起涉外事件。当时请示主席怎么办,毛主席的电报说:"照常打炮,不要害怕外国人!"所以,我们不应受他们的干扰。我们要着眼于如何通过正确的批评,教育广大群众,提高群众的觉悟水平。同时,通过批评,锻炼我们的评论队伍,解决我们的创作思想问题。这个批评要做到作者、读者都服气,才算真正解决了问题。这次批评既然是加强我们的思想战线,就不要草草结束。要根据"双百"方针,展开平等讨论,允许被批评者反批评。不要设想一个回合就解决问题,总要有几个回合,这样做是好事,本身就是生动活泼的政治局面的体现。

我的看法,作者根据他自己的认识可以做自我批评,也可以不做自我批评。对作者个人不要采取组织措施,要和"四人帮"的做法有严格区别。当然,作者如果出于自愿,乐于做自我批评,一定会受到大家的欢迎。我们热烈期待作者改正错误,为人民写出更多更好的作品。

1981 年 8 月 23 日

巩固我们的精神长城

由中国作家协会和总政文化部联合召开的军事题材文学创作座谈会,建国以来还是第一次。我能有机会参加这次盛会,向同志们学习军事题材作品的创作经验,感到非常高兴。

我国的军事题材文学,是我国无产阶级革命文学的一部分。我们所以称它为"军事题材的文学",只不过是它反映人民生活时侧重的方面不同罢了。然而它同时又是很重要的一部分,并且具有自己的传统和特色。这是因为它同我国革命的历史特点是联系在一起的,它同几十年的革命战争是联系在一起的,它同中国革命军队的无产阶级性质和解放人民、保卫人民的英雄历史是联系在一起的。军事题材的文学和整个无产阶级文学一样,是忠于党、忠于人民、忠于共产主义事业的文学,是建立在爱国主义、国际主义和无产阶级集体主义思想基础上的革命英雄主义的文学,是无数革命战士的热血所灌溉的文学。

我觉得,这次会议最重要的意义,是希望我们的作家对军事题材的文学热情关注,实际上也是要进一步关心社会主义祖国的安全和发展。如何使我们的祖国得到安全和发展呢?我认为,除了加强它的物质基础之外,就是要在亿万人民的心上筑起一道强固的不可摧毁的精神壁垒,或者说精神的长城。我们的作家、艺术家,包括那些以写军事题材为主的作家、艺术家,都是构筑这座精神长城的工人。物质基础太差,战争一旦发生,固然要吃大亏;而精神壁垒垮下来,其结果也将是很悲惨的。沉痛的历史经验告诉我们,轻视物质因素,把精神因素夸大得过分是错误的;反过来,鄙薄精神因素,认为有了物质就有了一切,也是错误的。在中国革命胜利之前,我们的民族敌人和阶级敌人不是一直比我们强大得多吗？革命势力不是一直处在贫而弱的地位吗？然而最后失败的是他们，而不是我们。当然，从根本上说，这是由于我们党代表了人民的利益，代表了历史前进的方向，同时也是由于我们的党在群众中筑起了一道不可战胜的精神壁垒。这道精神壁垒的威力，无论在战场上和刑场上，都是经过屡试不爽的考验的。令人痛心的是，我们一向引以自豪的强大的精神壁垒，到今天也蒙受了一些污染和腐蚀，出现了裂缝和漏洞，甚至不是没有被资产阶级思想攻破的地方。例如崇洋媚外这种殖民地、半殖民地的病毒，这种殖民地、半殖民地耻辱的标记，本来早已为革命的浪涛所冲刷，现在不是又出现了吗！一些丧失民族自尊心自信心的事例，不是在烧灼着我们的灵魂吗！这种状态如果继续下去，战争一旦发生，那是非常危险的！因此，我们的作家和艺术家（以及一切思想工作者），要怀着特殊的责任感，来修筑和加固我们的精神长城。我们只有修筑它和加固它的义务，而绝没有毁坏它和削弱它的权利。最近中央领导同志重新提出和平演变的危险性的问题，这确实值得我们万分警惕。我们不能认为，帝国主义和其他反动派已经放弃了对我国施行和平演变的毒计，相反，它们不但没有放弃，而且正在利用我们的弱点和当前的时机，作为一项战略任务向我们进行文化渗透和多方面的腐蚀。我们对待这种渗透和腐蚀最好的方法，就是用历史和现实的正反两方面的典型来教育我们的青年，同时对资产阶级思想展开顽强的反击。发展各类军事题材的创作就是一个重要方面。

当前，在打击经济犯罪中所揭发出来的种种事实，不能不使我们怵目惊心。我们思想战线上的同志们，是再也麻痹不得了。作为文艺工作者，我们理应用文艺的武器积极参加反腐蚀的斗争。糖衣炮弹绝不只是物质方面和经济方面，还有思想方面和文化方面。文化方面也绝不只是下流录音带和黄色录像，还有意识形态的高级腐蚀剂——那些用文艺的花衣裹着的资产阶级的个人主义、资产阶级人性论以及一切与四项基本原则敌对的意识形态。党号召我们用共产主义思想教育人民，这是我们的作家特别是党员作家不能有丝毫含糊的。不宣传集体主义，不用共产主义思想引导人民，而有意无意地兜售个人主义，就是腐蚀我们的人民，腐蚀我们的青年。在当前的情况下,我们实在感到像《霓虹灯下的哨兵》那样向资产阶级思想进行有力斗争的作品太少了。我们多么需要一大批这样的作品,来击退资产阶级思想的进攻,来保护我们的青年。

在几十年的革命征途中,我们军事题材的文学有很大发展,出现了许多好作品。这是在中国革命斗争的沃土上开放出来的英雄花。它为英雄的热血所哺育,又反转来鼓舞和培育着我们的英雄。企图否定它或贬低它都是错误的。但是,也要看到,我们的作品比起中国人民军队光荣灿烂的历史,比起它本身的丰富性和生动性,还差得很远。许许多多英雄人物我们还没有去表现,许多重大战役和根据地创建的历史还没有认真去研究,许多题材领域我们还没有去开拓。甚至像中国人民引为自豪的、全世界人民称誉的人类壮举——二万五千里长征,也还没有几部与之相称的史诗。而且,还要看到,我们的军事题材文学还正处在向更高水平发展的过程之中。它难免存在着一些明显的弱点和不足之处,这都是需要我们来总结的。为了使我们的军事题材的文学创作提高一步,我提出如下几点粗浅的意见:

第一,我们的视野还要再放宽一点。现在人们觉得,我们的一些军事题材的作品还显得单调一些,这是由于我们还没有把历史和现实本身的丰富性和生动性真正描绘出来的缘故。我们写军事题材的作品,决不要单纯从军事上着眼,只看到一个战斗,只看到一个战役,只看到一个战场是不够的;而是要从政治上着眼,把人物的活动放在广阔的时代背景上,紧紧抓住那个时代的主要矛盾,充分描绘那个时代的社会生活。这样才能写出人们为之流血的那场战争的意义,也就不会感到单调了。写我们的战略战术,反映毛泽东的光辉军事思想和指挥艺术所取得的成就,当然是重要的,但是应当通过生活来体现,应当描写活泼的生活本身,而不是某种概念的图解。从根本上克服公式化概念化的创作倾向,必将使我们军事题材的文学创作大大提高一步。

第二,一定要以写人物为中心。我们现在容易犯的毛病是见事不见人,这一点大大限制了我们军事题材作品的成就。我们一定要从战斗、战役过程的繁琐描绘中摆脱出来,把注意力倾注到典型人物的塑造上。当然,这不是说不可以描绘战斗和战役的过程,这些都是人物活动的环境,也是构成人物活动的情节所必要的,但是必须以人物为中心,环绕着人物的创造,而不是让人物在事件中淹没。创造人物最关键的是使人物充分的个性化。这也是艺术创作中最困难的任务,它常常影响到一部作品的成败。人物为事件淹没,个性为共性淹没,这是我们艺术创作的重大弱点。在我们丰富多彩的生活中,有着多少具有各种各样个性的生龙活虎的人物呵,然而到了我们的笔下,却往往表现不出来。要解决这个问题,固然要付出多方面的努力,但是最基本的还是要向我们的老师——生活请教。我们要根据实际生活创造出各种各样的典型人物来,其中自然包括英雄人物和先进人物。不过这里说的英雄人物,是生活中的人物,是与群众有密切联系的有血有肉的无产阶级的英雄人物,而不是那种高踞在群众头上的高大全的英雄。

第三,要做到党性和真实性的统一。为了把军事题材的文学创作(其他题材的创作也是一样)提高一步,做到党性和真实性的统一,这是一个重要问题。这虽是一个老问题,但是实际上解决得并不够好。有时离开真实性强调党性,有时只剩下一个真实性,忘了党性,这样都不能很好地解决问题。我认为,不应当把这两者对立起来,而应当把它们统一起来。只强调党性,忽略作品的真实性,不仅有害于艺术,也有害于党性。反之,只强调真实性,摈斥党性,也只能是摈斥无产阶级的党性,代之以资产阶级或其他阶级的党性,所谓真实,也只能是生活真实面貌的歪曲和变形。过去我们的缺点,主要是有公式化、概念化和简单化的毛病。生活是复杂的,斗争也是复杂的,但是我们常常回避生活中的矛盾,只写这一方,不写另一方;只写正面,不写反面;只写顺利,不写困难;只写胜利,不写失败;对人物也是这样,只写一面,抽去另一面,这样生活就被简单化了,也就难以反映出活生生的生活与活生生的人物性格。这些作品的艺术感染力自然会受到很大影响。然而,这种作品只能说是真实性不够,把它说成是瞒和骗也是错误的。现在出现的另一种偏向,是忽视文学的党性,认为真实就是一切,甚至认为歌颂正面的东西就不叫真实,只有揭露的东西才是真实,这是极其片面的。如果说,回避矛盾,只写正面,不敢写消极面是不够真实,反之,只写消极面,看不见正面力量,或者企图否定正面的东西,那就是更大的不真实。

总之，我们必须克服这两种偏向，达到党性和真实性的统一。

那么，我们能够达到党性和真实性的统一吗？答曰：我们不仅应力争达到，而且也能够达到。什么是党性？党性就是阶级性的集中表现，每个阶级都有它自己的党性。对我们来说，党性就是站在党和人民的立场，就是要掌握好无产阶级的世界观。我们的党是为人民的根本利益而存在的，是为人类最美好的社会而战斗的，尽管她不可避免地要走过种种曲折的道路，然而她代表的是一个革命的阶级，新兴的阶级，拥有未来的阶级，她与历史前进的方向是完全一致的。在这个根本点上，我们没有什么不敢面对现实的地方。我们的世界观是历史唯物主义与辩证唯物主义，它同样要求我们以彻底唯物主义的态度来认识客观世界。谁能掌握好这个世界观，那他才算具有最纯的党性。这就是我们的党性和真实性可以统一起来的根据。只有在我们陷入主观主义时，这种统一才会产生障碍。党性和真实性的统一，并不是其他阶级的作家在任何时候都能做到。只有他代表的那个阶级处于上升时期，和历史前进的方向是一致时，他才能比较容易地做到这点；而当他代表的那个阶级处于没落时，就不能不陷于深刻的矛盾。固然历史上有个别杰出的现实主义作家，可以突破世界观的限制，在真实性上获得很高的成就，但不能因此得出结论，似乎作家的世界观正确与否是无关紧要的。相反，在艺术实践中我们深刻体会到，学习马列主义的理论，掌握无产阶级的世界观，对于正确而深刻地反映现实具有极大的重要性。如果没有正确的世界观作指导，就如同在迷雾中行进，是很难正确和深刻认识生活的。

第四，更好地深入生活和研究生活。这是一个老而又老的问题，但却是提高作品思想性、艺术性的根本问题。我认为，要搞创作就要深入生活，这是天经地义，是无可怀疑的。毛泽东同志说生活是创作的唯一源泉，是同他在哲学上讲的实践第一的思想，以及工作方法上讲的"没有调查就没有发言权"，是同样的意思，都是唯物论的工作方法。这是一切革命干部都要遵循的，对文学工作者还要加上个"更"字。为什么要这样呢？首先，你要写作就要解决一个思想感情的问题（包括世界观的改造），也就是说热爱劳动人民的问题，而你不去接触他，不参加共同的斗争，这种同群众深厚的感情又从哪里建立呢？艺术技巧当然非常重要，绝对不可轻视，但是它不能代替思想感情，因为艺术作品绝不是按照某种工艺程式制作的假花，它首先是一种思想感情的产品，是有血肉有生命的产品。其次，要写作出不是人云亦云的东西，就要在生活中有所发现，而要做到这一点，不深入到生活的内部，又怎么能够办得到呢？因为只有实践才能出真知嘛！再说，文艺工作者不但要认识生活，还要艺术地再现生活，也就是说具体地描绘生活。这样，没有大量的感性知识又怎么办得到呢？亲身经历和感性知识对作者来说是最可贵的。至于深入生活的方式，可以根据不同情况多种多样，最重要的是长期同群众在一起参加共同的斗争。只有这样，才能建立同群众休戚相关的感情。从我个人的经验说，我觉得年轻时还是多做点实际工作好，不要过早地从事专职创作，虽然业余写作与工作有矛盾，但从长远来说，生活底子可以搞得比较扎实些。

以上几点意见，不一定恰当，请同志们多多指正。

1982 年 4 月于北京

致"郭小川诗歌学术讨论会"的贺信

当我得到你们决定在承德举办"郭小川诗歌学术讨论会"的消息,作为小川同志的朋友,我是很感动和感激的。我认为这个决定十分正确,对我们的诗歌战线有极为积极的现实意义。因此,我衷心祝愿这个讨论会取得圆满的成功!

我认为,小川同志是我国当代最有才华的无产阶级诗人之一。他不仅在诗歌艺术上取得了很高的成就,对五四以来的新诗作出了自己独特的贡献,而且是一个革命性很强的坚定的战士。今天,我们自然要很好研究他和学习他的诗歌艺术,但尤其要注意学习他那坚定的革命立场。我曾试想,假若小川仍然活着,他对各种问题的看法会是怎样?他在文艺上会走怎样的路?他会不会赞成资产阶级自由化的倾向及其种种表现?我看他是决不会赞成的。这是我不止一次想到的问题,也使我更加痛惜小川的过早逝世。

粉碎"四人帮"以来,不仅老、中诗人青春焕发,还出现了不少新的诗人,他们的佳作,使我特别兴奋。《国风》诗刊坚持民族化、大众化的方向,在北国独树一帜,也使我深为赞赏。这次讨论会在小川的故乡举行,本来是我极好的学习机会,由于工作关系不能前往,使我甚感遗憾。这里,我向与会的诗友们和从事研究工作的同志们致以深深的敬意,并祝愿取得丰硕的成果。

1982 年 7 月 5 日

题赠羽帆诗社

如果说18、19世纪的伟大作家和诗人是用民主主义思想照亮他们的作品的话,那么,我们该用什么思想呢?我看只有用共产主义思想才能引导人民前进。

1983年4月

在批评和自我批评中前进

反对精神污染，这是党中央深得党心民心军心的英明决策。我认为，这个决策如能深入贯彻并取得卓有成效的进展，将会大大转变我们的社会风气，促进两个文明建设，真正加快四个现代化的车轮。

关于精神污染，党中央是早有觉察的，广大工农兵群众和知识分子，也早已感到不能容忍了。即使外国的进步人士也为此感到不安，这个问题的确到了该彻底解决的时候了。

我们说的精神污染，就是资产阶级思想和一切剥削阶级思想的腐蚀。这不是一个小问题。如果我们不反对精神污染，我们就是自毁长城，我们的精神就会垮下来，四化也就没有希望。

文化战线上的成绩是肯定的，但在理论、文艺和出版方面问题确实不少。我们军队也同全国一样主流是好的，广大指战员和文化战线上的许多同志对资产阶级自由化和文艺商品化倾向进行了抵制。但是不可否认，我们部队也受到了不同程度的污染，有的地方甚至比较严重，用不健康的东西去污染别人的现象，也不是没有，对此估计不足就要吃亏。

精神污染，表现在理论和文艺方面。应该说，情况是很严重的。其中危害最大的就是怀疑、背离和否定四项基本原则，散布对共产党和社会主义的不信任情绪。其他像宣扬个人主义、爱情至上、低级趣味的作品，把青年引向个人的小天地，这些也起着相当大的腐蚀作用。但是对精神污染的严重性，大家的认识并不一致。例如文艺上的资产阶级自由化倾向，有人就不承认有这种东西，或者认为即使有，也微乎其微。这是上次思想战线座谈会后虽有收效然而没有完全解决问题的重要原因。如果不承认有资产阶级自由化,当然也就谈不到纠正。因此,抵制和反对精神污染,要认真学习中央文件,进一步统一思想。经过几年来的实践,我想大家的认识都在提高,现在再回过头去看,如果不是那次思想战线座谈会,有的同志恐怕会走得更远了。从这一点来说,也证明党的领导是多么重要。这次反对精神污染,我们每个文艺工作者都要正确对待,整党不能走过场,反对精神污染也不能走过场。

文艺上的商品化倾向,也必须迅速纠正。商品化倾向不克服,文艺就不能保持为人民服务、为社会主义服务的方向。口头上喊喊是空的。

对于这次反对精神污染,我领会党的态度是坚决的,是严肃认真的,同时也是督促我们在批评和自我批评中前进。我们党决不会也决不允许重犯"文化大革命"和反右扩大化那样的错误。我觉得这一点用不着担心,因为党和群众都已从惨痛的经验中吸取了足够的教训。解决思想问题,主要靠批评和自我批评,站在对党对人民负责的立场,进行诚恳的自我批评,更是解决思想问题的关键。在这中间,我自己也要加强学习和改造。这也就是过去我们说的洗个温水澡吧。洗个温水澡有什么不好呢?我们就可以干干净净地轻装前进。让我们在四项基本原则的基础上,团结起来,振奋精神,为建设社会主义的精神文明而努力奋斗吧!

1983 年 11 月 2 日

谈中国解放区文学

——在石家庄召开的解放区文学讨论会上的讲话

这几年,解放区文学研究工作的进展,令人鼓舞。解放区文学,是历史的客观存在,研究工作却刚开始,然而却是很有后劲的。目前好多地方已经成立了学会,也出版了一些刊物,把研究工作向前推进了一步。我们这些老同志,是永远不会忘记解放区这块土地的,我们曾经吃过这里的小米,喝过这里的泉水。这块土地是光荣的土地,几乎每个村庄、每个车站都经过激烈的战斗,都流过我们战士的鲜血和汗水。这块土地对我们来说是非常亲切的。当年朱老总曾风趣地说,从东北你们可以拿着粮票一直吃到海南岛。那时解放区的面积是不小的。从这一段路上走过来的人,没有来得及认真思考,现在开展这项研究工作,确实使人高兴。这项光荣的工作只能落在你们身上,因为那些老同志大多年事已高,又有别的工作。应该说,解放区文艺在我国历史上有着重要的地位,有着划时代的意义。

第一,它是伟大时代的产物,是和当时的时代分不开的。这个时代是不平凡的时代,是中国人民大搏斗、大觉醒、大团结的时代,是我们民族的起死回生的伟大转折。那时,我们中华民族挣扎在死亡线上,整个中国城乡凋敝,民不聊生。中国人民从深受国内外反动派的压榨到站立起来,到解放区的出现,中国人民表现出了非凡的献身精神和斗争精神。这种精神不可能不在文艺上表现出来,而这种精神,正是在解放区文艺上得到最充分的表现。所以说,解放区文艺是中国人民、中华民族生死搏斗精神的火光。

第二,解放区文艺,主要不是地区概念,而是我国文艺史上崭新的发展阶段。我国的文艺,"五四"是一个发展阶段,30年代是一个发展阶段。解放区文艺,由于提供了特殊的环境,特别是毛主席《在延安文艺座谈会上的讲话》的发表,就使得它在新的情况下得到很大的发展。

第三,解放区文艺是进一步与人民群众、与革命斗争结合的文艺。解放区文艺家从人民母亲那里吸收了足够的营养,使得创作能够进一步民族化、大众化。就拿语言来说,表现是很突出的。现在一些脱离群众的东西重新出现,甚至更严重了,我大胆地说,这只能是倒退。解放区文艺本身在革命斗争中曾经发生了重大作用。不管现在如何评论,这种作用和地位是不容否定的。

第四,解放区文艺是新中国文艺的一个准备。它和国统区进步文艺一起,在我国文学史上都是不可忽视的。

这项研究刚开始,可能人少点,力量单薄些,但会越搞越有兴趣,感情越深。当然研究无非是总结历史的经验教训,目的还在于推动当前的文艺事业的发展。

关于继承传统和创新的关系,是一个重要问题。创新是毫无问题的,是必然的、必需的,是大家非常拥护的。但和传统的关系要研究,现在说法很多,不只是有人贬低传统,而且是有人完全否定它,把它看成是创新的枷锁、包袱、障碍,说几十年来的新文学是工具论、机械论。如果是这样,那还有什么新文学可说?工具论给人的印象是枯燥的、刻板的,那如何动员起千百万群众呢?说解放区文学是机械的反映,有那么多的人都把生命贡献了,难道他们就没有感情、没有激情吗?

观念更新,我认为提这个口号要有个前提,否则,究竟什么是新的,什么是旧的就说不清。我过去还在上小学的时候就流行过的一些半封建半殖民地的旧文化、旧文艺,现在忽然变成"新"的东西了。无产阶级文艺是历史上崭新的文艺,却成了"旧"的。四项基本原则提出好几年了,你说是旧的,还是新的?似乎有的人觉得越旧反而越新,所以必须要有前提。我在编辑《晋察冀诗抄》时,请聂总题字,他就为我们写了"继承传统,开拓未来"。这就把二者的关系辩证地解决了。传统不能抛弃,不能搞虚无主义,要珍爱。当然民族传统中有不少糟粕,我们要继承发扬其精华部分。作为革命传统,是经过千万人实践、创造,长期形成的。我们要把创新同继承和发扬优良传统统一起来。

1986 年 9 月 22 日

继承传统,开拓未来

——《晋察冀诗抄》重版后记

《晋察冀诗抄》于1959年出版,当时颇受广大读者欢迎。诗歌界也给予相当的重视与好评。著名诗人邹荻帆同志在评论文章中曾说:"抗日根据地啊,这是新中国的摇篮,而这些诗是我们这个时代的优美的摇篮曲。"他归纳这些诗的特色是:"浓厚的生活气息,鲜明的战斗色彩,饱满的革命热情,淳朴简洁的语言和形式。"诗歌评论家沙均同志也说:"'诗抄'是植根在根据地人民战争的沃土上的一丛异葩,诗人——战斗者发出的高亢的声音,就是那个时代的号角,胜利的凯歌和乐观的预言。"他还认为,"'诗抄'不仅具有上述革命的政治内容和丰富的思想内容,而且其中有许多作品在艺术形式上也达到了相当高的完美程度。在诗歌样式上说,'诗抄'本身就是一个花团锦簇、姹紫嫣红的园地。强烈的时代精神、高度的革命激情、浓厚的生活气息,可以说是'诗抄'全部创作共有的特色"。这些评价无疑是对晋察冀诗歌历史地位的肯定,也是对众多作者崇高的鼓励。

《晋察冀诗抄》的重版,已经酝酿很长时间了。粉碎"四人帮"以后,同志们纷纷打听这部诗集的重版问题。我可以说,不是少数人,而是相当多的人,关心着这件事。尤其是在晋察冀的山水间一同战斗过来的人,更给以热情的关注。现在诗歌园地百花竞开,新苗旧苗纷纷出土,既然广大读者和我们的诗坛,也把《晋察冀诗抄》当作一朵花,对我们寄以热望,为什么我们反而偃旗息鼓,不去作一番友谊竞赛呢!

这次本书重版,最大的变动就是作者和篇幅都大大增加了。1959年编选此书时,或因资料难于搜集,或因计划考虑不周,除民歌外，仅收了28位作者的作品（原署名是29人，后来得悉白杨林是陈陇同志的笔名，实际上是28人）。这次重版又增加了郭小川、秦兆阳、鲁藜、远千里、蔡其矫、于六洲、玛金、甄崇德、李学鳌、戈焰等10位同志的诗作。这样作者就共有38人。显然阵容已更为强大，内容也大大充实了。这次增加的作者中，有几位是我国的著名作家和诗人，本应置入前列，但因篇幅变动太大，只好续在后面。我想这些是可以谅解的。

此外，还有几位作者增加了篇目。当年，丹辉同志在晋察冀东线一直坚持着诗歌的阵地。他是铁流社的主持人，又是《诗战线》的主编。那时他热情很高，雨季战斗中还背着大家的诗稿行军，这是很令人感动的。他自己也写了很多，可惜上次编选时搜集到的太少。近几年来由于河北师范大学中文系努力搜集，又发现了他的一些诗，所以这次在《红羊角》一辑内增加了若干篇。商展思同志那一辑，这次也增加了几篇，并遵照作者的意思更换了几篇。另外，在新发现的诗篇中，史轮、军城和王炜同志都各增加了篇章。于六洲同志也是当年一位辛勤的诗歌作者，不幸于去年病逝，经过努力，作品未搜集到手，只好暂付缺如。

有的同志提议，应将晋察冀的旧体诗收集在内。这当然是有理由的。当年晋察冀有一个燕赵诗社，邓拓同志和于力同志等许多人都发表了不少很好的旧体诗，考虑到"诗抄"不宜太杂，所以没有收集在内。建议热心的同志不妨另选专集出版。

令人高兴的是，这次我们还搜集到一些晋察冀当年的木刻作品。这些木刻作品也像当年的诗歌一样，生动感人地描绘了那个令人动情的时代，充满着浓郁的诗意。我们把这些优美的艺术品分别插入"诗抄"之中，并以著名木刻家沃渣同志的《向敌后挺进》作为封面，我想，把这些如诗的画和如画的诗配在一起，一定会使"诗抄"诗画交辉，更加绚丽。也有助于青年读者更好地去感受那个时代。

这次重版，事情很多，幸亏商展思同志有便来京，经他大力协助，四处奔波，才使这件工作得以完成。

值得特别提到的是，在本书重版的时候，荣幸地得到当年晋察冀根据地的领导者聂荣臻同志和彭真同志为本书的题词。老实说，晋察冀的诗歌活动（以及其他文化建设）能够出现那样繁荣的局面，是同他们高瞻远瞩的战略眼光和热切关怀分不开的。那时敌情是那样严重，环境是那样艰难，人们连肚子还吃不饱，而几个诗歌刊物竟能坚持出版，如果没有领导上的支持，那是难以想象的。几十年后的今天，他们仍然关心着诗歌战线，关心着同志们，怎不使大家深深地感动呢！

聂帅提出"继承传统，开拓未来"，对我们的诗歌战线无疑有着深刻的含义。也可以说这是继承与创新的辩证法。我们继承传统，正是为了创新；而我们要创新，又必须在优秀传统的基础上向前发展。这就是两者的正确关系。而有些人的理解正好与此相反，他们认为，要创新就必须抛弃和否定我们的传统。不仅否定新诗的革命传统，甚至也否定诗歌的民族传统。这是十分浅薄和有害的。事实上，像中华民族的诗歌那样光辉丰富，那样源远流长，在世界各民族中是并不多见的。这正是我们值得自豪的，为什么要鄙薄和轻视它呢？至于说我国新诗的革命传统，那也很不简单。"五四"以来的新诗，虽然吸收了外来的形式，但是经过半个多世纪几代人的艰苦努力，已经在民族的土壤上扎下了根，获得了蓬勃的生命，在民族化的道路上取得很大成就。而且新诗中的主流，是伴随着中国人民的脚步战斗过来的。这是"五四"新文化运动的丰硕成果之一，为什么要否定它呢？如果这些都否定了，新诗岂不成了一片空白，我们还从什么基地上前进呢？我看断断不能这样做。我们只有从民族传统和革命传统中充分地汲取营养，才能开拓出光辉的未来。

"革命的大众化的新诗民歌具有强大的生命力"，这是彭真同志对《晋察冀诗抄》的题词。我以为，这个题词不仅是对晋察冀诗歌的肯定和鼓励，也是对诗歌战线的热切希望。现在有一种现象，仿佛革命已经不时髦了，诗歌同革命也没有什么必然的联系。甚至认为诗歌离革命、离群众愈远愈好，愈钻进个人的小天地才愈是诗。历史事实恰好相反，凡是能留下来的，为人民所珍爱的，至今仍然激动人心的东西，仍然是那些同人民真正共过命运一同战斗过的作品，是那些真正关心民族命运、祖国前途和人民疾苦的作品。而那些与人民的行进方向背道而驰的东西，只关心个人的东西，尽管其中有些技巧不错，却早在时代的风云中黯然失色，常常被人遗忘。这是不以人的意志为转移的。

说起大众化,也有颇长时间很少人提及了。其实,只要我们的眼睛里还有大多数,这个问题就没有过时。正如革命化并不就是标语口号,大众化也并不等同于肤浅粗俗。认为大众化的东西,就粗了,低了,不值雅人一顾了,这是一种误解。陈毅同志说白居易的诗"晓畅有深意",可见晓畅与深意并不截然对立。在文学作品中,有些是并不晓畅,但有深意,有些则是危危乎难哉,够艰深难懂了,但仔细剥开,里面的意思却很浅薄甚至很可怜。我们的文艺既然是属于人民的,怎么能够不注意大众化呢!我们说的大众化主要是同工农兵大众在思想感情上打成一片,同时也要在形式上使群众喜闻乐见,特别在语言上要作长期坚忍不拔的努力。而要做到这一点,并不是一件容易的事。

至于说到自由诗和民歌体,这是我国诗歌中的两大潮流。看来这两者都有广大群众,完全可以平行发展,听其自然融合,不要勉强统一。作为一个诗人,或一个读者,可以喜欢这一种或那一种诗,但是作为诗歌编辑,却应抛弃门户之见,一视同仁,让我们社会主义的诗歌园地真正做到百花齐放!

在《晋察冀诗抄》重版的时候,晋察冀当年的诗人们,愿意向广大读者,也向诗坛前辈以及诗歌战线上的同志致意,让我们亲密地团结起来,以响亮的歌声伴随着我们伟大的社会主义祖国向前行进!

1984 年 4 月 10 日于北京

一面捡来的镜子

1979年初,乘赴天津工作之便,前去看望孙犁。欢谈间,偶然看见他的案头壁上,挂着一扇小小的条幅。我站起来仔细一看,上面用行书写道:

> 吾闻文章有不当为者五:苟作一也;徇物二也;欺心三也;蛊俗四也;不可以示子孙五也。今之作者异乎吾所闻矣,不以为所不当者为患,惟无是五者之为患。

下题"《敬斋泛说》一则:孙犁同志属书,己未初春阿秀作于瑞雪纷飞之候"。

我当时默诵了一遍,觉得这些话很合心意,不禁玩味起来。孙犁见我凝神默想,含笑问:

"怎么样?"

"很好。"我说。

"那就送你吧,这里还有一幅。"

说着,他就从书橱里取出同样的一张相赠。我即囊括而去。可惜我竟不曾问问孙犁同志,《敬斋泛说》是谁著的,他让阿秀这位书法家把这段话写出来贴在案头的想法如何。

回家一查,原来这段话的作者是元代的李冶。他不单精于经史,还是一位知名的数学家。我也就效法孙犁,将这张字压在书桌的玻璃板下。几年来,日夕玩味,愈来愈觉得这话说得好。尽管作者所指,有他特定的时代与阶级的内容,但是如果站在正确的立场来理解,对我们写文章的人还是颇有教益的。尤其是这段话里提到的文章五患,也不是到了今天就绝迹了。

例如,这里所说的"苟作",就很值得注意。苟作者,写作态度不严肃之谓也。肚子里没货,硬要写,免不得要从别人已有的作品中东掠西凑,粗制滥造,这自然是苟作;就是生活里有点感受,但不多,又故意拉长撑大,也是苟作。思想不端正,态度不严肃,固然会出现苟作;即使思想比较端正,但工夫没有下到,也会出现苟作。如对于描写对象不熟不懂或者酝酿不够,对于要表达的事理没有弄清,就仓促下笔,也都会事与愿违。凡是苟作都是经不起时间考验的,因为从它产生时就蕴藏着死亡。

再说徇物。徇物可以理解为营私。这里的物,不单包括金钱之类,也包括虚荣之属。一个人民的作家,应当是除了人民利益之处别无他求。倘若灵魂沾上铜锈,那么文章也就会沾上铜锈了。苟作是写作态度问题,徇物就涉及到作者的动机,当然更应注意。写作动机不纯,更易产生苟作。当前文化上出现的某些商品化倾向日益严重。在这股恶风的袭击下,对每个作者的品格,也不能不是一种考验。人常说,诗人和作家是人类灵魂的工程师,那就要求"工程师"本人要有高尚的灵魂,至少要时时净化自己的灵魂。

欺心。什么是欺心?我觉得,最大的欺心,一是歪曲事实,二是颠倒是非。历史上各反动阶级这类东西很多很多。一个作者,当他提起笔来,一定先要考虑一下,将要写的东西就整体说是否合乎事实,是否对人民有利,是否违背真理。如果违背这些根本的东西,就不要动笔了;否则,就会产生欺心之作。而欺心之作,是从来经不起历史检验的。对客观事物认识上的不足,是可以原谅的;而有意歪曲事实,昧着良心讲歪道理,就是品质问题了。

蛊俗。什么是蛊俗?蛊俗就是利用人民中还存在着的旧意识,制作假、恶、丑的东西蛊惑人心,兴风作浪。人民中存在着旧意识,这是历史遗留下来的负担,作家只能通过自己的工作使这些陈腐庸俗的东西日渐减少,而决不能迎合它,助长它,使其更加泛滥蔓延。为了"票房价值"而麻醉毒害人民,无异向人民兜售鸦片。怀着某种政治目的而妖言惑众,就更是一种罪恶了。至于文艺上的风派,也近于蛊俗一类。这类人不问是非,只看行情,看见一股风就一窝蜂似的涌上去,实际上也起到蛊俗的作用。

不可以示子孙。就是说,某些文章留下来,连自己也会觉得羞耻。诸如醉后狂言,一时牢骚,尤其淫秽下流之作,皆不可以示子孙者也。不须多赘。

李冶最后说:"今之作者异乎吾所闻矣,不以为所不当者为患,惟无是五者之为患。"可见他是颇有感慨的,也说明那个时候观点就不同。一方说那五患是祸害,另一方却说那五患是宝贝,万万丢不得,丢掉了才是坏事呢!时至今日,恐怕看法还会有不同,今录之以与同好共勉。

1982 年

《在延安文艺座谈会上的讲话》的命运与中国文艺的命运

毛泽东同志的《在延安文艺座谈会上的讲话》发表已经 45 周年了。真是抚今追昔,感慨良多。

记得在"讲话"发表 39 周年的时候,我曾在一篇纪念文章中写道:

"……我不能因为一个伟大的马克思主义者在晚年犯有错误,就否定他过去的功绩和正确的思想,也不能把曾经哺育过我(和我们整整一代人)成长的乳浆,说得不值一文。我更不能把引导我们在炮火中前进的旗帜抛在一旁,因为她联系着千百万群众胜利的脚印。因此,现在我要说:《讲话》仍然是我国无产阶级文艺的光荣的毫不褪色的旗帜!也仍然是哺育新一代文艺战士的乳浆;如果他们并不鄙弃中国革命的文艺传统并乐意走无产阶级道路的话。"

现在,我的看法仍然如此。

这段话并不纯粹出于感情,而是基于现实生活的深切感受。

在我看,《讲话》的科学价值和它在文艺史上的地位,至少有两点是最突出的:第一,它在理论上和实践上开辟了一个前所未有的文艺工作者与工农兵群众相结合的新时代,从而展开了革命文艺的新天地。它在革命斗争中发挥的巨大的战斗作用,是有目共睹的。第二,它最鲜明地划清了无产阶级世界观、文艺观与非无产阶级世界观、文艺观的界限,从而武装了共产党人和一切进步的文艺工作者,成为中国马克思主义的文艺理论基础。《讲话》问世以来所产生的巨大影响,还没有哪一种文艺理论能与之相比。

1981 年党的十一届六中全会,客观而公正地评价了毛泽东同志的功过,重新认定毛泽东思想将长期指导我们的行动。值得注意的是,这篇《讲话》又被郑重地列入了庄严的"决议"。为什么要这样做呢?不言而喻,写上去不是为了好看,而是因为它关乎到社会主义文艺的命运,关乎到我们的社会主义文艺沿着什么样的方向发展。

令人遗憾的是,近几年来,《讲话》却遭到它问世以来从来也没有过的冷遇。

其表现是:

一、冷漠。一些文艺领导人很少提,或几乎不再提这篇《讲话》,好像这篇《讲话》已经被人遗忘。

二、提出"一要坚持,二要发展"。但是,只看到他们的"发展",却看不到他们的坚持。脱离了坚持的"发展"能够是什么发展呢?

三、没有任何前提,没有任何原则地提出所谓"文艺观念更新"。《讲话》自然属于老的文艺观念,也自然在更新之列了。

四、有人甚至把几十年来的革命文学说成是"工具论"和"反映论"的产物,企图不仅从理论上而且也从作品上把革命文学从文学史上一笔抹掉。一位香港作家,把这种否定一切的倾向叫做"新的文革",是颇耐人寻味的。不过,不同的是,"四人帮"是从"左"的方面否定一切,现在有些人是从右的方面否定一切罢了。

说到这里,那个写到十一届六中全会"决议"里的《讲话》,就不仅是遭到冷遇,而是比冷遇更严酷了。

当然,这也并不奇怪,由于《讲话》那种鲜明的阶级性,那种同资产阶级思想以及其他非无产阶级思想毫不妥协的党性,都不是资产阶级思想很重的人所能接受的。这正是《讲话》问世以来或明或暗受到攻击的原因。有时从左的方面,有时从"右"的方面来歪曲它,更是常事。那些搞资产阶级自由化很起劲的人,本来就把它当做脚镣,当做手铐,急欲摆脱、突破而后快,怎么能把它作为指针呢!

但是,广大的人民群众已经看到,广大的文艺工作者也已经看到,脱离了《讲话》的轨道,得到的是什么结果!现在,资产阶级自由化思潮的泛滥,从反面说明了《讲话》是多么重要!果子是苦的,但是很有教益!

现在,确实到了"反思"的时候了!

1987年2月27日晚

共产党作家的崇高形象

最近,《光明日报》记者郑笑枫同志发表了一篇文章《纤笔一支谁与似》,记述了丁玲同志在北大荒的事迹。这篇文章读来非常感人,它展示了一个活生生的共产党作家的崇高形象。丁玲以自己的行动告诉我们:什么是共产党人,什么是共产党的作家。

丁玲同志谢世已经一周年了。她的形象在我们的脑子里是越来越清晰了,人们对她的理解也将越来越符合她本来的面貌。

丁玲在北大荒的情况,一般人并不详细了解。我怕触及她的伤痛,也没有多问过她。但是,在她复出以后我们的相见中,她却纠正了我一个观念:过去我一直想当然地认为她是作为处罚到北大荒去的,实际上她却是主动要求去的。这次,我从笑枫同志的文章得知:1963 年,也就是她在北大荒度过 5 年的艰苦生活之后,作协党组和中宣部的负责人曾要她回来,并且说可以发出调令,但她却表示,愿意继续留在北大荒。丁玲到北大荒,无疑是她一生中的大事。我认为,她的这个决定很不一般,在身处逆境的情况下,没有非凡的勇气,是不可能采取这个行动的。而这个勇气则来源于她对党的信念和她一贯的文艺思想:革命作家必须与群众相结合。丁玲当时认为,她住在北京她的小四合院中,固然可以苟安一时,但在划了"右派"的情况下,没有人敢接近她了,这样就会形成与人民群众的隔离,而这是她所不能忍受的。她必须到人民群众之中。她对自己说:"不必犹豫了,不要留恋这死寂的庭院,到暴风雨中,到人群里面去,到火热的劳动中去。""我的党籍被人开除了,但一颗为共产主义事业奋斗终身的心却仍是属于我自己的,任何人也是拿不走的。""沉在人民中去,和人民在一起,总有一天能和人民一样光明磊落地生活。"这就是她当时的想法。没有这样的勇气,当然不会有以后的行动。

自然,丁玲这次下去,和过去下去深入生活有很大不同:第一,她到北大荒那年是54岁,已经是一个年近花甲的老人;第二,用丁玲的话说,这次是像林冲一样脸上"刺了字"的。丁玲说:"过去我是一个共产党员作家,是一个靠近中央靠近首长的上层人物,我下去时,一层一层的大小干部总要欢迎我,请我讲话,问我要什么材料,向我汇报。我的劳动也很简单,无非是做做样子,既不出一身汗,也没有满身酸疼。那时人们对我鼓掌、含笑,围着我的汽车,看大作家下来生活。1957年下去就不一样了,头上有一顶很大的'右派'帽子,因此,人们虽然同样围着我看,却像是看猴子戏一样,只是觉着新鲜奇怪罢了。"只要意识到这两点,我们就会想到,她面临的这场考验是多么地严峻,多么地艰辛!

然而,在这场长达20年的考验中,丁玲终于走过来了,而且是作为胜利者走过来了。尽管这个胜利不免伴着痛苦和眼泪。"我要在几乎没有任何光明的处境里开辟出一条光明的路来。"丁玲曾这样鼓励自己,她完全做到了这一点,以一个勇士的姿态做到了这一点。

这20年,丁玲是怎样熬过来的,为什么能够熬过来呢?归根结底仍然是由于她对党具有牢固不拔的信念,并且始终以党员的标准要求自己。她认为,"一个共产党员应该经得起委屈的考验"。"谁一见我都说这是个大右派、大叛徒。但我在内心始终认为自己还是个共产党员,我要以党员的标准来要求自己。"她还说,"在那动乱的日子里,我是饱经磨难。好心人对我说:你死了吧,这日子怎么过?我的回答:什么日子我都能过。我是共产党员,我对党不失去希望。我会回来的,党一定会向我伸手的。海枯石烂,希望的火花,永远不灭"。我确信,丁玲正是依靠这坚强的信念才冲破一道道险关的。

反过来说,如果丁玲不具有这种信念,那就会面临着另外的选择:一个是悲观绝望,萎靡消沉,甚至厌世自毁;一个是幸存下来,留下一身创伤,满腔怨恨,对党对革命不再抱有热情。无论前者或后者都不再是原来的丁玲,也不是后来的丁玲。我觉得丁玲卓异之处正在于她既不是前者也不是后者,而是始终以战士的姿态迎接一切。可以说,她是历经磨难并不萎靡消沉,满身创伤对党毫无怨恨之心。从丁玲复出到她的逝世的几年间，不论在国内或国外，她的全部言论行动都证实了这一点。这正是丁玲的伟大处。当然，做到这一点并不容易，也不是所有的人都能够做到。有的人甚至把那种永远难以平复的怨恨带入作品中，讽刺、挖苦、谩骂，不仅使自己失去正确的立场，而且使我们的读者不能准确地、全面地理解我们人民共和国的现实。

　　丁玲作为共产党作家的另一个突出特征，就是她与人民群众的血肉联系。这一点她在北大荒体现得是最充分了。郑笑枫同志通过实地调查，在文章中生动地表现了这一点。丁玲同志毕竟是老干部、老党员，她既有深入群众的决心，也有接近群众的本事。她不管头上戴着什么帽子，一到北大荒就立即以党员的姿态出现。介绍信没有要她参加劳动，她硬是要参加劳动；领导上要她到条件好些的地方，她硬是要到条件最差的地方去披荆斩棘；她关心青年的健康成长，经常给不安心北大荒的青年做思想工作；她关心群众的疾苦，给女工办起了托儿所；她更没有忘记把文化的种子撒到北大荒。文章提到一个很动人的例子：有一天夜半起了大风，她和陈明怕下雨将黑板报弄坏，两个人就顶着风跑到两里外的场部去把黑板报抬到屋里。在漫长的时日里，丁玲不仅认识了北大荒的群众，北大荒的群众也认识了丁玲。他们血肉般地联系在一起了。在丁玲复出时，正是当年丁玲亲自教他们认字的"文盲"们给她寄来了第一封祝贺的电报。丁玲逝世时身上盖的那面红旗，也是北大荒的群众敬献的，红旗上绣着"丁玲不死"四个大字。

　　丁玲逝世后，她的生平介绍中说："在新文学的几个转折时期，她的创作都体现了党所倡导的文学发展的方向。"我还想说，丁玲的党性，她对党、对共产主义事业的坚强信念，她同人民群众的血肉联系，不愧是我们共产党作家的一个典范！

　　人间的风雪呵，风雪的人间！正是在北大荒无边的风雪中，我望见了一个不朽的共产党作家的崇高形象！

1987年6月4日于北京

到底谁疏远了谁?

——和胡世宗关于诗的通信

世宗同志:

你的诗集《沉马》收到了。我置于床头,每晚读几首。现在已经通读了一遍。应该说,这是一本优美动人、感情深沉、有一定思想深度的诗集。我实在为你的成就感到高兴。从中看到你走的道路是正确的,你的步子是扎实的。

首先,我觉得《长征》这组诗,写得真是不错。其中《打捞》《沉马》《听老红军唱〈国际歌〉》《寡妇村》《落叶》等篇,尤其写得好。《沉马》宛如一幅油画,典型地表现了长征途中的艰难,结尾处"萧萧晚风/吹亮了远方的篝火/天边残留着/一片马血样/鲜淋淋的晚霞",益发使人感到悲壮凄艳,长留心头。《落叶》写的是将军还乡,把古朴的乡俗、革命干部与乡亲之间的关系写得相当动人。这些写在长征路上的诗所以这样出色,关键是作者的感情。这点,我们可以从《打捞》诸诗中找到答案。作者到长征路上去跋涉探胜,是为了去"打捞那些/金箔都无法与之相比的/亮闪闪的碎片……"可见作者是怀着对长征这样的认识和感情踏上长征之路的,并不是为了猎奇。怀着猎奇自然也可以写点文章,那就不是这样的诗了。我在《听老红军唱〈国际歌〉》这首诗中,认识到作者对革命前辈的崇敬和谦逊:"这支歌/我唱的肯定会比这位老人/更标准,更动听/但我唱这支歌/却不如他痴迷/不如他赤诚——让自己每一次脉搏的跳动/都汇入这浩荡的歌声/把这支歌的每个字、每个音符/都化为自己的生命……"看到这里,《沉马》中的长征诗为什么写得这样好,我已经完全明白。现在仿佛有一种离开马克思主义愈远就愈时髦的现象,而作者却要把《国际歌》的"每个字、每个音符都化为自己的生命",

这确实是太难能可贵了!

《金色的黄昏》这组诗也写得很好。其中《她依然是雇农的女儿》《"这老头儿行善"……》我最喜欢。这是歌颂老干部的。老干部绝大部分是好的,这个论断应该说没有疑问。令人不解的是,现在的文学作品中,老干部常常成为被贬斥的对象。你写的这些诗,对他们也许会添几分温暖吧!

其他两组是写南海和边疆的,也都写得不错。其中我最喜欢的是《珊瑚岛有多美》,写得精练,诗味足。《老兵留影》既表达了崇高的爱国主义情愫,又流露了战士的谦逊。《一只水鸟》最后说:"水鸟把一切交给了大海/风涛声是它听不完的乐章!"我觉得都表现了地道的战士情感。

现在报刊上诗的数量不少,但可读的佳作仍然比较少。一些诗离人民的命运愈来愈远,感情愈来愈窄,人民也就很自然地同它疏远了。而另一方面,对诗的各种各样的议论却很多。在这种情况下,我看诗作者特别需要清醒的头脑,对一切议论都要仔细鉴别,不要轻信。你在本书《后记》中说:"我也希望不断打破自己创作上的'自我感觉良好'状态,让似乎可以自慰的以往沉没消遁,重新书写自己的篇页。"这话不知应当怎样理解,如果理解为要创新,要前进,要更上一层楼,这自然是对的。一个作者只要活着,就不能满足已经取得的成就,而要无休止地攀登,革新,向完美之境突进。但是这种突进,绝不是让"可以自慰的以往沉没消遁",因为事实上它也不可能"沉没消遁"。除非你实行不分是非的毫无原则的所谓"观念更新"。我觉得正确的办法,应当是冷静分析艺术实践的经验,肯定自己正确的东西,继续发扬光大之,而对自己的缺点和不足则设法改正和弥补。

以上意见不知是否正确,仅供你作个参考吧!

新春将到,谨祝你取得更大的成就。

1988年1月31日

会晋察冀老战友

——在晋察冀文艺研讨会上的发言

今天我来这里主要是向会议表示支持和祝贺！同时有一个心愿就是想同诸位老战友见见面。因为平时大家见面机会很少，除了八宝山，哪一位同志去世了，大家才见见面。现在我觉着越到晚年，老战友、老同志在我们心上的分量是更重了。我觉着跟大家见见面，在一块谈谈，心里就觉得愉快。今天的这个会议就是这样。就从这一点上来说，也应该肯定晋察冀文艺研究会这些负责同志的辛劳。这几年，晋察冀文艺研究会，做了很多的工作。例如印了晋察冀老战友的名录、通讯录，还出了几本书。当我接到这些东西的时候，我就想到这是一些老同志用他们的余年，在那里默默地为我们大家工作，为我们的事业在作出贡献。应该特别提到的，现在晋察冀文艺史的草稿已经出来了，这是晋察冀文艺研究会和河北省社会科学院语言文学研究所的同志努力的结果。这一工作在王剑清同志、冯健男同志的直接领导下，费了很大的功夫编起来的，篇幅相当大，一共有40多万字，印了五六大本。王剑清同志送给了我一本，让我也看一看，我看了其中诗歌的部分，报告文学部分和前面的总论。在我翻阅的过程中，对我本身也是一个很大的教育，我是带着一种感谢的心情。我很惊讶编辑同志收集了这么多的材料，不知道他们是从哪里收集的，怎么收集的，可以说内容非常充实。我看了晋察冀的战友们当年在文艺战线上所进行的斗争，虽然过去了四五十年，心里仍然非常激动，而且使我更加增强了信心。增强了什么信心呢？就是说，我看了这个东西，我的印象就是：晋察冀文艺史，这里面确实是有东西的，不是空的；我们所走过的道路，我们所进行的斗争，文艺在斗争中所起到的作用，这些都不是空的，是有真真实实的东西的；用现在的说法，是出了人才、出了作品的，是在斗争中间真真实实地发挥了作用的。这些就使我相信：我们走过的道路是正确的，我们的方向是正确的。正如刚才周巍峙同志说的，我们并不一概肯定自己的一切，一部历史像一个人一样，它不可能说是没有缺点，没有不够的地方，但是在主要方面，是正确的，我们的方向是正确的。这是一段经过烈火考验的历史，不是空口说白话。有些东西现在说很行，可是究竟行不行？历史是会检验的。而我们这一段历史，是经过了历史的检验的，因此我说我们要有信心。我为什么要特别说这样几句话呢？因为现在也有个别老同志，对当前五光十色的议论不免有些惶惑。甚至怀疑到我们过去走过的道路是否正确。当然，我说我们走的道路正确并不是说要固步自封，就此止步。我们还要向前发展，我们的缺点还要克服，我们还要创造更为新鲜的东西。

晋察冀文艺研究会，自然就是研究晋察冀的文艺，但是，同任何研究一样，我们研究昨天，是为了今天。如果我们的研究跟今天的情况不挂上钩，那我们的研究就没有很大的意义。我们研究昨天，就是要进一步弄清过去哪些是成功的，哪些是失败的，哪些是必须继续坚持的，哪些是不必要继续坚持的，哪些是需要纠正的。我们正是把这些东西研究清楚，把它运用到今天，发挥到今天。

我们晋察冀文艺研究会的工作，除了研究过去，还要关注当前的文艺状况。对当前的文艺状况，现在报上开始有些评论文章。《光明日报》有一篇文章，发出一个提问：现在的文艺为什么群众对它冷淡了？这个问题提得很好，有面对现实的勇气。我们不能只看到成绩，不看缺点。很明显，现在我们的电影，观众不太多，有人说电影观众是被电视取代了，实际上电视的好节目也不太多，有是有，但不是很多。我们办的文艺刊物很多，但是销售的数量不是很多。有些很有名的文学刊物，以前是100多万份，以后掉到几十万份，又从几十万份掉到二三十万份。省里的文艺刊物也就是万把份、几千份。我们的文学书籍，现在也是很可怜，诗歌、散文没有多少出版社愿意出。小说以前还行，现在也不行了。现在这种状况是应该正视了。至于出现这种情况的原因正在探讨，有人说这原因是社会更安定了，就不会产生轰动了，难道以前的作品引起的轰动是社会的不安定？这个解释很难站得住。《红岩》销售了400万份，这是一种什么"不安定的因素"产生的呀？现在的书刊售不出去反而"正常"了？当年有些小说销售那样多，群众热烈拥护，像《林海雪原》《青春之歌》《红旗谱》等等，那反而是不正常的现象了？我看这个问题光在文艺圈子里讨论，恐怕还不行。恐怕还需要在广大的群众中来展开讨论。

最近《解放军报》发表了我和胡世宗同志关于诗歌的通信，编者起了一个题目很好，《到底是谁疏远了谁？》这个题目很好，究竟是群众不要我们的文艺了，还是我们的文艺不要群众了，这是值得深思的。

探讨我们的历史经验，跟今天有很密切的关系。拿晋察冀来说，群众和文艺之间，就没有出现这样的问题。它的歌，它的戏，它的诗，它的报告文学，等等，各个方面跟群众的结合这方面是相当成功的。不然它就不会在斗争中发挥这样大的作用。但是正像巍峙同志讲的，现在对这问题的看法并不一致。有的人对传统缺乏认识，有的人则是否定我们的传统，我们的革命传统和我们的民族传统。所以在这样一个问题上，我们就要起来斗争了，就要抗争了。有一位作家说："卧榻之前岂容他人鼾睡。"是不对的，我们要有宽宏的气魄，应该容忍。可是现在不是我们不容人家在我们的卧榻前鼾睡，而是别人不让我们鼾睡的问题。

我们现在宣传传统也有很多困难。你怎么宣传呢？报纸上不登你，你就没有办法。刚才周巍峙同志说了，钟惦棐同志临死以前，觉得有很大的遗憾，说没有写那篇有关传统的文章，我说，就是写出来了，你看哪家报纸能登你的？那么怎么宣传呢？就是要在坐的诸君（大部分是下了台的），你要是老师你就跟你的学生讲讲吧。

我 的 回 答

——在"文艺漫谈会"上的发言

延安文艺学会组织这个会不容易,这么多人到会更令人高兴。这说明大家都是关心我们的社会主义文艺事业的。

会上提到阳雨同志的文章——《文学:失却轰动效应以后》《自由与失重》。这两篇文章发表时很郑重。在《自由与失重》这篇文章的结尾处作者要求回答,目的是要引起议论。因此,今天大家来郑重地对待是适宜的。我的题目就叫《我的回答》。

我认为这两篇文章是互相衔接的,第一篇是提出问题,并且分析问题存在的原因,第二篇是提出解决的办法。

首先,需要肯定几点。第一,作者敢于面对现实的态度是好的;第二,指出文艺队伍中的一些消极现象也是好的,有积极意义;第三,作者的用意是好的。

但是作者对文学失却轰动效应的原因的分析却又失去了勇气,不敢真正面对现实,结果不仅没有使问题更清楚,反而使问题更加模糊、扭曲、变形,而真正的问题却没有揭示出来,成了自我安慰、自我解嘲的东西。

作者认为失去轰动效应的主要原因是社会安定、正常化了,人们越来越务实,对文学自然而然会降温,这似乎是一种"规律"。50年代或者更早,人们希望通过文学作品来确立自己的人生道路,现在则没有这种需求了。这完全不合事实。现在虽然表面上很平静,但实际上各种社会矛盾交织斗争很激烈,尤其在思想领域,无论老年人、青年人都是如此。这是一个社会大变动的时刻,正像人们说的"阵痛"(我不赞成"阵痛"这个说法)。究竟怎么样辨别生活的道路?文学在这个问题上负不负有使命?人们,尤其是青年对文学的期望是殷切的。如果说人们已经对文学不抱有希望,没有任何要求了,那么我们作家也就该好好休息了。作家的责任感又从何说起呢?它究竟应该建立在什么地方呢?

"见怪不怪说"是阳雨同志认为文学失去轰动的原因之一。这个论点是站不住脚的。50年代引起轰动的作品,如《青春之歌》等,并不是因怪而引起轰动的,反过来说,现在怪的东西并不轰动。这根本不是原因。

《自由与失重》似乎意在提出解决问题的办法。作者的意图是好的,他大声疾呼:我们要自由,但是不要失重!甚至提出"我们要重建理想"等等。如果通篇研究一下作者的思想,就会发现,按照这个药方是解决不了问题的。

例如,《自由与失重》一开头,就十分严厉而且深恶痛绝地批判了"革命功利主义"这个命题。凡是革命的文艺工作者,对于革命的功利主义都是承认的,而阳雨同志今天却忽然要否定。这就值得认真研究了。这个问题的来历,大家都是清楚的。过去一些自命清高的文艺家,自认为艺术就是艺术,不能够"有所为",尤其不应与政治有联系。因此毛泽东同志说:"唯物主义者并不一般地反对功利主义,但是反对封建阶级的、资产阶级的、小资产阶级的功利主义,反对那种口头上反对功利主义、实际上抱着最自私最短视的功利主义的伪善者。"这是很清楚的。而今天,在阳雨同志企图解决失重问题的时候,忽然大喊反对功利主义的价值观念。请问,阳雨同志今天承认不承认我们大家都共同承认的"为人民服务、为社会主义服务"这个口号?这个口号难道不是革命的功利主义的吗?为了接受过去的教训,阳雨同志认为,似乎应该抛弃这些了。然而,能够抛弃吗?能够抛弃革命功利主义吗?今天之所以失重,不正是因为有人引导文艺家抛弃了革命功利主义,走到自我功利主义去了吗?

过去,教训是有的,急功近利的情况是存在的,有些作品艺术质量不一定很高,但只要方向对头,这个问题并不难纠正。同时,对过去的作品,应当历史地看。那种暴风骤雨的形势,那种人民生死存亡的关头,革命的文艺工作者,是要急功近利,是要以人民的利益作为艺术的前提,是要"大刀向鬼子们的头上砍去"。我们决不可以抹杀和轻视这些作品的价值。而且我可以大胆地说,就是在艺术性方面,也不是今天的作品都能比得上。(热烈鼓掌)有些人总是有意无意地贬低那时的作品,实际上不过是一种狂妄自大的表现。《自由与失重》里说:"建国以后,我们仍然沿袭了、强化了这样一种'革命功利主义'的价值观念。我们的文艺家好像是零售摊档……大家差不多都是从一个最有威信最掌握情况最高瞻远瞩的方面来批发的,货路大同,售法小异……甚至连出问题'犯错误'也常常会大同小异,走到了一条道上,因为'货源'一致。就像同吃了一条江里不洁的毛蚶,便得了传染性的肝炎一样。"看到这里,我不禁冒了一身冷汗,仿佛又回到了"大批判"时代,一棍子下去,叫你永世不得翻身!我不禁要问,我们那些一向受人称道的像丁玲、赵树理、孙犁、柳青、周立波等人的作品,以及《青春之歌》《保卫延安》《红旗谱》《红岩》《林海雪原》《红日》等等一系列曾引起轰动的作品,制作这些作品的小商贩都是怎样到总的货源那里去批发的呢?我可以说,如果真有这样神奇的地方,这样现成的货源,就是今天我也宁愿冒得肝炎的危险去批发一下。(大笑)阳雨同志可能从来没喝过这条江里的水,也没有吃过不洁的毛蚶,因此他的头脑这样清楚。阳雨同志也是作家,按道理他比别人更明白,每个作家都有他的独特的创作道路,并不是那么简单地到总的货源那里去批发的。总的货源有没有?这是没有的。如果一定要说有,那么,总的货源就是生活。总的思想是有的,那就是共产主义思想。如果有高明的理论家,那我明天就去向他请教。

我可以说,用这样的办法来否定过去的革命文艺,否定30年代以来的革命文艺和解放区的文艺,以至建国以来的文艺上的成就,是从来办不到的。国民党办不到,"四人帮"办不到,现在的一些人也办不到。对毛泽东同志的错误,我们不能采取鄙薄的轻浮态度。冷嘲热讽,不符合我们的身份。因为我们和他相比,他毕竟是一座高山。

我再谈谈作者医治失重的方法。在《自由与失重》这篇文章里,我发现作者并没提出什么有效的方法。

不错,作者提出了诸如丰富人的精神世界,提高人的精神品位,开发人的精神力量,等等,但是,他忽略了用什么指导思想去达到这些目的。

至于作品要真实,不虚伪,真诚、深刻等等,实在是一个偏于一般的论述,因为没有一个文艺家认为自己不真诚,不真实。

我注意到,文章中也提到"有思想、有热情、有追求",甚至提出:"重建理想,是文艺家神圣的使命!"这固然不错,但令人不解的是,作者接着说到"理想"二字是两个不大不小的字,并且特意注明"笔者不想强调是两个大字"。很奇怪,如果这个理想指的是我们所憧憬的共产主义的话,那么这两个字对我们来说,应该是神圣的,阳雨同志倒不想强调是两个大字,这是什么意思?令人不能理解的是,作者讲的要"重建"的"理想"究竟是什么内容?

在提到"思想性"时,作者是小心翼翼的。他提出这是个"极易引起混乱的老问题"。接着他提出外加的思想性给作家的苦恼。作为论据,他提出了"何其芳现象",即一个作家思想上"提高"了艺术上反而上不去了的现象。他说:"目前,有些文艺家怕听思想性,不是没有原因的。"看来作者本人也怕听或怕提。

说到何其芳同志,我就要顺便提一下所谓"何其芳现象",因为这个问题很容易引起混乱。既然思想提高了,反而写不出来,甚至写得更坏了,这样的思想性肯定应该打倒。

何其芳同志是我一向尊敬的老作家、著名诗人和学者。我在1939年就认识他,并接受过他的帮助。他既有文学创作的才华,又有艺术理论修养。他晚年的文学作品确实比较少,这是事实。但是我们了解一个作家创作的水平和魅力是由许多条件综合决定的。这些条件包括生活、思想、热情、艺术修养、才能以及时代因素等等。这中间,缺少了哪个条件也会受到影响。而孤立地去看,任何单一的条件也不会起决定作用。何其芳同志后来的思想水平和理论修养当然比初期高很多,可是相对说来,他后来主要从事教学和研究,生活圈子渐渐缩小,缺少接近火热生活的机会。因此,虽然思想水平高了,而生活太缺少,从而激起的热情和灵感自然也相应减少。这样,他的作品当然少了,而且也未必篇篇都能赶上过去。这是一个很简单的道理。

对我个人来说,也有这种经验。我觉得沸腾的生活和作者的热情是两个相当重要的东西。如果有了这两个东西,即使思想水平差一些,技巧差一些,不过写得浅一些低一些就是了;而缺少了生活和热情，不仅会写得差，甚至可能没有创作欲望。但是决不可以说，思想水平高了，艺术水平反而要降低。总的说，二者仍然是成正比例的。因为思想水平绝不是教条和绳索，而是更好地观察生活、理解生活以及把握生活的能力。只有这种能力提高了，才能进一步提高作品的水平。不认真研究何其芳同志的具体情况而把某种情况说成是"何其芳现象"，是有害的和蛊惑人心的。它告诉人们越学习理论，思想水平越高就越有害，那还有什么必要学习马克思主义呢？

对医治失重的方法，阳雨同志还提出两个东西：爱国主义和人道主义。（他开始提社会主义的人道主义，后来又加以注解："探讨这种人道主义的启蒙性与局限性，指出它并非新潮当然可以，但丝毫不影响其有效性与迫切性。"从这个注解看来，这仍是一般的原来意义上的人道主义。）爱国主义是好的，关键是爱哪个国的问题。人道主义的作家我们也是要团结的，但是作为社会主义文学，作为党员作家，光局限于此恐怕还不够吧！我就不明白，为什么一些以马克思主义自诩的人和共产党员，那么热衷于企图用人道主义代替共产主义，或者把共产主义解释成人道主义。很可能他们认为共产主义缺乏人道，或者不如人道主义够味儿。但是，从我自己参加革命的体会，有3点对我是十分明确的：1.我们的敌人没有一个是人道的；2.也没有一个敌人是用人道主义打倒的；3.人道主义口号喊得最响的，在行动上却未必是人道的。而革命者，共产主义者，倒是比他们人道得多。令人惊讶和遗憾的是，阳雨同志的文章，在谈到精神、理想、思想性时，通篇没有一处提到用社会主义、共产主义精神教育人民。那么我们的文学究竟如何保证社会主义文学的性质？这不能不使人产生疑问。是不是他把这些都划入产生恶果的"伪思想性"的范畴里去了？其实用社会主义和共产主义思想教育人民，这是社会主义文学的光荣任务。过去搞外加思想性和说教，是作者没有将这种思想化为血肉的缘故，并非思想本身的过错。

那么，究竟什么原因使文学失却轰动效应呢？或者说，为什么群众对我们的文学表现出冷淡呢？我认为原因在三个方面：

一、不是我们的人民群众疏远了或冷淡了我们的文学，而是我们的文学疏远或冷淡了人民群众。试想，我们写的不是他们最关心的问题，也不是与他们的命运和利益攸关的问题，说的也不是他们想说的话,对他们更没有什么帮助,他们为什么要关心我们的文学呢?

二、我们的文学不是距生活越来越近,而是离生活越来越远了。群众说我们的东西是胡编乱造。他们为什么要看这种胡编乱造的东西?几十年前人们就呼吁我们的文艺走出象牙之塔,现在是不是要走进象牙之塔?或者黄金之塔?

三、我们的文艺领导和一些评论,没有认真引导作家学习马列主义,因此,在社会急剧变化的情况下,作家因为缺少马克思主义的修养,无力掌握急剧变化的现实。这是疏远马克思主义所带来的必然结果。

这三个疏远才是造成当前文艺状况的根源。希望今后:

一、一定要保持社会主义文学的性质。

二、在坚持双百方针的同时,要发展以共产主义精神武装的文艺队伍作为主流。

三、在作家中要提倡学习马列主义的风气,坚定地与人民同呼吸、共命运,深入生活,写出真正对人民负责的作品。

1988 年 10 月 11 日

致西安丁玲学术讨论会的信

西安丁玲学术讨论会：

敬爱的同志们和国内外的朋友们！

这次在西安召开的丁玲学术讨论会，是一次有国内外众多朋友参加的盛会，也是对我们的文学界会产生重要影响的会议。我本来是准备参加这次盛会的，由于工作安排较多，难以分身前往，很感遗憾。请允许我向到会的朋友致以衷心的问候，并向会议热心的筹备者致以敬意。

丁玲是我国新文学史上一位不可多得的杰出作家，在无产阶级的革命文学发展中尤其居于重要地位。我们高兴地看到，在丁玲同志逝世后，她的作品与人品已越来越为更多的人所认识。对她的作品的研究也日益深入。丁玲学术讨论会在全国已经举行过几次，出现了颇为可观的研究成果。我想这次讨论会，一定会开得更好，对丁玲的研究一定会更深刻、更丰富，更有助于推动我们的文学健康地发展。

但是，在近年来我国文学的评论工作中，也出现了一些令人困惑的现象：这就是否定或贬低 30 年代以来的革命文学的倾向，否定或贬低革命作家和作品的倾向。伟大的鲁迅首当其冲，其后对赵树理、柳青和丁玲也作出了不适当的评价。当然，在"双百"方针的政策下，对任何作家和作品都可以提出自由批评，但是有的论文却把一个作家的长处说成短处，把历史上起过重大作用的作品，说得没有多少价值，这就是是非不清了。我觉得，在丁玲、赵树理、柳青等作家身上的长处，很可能正是今天一些作家的短处。如果我们虚心学习他们的长处，今天的文学是肯定会得到更好的发展的。

祝讨论会取得圆满成功!
祝大家健康愉快!

                魏巍
             1989 年 5 月 16 日

期望于文艺工作者

一

在当前国内外形势下,我们要更高地举起自己的旗帜——共产主义的旗帜。不久前发生的一系列引人深思的事变,足以说明:资本主义势力与社会主义势力正进行着生死交战。表现在社会主义国家内部,斗争的实质仍然是走社会主义道路和走资本主义道路的斗争。这场斗争不仅关系到革命成果能否保持,而且关系到民族的命运和前途。在这重要的历史关头,一切有觉悟有良知的作家,都要以高度的责任感,为保卫和发展社会主义而斗争。

二

一个时期以来,在文艺领域泛滥的资产阶级自由化,严重地伤害了我们的文艺,污染了读者特别是青年读者的心灵,疏远了文艺和群众的关系,也腐蚀了作者自己。坚持四项基本原则,既是我们的立国之本,又是全国各族人民团结的基础,为什么不可以化为作家的血肉呢?清除资产阶级自由化的恶劣影响端正我们的文艺方向,只会促使文艺在健康的基础上更加繁荣,这是用不着担心的。

三

走出"象牙之塔",走出"黄金之塔",走出"桃色之塔",走出犹豫彷徨的迷雾,下决心投身到群众之中,热爱他们,加强同他们的血肉联系。工农兵和知识分子永远是人民的主体,永远是历史的创造者,永远是革命文艺的主人公。在一段时间里,他们不幸在文艺作品里失掉了主人公的地位,现在我们该把他们找回来了。只有作家、艺术家真正同群众结合起来的时候,艺术上的黄金时代才真的会到来。

四

离开民族的土壤,是不可能产生伟大的艺术的。艺术就是要有点"土"味,有点泥土的香味,这样的艺术才有魅力和生命力。那种卑视民族传统和革命传统,盲目崇洋生搬硬套的倾向,确实错了。近几年来,某些人狂妄自大,否定"五四"以来的新文艺,否定30年代以来的革命文艺,贬低解放区的文艺,这只能说是文艺运动中的一股逆流,是应当彻底抛弃的。

五

反对洋八股,树立有中国气派的新鲜活泼的文风,应当重新提到议事日程上。其重要性当然要远远超过文艺领域。"五四"时期的白话文运动,是一次大解放。但是那时的白话文刚刚从文言中解放出来,有些还难免带一点儿小脚放大的"改组派"的味道。经过文学家们的长期努力,尤其是经过解放区作家和群众的进一步结合,在语言的群众化上大大跨进了一步,这个意义是不能低估的。可是出人意外的是,近几年的文风,却突然扭过头去走了一个"之"字,返回去了。而且比原来的洋八股还厉害,简直看不懂。不仅一般人看不懂,连教授、大学问家都喊看不懂。而这些文章的内容却往往很浅薄。这不能不说是文风上的大倒退。发展下去,是要贻害子孙的。编辑同志责任重大,希望帮助树立好的文风。

1990 年 3 月

继承和发扬报告文学的革命传统

——在报告文学创作座谈会上的发言

一

我年青的时候就喜欢写报告文学,最近还到了塔里木一趟,不过毕竟上了些年纪,赶不上青年时候了。搞报告文学,需要年富力强,有吃苦耐劳精神。不然,是搞不好的。今天,来参加这个报告文学创作座谈会,我主要是对大家表达深切的希望。同时也说一点对报告文学的理解和看法。

二

这个会我听说开得很好。它确实很必要、很及时。四中全会以后,政治思想战线确实出现了转机,资产阶级自由化泛滥的情况得到了一定程度的抑制。我们的文艺在一手抓整顿、一手抓繁荣的指导思想下,逐渐出现了好的势头。优秀的报告文学作品不断出现,就是一个明显的标志。在这次会上,大家提到的《无极之路》《她的中国心》《沂蒙脊梁》《魂系青山》等等作品,就很使人兴奋鼓舞。当然,也不限于这些作品。可是,我们的文学在思想战线发生了转机之后,怎样在健康的基础上进一步繁荣发展呢?这是我们需要考虑的问题。根据一般规律,各条战线,以至这条战线内部的各支队伍,不可能是很平衡地齐头并进地发展的,总有一个是要走到前头。现在报告文学,就很有些走到前面的样子。在这种情况下,作家协会委托《文艺报》《人民文学》《中流》这三个刊物组织座谈,利用当前有利的时机,进一步促进其发展,以便能够带动其他的文艺形式更好地发展,我想,这也许是这个会议的特别的意义。今天的会,包括老中青在内的很多报告文学作家都出席了,就预示着一个好的形势的到来,所以这使我特别高兴。

三

首先,我认为,报告文学应该继承和发扬它的革命传统,充分发挥它的战斗作用。这几年不是兴"寻根"吗?的确需要寻根。在报告文学上就需要寻根。报告文学的根在哪里?它当初是姓"无"还是姓"资"?黄钢同志在武汉长江文艺出版社出的"中国报告文学丛书"的总序里就说到这个根。最早的根,可以追溯到1871年的《巴黎公社史》和1917年的《震撼世界的十天》。在中国,最早的一些革命家,瞿秋白同志写过《赤都心史》和《俄乡纪程》,周恩来同志也写过《旅欧通信》。这就是我们今天找到的根。虽然中国的纪实文学有它的历史传统,可以追溯到《史记》。但是报告文学的出现,却是同无产阶级的兴起、共产主义运动的发展密切联系着的。所以它诞生的时候,的确是姓"无"而不是姓"资"。从它诞生之日起,就不是象牙之塔中的东西,就同"为艺术而艺术"的资产阶级艺术观无缘。当然,报告文学只不过是一种文学形式,无产阶级可以利用,资产阶级也可以利用。我在这里不厌其烦地说明这一点,就是强调我们的报告文学作家要更加清醒地有意识地继承和发扬报告文学的无产阶级传统。立场不正确,思想不对头,也可以使报告文学走上邪路,把本来是打击资产阶级的武器变成打击无产阶级的武器。只要我们稍稍回忆一下资产阶级自由化泛滥时期的情况,就可以明白这方面的道理。所以,在今天我要特别指出,寻根就是要找出无产阶级文学的根,以便于我们更清醒更有意识地来继承和发扬它。

四

对报告文学的特征,大家基本上都是有一个共同的概念的。它是文学性和新闻真实性(区别于一般文学的真实性)的统一。这两者的统一,才使它既区别于小说,也区别于一般的新闻通讯。也就是说,由于它具有新闻真实性,这就使它区别于可以虚构的小说;又因为它具有文学性,所以区别于新闻通讯。但是,有人问:是报告占主导方面,还是文学占主导方面?我认为,这两个东西实际上是统一在一个作品里面的。不可以轻视哪一个方面,或偏重哪一个方面。这个问题,从一个作者的实践上来说,可能有时候会有所倾斜。因为具体作者的政治经验、理论修养、深入生活的程度、艺术水平等等,各不一样。有些作品,报告这方面很足,文学那方面弱些,这是完全可能的。有些作品,也有可能出现另一种情形:文学上比较够味,内容和题材却不是那么太重要,不是那么太深刻,有那么一点意思,又不是很有意思。因此,在这个人和那个人的作品上,在同一个人的具体作品上,有这么一种差异,这是可以允许的。只要总体上好,我们无意苛求。但是我们追求的目标,却是二者的高度统一。

五

我们应该充分发挥报告文学的特长和优势。报告文学这种文学形式的出现、存在和它的特殊性能、存在价值,究竟在什么地方?我觉得搞清这一点,对于掌握和发挥这种武器的作用是有好处的。过去讲,报告文学是一支轻骑兵。应该肯定,这是一个比较准确的说法。它的装备,不是大炮,不是重炮。是一支很轻便的部队。虽然如此,但是它可以楔入敌人的纵深,迂回到敌人的后方,在最前线上起到重大的作用。所以,在今天的复杂形势下,在人民特别需要它的时候,我们应该让它发挥突出的战斗作用。报告文学作家要有高度的政治敏感、责任感和热情。没有热情是搞不好文学的,当然更搞不好报告文学。固然题材是广泛的,很多题材都是可以写的,但是我们要能够发现和抓住现实生活中最重大最有意义的题材,也就是说,对与人民命运息息相关、为人民重视和关心的问题,要给予尽可能的迅速和生动的反映。这样才能充分发挥报告文学的特性,这样才能够更好地推进我们事业的发展。这就是报告文学存在的价值。如果它失去了这一点,那它的存在价值就要受影响了。

六

报告文学是不允许虚构的。如果想虚构,宁肯去写小说。所以,它的艺术手段,不是虚构,而主要是发现、取舍和剪裁。是否这种文学样式不让虚构就限制了它的艺术性的发挥呢?也可能有一点,但它也有独特的技巧。这个独特的技巧就是取舍和剪裁。在生活中发现了什么,这很关键。小说是创造典型,报告文学则是发现典型。发现了之后,选择什么典型细节,怎样去取舍、剪裁,这是它的主要手段。这些大家都有很多实践经验,就用不着再多作阐述了。

七

对报告文学作家来说,学习马列主义是他们的修养中最重要的课题。这一条是最根本的。因为他必须拥有马列主义的探照灯才能在复杂的生活中间发现东西,分析生活现象的本质。这时候,越是生活纷纭难测,马列主义水平就更是重要了。如果他没有这种目光,不是看不清楚,就是看错了方向,甚至为资产阶级思想所俘虏。最近几期《中流》杂志批评了一部长篇的报告文学作品,名字叫《雪白血红》。对这个作品很多参加过战争的老干部来信表示了严重不满。我以为,这个作品是这些年来自由化泛滥的一个典型表现。它说明资产阶级的和平主义、人道主义甚至反共意识,侵入了我们的军事文学。这个作家号召把枪砸了,烧了,可是他自己为什么还要穿解放军军官的制服呢?他搜集了不少材料,从书里来看也不是没有一点才能。但是因为他没有起码的马列主义观点,或者是他不愿意去掌握这个观点,结果站到了另外的立场上,就出现了这样一个问题。我认为,如果说,掌握马列主义对当代文学家来说,是很重要的话,那么,对于报告文学作家来说,就更加重要了。

八

要搞好报告文学,当然要深入生活,而且要深入到生活激流的深处。这样才能够发现要写的人物、题材、生活中的矛盾,才能够激发创作的热情,才能够启动灵感,才能够使作品发挥充分的战斗作用。我在9月份,经过河西走廊到了新疆,在石油战线上作了一番巡礼,去了四个油田:玉门啦,克拉玛依啦,敦煌(青海的石油基地)啦,以及正在进行大会战的塔里木。特别是塔里木的大会战,现在正进行得热火朝天。如果想见识见识搞社会主义的那个热气腾腾的劲儿,你就到那儿去看看。那种情景,是很激动人心的!不是说我们写不出伟大的作品吗?我这一次对一些同志说,中国从贫油之国到成为世界石油大国之一,从几十万吨到一亿三千万吨,这样的成绩,不就是一个新中国发展的缩影么?通过这一点不就可以观察到我们的共和国是怎样进步的么?如果有哪一位能够把这个写出来,那就是伟大的作品嘛!其他小范围的也可以这样说。譬如克拉玛依,在1958年以前是荒滩一片,是什么也没有的。那里附近有一个魔鬼城,我这次去看了看。那里春天的风非常厉害,把平地都吹成各种各样稀奇古怪的样子。如果夜晚到那里,那是很疹人的。就是这样一个地方,原来一无所有,现在出现了一座崭新的现代化的城市,而且非常干净非常有秩序。如果有哪一位把这个过程,把各种人物写出来,那不就是伟大的作品吗?即使不成为伟大的作品,至少也是对人民有益的、可读的作品。可以断言,只要肯深入生活,有一定的写作水平,我想,这是可以做到的。这一次,我还到了库尔勒、轮(台)南他们会战的地方,被称为"死亡之海"的塔克拉玛干大沙漠的腹地我也去了。如果给我半年时间,我蹲到那里,那我是可以写出一部征服塔里木的东西的。不仅我可以,而且我认为,不论在座的哪一位,如果有这个热情,到那里去也可以做到这一点。现在,在生活里边,有很多可歌可泣的令人感动的人物,都需要我们去接近,去反映。最近几年有人提出贴近生活,对于生活,提出"贴近"是太不够了,还是应该深入进去,而且深入到生活激流的深处。你的身、你的心,都应该深入进去。如果能够这样,那你就必将有所收获。应该承认,中青年作家在这方面有特别的优势。

九

报告文学既是作家的光荣任务,又是青年作者进入文学殿堂的捷径和练兵场。一般青年同志总是爱问:写作有没有什么诀窍?有没有什么捷径?过去我的回答一般是:没有的,我们就是老老实实地干。这话没有错。但是我现在回顾一些作家的成长状况,也觉得,走报告文学这条道路,对于青年作者来说,可能是一条捷径。因为它能不断使人深入生活,对选择题材,以至于描写、叙事等等方面得到锻炼。在这些方面,比凭空地去创造什么典型要好一些。特别是在进入文学的初期阶段,更是这样。所以,报告文学是一个很好的练兵场。凡是有志气的青年作者,我都希望他们在这方面试验一下。

十

最后,我还想说一点,就是在当前的国内外形势下,我们应该以最高的责任感和最大的决心,为保卫和建设社会主义而斗争。刚才一些同志说到了世界风云的变幻。自从去年10月以来所发生的一系列事变,都是我们没有预料到的。我不知道它们在各位同志的头脑里,是什么反映?怎么感觉?怎样认识?对我来说,我认为在我一生中间是最为惊心动魄的。我已经是70岁的人了,也经过各种各样的危险,见过各种各样的没有预料到的事变。但是,我感觉都没有像这些事情那样震动了我的心魂。我觉得比炮弹打到了头上的那个震动还要大。因为它确实不是一件平常的事。这是从第二次世界大战以来,甚至是从十月革命以来,发生的大变化。谁能想到,在社会主义的土地上,连列宁的塑像也会被推倒呢?……而这正是发生在现在世界上的事变。因此,从中我们至少可以再一次得到两点看法:第一点,当代帝国主义的本性并没有改变;第二点,当代社会主义的叛徒是最凶恶的敌人。今天,同志们和朋友们,的确需要多想想这方面的问题。现在不管在哪个社会主义国家,都有一个斗争的焦点,就是要不要社会主义的问题。有人说,在这次风云变幻中,中国顶住了,是有力量的;但是也还要看。所以,在这个报告文学创作座谈会即将结束之前,我也想和大家说一说这方面的话,表一表我的心迹。希望大家都用自己的笔来保卫和建设我们的社会主义事业,并在战斗中锻炼成长。

1990 年 11 月 10 日定稿

战斗者的品质

我曾经很荣幸地参加过《文艺理论与批评》创刊的座谈会,转眼间她已经创刊5周年了。应该说她是我最热爱的刊物之一。尤其在革命的声音被压得喑哑的时刻,她又是给我以慰安的朋友。

5年了,对她来说是不寻常的5年,一刻也没有停止过战斗的5年。她诞生的时刻,正是资产阶级自由化思潮红得发紫的时刻,且颇有席卷一切之势。但她却毫无惧色,高举着马列主义、毛泽东思想的战旗,一往无前地冒着弹雨前进。战斗检验了她的品质。她的品质是英勇、沉着、坚定、不屈不挠。很差的物质条件没有压垮她,有人妄图把她砍掉也没有得逞。在那混混沌沌的迷雾中,她不愧是文艺战线上一面最鲜艳的红旗,一颗最亮的明星。真的,那时候,我几乎想不到可以与她媲美的刊物了。将来写文学史、文艺史的时候,是少不了要写她一笔的。

战斗正未有穷期。这是客观形势决定的,是客观规律决定的。并不是我辈生性好斗,而是资产阶级自由化势力一刻也不愿停止向社会主义的进攻,其中也包括向革命文艺的进攻。随着国际风云的恶化,这种斗争还可能更复杂、更激烈。一切关心社会主义命运的人,一切关心祖国命运的人,一切关心我们民族命运的人,让我们团结起来,继续战斗。

战斗者最宝贵的品质是什么?是坚定,是无畏,是坚韧。让我们向伟大的鲁迅学习!

1991年7月1日

这个口号丢不得

有一个口号,也可以说是一种思想,很久不听人提起了。这就是思想改造的问题。

为什么不提?据说是因为过去运动中伤了一些知识分子,若再提怕引起他们反感。

这实在是一种误解。其实,过去某些运动使一些知识分子受到伤害(实际上不止是知识分子),这是阶级斗争扩大化,混淆了两类矛盾的缘故,并不是思想改造造成的。如果这是事实,那就应当把导致错误的那些东西抛掉,却不能把孩子同污水一起泼掉。关键是思想改造本身是不是真理,还有没有用。如果是不该丢而丢了,就应当把它拣起来,把灰尘擦去,使它像镜子一样重放光明。

这个口号提出很早,至少1942年的《在延安文艺座谈会上的讲话》就提出来了。为了说明思想改造的必要,毛泽东同志还讲了他自己思想感情的改造过程。如果要认真追踪这种思想,恐怕要追溯到1929年的古田会议。那个会议的实质,不就是用无产阶级思想,来纠正党内的各种错误思想,以便能够建设一支真正新型的无产阶级军队吗?这不就是一种改造吗?至于1942年的整风运动,那更是一个规模空前的全党的思想改造运动。我们党就是沿着这条路走过来的。历史已经证明:思想改造对促进我党我军成员的无产阶级化,为取得中国革命胜利起了巨大的作用。

由此可见,思想改造绝不是专对知识分子的,更不是专对文艺工作者的。过去对知识分子和文艺工作者虽然强调过,固然是由于这部分人受到的旧影响较多,而更重要的原因,则是出于教育人者要先受教育的需要。正像毛泽东同志在全国宣传工作会议上说的:

"要做好先生,首先要做好学生。"就在这次会议上,我亲耳听到毛泽东同志说:"知识分子也要改造,不仅那些基本立场还没有转过来的人要改造,而且所有的人都应该学习,都应该改造。我说所有的人,我们这些人也在内。"可见这个口号,是对包括领导人在内的所有的共产党员,所有的革命者,本阶级的群众以及全体人民讲的。对知识分子和文艺工作者的强调,则是由于他们在思想路线上、在教育人民的工作中,负有重要责任,绝没有任何歧视和卑视的意味。

那么,为什么非要提出这样一个问题不可呢?

我想,原因很简单,这是因为我们要改造一个旧世界,建立一个新世界。在改造客观世界的过程中改造自己的主观世界,这既是一种规律,也是革命本身的需要。一个人,如果他不认为自己是天生的圣贤,像大理石雕刻一样天然的完美,那就要改造,不断地改造。改造有两种,被迫的改造与自觉的改造。你被某种私欲所支配,犯了罪,送进监狱,这是被迫改造。你发现自己的思想,不符合人民的利益和革命的原则,你把它勇敢地抛弃了,这是自觉改造。我们这里谈的是革命者的自觉改造。一个人,一辈子几十年,总不能说一点儿错误都不犯吧;一个人,一天之内也总有正确的思想和不正确的思想。那么,你能够自觉地放弃那些错误的、不好的思想,你就在精神境界的阶梯上上升了一步。一个人,思想改造的自觉性越高,对思想改造抓得越紧,他就会一步一步地接近完美。

我们的周恩来总理,是全国绝大多数人公认的,并且在全世界享有美誉的相当完美的典型。这确是我们党和全民族的光荣与骄傲。然而,我想问:他是怎样达到这种完美境地的呢?难道他是天生的圣贤吗?不是。大家都知道周恩来同志是从败落的旧官吏家庭走出来的子弟。他参加革命后,经受过多少党内外的复杂斗争和狂风暴雨呵!如果离开不断的思想改造,他能达到那样光辉的峰巅吗?像他那样出身的,党内外何止千万,并没有个个都成为周恩来。再说我们革命队伍中的许多人,真正的产业工人并不多,而农民和其他小资产阶级出身的人却占着主要部分。无可否认,在他们身上都带有或多或少的小生产者的缺点,如果不是他们参加了伟大的革命并自觉地进行改造,他们怎么能成为叱咤风云的将军和德才兼备的干部呢!周恩来同志生前不厌其烦地告诫我们"要活到老,学到老,改造到老",这是革命者的箴言,也是他人生经验的总结吧!

过去总以为,从旧社会过来的人和从剥削阶级家庭出身的人,思想改造应下更大的工夫。而"生在新中国,长在红旗下"的青年一代会更健全些。现在看不全是这样了。只要资本主义的旧世界还存在,还在包围着我们;只要我们国家内旧的意识形态和旧的习惯势力还存在;资产阶级和封建阶级的污泥浊水就会时时刻刻像病菌一样地侵蚀我们的肌体。我们的青年一代,由于没有接触过旧社会,反而更容易受到侵袭。这几年,"一切向钱看"的恶风刮得遮天盖地,资产阶级的腐朽思想泛滥成灾,首先是我们的青年身受其害!我参观过几次监狱,看到关在那里的绝大部分是青年人。我的感情是很沉重的。我们没有很好地抓思想教育,没有很好地抓思想改造,这不能不说是沉痛的教训!

作为共产党员和文艺工作者,我从来不认为思想改造是对我的羞辱。至于"文革"期间,某些人落井下石,故意羞辱人,置人于死地的作法,另当别论。而且我十分感谢1942年的整风运动,那是一次完全建立在自觉自愿基础上的一次思想革命,对我的一生都有重要意义。我认为,在现在的国内外形势下,恢复党的优良传统,重新树立党在人民心目中的伟大形象,应当提到议事日程上了。我们共产党员,从最高领导人到每个普通党员,都应当以无产阶级思想为标尺来要求自己,自觉地改造自己。并辅之以批评和自我批评。作为文艺工作者,作为人类灵魂的工程师,我们自然应当特别重视对自身的改造。我们应当以美好的心灵来教育人和影响人,而决不能以龌龊的心灵和有害的思想来毒害人,这是很浅显的道理。望共勉。

1990年5月

文艺工作者需要"认母"

毛泽东同志的《在延安文艺座谈会上的讲话》已经发表48周年了。尽管它出世以来，特别是这几年，一些人拼命地贬低它，攻击它甚至辱骂它，但它却一如苍松翠柏，愈发显示出蓬蓬勃勃的生命力，它那真理之光也因为迷误和挫折而更加显得光芒四射了。

《中国文化报》以"人民是文艺工作者的母亲"为主题进行座谈，我以为是抓住了《讲话》的核心。因为《讲话》的主旨讲的就是革命的文艺工作者要同人民群众结合。也正是广大文艺工作者遵循《讲话》精神，做到了同群众的结合，才开辟了中国文艺史上的新时代。

我是很赞赏"人民是文艺工作者的母亲"这个提法的。近几年，我常给年轻的同行写如下的祝愿："生活是源泉，人民是母亲，艺途无止境，但盼后来人。"确实，这就是我的心情。

"人民是母亲"，在我看来，不仅是正确的和深刻的，而且是天经地义的，在情感上也是很自然的。接受这样的话，我觉得没有丝毫的别扭和勉强。在多年来的战斗生涯中，我们的党和军队早就同人民建立起了血肉般的联系；就个人说，这种关系也是具体而生动的。且不说那些众多的亲切和可爱的房东，就是晋察冀根据地那几位有名的"子弟兵的母亲"，和我也很有缘分。例如大清河北容城县的刘大娟（人称"官大妈"），就给我缝过裤子，捉过虱子，即使亲生母亲也不过如此了。安平县的李杏阁大娘，也同我有亲密的关系。平山县的戎冠秀，我也多次接触。从她们身上我都体会到母亲的情感。确实的，我认为人民就是我们的母亲。我们来自人民之中，生活在人民的抚爱之下，又为人民的解放和幸福而战斗，如果不用这个高尚的字眼来比喻我们同群众的关系又用什么来比喻呢！我觉得，只要是革命者就应当"认母",绝不单单是文艺工作者。

记得在一次作家的集会上,一位作家说:"人都说是人民养活了我们,不,是我自己养活了自己。"我当时听到这话很吃惊。我心想,一个作家怎么这样说话?即使你在家种田养活了自己,决不能说你离开这个社会,离开人民创造的一切劳动成果,离开民族的历史、语言和文化,离开别人的帮助,你可以独立存在,天生成一个作家。我觉得这种人对人民没有多少感情。

后来,我在报上看到另一位作家说:精神贵族有什么不好,我看精神贵族不是多了而是少了。看到这样的话,我也颇感惊异。一个作家,如果他是一个人民的作家,或者想当一个人民的作家,不管他多么有天才,多么有本事,他都是人民的一分子,而不能是人民的老爷。我们同人民群众的关系,是服务与被服务的关系,是既当先生也当学生的关系,是既提供精神食粮也从群众中吸取营养的关系。历史是人民群众创造的,再伟大的人物,离开群众也创造不了历史。认为自己了不起,是高踞于群众头上的精神贵族,群众可以不要这样的贵族!

这几年,报刊上出现了一个时髦的名词,就是"精英"。有什么"精英政治","政治精英"。不幸得很,后来有相当一批"精英"和"精英中的精英",都投到帝国主义的怀抱中去了。这时我才认识到他们之所以为"精英"的本色。如果卖国的队伍中也有精英,那么袁世凯、曹锟、吴佩孚一类,都可以说是精英了。我对这个名词不大感兴趣,也许我从来就没有想到能够做一个精英。一个堂堂的伟大民族,如果只有少数几个人称得上是精英,那么作为历史创造者的人民群众该算是什么呢?只能是渣滓了。譬如做酒,少量蒸腾升华的是佳酿,其余的自然是只能喂猪的酒糟了。毛泽东同志有一个千古不朽的名句"群众是真正的英雄",相比之下,那些"精英"论者的胡说,不过是英雄史观的翻版罢了。

总之,精神贵族也好,精英也好,精神是一个,就是鼓吹极少数"出类拔萃"之辈,高高在上,高人一等。

如果抱定这种唯心观念不放,那就无法解决与群众结合的问题。只有放弃这种"精英意识",甘当小学生,才能进入与群众结合的过程。对于某些人这也许是一种痛苦。

然而对大多数文艺工作者来说,与群众的结合,是自自然然的,并没有什么特别的困难。关键是和群众同呼吸共命运,参加共同的斗争。时间久了,自然会同群众具有共同的情感。中国文艺的前途,将取决于同人民群众特别是同工农兵群众结合的程度。

1990 年 5 月

走什么样的道路？做什么样的作家？

——在全国青年业余文艺创作者会议上的讲话

同志们：

这次全国青年业余文艺创作者会议的召开，是加强我国文艺队伍的一项重大措施，是一件十分有意义的事情。我们的社会主义文艺事业，是伟大而艰巨的，它不是少数作家的事业，也不是一两代作家就能够臻于完善的。只要生活之流在向前奔腾，只要人民的事业在前进，它就要不断地向前发展。同志们，我可以说，你们和你们代表的青年创作队伍就是中国文艺的未来。在你们身上寄托着我们的深厚期望。因此，我怀着非常高兴的心情来同大家见面。我热烈祝贺大会取得圆满成功！我还有一首小诗赠给大家："生活是源泉，人民是母亲；艺途无止境，但盼后来人！"

究竟给同志们讲些什么？我是颇费考虑的。想来想去，还是讲点根本性的东西。

同志们都是写过一些东西的人，都是准备当作家或者已经是作家了。可是我想问一句：你们是想走一条什么样的道路，做一个什么样的作家呢？

文学，正如这个大千世界一样，是个纷然杂陈的王国。这里有形形色色的世界观、艺术观、美学观，形形色色的人生道路和五花八门的作家。就从中国新文学运动的初期说吧，那时有披荆斩棘、呐喊前进的鲁迅，有"多研究些问题、少谈些主义"的胡适，也有在苦雨斋里吃苦茶的周作人。鲁迅后来成为无产阶级文学的先驱和英勇的旗手；胡适虽在新文学运动中有一定的贡献，后来却成了蒋家王朝驻美国的大使；周作人则当了汉奸政府的教育部长。闻一多和徐志摩起初都是唯美派的著名诗人，后来却走的是相反的道路：闻一多成为拍案而起的坚强的民主斗士,最后死在国民党特务的枪弹之下;而徐志摩一方面写着颇具形式美的诗句,一方面却不忘记向无产阶级文学发射枪弹。其他文坛上的鬼魅、小丑、文丐、帮闲者、暗箭中伤者等等,都是等而下之的东西,就不必一一陈述了。在这些纷繁的道路中,同志们,你们要走什么样的道路,做什么样的作家呢?

中国革命的胜利,改变了历史的进程。但是历史延续下来的链条不可能完全中断。社会现象是这样,文学现象也是这样。好的东西会传下来,坏的东西也会传下来。中国文学在漫长的发展中,出现了一大批优秀的作家,他们不就是革命传统的继承者吗?而其他一些东西也并没有绝种。这几年,那些以攻击马克思主义为能事的人,挖苦、嘲笑社会主义为乌托邦的人,说"五四"是"救亡压倒启蒙",从根本上否定中国革命和社会主义建设的作家、理论家不是很走红吗?那些号召作家回到象牙之塔,宣布"文学与政治离婚"的声音,不就是"为艺术而艺术"的老调重弹吗?那些低级下流的黄色小说的作者,不就是当年鸳鸯蝴蝶派的后裔而又青出于蓝而胜于蓝吗?那些对洋大人崇拜得五体投地而把祖宗臭骂得一无是处的人,不是比周作人有过之而无不及吗?在这种情况下,我看是更应当清醒地思索,作出自己的选择。道路的选择,对于自己的一生无疑有着重要的决定性的意义。

我们究竟应当走什么样的道路,做什么样的作家呢?我以为,或者说我希望,你们要走文学之路就做无产阶级文学旗帜下的士兵,要当作家就当鲁迅型的作家。也就是说,要做无产阶级事业的接班人,不要做资产阶级事业的接班人。

在"五四"新文学运动基础上发展起来的、以鲁迅为旗手的中国的无产阶级革命文学,是中国文学的主流。它在夜色如磐的苦难的中国,与形形色色的敌人展开了艰巨的战斗。胡也频、李伟森、柔石、冯铿、殷夫用自己年轻的鲜血谱写了无产阶级革命文学光辉的第一页。中国的无产阶级文学,可以说是从血泊中走过来的战斗的文学,是具有光荣战绩的文学。它的队伍如群星灿烂,几乎所有卓越和优秀的作家都在它一边,而国民党则几乎没有什么像样的作家。中国革命的文学队伍,在抗日战争的新形势下大大地壮大了。

1942年毛泽东同志《在延安文艺座谈会上的讲话》，进一步促进了中国革命文学同革命斗争的结合，同工农兵群众的结合，开阔了文学的新天地，使中国革命文学得到了划时代的发展，并在革命战争中发挥了重大作用。建国后的社会主义文学，是中国革命文学的新阶段，不过它的队伍更壮大了，内容更丰富了，成绩也更辉煌了。这就是中国革命文学壮丽的征程。中国的革命作家同一切进步的、爱国的作家，共同构建着宏丽的文学大厦。我们能做一名中国无产阶级革命文学旗帜下的士兵，是光荣的和值得自豪的。

我们是社会主义国家，一般提社会主义文学也就够了，为什么还要提"无产阶级革命文学"这样的字样呢？不错，我们的社会还有各不相同的阶层，意识形态更是多种多样，作为口号当然应当涵盖得广泛一些。特别从统一战线的角度看，只要是爱我们的社会主义国家，甚至是不反共，不反社会主义的作家，都在我们的团结之列。但是我觉得对我们的青年，对我们的后备军，却应当把阶级性说得更明确些。

至于说，我为什么要提做鲁迅型的作家，这是因为鲁迅是无产阶级文学战斗精神的代表，是中华民族的一位巨人，是我们文艺战士的最高典范。毛泽东同志曾说鲁迅是"在文化战线上，代表全民族的大多数，向着敌人冲锋陷阵的最正确、最勇敢、最坚决、最忠实、最热忱的空前的民族英雄"。他还在内部说过：鲁迅是圣人，我只是贤人。可见对鲁迅的评价是如何之高了。为什么我要说"做鲁迅型的作家"而不说做鲁迅那样的作家呢？因为像鲁迅那样的伟大，具有他那样博大精深的学识、那样高超的艺术，不是我们每个人都能达到的，但是他的基本精神我们是可以学到手的。只要我们掌握了他的基本精神，那也可以说是个鲁门弟子、鲁迅那种类型的作家了。广泛一点说，郭沫若、茅盾，都是我国卓越的鲁迅型的作家，尽管他们的风格并不完全相同。1940年郭沫若在纪念鲁迅时曾说："鲁迅是奔流，是瀑布，是急湍，但将来总有鲁迅的海。鲁迅是霜雪，是冰雹，是恒寒，但将来总有鲁迅的春。"这意思是说，将来学鲁迅的人一定会越来越多，会出现鲁迅的海和鲁迅的春。现在读这两句话，我们就不免生出很多感慨了。谁能想到，近年来会出现一种莫名其妙的贬损、漫骂、否定鲁迅的浪潮呢？鲁迅已经死去半个多世纪了，人各有志，你不学倒也罢了，为什么要这么猖狂地来加以否定呢？于此可见鲁迅的思想和精神至今仍然是一些丑类不可逾越的障碍，不打倒鲁迅就不能为他们的祖宗翻案。这里再一次告诉我们，无产阶级思想同资产阶级思想是不可调和的。这也从反面说明，鲁迅更值得我们学习，鲁迅的精神更值得我们继承。

要做一个无产阶级的文艺战士，就要解决世界观的问题。而要解决世界观的问题，学习马克思列宁主义、毛泽东思想是必不可少的。马克思主义是社会科学中现代人类文化的最高成果，现在还没有哪种思想能够超过它，能够代替它。对作家来说，马克思主义是生活的探照灯，不掌握它就不能认识和分析纷纭复杂的现实生活。从前革命作家们学习马克思主义著作的热情是很高的。尽管在国民党统治区看马列的书要杀头，可是人们还是要学。而这几年却不是那么重视了。有些作家是相当有才华的，但是由于缺乏马克思主义的基本观点，作品写得很肤浅，甚至发生不应有的错误。这是令人感到遗憾的。

一个作家如果想引导人民前进，他就应该站在时代的高峰，应当汲取那个时代最先进的思想。这个时代的高峰是什么呢？就是马列主义、毛泽东思想，共产主义的思想。只有这个思想才是代表地球上绝大多数人民群众的利益，代表历史发展的方向。1983年我给河南一个文艺团体的题词说道："如果说18、19世纪的伟大作家和诗人是用民主主义思想照亮他们作品的话，那么，我们该用什么思想呢？我看只有用共产主义思想才能引导人民前进。"我的意思是说，不是马列主义过时了，而是资产阶级的思想已经随着资本主义制度的腐朽过时了，而且早就过时了。再抱着那些陈旧的货色不放是太不合时宜了。

可是，这几年文艺界某些时髦的"理论家"们，却借"改革"之机把这些旧货色捧出来，加上新的包装大肆兜售。其中他们举得最高的旗帜，就是所谓"人道主义"的旗帜。人道主义在资产阶级上升时期，在冲击封建制度上是起过进步作用的。可是在今天，在资本主义制度又将被一种更新的制度——社会主义制度代替的时候，也就是无产阶级和人民大众为彻底消灭一切剥削制度、根除私有制而斗争的时候，重新搬出"人道主义"的说教，要他们"博爱""泛爱""爱一切人",只能是对抗和阻碍这种斗争。根除私有制,彻底消灭一切剥削压迫,不是比资本主义人道万倍吗?还有什么必要重新提出抽象的人道主义呢?原因只有一个,就是这些人认为共产党主张的阶级斗争、无产阶级专政是不人道的。他们之所以举起人道主义的旗帜,正是为了反对共产主义的旗帜,代替共产主义旗帜。现在国际上出现的什么"民主人道的社会主义",什么"人类的利益高于一切阶级、集团的利益",都是一种机会主义的理论,它的本质都是为了反对马列主义,为复辟资本主义开辟道路的。国际共产主义运动中出现的逆流,不就是这种主张的表现吗?

对抽象的人道主义,我有三点看法:第一,帝国主义和一切反动派,没有一个是人道的;第二,一切反动派没有一个是用人道主义消灭的;第三,谁把人道主义的口号喊得最响,你就要对他保持警惕。现在,遗憾的是一些年轻同志没有看穿这些人的面目,错误地接受了他们的思想,结果写出了一些不好的作品,贻害了我们的青年。

如何树立正确的世界观呢?周恩来同志生前曾有过一次讲话,对我的印象非常深刻。他讲一个革命者要树立起四个观点:第一是阶级观点,第二是群众观点,第三是革命观点,第四是辩证唯物观点。周恩来同志没有专门写过论共产党人修养的书,我看这就是对党员(和革命者)修养最好的概括。今天,我把它来献给诸位。

其次,谈谈生活实践的问题。

"生活是文学艺术的源泉",这是真理,是无可怀疑的。作家们写的作品,大致上都离不开作家的经历。现在你们还在工作岗位上,我希望你们珍惜这一点,不要过早地当专业作家。我个人相当长时期都是业余作者。抗日战争时期,我当了5年连级干部。那时我就常发表作品,但并没有脱离现实斗争生活,直至1953年我才当了专业作家。我回顾这一段,觉得这样扎扎实实地生活还是值得的。许多同志曾问我《谁是最可爱的人》是怎样写出来的,我告诉他们这是一种长期感情的积累,从内心里认为我们的战士是可爱的;而在朝鲜战争新的激发下,这种情感就很自然地喷发出来。我可以说,当时这个题目不是想出来的,而是从心里跳出来的。当时我就把这个题目记下来了。所以,我觉得不要过早脱离生活的土壤,去过书斋生活。当然,担负具体工作和写作会有一些矛盾,但也不要苦恼,你所接触过和经历过的人和事,在某一天对你的写作都有用处。只有你积累得越厚实,你创作的后劲才越大。现在有些青年作家写一两篇作品之后就写不出来了,还是家底太薄的缘故。要利用各种机会去熟悉人和了解人,要熟识几十几百个活人,你将来创造典型人物可能就不困难了。当然,在进行这些工作的时候,不能抱着仅仅是收集创作原料的冷漠态度,而要关心和热爱人民群众,对他们抱着满腔热情,这样才能建立起同群众的深切感情。

　　过去常常把深入生活、深入群众同作家的思想改造联系起来,这些年思想改造这个口号不提了。为什么不提了?据说是因为某些知识分子不喜欢这个口号。如果过去执行上有偏差,那你纠正偏差就行了,而放弃这个口号则是一个失误。一个先进的革命集团,一个无产阶级的政党,要来改造这个社会,它自己那个党的成员,和处于"当先生"地位的知识分子,首先就应当使自身改造得比较健全。大家看到,这几年由于放松了自身的改造,放松了批评和自我批评,致使种种歪风邪气腐蚀了党的肌体,败坏了社会风气,这不是很痛苦的教训吗?任何人都不能说自己尽善尽美,你只要承认这一点,那就有改造自身的必要。一个人只有通过不断的自觉的思想改造,才能逐步地完美起来。周恩来同志是我们全党、全国甚至全世界公认的高尚人格的典范,他出身于一个破落官僚的家庭,能够锻炼得那样完美,不经过刻苦的自我改造能够有后来的周恩来吗?所以他一次又一次谆谆教导我们要"活到老,学到老,改造到老",这是有很深的道理的。在这里我向大家推荐少奇同志的《论共产党员的修养》,那里面的"错误的思想意识举例",是一面相当明亮的镜子,大家都可以照照自己,那是会使我们得到深刻教益的。

　　最近一两年国内外一系列惊心动魄的事变,使我受到从来不曾有过的震动。国际共产主义运动遭受的空前挫折,不能不使我想到我国人民的命运和社会主义的未来。最近发生的海湾战争,已经以美国的胜利而告终。美帝国主义者已经成为全世界独一无二的霸主。今后的世界会怎么样?我们的国家会怎么样?使人不能不想到国家的安危。帝国主义的本性没有改变,他们的决心就是在地球上消灭社会主义制度,对此我们不能抱任何幻想。我们这一代人毕竟老了,好的坏的命运都会落在你们头上。我希望你们能做一个坚定的战士,以手中的文学武器,必要时以真刀真枪的武器,为我们伟大的祖国服务,为保卫和建设社会主义而斗争!

1991年3月5日

致桂林全国诗歌座谈会的信

子奇、子敏同志请转桂林全国诗歌座谈会：

我很荣幸地收到你们的邀请，但因有事不能到会。请允许我向莅会的诗人们致以衷心的问候，并祝大会圆满成功！

我希望这次会议能成为一次具有转折意义的会议，使我们的诗歌沿着健康的道路进一步地繁荣发展。我们的工作是有成绩的，但这几年群众对诗的意见也不少。他们说有一些诗看不懂，思想感情也距群众太远，因此对诗歌渐渐地疏远了。我认为这种意见是值得重视的，这种局面也是应当改变的。当前国际风云变幻剧烈，一切仇视社会主义的人都想改变中国人民的航道。我希望我们的诗人不要把我们的青年引入个人的小天地，而应该使他们更加关注祖国的命运、人民的命运和社会主义的命运，应该使他们更加热忱地为保卫和建设社会主义而斗争。在诗歌形式上，我赞成百花齐放，但要越来越民族化，越来越使群众喜见乐闻。尤其在语言上，既不要复古，又不要洋化，从群众活生生的语言中孜孜不倦地提炼，才是最有生命力的。让我们在"五四"以来新诗已有成就的基础上继续努力，创造出社会主义内容民族形式的新诗歌。

  顺致
崇高的敬意

魏巍
1991年5月7日

献上对草明大姐的敬意

今天在鞍钢举行草明大姐创作 60 周年研讨会,我非常高兴。草明同志在 60 年中走过了一条光荣的道路,我对她抱着深深的敬意并表示祝贺。

这个会说明了草明没有忘记工人,工人没有忘记自己的作家。

草明不仅是个老作家,更是个革命作家,她在 30 年代很年轻的时候就参加"左联",一直在党的旗帜下战斗。在她身上体现的突出特点,就是始终在毛主席文艺思想的指导下,深入工人生活,热爱工人阶级,同时以满腔的热情歌颂工人阶级。她 19 岁就写工人,《在延安文艺座谈会上的讲话》发表以后,她到了东北,一头扎在工厂,曾在镜泊湖水电站、哈尔滨邮局、皇姑屯铁路工厂、鞍钢等地深入生活,同时向工人学习,与工人同甘苦、同欢乐,所以她在创作上得到丰收。她的《原动力》《火车头》,是出现在新中国文坛上最早歌颂工人阶级的优秀作品。

我是 50 年代初从朝鲜回来的,当时很想了解工人的生活,为写作《东方》作准备,于是就到二七机车厂一个车间担任支部副书记。我虽然是主要写军队的,但在作品里头还是要出现工人的形象。我认为作为一个党员,应该认识自己的阶级。多年来,我跟农民出身的同志相处比较多,对工人阶级了解得很少。我问自己,怎么写工人呢?不久我找到了《原动力》《火车头》来研究。我知道草明深入生活,我看看她是如何反映工人生活的。我拜读了这两部作品,受益匪浅。

草明一向身体很单薄,精力却很旺盛。几十年来,她很刻苦地进行工人题材小说的创作,后来又写了长篇小说《乘风破浪》和许多短篇小说、报告文学;尤其是在她的晚年又写出了《神州儿女》,这是很不容易的,可见她了解工人功底的厚实。她一生所取得的突出的成绩,确实可喜可贺。草明之所以能够取得这些成绩,我看有两个原因,一是她能真实地深入工人阶级的生活,二是她真心地热爱工人阶级。最主要的是第二个原因。由于这种热爱和深入,她对工人真挚的感情在不断加深,所以她才能够产生出这样好的作品。

昨天傍晚,我跟曾克同志到街头散步,碰到一位名叫潘恩学的同志。我们和他谈起来,得知他是从天水专程来参加这个会的。他是个尝够了旧社会苦味的工人,在草明同志的启发帮助下,写出了几十万字小说。潘恩学没有接到请帖,路费是他自己拿的。这个例子说明了草明在工人中的影响以及她和工人感情的深厚程度。

刚才全国总工会的同志讲到我们究竟依靠谁的问题,在没有进城以前,党的七届二中全会已确定了我们要依靠工人阶级,我们的对立面就是资产阶级。遗憾的是这几年依靠工人阶级几乎没有提了,好像这个口号消失了似的。我们的工人对此是很有意见的。十三届四中全会以后,江泽民同志重新强调依靠工人阶级,而且前面还加了全心全意四个字,但是现在我们的文学队伍还没有很好地这样做。刚才工会的同志讲了,电视电影里前几年还有一点反映工人的,这几年却少得可怜。依靠工人的现象,从文艺领域里头快要消失了。这样,工人能够对你这个文艺界满意吗?今天开这个会来研究草明的创作道路,研究她终生锲而不舍地写工人的文学现象,可以叫草明现象,是很有特殊意义的。为什么她能够这样做,别人就不能这样做?像鞍钢,在全国是最大的企业,目前还没有超过它的,它是骨干里面的骨干,应该在文学艺术中得到充分的反映嘛!所以我觉得,我们开这个会,就是要在《讲话》精神的指引下,研究草明现象,向草明同志学习。学习她热爱工人的精神,更好地创作出讴歌工人的作品,发展和繁荣我们的社会主义文艺。

1991 年 8 月 17 日

废 园 闲 话

1991年春光融融之日,余游于京郊废园。废园者,圆明园也。虽残垣断壁,令人惋叹,然仍有碧草清流,足可闲步。此时,忽遇友人某君,多年不见,倍感欢畅。遂买啤酒两瓶,席地而坐,谈天说地,兼及艺术。归来随手记之。

某君:你还在写东西吗?

W:是的。

某君:还写小说?

W:是的。

某君:试问,你在艺术上究竟有什么追求呢?

W:如果概括为一句话,我的追求就是党性与真实性的统一。

某君(愕然):党性?这个词很久都不见有人提了!

W:是的,都被淡化了嘛!但是真正的无产阶级作家和资产阶级作家都没有淡化。淡化的只是那些中间状态的糊涂人。

某君:你说的这个真实性,似乎也是老题目。

W:诚然。但是,我始终认为,真实性是艺术的生命。艺术中的真、善、美这三者,都很重要,而"真"才是善和美的根基。离开真的美不是真美,离开真的善也不是真善。公式化、概念化作品之所以令人生厌,正是缺乏真实性或是真实性不足的缘故。

某君:这似乎也说得通。既然如此,那么"写真实"也就够了,为什么还要外加一个"党性"呢?

W:这很容易理解:尽管生活的真实是客观存在,但反映在每个人的头脑里,却因为每个人阶级立场、生活经验以及其他方面的不同,而产生各不相同的认识。或者说同一个真实变成了各不相同的

"真实"。就比如说这圆明园吧,多么辉煌宏丽的皇家园林,被帝国主义强盗烧成了这样,无数珍宝被抢了个精光。如果站在中国人民的立场,这种创痛是不能忘怀的;而要以出卖祖宗的洋奴看,则会认为这是资本主义给我们带来了人类最进步的文明。你没听见有人说,中国当300年的殖民地就好了吗?

某君(环顾周围,叹息):也的确是。但是,你想证明什么呢?

W:我想说:只一般地提倡"写真实",那是不能解决问题的,结果很可能是掌握不了真实。

某君:按你说,怎样才能掌握真实呢?

W:这就是我说的:要做到党性与真实性的统一。

某君:统一? 我看到的是不统一。过去作家们写东西是很强调党性原则的。他们处处都不敢离开党的政策,甚至去图解政策。结果政策一变全不行了。而且那些按政策写的东西有一些并不真实。

W(笑):这是个误解。我所说的党性并不是指党的具体政策。因为党的政策是有时期性和阶段性的。有的政策还带有探索性,经过实践难免要加以修正和改变。更别说那种在错误思想指导下的政策了。

某君:那末,你所说的党性是什么呢?

W:我所说的党性是无产阶级的世界观,也就是辩证唯物主义与历史唯物主义。

某君:你所说的党性与真实性的统一又是什么意思呢?

W:也就是用辩证唯物主义与历史唯物主义的基本观点,来观察和分析人类历史和现实生活。

某君(犹豫片刻):看起来,你还是在强调世界观的作用。可是众所周知,文学史上有一个著名的例子,就是巴尔扎克。据说他是站在保皇党的立场,可是由于他严格掌握了现实主义的创作方法,结果就突破了世界观与创作方法的矛盾,还是反映了历史的真实。

W:这的确是个著名的例子。也许是惟一的例子。大概只有巴尔扎克那样的作家才能做到。个别不能代表一般。从总的情况说,作家的世界观和创作方法基本上是一致的。现在还找不到多少例子,能说明作家的立场和世界观是反动的,而他的作品有多少进步作用。我的确认为,对于作家来说,掌握先进阶级的世界观具有决定意义。对革命作家更是如此。

某君：先进阶级？这是什么意思？

W：这里说的先进阶级是指无产阶级。因为在现代的历史发展中，最革命最先进的阶级就是无产阶级。资产阶级在历史上，在它的上升时期，也曾经是先进的阶级，但是现在它已经是阻碍历史发展的阶级了。

某君：你特别强调这一点是什么意思？

W：因为一个阶级在其上升时期，它是代表那个发展阶段的历史方向的。它的思想家是比较敢于面对现实的，它们的文艺作品也就能够更大限度地反映真实。所以这时期就出现了许多光辉灿烂的作品。而进入它的腐朽没落阶段，它就失去了这种生命力。现在大家看到，资产阶级作家几乎没有比得上那个光辉时期的作品。这个阶级的光荣的岁月已经过去了。

某君：你是说，资产阶级的思想已经失去了它的进步作用？

W：是的。例如他们举得很高的旗帜——人道主义，这在资产阶级冲破封建束缚的时期，是起过进步作用的。可是在无产阶级革命的时代，也就是无产阶级和劳苦大众起来为消灭剥削制度而斗争的时候，进行抽象人道主义的说教，那就只能起到麻醉群众阶级意识的作用。近年来，随着资产阶级自由化的泛滥，某些新潮"理论家"又吵吵嚷嚷地打起人道主义的旗帜，一些作家就受了害，上了当。例如有的描写解放战争的作品，对战争的性质不加区分，一律写成是违反人道的；把中国人民推翻三座大山的光荣斗争，说成是"中国人打中国人"，"黄种人打黄种人"，是"窝里斗"。按照这种哲学，中国人民要永远安于当奴隶才是合乎人道的。这不是起了阻碍人民斗争的反动作用吗？因此，用这种资产阶级的世界观指导创作，就不能正确地反映现实，而且会歪曲现实。

某君：你是说，只有用无产阶级的世界观，才能更好地认识现实和掌握现实？

W：是的。

某君：可是你得说清楚：为什么用无产阶级的世界观可以达到这一点，或者说做到党性和真实性的统一。

W：我前面已经说过，无产阶级的党性就是辩证唯物主义和历史唯物主义。它本身就要求严格地、彻底地站在辩证唯物主义的立场,来认识历史和现实生活。由于它摈弃了一切唯心观念与形而上学,所以它能更大限度地认识和掌握生活的真实,并达到党性和真实性的统一。

某君:这么说,一个无产阶级的作家,他的主观与客观是完全一致的了?难道这二者就没有矛盾吗?

W:自然有矛盾。因为一个作家的辩证唯物主义的修养不可能都是很成熟的,而客观事物的本质也往往是逐步暴露的,因而在创作实践中必然存在着一个主观与客观搏斗的过程。但是由于作家本身的无产阶级立场和力求对辩证唯物主义的掌握,他就有可能达到党性与真实性的统一。

某君:近年来有人提出"人民性高于党性",你的看法如何?

W:依我看,这是一个糊涂观念。人民性,是一个比较概括的词,它是包含着人民这个概念之内的多种意识形态的,而党性则是无产阶级的阶级性的集中表现。由于无产阶级所处的特殊的历史地位,它同绝大多数人民的利益是一致的。因此,党性与人民性是完全一致的。不应说"人民性高于党性"或者说党性高于人民性。如果说党的路线或者具体政策错了,与人民的利益发生了矛盾,那它就不仅是违背了人民性,而首先是违背了党性,也就是违背了辩证唯物主义与历史唯物主义。而党性和人民性是不会对立的。

某君:你看我们的社会主义文学有前途吗?

W:当然有,而且有远大的前途。不过它似乎要走许多曲曲折折的路。有时向左,有时向右,有时前进,有时又后退。但是它的成熟期一定会到来,它的光辉灿烂的高峰一定会到来。

某君(把剩下的啤酒喝干):好,今天听了你的意见,觉得还是有些道理;不过有些问题,我还要仔细考虑一下。

W:(也把啤酒喝干):那好,再会。

1991年3月27—29日,雪霁

回答语文教师的提问

桂申同志：

昨天我同各地来的语文教师见面，十分高兴。在会上我谈了自己几篇文章的写作问题。我原答应回答同志们提出的问题，后来时间来不及了。回来以后，我仔细看了周广礼等同志提出的问题，认为还是应该作出回答的，故书面回答于后，请您转给同志们。

现将周广礼等老师提出的问题照录如下：

魏巍同志：

几十年前，我们就是您的忠实读者，对您怀着深深的崇敬之情，今天能有机会亲自见到您，感到万分的荣幸，借此机会，我们想向您请教下列问题：

一、在向市场经济转变的形势下，文艺界如何适应这种转变？

二、教材中的文学作品，是作为文学欣赏课教好，还是作为语文工具课教好？谢谢！

四川德阳第二重机厂周广礼等
1993.7.24

先回答第一个问题：

这似乎是一个大题目。同教育界一样，文艺界也是一个社会阶层，它包括着各式各样的人，他们都具有各不相同的立场、世界观和价值取向，因此，在当前形势下也都会有各不相同的态度和办法。我无法代替别人作出回答，而只能说说作为一个作家我自己的回答。

我是一个共产党的作家,是笃信马列主义毛泽东思想的信徒。共产主义是我的最高理想。我将以传播共产主义的理想为终身职志。自然,这同共产主义思想指导下的社会主义、爱国主义、集体主义思想完全一致。因此,我的这种理想和生活态度,将不以任何经济生活的转变为转移。如果读者愿意看我的书,我自然欢迎;如果一些读者不愿看我的书,他们可以弃置不顾。总之,我不能以市价行情的变化降低或损伤我的理想。当然,我更不去"下海",也从来没有准备去"下海"。我将同安贫乐道的可尊敬的教授们,坚守岗位的光荣的教师朋友们,一起度过任何考验。

这就是我所能作出的回答。

下面回答第二个问题:

我以为,这是一个关系到语文教学的目的、内容和方法的重要问题,值得研究和讨论。

我的看法,对语文教学应理解得全面一些,广泛一些,不要看得太狭窄。

第一,语文教学首先是思想和品德的教育。青少年是世界观、人生观的形成时期。政治课、政治常识的教育是很重要的,但是光靠这方面还不够,还必须通过语文的教学来进行。同时,对青少年来说,具体形象的教育,总是比抽象的说理更容易接受。文学作品,内容广阔,形式多样,接触到生活和历史的许多方面,通过语文教学的潜移默化,来进行思想品德教育是很有利的。这首先是语文教学应考虑到的。

第二,语文教学还是艺术的教育和美的教育。共产主义是要培养全面发展的人。在学校里不仅要传授各种科学知识,还要使之成为一个感情丰富、思想境界高尚的人。这就要进行艺术的教育和美的教育。除音乐、美术课以外,语文也是美育的一个重要方面。健康的美育是世界观不可缺少的部分。把祖国的历史文化之美、自然界之美、人民的灵魂之美深深灌注到青少年的心中,并使之同没落的资本主义腐朽的东西划清界线,这样才能造就出社会主义的新人。

第三,阅读和使用语言文字的能力,自然是语文教学的任务。

语文教学的目标,并不是要把每个人都培养成作家,而是要培养各种人才。一个学生,不管他将来干什么工作,较强的阅读能力和语言文字的表达能力,都是必要的,不可缺少的。因此,在中小学时期,自然应当很好地打下这方面的基础。

总之,语文教学把以上这三个方面很好地结合起来,我看就比较完善了。

意见不知对否?给你们作个参考吧!

最后,请允许我向你们,语文教师们,包括我的作品在内的语文课本的讲授者、传播者致以深深的谢意!

此致

敬礼

魏巍
1993年7月25日

祝贺中国石油文联成立

　　石油系统的文联在总公司的领导和广大群众的支持下成立了，请允许我作为石油战线上的老朋友致以衷心的祝贺！

　　这次来，见到了许多新老朋友，心里非常高兴。同志们，你们都是多年来同石油职工在一起同甘共苦，是出了大力、作出了很大贡献的。这次还见到了韶华同志、李若冰同志、李小为同志。李季同志是我的好朋友，昨天小为同志讲到他，我心里热烘烘的。过玉门的时候，我想到了他。李季同志临去世时，还要穿上石油工人的服装，实在太感人了。我在玉门和克拉玛依时，都说过：我们文艺工作者应当像李季那样热爱工人阶级，热爱石油事业，应当多出几个李季那样的作家和诗人！

　　这次石油文联的成立，是水到渠成。昨天张文彬同志的开幕词和金钟超同志的报告，讲得很全面，我完全赞成。我这里只作几点补充，供大家参考。

　　石油文联成立起来干什么呢？我看概括为一句话，就是要更好地为石油战线服务。我多次说过，石油战线是一个有重大成绩的部门，是为我们的国家作出了很大贡献的战线，是出了物质成果也出了精神成果的战线。许多人为了找油，工作在最艰苦的地区，甚至牺牲了自己的生命。如果我们的文学艺术工作不能与他们的这种贡献相适应，如果我们不能更好地为他们服务，那就对不起他们，也就是说在良心上过不去。

　　那么，我们怎样更好地为石油战线服务呢？我认为最中心的就是发展创作，繁荣创作。并且在繁荣创作的基础上出现高质量的拳头产品。石油战线的斗争太丰富了，石油战士们的英勇斗争的事迹太感人了。从第一线的职工直至新老知识分子,有许许多多令人感叹的先进人物。我们如能把他们表现出来,并且反转过来教育群众,把石油战线的士气鼓得足足的,我看这就是为石油战线服务。这里不存在题材是否狭窄的问题,反映石油战线的作品,写好了也必然能够感动各条战线的群众,感动全国人民,这就是为社会主义服务、为人民服务。建国40年来,石油战线上的文艺工作者,是做了大量工作的,是有很大成绩的,但是比起职工队伍的贡献,比起群众的要求,比起大家的期望,似乎还需要大大加强。这大概就是成立石油文联的意义了。

我今年的西北之行,看了四个油田,感想颇多。有人常常责备我们没有伟大的作品。我在玉门时曾说:我们从一个贫油之国到石油大国,这个变化多么巨大,这不就是新中国的一个缩影吗?你能把这个过程写出来,把各种各样的人物写出来,这不就是伟大的作品吗!我在克拉玛依也说,从一个一无所有的荒滩变成一个如花的城市。这个变化是多么大,你如果能够把这个过程写出来,不也是个伟大的作品吗?甚至你抓住一个人物也可以写成很动人的作品。例如杨拯陆,我听了她的事迹就深为感动。那一代的青年确是有理想的一代,杨拯陆确实是那一代的一个代表。如果我们能把她和她周围的人物真实而生动地写出来,不管是你写成电影或小说,都是可以成为很动人的作品的。我这里的意思是说,石油战线文学艺术的矿藏是极为丰富的,也可以说是个富矿,活动的天地是广阔的,文学艺术工作者是可以大有作为的,只看我们自己的努力了。

为了繁荣我们的文艺创作,我们就需要走一条健康的路子,牢牢掌握住正确的方向。昨天金钟超同志在报告里详细地讲了,我想,这也是新成立的文联应做的事。掌握好文艺方向,引导作者很好地学习马列,深入生活,满腔热忱地为人民服务,为社会主义服务,这是一个首要问题。

不断地培养和加强我们的文艺队伍,也是一个重要问题。文艺队伍是文艺作品的生产力,不培养和加强文艺队伍,怎么能够使石油战线上的斗争得到充分的表现呢?我们需要的文艺队伍,不是自命不凡的、高踞在群众头上的精神贵族,而是对工人阶级满腔热情的、能够和群众打成一片的那种文艺工作者。看起来要培养这样的队伍,基本上应当采取自力更生的方针。因为一部分愿意深入到工人中去的作家,很多人已经老了,心有余而力不足了。而另一些人,未必就肯下来。我听说公安部门为了发展公安文学,就举办了自己的培训班。在培养队伍上,需要采取两条腿走路的方针,即一方面注意培养专门家,一方面也需要发动群众的创作,使两者衔接起来。这样就可以使专家的队伍有雄厚的基础,能够从中不断地得到补充。这里我想提一个具体建议,即在石油系统发动一个群众性的创作活动。过去茅盾发动过一个《中国的一日》的创作活动;抗日战争期间,孙犁和王林搞过一个《冀中一日》,抗美援朝战争结束后,总政文化部曾经发动过一个《志愿军一日》创作活动,这几个活动都很成功,大大激发了群众的创作热情,而且出现了许多连作家也写不出来的作品。我想,你们去年搞的文化大赛就很成功,还可在这方面继续发扬。石油文联不是要准备出一个大型刊物吗?我看开办之初就可以发动一个《在石油战线上》的创作活动(或取其他的名字)。可以写一人、一事,或其他。培养队伍和办好刊物是不可分的。但办刊物的人选很重要,一定要让坚持四项基本原则、反对自由化的人掌握起来,否则就会走上另外的歧路。过去不是没有这样的教训。

石油系统的文联成立了,我想在石油总公司党组的领导下,在广大群众的支持下,石油战线上的文化艺术工作一定会出现一个崭新的阶段。最艰苦的地区应当有更充实的文化生活;最辛苦的战士,应当享受到最好的精神食粮。这就是我们文艺工作者的神圣任务。我想,同志们是能够完成这个任务的。我有四句话送给大家:"生活是源泉,人民是母亲,艺途无止境,但盼后来人。"我就把这四句话送给大家吧!

致山西丁玲学术讨论会的贺信

第七次全国丁玲学术讨论会全体同志：

欣闻丁玲研究会第七次会议在山西举行，我谨代表中国解放区文学研究会向大会致以衷心的祝贺，并祝大会圆满成功！

丁玲是"五四"以来我国杰出的女性之一。她在文学上的光辉贡献，使她成为享有世界声誉的革命作家。在她身上，光彩夺目的才华，与追求光明、追求真理的革命精神融为一体。她一生屡经艰辛坎坷，始终斗志不衰，丹心如初，不愧为党员作家的楷模。她的许多作品都是留给人民的宝贵财富。特别是她的《太阳照在桑干河上》，可说是中国解放区文学的骄傲。

丁玲的文艺思想及其论著，是其作品中的重要部分。当前，在商品经济大潮冲击下，洋、土垃圾充斥市场，而社会主义文学却步履维艰。此时此际，我们不能不深深地怀念丁玲。如果丁玲活着，她会怎样看待这一切呢？让我们更好地研究丁玲，从丁玲的文艺思想中学习些有益的东西！这对目前社会主义文学的发展，无疑是有重大意义的！

祝大会成功！

魏巍
1996 年 7 月 12 日

继承优秀传统,发展社会主义新文化

今年是中国抗日战争胜利50周年,中国解放区文学研究会原来准备在张家口召开一个规模较大的会,后因经费问题没有开成,河北解放区文学研究会经过各方面的积极努力,筹备了这个会,我特别表示祝贺。

一、抗日战争在中国历史上的地位

抗日战争在中国历史上的意义很大。通俗地说,没有解放战争的胜利,就不可能有新中国,而没有抗战的胜利也就不可能有解放战争的胜利。抗日战争是中华民族起死回生的转折点。它使中国从过去的一盘散沙变得那么有组织、那么有生气,从那么贫穷愚昧变得那么有朝气,充满力量,真是一个起死回生的变化。在这起死回生的力量里面,就包含着文艺的力量。今年为纪念抗战胜利50周年,不断有些演出,唱了许多抗日的歌子,不知道你们感觉怎么样,反正我听着这些歌曲,很激动,甚至激动得要流出眼泪。这也引起我一些思考:什么是最有力量的艺术?什么是我们的艺术?什么是我们不要的东西?什么艺术能给我们带来振奋民族精神的力量?这些都是需要我们很好思索的。今年还有一件令我满意的事情,就是对抗日战争的提法,"中国共产党是抗日战争的中流砥柱"。我记得,"卢沟桥事变"发生后,蒋介石公开宣称"牺牲未到最后关头绝不轻言牺牲",抗日战争已经全面爆发了,他还在那里说什么"牺牲未到最后关头"。当时,我就觉得不是个味儿。果然以后失去大片土地。在抗战过程中,蒋介石动动摇摇,直到最后发展到积极反共。

所以我说没有共产党,这个战争不可能支持下来。当时,共产党实际抗击伪军95％,抗击日军64％,共产党确实起了中流砥柱作用。

中国共产党是抗日战争的中流砥柱,解放区文学也是抗战文学中最光彩、最有力量的文学。为什么说解放区文学有这样的发展呢,我认为有4方面的原因:

1. 胡乔木同志曾经说过"真正的抗日前线是在敌后",我很赞成这个说法。斗争的丰富性,给解放区文学的发展提供了深厚的生活基础。

2. 党和政府对文化的关怀,为解放区文艺提供了良好的发展条件。很难想象,在那样残酷艰苦的地方,有些期刊还能保证出版;在那样困难的条件下,肚子吃不饱,还出了那么多东西。

3. 当时的抗日民主根据地确实是名副其实。例如,过去的老百姓不识字,没法投票,就曾出现了豆选。由于共产党改善人民生活和实行民主,激发起人民的伟大力量,所以共产党就站住了。国民党在敌后也有几十万部队,日本一扫荡,很快就崩溃了。美国军官卡尔逊在太平洋战争爆发后来到晋察冀参观,对游击战很感兴趣,回去打了一个报告,要求给他几千人搞游击战,罗斯福同意了,他带着几千人在菲律宾一个岛上登陆,结果没有站住。因为他们都解决不了同群众的关系问题。冀中当时那么艰苦,全部被敌人占领,最后不是恢复了吗?所以作家们来到敌后,感觉它不光是一个抗日根据地,而且确确实实是一个新世界。因此,作家们的精神非常饱满。

4. 文艺工作者之间的友谊、互相扶持的良好风气,也给文艺繁荣提供了一个有利条件。

所以我说解放区文学是中国文学最光彩、最有生气的文学。

二、解放区文学的性质,它在整个文化发展中的地位是什么?

解放区文学属于无产阶级领导的、反帝反封建的新文化。也可以说是马克思主义同中国现实、中国传统相结合所出现的新文化。这个新文化在中国革命中起了伟大的作用,是过去的历史上没有出现过的。它不是旧文化,不是封建的文化,也不是帝国主义的文化,而是一种新文化。这个新文化的本质是马克思主义和中国的现实、文化传统相结合创造出来的。为什么要特别把这一点提出来,这跟今后文化的发展方向有关系。今后我们到底要发展什么,一种人是拿来主义,这种拿来主义不是鲁迅的拿来主义,而是要把资本主义的腐朽东西拿来;一个是完全复旧,他们认为儒家文化才是中国文化的正宗,要搞中国文化就得搞这个东西。我认为不能搞这些东西,而应该搞社会主义的新文化。我说的新文化是"五四"以来在中国土地上出现的、无产阶级领导的、人民大众的反帝反封建的新文化在社会主义时期发展成的社会主义新文化。这才是今后我们文化发展的道路。中国革命取得了伟大胜利,怎么取得胜利的?人民群众起来了。人民群众怎么起来的?新文化对群众的动员起了伟大的作用。旧文化怎么被打败的,是谁打败的,不就是中国的新文化把封建的、帝国主义的文化击败了吗?中国革命的胜利,从文化的角度说,也正是由于新文化把旧文化击败了,才取得了伟大的胜利。中国的革命带来了新文化的发展,新文化的发展对中国革命的胜利又起了促进作用。

三、现在文化的形势和现状

有些同志希望我说说这个问题。这个问题我也正在思考。我觉得应该组织一些专家认真进行研究,对现在泛滥的文化有个透彻的认识。至少在大部分人中间取得一致意见,完全一致是不可能的。我觉得,一个民族的振兴,不能光是经济,好像只要经济发展了,一切问题都解决了。实际不是这样。民族的振兴,政治、经济、文化都要有大的发展,需要三者互相推动。这是三足鼎立的关系,三条腿才能把鼎支撑起来。没有人反对经济建设为中心,但中心得有各方面的配合,把中心孤立起来,孤军奋战,其他跟不上或者起着相反的作用,那怎么能搞好。结果出现了现在的一手硬一手软,造成了精神大滑坡,文化大滑坡,我们要从思想上解决这个问题。我对现在泛滥的文化有个初步感觉,如果要归纳性质,可以说是一些殖民文化、封建文化的回潮和泛滥。实际上我们拥有的是历史上崭新的世界观,现在流行的有一些是陈旧的、腐朽的东西。例如《河殇》，不就是说中华民族什么都不对，帝国主义的蓝色文化是先进文化，黄色的文化是落后的文化，只有他们进来，才能引导我们前进，这不是殖民文化是什么？一句话，让我们甘心做殖民的奴隶。前几年，有个学者提出了"五四"是"救亡压到了启蒙"，意思是对帝国主义的压迫，中国人民就不应该反抗，甚至连共产党的成立都错了。现在这个作者的思想又有了新发展，认为从辛亥革命的旧民主主义革命，到新民主主义革命，当然包括抗日战争、解放战争在内都不对了，整个历史都走错了。这就把中国人民100多年来的近代革命史全否定了。此外，最近还出现了歌颂帝国主义，歌颂投降，歌颂汉奸的东西，这是什么意思？是什么性质的文化？

  文化问题是一个与民族命运和前途攸关的问题。值得认真考虑。我认为只有继承与发展中华民族的社会主义新文化，才是惟一正确的道路。

在坚实的基础上团结起来

《文艺理论与批评》已经创刊10周年了,它创刊的时候,我参加了大会。10年来它走了一条光荣的道路。它维护和捍卫了社会主义文艺的正确方向,批评了资产阶级自由化以及其他形形色色的错误思想。所以,我认为在繁荣我们的社会主义文艺上,它是有重大成绩的,这10年必将作为一段光荣的历史记载下来。

当然,它走过的道路不是一帆风顺的。陈涌同志宣布的办刊方针是以马列主义为指导来从事文艺理论批评,这里就有困难了。第一,马克思主义现在不是很"时兴"了,或很不"时兴"了,处在一种不怎么吃得开的地位。第二,批评与自我批评本来是党的三大作风之一,但现在却被一种庸俗的、捧场的风气所代替;这不但表现在文艺方面,而且在党内生活中间,社会生活中间,也可以感觉到。文艺上就更加是这样。谁搞批评就说谁是打棍子。其实,这种说法的本身就是打棍子。我脑海里常浮现出这样一幅漫画:一个人说"喂,你不要打棍子!"而他的手里就提着棍子。这根棍子叫做以批"左"为名来批判马克思主义,攻击无产阶级思想,攻击社会主义的道路,否定中华人民共和国伟大成就,否定千百万流血流汗的人民创造出来的成绩。一个时期,这样的攻击,可以在报刊上畅通无阻,或者用文艺的形式,或者用其他各样的形式。但是在这中间,如果有哪一个人对这种错误倾向加以批判,那个就叫打棍子。所以,我说它本身就是一种棍子,一种策略,一种斗争手段,一种抵抗批评、杜绝批评、保护错误、保护自由化的武器。

还有一种手法,就是利用"不争论"来作为拒绝批评的口号。其实,小平同志提出的"不争论",完全是另一个意思。我认为这是指对某一个特定的问题,在一定时期、一定范围内,大政方针已经确定了，就不要争论了；并不是说一切问题都不要争论，尤其不是指在意识形态上不要争论。没有这样的话。他自己就说：批判自由化和对自由化的斗争要进行几十年嘛。现在才几年啦？不是差得很远嘛！怎么可以用这个口号来拒绝批评与自我批评呢？

革命导师们对批评与自我批评向来是有明确指示的，我们党就把批评与自我批评作为三大作风之一嘛。我最近看到《马恩选集》第4卷1889年12月18日恩格斯致特利尔的一封信。信中整个涉及的是马列主义原则性和策略性的问题，讲得非常好。但是我不知道为什么，有什么理由，新版把它删去了。但旧版还是有的，其中有一段专门讲到争论，恩格斯说："批评是工人运动生命的要素，工人运动本身怎么能避免批评，想要禁止争论呢？难道我们要求别人给自己以言论自由，仅仅是为了在我们自己队伍中又消灭言论自由吗？"(《马恩选集》第4卷第471页，人民出版社1972年版)我觉得这段话正好是对这个问题的一个很正确的揭示。所以我觉得不要对小平同志"不争论"的话发生误解，更不要有意地歪曲。

现在江泽民同志提出来要讲政治，我是非常赞成的。讲政治最重要的最基本的还是要讲四项基本原则。现在文艺界好心的同志提出团结的问题，我是衷心拥护的。我觉得应该团结，也必须团结，团结起来力量大嘛！这是很明显的道理。现在全国作家队伍，已经不是建国初期了，而是相当大，怎么可以不团结呢？但是，团结一定要有坚实的基础。鲁迅有一句名言："联合战线是以有共同目的为必要条件的……我们战线不能统一，就证明我们的目的不能一致。"那么，什么是我们今天文艺界团结的基础呢？我看至少有这样两个：一个是四项基本原则，一个是为人民服务，为社会主义服务。我们是社会主义国家，四项基本原则是我国的立国之本，是各族人民遵循的原则，作家们怎么可以不遵循呢？为人民服务、为社会主义服务是我国的文艺方针，自然是应当遵循的了。当然对香港、台湾等地的作家，可以在更广泛的爱国主义的旗帜下团结起来。我想，在上述的基础上文艺界是可以用团结－批评－团结的方法团结起来的。

1996年10月8日

第三辑

访苏联作家别克

《恐惧与无畏》自从介绍到中国以来,受到了我国人民,特别是我们军队的热烈欢迎。我见过有些指挥员的图囊里装着这本书,在频繁的行军作战中背着它,跟自己珍爱的地图摆在一起。我也见过,他们把它反复地阅读着、思考着,用红蓝铅笔画着记号,并且向他的下级热情地推荐。

那么,这本书的作者——别克,到底是一个怎么样的人?他是怎样写出这本书来的?这是我们感兴趣的一个问题。所以,在这次访苏期间,我们访问了他。

去年12月间的某一天晚上,我和荒煤、胡可等同志到了别克的家里。他住在莫斯科某大街的一个八层楼上。我们到了的时候,别克已经跟他的夫人、孩子在灯光下坐着,等着我们了。他并且让他一个出嫁的女儿也回到家来,招待我们。这位作家,已经49岁,是一个身躯高大、健康的人。他招呼他的女儿把预备好的茶点、水果端上桌子,就隔着眼镜用深沉的眼睛望着我们。很容易看出来,谈话的内容,他早已经准备好了,我们很快便开始了谈话。

他幽默地说:"有人八九岁,就想着怎样当一个作家,可是我从来没有想过我会成为一个作家。从16岁起,我就参加了军队,在一个师里编小报。以后也搞过文艺批评,但都没有成功,可见我不是这一方面的天才!"

别人笑了,他却不笑。接着,他就谈到正题,谈到他的文学生活中有决定意义的一件事情。

1931年,那时伟大的高尔基是全苏作家协会的主席。为了真实地、深入地反映现代生活,高尔基组织了工厂生活的编辑部、农村生活的编辑部、国内战争历史的编辑部等。别克就在工厂生活的编辑部里工作。当时,高尔基向苏维埃的作家们提出了鲜明的要求,就是深入生活。别克认为,高尔基的这个指示,使自己走上了一条新的、健康的道路。一次,他和其他作家一起被派到西伯利亚的库茨涅茨克,因为那里正在建筑着一座炼钢厂,要他们写出关于这个工厂的一本书。在临行之前,高尔基又谆谆告诫他们:要细致地研究人和研究生活。别克就忠实地执行了这个指示,跟这个工厂的几百个工人谈了话。在这中间,他发现了一个吸引着自己的人物,他反复地研究了这个人物的一切,以后就写了自己的第一个长篇《古拉哥》。说到这里,他又重复地说明:很仔细地研究人和研究生活的方法——高尔基的这个指示,对于自己是多么地重要啊!他并且兴奋地说:"在这中间,在埋头研究生活的中间,我也发现了我自己有这么一种才能,就是在许许多多人之中,找出好的人,从他们身上获得许多东西。我认为,我能发现这种人,认识这种人,从他们身上获得很多东西的这种本领,是文学上的一种天才。当然,这并不容易,有许多人遇见了这种人,但他走过去了,因为他不认识他。可是当你认识了他,即使你的书一行未写,也可说你已经成了文学上的第一个天才。"

他继续叙述,自此以后,他又参加了一件有兴味的工作。他和其他五六个人在一起,搜集各种各样的人的故事,进行研究,好从这中间找出带有典型性的人物。每天上午写《古拉哥》,下午就带着速记员去找人谈话。他说:"虽然这些人都很忙,但我一次又一次给他们打电话,甚至哀求他们跟我谈,即使他们讨厌,我也不管,因为这是我的职业呀!"

大家笑了,他还是没有笑,并且郑重其事地说:"是呀!在搜集材料上,我完全是一个散文家。一丝一毫,都讲究真实,而在写作时,我才追求着艺术上的创造……以后,我就继续地去发挥我这一方面的才能,怎样地更善于去发现我的人物,并且怎样地更善于去听取他们。"

他停了一会,望了我们一下,用着重的语气说道:"在卫国战争开始以前,我就是这样的一种人!"

这时,我们请他休息一下。他的大女儿端上茶。他的夫人给我们放糖。他的三四岁的小女儿爬到荒煤同志的怀里。他的十二三岁的儿子,折纸船玩。大家喝茶,说笑。

几分钟后,他又继续谈。

卫国战争开始,他担任了《旗帜》杂志的记者。战争在莫斯科近郊展开的时候,他参加了保卫莫斯科的群众武装队伍,当一个兵。在这些日子里,他看到了许多感人的事情,自己也有着许多感想。他想写一本书。他想仍旧用以前的方法来写战争。于是,就到保卫莫斯科有名的潘菲洛夫师里去找主角。他跟许多军官谈过话。"在这中间,"他兴奋地说,"我的第一个天才,就在这时候又帮助了我。并没有别人指出来,可我发现了我的人物。(即指巴武尔章——作者)这个人有点怪,有点粗暴,但你第一次见到他,就感觉到,他就是他!我也从那一次就断定了,这就是我要找的主角!"说到这里,他有意地补充一点:"在这样的时候,作家应该大胆一些,相信自己的感觉,相信自己的心!"他忽然又遗憾地说:"可惜,今天晚上我的人物不在座。他昨天晚上还在这里!"

我们都不免有些惊奇。

"是呀!他还丢下来抽剩下的半盒烟呢!"别克说着,就从书架上把烟拿下来,我们每人抽了一支。别克又说:"他现在是军事学院的教师,除了教书以外,他对潘菲洛夫很有兴趣,到处搜集潘菲洛夫的材料。巴武尔章现在已经不是营长,而是团级干部了!"

"不,是师级干部哩!"他的十二三岁的儿子歪着头纠正他的父亲。

别克含笑点头,继续说下去。

"当我第一次见巴武尔章的时候,的确被他吸引了。他是那么聪明,懂得军事,他的第一句话,就是'战争要勇敢和智慧!'我相信我发现得对,我想了解他,我抱着很高的热情,可是,我的人物却不理我。"大家极有兴味地注视着别克,他继续讲下去:"我在他营里,住了一个星期,两个星期,三个星期,而他什么也不告诉我。我只能从别人那里,从他的下级和他的通讯员那里听一点,记下来。我临走的时候,团政治委员握着我的手说:'你的眼光是准确的,可是你从老鹰的窝里出来,希望你回去之后不要当一只愚蠢的小鸟呀!'……我回来之后,写了一篇短短的报告文学,这倒还容易,可一下笔写小说,就感觉了解得太不够。潘菲洛夫师长的形象，也掌握不住。于是我把通讯交到编辑部，就又到那里去了。人家问：'你写成了你的中篇小说了吗？'我说没有。人家也就原谅了我。我又住了两个星期，并且参加了战斗，回来以后，还是写不出。我第三次又去了。这一次，人家以为我一定是写出来了，杀了羊，弄了酒来祝贺我。我说还是没有写出来。等我第四次去的时候，师长不让我去了。他一定会这样想，这个人来来往往的，东西又不写，倒是干什么的呢？可是，这时候，我的主角的态度变了，他知道我不是无聊，我要写的东西是重要的。他才跟我谈。这一次我是偷着去的。我到那里去了六次，才把这个作品写成，谁知道，写成的稿子又在火车上丢了。我就盘算，我第七次再去，一定不会有人再欢迎我。但是我还是硬着头皮，带了一个女速记号，又去了一次，才写成了现在的《恐惧与无畏》。比原来的稿子长两章……"

我们听着。我们不禁对他的这种毅力感叹。这种毅力不是什么别的东西，正是他的现实主义的方法和态度，正是老老实实从研究人、研究生活出发的不疲倦的精神。也正是这样的方法、态度和精神，才使他有可能把自己的战争经验跟巴武尔章（一个在战争中感受最深的人！）的战争经验衔接起来，结合起来，深刻地反映了军队和战争。这种方法、态度和精神是多么可贵！

我们称赞了他。

别克说："是的，作为一个作家，我也和其他作家一样有一个特点，这就是对当前生活深刻了解的渴望，熟悉之后展示给别人！"

大家静默了一会，他又说："巴武尔章，过去是个牧童，现在是师长，他是党和苏维埃制度培养出来的新人，他忠实于祖国。我们苏联作家就生活在千千万万这种人之间，生活在这种空气之中。绥拉菲摩维支（《铁流》作者）曾说：'我们的人，用不着什么渲染，只要把他真实的事情写出来，就已经是很好的了。'我很敬重他这句话。"

一个同志忽然问："巴武尔章是完全真实的吗？"

"是的，是真实的。但是，当有些生活的事实违反了真正的真实的时候，我是避免的。我这部作品的底稿，曾经交巴武尔章看过；他看过之后，很有些不满地说：'好吧，作为一个临时性的作品发表吧！'为什么他不满呢？就因为我没有把什么东西都写上去。他后来才认识到这是真正的真实。这本书,我也可以写得更丰富,但不一定能更深刻地表现出它的本质。这本书,它的好处是它的思想性,虽然在表达思想时,显得太直接了一点。另外,在这部作品中,也有一些事情,比如说潘菲洛夫和巴武尔章是没有见过面的,我却写他们见了面,这也并没有违反真实,而是更真实。还有一些事情是其他部队的,我也写进去了,很奇怪,以后巴武尔章自己也感觉好像真的经过这些事情。"

可见,别克在研究人、研究生活时,一方面追求着一点一滴的事实,而在动笔时,也注意到艺术上的创造,并不完全受事实的束缚。

别克又告诉我们,现在出版的《恐惧与无畏》是他的《康庄大道》中的第一部和第二部。这两部着重写什么是军队,什么是战争。第三部则要分析什么是苏维埃的战士,分析"苏维埃"这个词。现在第三部还没有动笔。

说到这里,他停下来。

当我询问到他战后创作活动的时候,他用谦逊而尊敬的目光,望着他的夫人:"我所以能完成这些东西,主要是靠她的帮助,让她也来谈一谈吧!"他的夫人客气了一番,也就谈起来。

她叙述:她和别克在1947年到一个正在恢复中的工厂里去做了解、研究工作。起初,她感觉他的方法很怪。一早起,他就和厂长、工程师、许许多多的工人谈话。什么人也要问。关于工厂恢复的经过,尽管那些人的答复都差不多,不过说法不同,而他还是要问。她就不耐烦地问别克:"为什么要问多么多呢?"后来才发现他和一个工程师特别谈得多,工程师不在,就问工程师的老婆和其他的人,而中心都围绕着这个工程师。后来,他写了以工厂恢复为主题的小说《坦白的心》,那个工程师,就是这本书的主人公。

从别克跟他的夫人的叙述当中,我都感觉到:他把善于搜集材料这点,似乎强调得有些过分。当然,我也了解:苏联作家与我国作家的情况是有些不同的,因而关于"搜集材料"的含意也就有些不同。比如说,我们反对作家单纯搜集材料而忽略自己思想感情改造的观点;而在他们,他们和人民之间的距离就不像我们这么远。但是,不管如何,我还是感觉他在这一方面强调得过分了。我就问他:"那么,你认为,作家对现实生活深刻的体验与理解,究竟是依靠善于搜集材料呢,或者是也依靠自己的直接经验呢?比如说,假若没有你在部队生活中的直接经验,你能够写出《恐惧与无畏》这样的作品吗?"

他想了一想,回答:

"不错,我参加过国内战争和卫国战争。我也见过夏伯阳,当过普通的战士。我知道战士的内心和军队生活的细节,这对我是非常重要的。假若没有这一切,我也许能够写出这个作品,那恐怕就要差得很多。可是,我假若没有巴武尔章的帮助,我也不能够更深刻地了解军队,因为巴武尔章这样的人,对军队、对战争是有着那样突出深刻的理解!"

几个小时的谈话,使得彼此间非常亲切。他们全家非常尊敬地接受了我们赠送的毛泽东纪念章和一些礼物。他们也送了我们一本俄文的《恐惧与无畏》以及其他的书。他还要求我们谈中国人民生活的情形,特别是志愿军的战斗情形。当他听我们说,志愿军中有的指战员们也带着他的书同敌人作战时,非常感动,他认为这是一种最崇高的鼓励!他并且说,这将给他一个巨大的推动,使他动笔写他的《恐惧与无畏》的第三部。他并且很高兴地答应作《解放军文艺》的特约撰稿人,完成了他的"第三部"时就寄给我们来发表。

我们告辞时,夜已经很深了。他和他的大女儿披上大衣出来送我们。我们一起在莫斯科的大街上走着。风很大,我们劝他们回去,他又坚持让他的女儿再送我们一程。

在归来的路上,我们思考着,漫谈着这位作家的创作方法。我们感觉到他的方法,作为一个作家的创作经验来看,是有他的特点的。特别在他研究人和研究生活这个基本方面,无疑问的是对的,是值得我们借鉴的。

1952 年 2 月 24 日于北京

从《生命甘泉的追寻者》谈到报告文学

我看了参加这个会议的名单,来了这么多专家、学者、评论家,还有中宣部、中国作协、总政文化部、宣传部的领导、特别是翟泰丰同志也亲自来到,我很高兴。刚才听了大家的意见,很受启发。陈昌本同志分析得很细致,态度很诚恳,令人感动。我觉得大家也送来了生命甘泉,对我们军区的精神文明建设,对我们的文化工作都是一个很大的推动。

李钧同志的作品写成以后,军区政治部吕主任就交给我一个任务,让我写一个序言。我把这本书拜读了,写了序言,一些话也都说过了。今天我只说一句话:"一个老老实实的人,干了一件实实在在的事,写了一个实实在在的先进人物,产生了实实在在的效果。"李钧同志是在我们部队成长起来的。他当战士时我就认识他。他是一个战士诗人。人很朴实,工作很扎实,不投机取巧,写作方面很努力。他的处女作叫《军号声声》,是一本诗集。以后又写抒情散文、散文诗,他写长篇报告文学是第一次。由于责任感激励了他,使他到艰苦地区深入生活,这种态度就是实实在在的。他在那里深入挖掘一个战士的灵魂,才写出这样一个实实在在的作品。作品歌颂的是一个实实在在的先进人物。缺水问题我在战争时就遇到过。一次行军走到镇边城,夜里口渴得厉害,实在难忍,到老百姓家舀了一缸子水一喝那个味道呀,实在难受。这里就缺水呀!打井打几十丈才能打出水来。后来进军宁夏也有苦水区。内蒙古缺水,我不太了解。我过去当北京军区文化部长确实有心想把边防线走一遍,却没有实现。我只注意到边防部队缺文化器材什么的,没想到连水也这么缺,这么严重。李国安同志在那个地方脚踏实地、一口井接一口井地打,确实功德无量,这样老百姓怎么会不拥护共产党与解放军呢?我们搞文学作品也要对人民有益,如没有益还不如跟李国安去打井去,那倒是对人民有实际的好处。李钧同志写了这本书,不但写出这个人的经历,也写出了这个人的灵魂,写出了这个人的世界观。我认为,为人民服务就是无产阶级世界观,别的阶级不可能有这样的世界观。同时,这也是当今最新最美的世界观。讲观念更新,我们千万不可以新为旧,以旧为新。所以这本书歌颂了李国安,也歌颂了无产阶级。因此我很高兴地写了一篇序言。作品产生的影响是比较大的。在座的有不少是报告文学专家,大家都知道真实是报告文学的生命。其他文学作品真实也是生命,但作为报告文学就不仅要艺术上真实,还要求生活的真实。艺术想象的翅膀是在真实的基础上展开的。这本书因为写得真实,所以就感人,真实感人这就有了艺术性了。我们的报告文学这几年有发展,例如题材广阔多了,但是问题也不少。坦白地说,我就害怕担任报告文学的评选委员。为什么呢?你心里没有底呀。第一,我不知道你写的是真的还是假的;第二,我不知道你歌颂的是无产阶级还是资产阶级。你也不可能花路费自己去调查,没有这个力量。你只有到时候签字,大家举手你也跟着举手。将来当然有你一分责任。这些年,不客气地说,随着有偿新闻的出现,也出现了有偿的报告文学。报告文学里头有相当一部分是这种货色。社会上有些大款,经济上有了一定资产,政治上也想发展。他要出名,就得造舆论,造舆论就得有人吹捧。他把材料给你准备好,用不着你去采访,给你多少钱,你就给他写出一本书来。书的出版发行也不用你操心,他有的是钱,再给出版社几万,全包销。这就是有偿的报告文学。这就有了问题,我们无产阶级作家,现在究竟是应该歌颂无产阶级还是应该歌颂资产阶级?有人说,现在是多种经济成分,资产阶级也不是不可以歌颂嘛!但是,经济上、政策上允许是一回事,思想上、立场上又是一回事。你是资产阶级的文艺家,你当然可以歌颂资产阶级;你是共产党员,你是无产阶级的文艺家,你就还是应该歌颂无产阶级。在当前的商品大潮下,这是要很好把握的。不然的话,给你多少钱,三万五万,那都不算回事,十万八万也不算回事,广东有一位作家,给香港一个大款写了一个传记,那不就给了30万嘛。这些事情对我们这个队伍诱惑力还是很大的。对我们的队伍日久天长就是一个腐蚀。最近看到《文摘报》讲了一段浩然的事情。有个饮料公司的老板年轻时候读过浩然的书《艳阳天》《金光大道》，他很佩服浩然。现在发了财了，开了个饮料公司，找到浩然，想让浩然给他做一个广告。广告词是这么一句话："假如我饮了某某饮料，我这个《艳阳天》还可以写得更好。"把这个拿给了浩然，浩然觉得这怎么能行呢！我怎么能给你做这个呢？就拒绝了。老板又想出一个办法，不这样说也可以，改成"假如我饮了这种饮料，我还可以再写一部《艳阳天》！"浩然说也不行。老板又动员他周围的人说服浩然，价钱是100万元。别人劝浩然说，这100万除交税20万，你还净挣80万，后半辈子不用写书，生活上也绝无问题了。浩然仍是断然拒绝。我觉得这件事是值得引起我们思考的。在"文化大革命"中，"六亿人民一个作家"，这是浩然背上的一个包袱。实事求是地说，浩然在品质方面是不错的。我一直认为，浩然是一个老老实实的作家，名利心并不重。假若他当时名利心很重，再有点什么野心，在当时那种情况下弄上个一官半职，起码弄个文化部副部长什么的，我看不会有问题。但他没有这样干。所以我觉得这个人还是值得敬重的。今天为什么讲这个？因为我意识到在市场经济这种情况下，资产阶级的腐朽生活和拜金主义对我们的队伍日益严重的诱惑，有人顶得住，有人就未必顶得住。日久天长，我们这个作家队伍会遭到毁灭性的腐蚀。有鉴于此，我才说了上面的话。

1996年11月7日

《散文特写选》序言

这是一本最近两年间的散文和特写(通讯、报告)的选集。今年11月末尾,作家协会指定我为这一个选集写一篇序言。在文学上,我还是一个初学乍练的人,写序言,这并不是我所能够胜任的事。当时,一个老作家看着我为难的样子,笑着走过来,说:"不要看得那么严重了吧,写些感想也好。"好吧,我就写一点感想吧。

首先,我感到我们的散文和特写文学是在进步中。

这部选集就是一个例子。这里的文章,虽然还不敢说有着怎样高的艺术水平,但整个看来,它却具有两个鲜明的特点:一个是反映现实的及时,一个是题材的广阔。选集所包含的年份,正是我们的第一个五年计划开始以后的两年。在这两年间,我们的国家正在发生着激动人心的变化。这种变化的速度是惊人的,规模也是巨大的。这里,让我们留心一下,这种变化是否在我们的戏剧、长篇和中篇小说中都得到了比较广泛的表现呢?我看还不能这样说,可是在我们的散文和特写方面,却在一定程度上答复了人们的这种要求,尽管还谈不上满足这种要求。这部选集,只不过是散文和特写中的一小部分。就拿这一小部分来说,从规模宏大的建筑工地到偏僻的山村,从戈壁滩、柴达木的生活到海南岛的风光,从保卫祖国的战斗到国际上保卫和平的斗争,可以说是在相当广阔的程度上给我们留下了许多动人的图画。也许把这些文章的某一篇孤立起来看,并没有什么了不起,但把它们合起来看,这就是祖国以浩大声势前进的一大卷画幅。那种卷幅浩繁振奋人心的史诗,大概还不是那么容易就产生的吧,可是在它来不及产生的时候,这些图画,早已经在我们的生活里煽起火花了,帮助我们的人民前进了。这就再一次地说明散文和特写文学的战斗特性。

我们的散文和特写,在质量上也有提高。最明显的表现,就是公式化、概念化的错误倾向有一定程度的克服。我们的作者们,已经更加注意到描写人和描写生活。本来,散文和特写是一种有最大灵活性的战斗体裁。可以记一人,也可以记一事,可以抒写感情,也可以发表议论,可以近于诗,也可以近于小说和论文,用不着受任何的约束,从任何的定义出发。但遗憾的是,在前几年的散文、特写中,似乎对人物的描写还不够注意。其实,这种体裁,同样可以写人,而且可以写得深刻。这部选集,就反映了这方面的进步。这里所写的人是比较广泛的,有走路总是留心着地面,看到一小块焦炭也要弯下腰来拾起来的老工人;有听不见机器响耳朵里就空得慌的工地少年;有学习志愿军用牙膏解渴的勘探队员;有在风沙里也不忘刮胡子的年老的专家;有斗争性格强的,有事没事总喜欢钻到矿井里的工会主席;有决心不再耍孩子脾气,决定让她的"敌人"彻底失败的女驾驶员;有一心在穷山沟里建设社会主义,用棍子挑着行李卷儿回到家乡的区干部;有恢复了青春,充满了尊严,准备下山"办大事"的老羊工;有战士;有医生;有船老大;有女教师……总之,我们国家里的许多普通人——那些肩负着巨大建设任务的真正的当代英雄们,在这里都有广泛的描写。对这些人物的描写虽然深刻程度各有不同,但值得高兴的是:他们都还能够给人以比较真实的感觉,都还像生活里的那些人物。当你读着它,你会觉得比起那些在书房里杜撰的公式化、概念化的"典型人物"来,还使人感到愉快得多,亲切得多,也感动得多。这里可以看到我们的文学战士们,他们正在克服公式化、概念化的斗争中做着巨大的努力,并且取得了一定的成绩。

此外,我觉得应该大书一笔的,就是在散文和特写文学的队伍里,不断地出现着新人。其实,我们整个的文学战线上的情形都是如此。这不是小事,这是我们的革命文学事业逐渐走向繁荣的一种征兆。大家看到,在这部选集里,不仅有我们的知名作家和记者的作品,而且有相当数量的新人的作品,比如李若冰、陆扬烈、井频、任干、郑秉谦、周竞、陈窗等人的作品。这些作品都相当朴实和相当生动地描写了我们的人民和我们的生活。也许有人会说,这些作品有什么了不起；可是我们知道我们工人阶级的社会主义的文学的后备军是在并不瘠薄的土壤上生长着。只要他们在毛泽东的文艺方针下踏踏实实地生活和创作，他们就会很迅速很茁壮地成长起来。

下面提一提我们在散文和特写文学方面的缺点。

大家知道，各种文学体裁，都有它的特点，都有它的特殊的性能。这一种不能代替另一种，正像重炮虽然威力巨大，但却并不能代替冲锋枪、手榴弹一样。当然，冲锋枪和手榴弹也代替不了重炮。这也就是各种文学体裁都能够活下来的理由。对于一个有战斗目标的革命作家来说，各种体裁不过是各种不同的武器，至于用哪个，那就看战斗的必要，当然也看哪个顺手。这中间根本不产生各种体裁的高、低、贵、贱的区别。可是，在我们的文学队伍里，是不是对一切文学体裁都是这种看法呢？并不，比如对散文和特写这种体裁，说良心话，就并不是那么看重。当然，也不是说所有的人都不看重，比如我们的作家巴金同志，几年间就接连出了三本散文集，真实地和热情地描写了志愿军的战斗生活。再比如作家秦兆阳同志，他在近年来深入农村生活中，对散文和特写的写作是极为努力的。他的关于农村生活的许多优美的散文，相当及时地反映了农村的变化，获得了大家的赞扬。但是整个看来，我们对于这种文学体裁却是不够看重的。

其次，我感到我们的散文和特写家们，还没有大胆地揭示生活中的矛盾和冲突，这不能不说是一个重大缺点。在苏联，曾把特写这种文学体裁称作"侦察兵"。这种光荣称号应该说是很恰切的，因为它很清楚地标志了这种文学体裁的战斗特性。可是侦察兵也有几种，比如在生活里吧，我们就常常看到有两种侦察兵。一种是最勇敢的侦察兵。这种侦察兵毫不畏惧敌人，敢于逼近敌人，因而他们能够探明敌人的动向，探明我军进军的道路，有时候，他们甚至可以把有战役或战略价值的情报，提供给司令部，以便大范围地歼灭敌人。但是，也有另外一种侦察兵。这种侦察兵老是在离敌人很远的地方蹲着，他们只能从逃难的老百姓那里得到一点半点传闻，甚至是扰乱军心的传闻。那末，我们的"侦察兵"是哪一种呢？当然不是这种最糟糕的侦察兵，可是，我们也还够不上第一种侦察兵，那种最勇敢的侦察兵。我们的许多散文和特写，还只是停留在印象记一类的水平，我们的笔还没有真正探到现实斗争的深处，去提出重大问题来推动我们的生活。中共中央政治局委员邓小平同志在全国青年社会主义积极分子大会上有一段讲话。这段话不仅对青年有教育意义，对我们的文学队伍也有极大的教育意义。他说：

"社会主义革命是一场最深刻的、最尖锐复杂的斗争。这里充满着革命和反革命的斗争，进步和落后的斗争，新和旧的斗争。这个斗争要求青年成为是非分明和意志坚强的人。你们要无限忠诚地为保卫祖国的社会主义建设而同一切国内敌人作无情的斗争。你们要敢于同旧的东西决裂，抛弃那些同社会主义不相容的封建主义的和资产阶级的东西。你们要向懒惰、腐化、官僚主义挑战，向一切违法乱纪的坏人坏事展开斗争。你们要不懈怠地帮助落后的人前进。你们要坚决地为社会主义的新事物开辟道路。"

看看这段讲话，再看看我们的散文和特写，我们有没有揭示出当前现实中最深刻、最尖锐复杂的斗争呢？我们有没有无情地揭露敌人呢？当我们面对着旧东西的时候，我们有没有敢于同他们决裂的勇气甚至挑战的精神呢？在我们的笔下，好像我们的建设事业是在风平浪静地进行，新事物是不经过什么阻难地顺利地成长，好像敌人已经不再破坏我们，好像那些落后的东西已经不扯我们后腿，好像那些懒惰、腐化、官僚主义、保守主义以及坏人坏事已经在我们的土地上绝迹。这难道是事实吗？可是，当我们的"侦察兵"出动侦察的时候，却对这种严重、复杂的斗争尽力加以回避。对反动的东西，不作无情的揭露；对落后的东西，不加勇敢的批评；实际上就是和这些东西和平共处。这是我们的"侦察兵"很大的弱点。这种弱点之所以产生，一方面是因为我们的某些作者生活还不够深入，还没有进入生活的激流的深处；一方面也是因为我们的勇气不足，常常害怕一接触到这样的题材就会丧失立场。其实这种心理就不是一种主人翁的态度，就不是革命作家的鲜明的立场。这种缺点如果继续下去，就会大大降低我们的"侦察兵"的战斗作用，我们就不能更有力地帮助人民前进。在这方面，我觉得苏联作家们的许多出色的特写，对我们有很大教益。

此外，我们的散文和特写文学战斗性的不足还特别表现在我们的杂文（或者叫文艺性的政论）方面。近年来，报纸上的小品文（实际上也就是杂文)有逐渐活跃的趋势。这是非常可喜的现象。遗憾的是,我们来不及把这部分文章选进来。这是这本选集的一个缺点。但整个看来,我们的杂文还是显得太弱。因鲁迅而有名的杂文,本来是我们中国文学的特有的光荣传统,但这支锐利的武器,现在看来是已经有些生锈了。在我们的文学杂志上,杂文的阵地现在是被一种不疼不痒的文章充斥着。这种文章,有人管它叫"应景文章"。这种说法当然不对。如果把"应景"理解为及时配合政治事件的话,仿佛这些文章所以写得不好是由于配合政治事件才弄糟的。其实,鲁迅的杂文,不也可以说是应景文章么?为什么却有着那么强大的战斗力量?可见毛病并不在于应不应当"应景",应不应当配合政治事件,而在于作者用什么态度和用什么方法配合。我们的国家正处在向社会主义过渡的重大历史时期,每一年都是不平凡的年度,都充满着有伟大意义的政治事件。这些事件的每一项都是跟我们亿万人民的命运深刻地联系着的,为什么我们应该沉默呢?但是作为一个作家,作为一个文学工作者,他总应该有自己的写法。他不应该敷衍塞责地、慌慌张张地抄录一些政策文件上的现成辞句,他应该用自己对生活的感受,用自己的感情,用自己的语言去写得更深刻一些,更美丽一些。可是看看我们的所谓"应景文章"吧,当它们被慷慨大方的编辑们各就各位排在一起的时候,你就发现有许多文章不仅内容相同,辞句相同,就连题目也几乎相同。你很难分辨究竟是张三抄袭李四,还是李四抄袭张三。怎么一个作家独具的个人风格,却在这类文章里忽然一下化为乌有了呢?究竟为什么会有这样的怪事?原因很简单,一方面当然由于急就,一方面也由于应付。既然作者不一定真有写文章的意思,只不过是为了完成临时任务,当然也就谈不上把杂文当作创作,当作武器。可是,杂文虽小,它却同样需要严肃的创作态度与热烈的灵魂!

  我的一些印象就写到这里为止吧。在编辑这部选集的日子里,我们的祖国已经又在发生着重大的变化。在这样的时候,我们的散文和特写文学,应该清醒地意识到自己的责任。据说,在苏联执行第一个五年计划时期,曾经是散文和特写文学繁荣的年代,可见这是奔腾前进的历史现实,对散文和特写文学的特殊急迫的要求。只要我们的"侦察兵"清醒地意识到这一点,我们的散文和特写文学繁荣的年份，也就会随之到来。现在大家都在"挖潜力"，我觉得在散文和特写文学方面，真可以大大"挖"一下"潜力"。首先，就说我们的那些老作家吧，他们都是著名的散文大家，可惜有些人已经因为对当前生活不熟悉不再动笔了。如果他们肯转一下念头，下决心深入到某一个方面去，真正下功夫写一部散文和特写，我们的散文和特写文学，就会出现更有光芒的东西。这里我们诚恳地企待着他们，企待着他们以示范性的作品给散文和特写文学的繁荣开辟道路。我们的青年文学队伍，同样需要而且也可以拿出更多的力气。如果我们的创作原料还不是那么足够的话，我们与其关起门来用四两酒掺半斤水的办法制作小说，那就不如到生活里去写两篇真正有真情实感的像样子的散文和特写。老实说，有些人并不是没有生活，而是生活太少，或者只有那么一点点，但他却硬要摆开架子来写大部头作品，结果就不能不向酒里掺水。这种方法看起来很聪明，实际上很愚蠢，经过经年累月的劳动，也许坛子是装满了，但却损失了最后的一点酒味。据我看，这是某些大部头作品失败的重大原因之一。我们需要引为教训。特别是对我们正在习作的同志来说，认真地多写一些散文、特写，对自己是一种极可靠的文学训练。比如创造人物吧，试想，一个青年文学工作者，当他在生活经验和艺术经验都还十分缺乏的时候，想一下子就创造出一个不朽的"典型"，这是不实际的。我们也应该像画家一样，从素描开始，在素描上下下苦功。如果一个人真正肯钻到生活里去，认真地写上三百个五百个人物特写，这对他以后的文学生活，就会有无可估量的作用。我想，在这基础上，他就会创造出生动的有生活色彩的人物。

在谈到散文和特写文学的时候，不应该忽视记者同志们的努力。事实上，在散文和特写方面，他们比我们的作家还要写得多些，而且也出现了不少优秀的作品。记者和作家的工作情况不同，他们往往在一个地方停留的时间较短，而又要很快地赶写出来。纵然如此，但我们还是希望他们能够更深入地研究生活，更深刻地刻画人物与表现生活。一篇作品，如果想使它成为一篇较好的文学作品，无论如何，仅仅依靠简单的采访是不够的。此外，我们希望某些记者能够更加重视作品的语言。在这次编选工作中，我们看到了一些很好的通讯，但由于作者在语言上太偷懒，文章里充满了用滥了的廉价的"报纸语言",不能不使作品受到很大的损失。

我的这篇不算序言的序言就写到这里为止,但愿这一部选集,成为我们的散文和特写文学的繁荣年代的一个序言。

1955年12月31日于北京

《晋察冀诗抄》序

一

《晋察冀诗抄》,是晋察冀抗日根据地一部分短诗的汇集。只有极少篇章,是解放战争初期的作品。编选出版这部诗抄有两个意思:首先是帮助我们的青年读者,了解在抗日战争年代,我们的人民在党的领导下所进行的伟大斗争,借以激励同志们的前进;其次,这一时期的诗歌运动和诗歌创作,相当活跃,并且具有鲜明的战斗特色。这是对党的正确文艺路线的一个实践。我们企望诗作者发扬这种战斗传统,进一步和斗争结合,和人民结合,面对当前的时代,发出更响亮的歌声。

每当晋察冀写诗的战友们遇在一起,总要谈起晋察冀,总爱谈起晋察冀。因为她是我们战斗的故乡。回想起那烽火烧红的年月,同志们是多么深切地热爱过她,把自己的心献给了她,并且有不少同志,已经把生命和歌声一起献给了这亲爱的土地。

晋察冀,这是我们党开辟和创立的敌后抗日根据地中的一个。这是国民党狼狈南逃所丢弃的土地,这是由一支背着斗笠、穿着草鞋的队伍从日寇手中重新夺回的土地。晋察冀,包括同蒲路以东,津浦路以西,正太、石德路以北,以及平北、冀东和原热河等广大地区。她是直接威胁北平、天津、保定等敌人战略要点的坚固堡垒。在整个敌人后方,敌人占据着大小城镇,我们占据着广大乡村,敌人围困着我们,我们也围困着敌人,敌我双方展开了一场异常激烈复杂的、历史上不曾有过的犬牙交错的战争。对于国民党破坏根据地的阴谋以及配合日寇夹击根据地的军事进犯,也必须给予不断的反击。

我们热爱晋察冀,热爱根据地,不仅因为她是抗战的堡垒,她还是一个崭新的社会,是人民的希望所在。那时候,围在她周围的敌占区,是充满着血腥和哭声的"王道乐土";在深远的后方,是令人窒息的国民党的特务统治;惟独在炮火中屹立着的抗日根据地,是一片光明。正是在这里,在硝烟和风砂中孕育着未来新中国的花蕾。正像邵子南同志在一张传单诗上所歌颂的:

> 人民有了晋察冀,
> 心眼里像开了花。
>
> 花,又鲜明又大!
>
> 花,
> 长生不老,
> 要开出新中华!

为什么人民的心眼里像开了花呢?因为他们第一次尝受了民主的雨露。在这里,地主的势力削弱了,人民肩上的重压减轻了,生活初步改善了,在党的出色的动员和组织工作中,人民新生了,觉醒了,组织起来了。我们垂危的民族,顿然神采焕发,充满了勃勃的生机,到处是一片新生的气象,战斗的气象。子弟兵团,一个接一个地打着歼灭战,并且打死了被敌人称作"名将之花"的阿部中将。民兵们展开了出色的地雷战和地道战,使敌人寸步难行。在那激战的年代,甚至白发老妈妈和我们的小孩子,都毫无例外地参加了英勇的斗争。正像诗人所歌唱的,在那战斗的土地上,连桌子板凳也能咬人,连山药萝卜也会爆炸……谁见过这样的战争?这传奇式的战争?这是共产党领导的名副其实的人民战争!

这就是晋察冀诗歌产生的土壤。

二

在惊心动魄的斗争中,人民所显示的威力,不能不震动着诗人的心,那新的生活的魅力,也不能不诱引着诗人的心,在这多彩的现实土壤上,又怎么能不产生出她自己的诗歌?由于党的领导、培育和鼓舞,晋察冀的诗歌创作和诗歌运动,像其他工作一样,显得十分活跃。那时的出版条件是极端困难的,可是油印诗刊就出了五六种。出版时间最长,发表作品最多的是《诗建设》,先后由田间、邵子南、方冰等同志担任编辑,除发表诗创作外,还经常发表诗歌评论。它在团结作者,促进创作上起到了很大作用。此外,晋察冀各地还出版了《诗》《边区诗歌》《新世纪诗歌》《诗战线》等几种诗刊。为了使诗歌更紧密地配合斗争,深入群众,还采用了诗朗诵、诗传单、街头诗等几种形式。我还记得,在许多群众集会上,都散发着红红绿绿的诗传单,在对敌人展开的政治攻势中,也有用诗传单形式制成的宣传品。在街头诗运动方面,许多同志都积极地参加了,田间同志更是最热心的倡导者和实践者。当时在许多乡村的街头,在路边岩石上,写着这匕首一般的短小诗句,有的还配上图画,来吸引人们的注意。由此可见,晋察冀(以及其他抗日根据地)的诗歌运动,在它的战斗性和群众性方面,已经向前勇猛地跃进了一步。把诗歌作为一种战斗武器,自觉地服从政治任务的需要,紧密地配合斗争,是晋察冀(以及其他抗日根据地)诗歌运动的显著特色。因此,它在鼓舞人民进行对敌斗争上,起到了一定的作用。但是,也应指出,由于诗作者在民族风格的问题上(当然也不止此)还没有得到完全解决,虽然也作了一些努力,在各个不同的时期、各个不同的作品,收获有所不同,但从总的方面看来,还做得不够。因而在和群众结合上也还不够广泛。同时,诗歌运动没有发动广大群众来做,这也是它的弱点方面。当时有少数地区,例如冀中某些地区,已经有群众自己创作的街头诗出现,可惜的是还没有及时大力推广它,使它形成群众运动。

在诗歌创作上,当时那种旺盛的士气和繁荣景象,是至今仍然叫人神往的。无论抒情诗、长诗、小叙事诗、街头诗,都在大量产生。

尽管战争频繁,生活艰苦,有时连桌子、凳子也没有,肚子也不太饱,可是写诗的劲头倒足得很,简直是充满了诗的灵感。直到现在回想起来,还使人精神振奋。其所以会这样,这是由于党和毛泽东同志的文艺路线教导了我们。特别是毛泽东同志《在延安文艺座谈会上的讲话》发表以后,使我们在整风运动中更加明确了方向,纠正了缺点,增强了信心。同志们忠实地执行了这一指示,进一步地同群众生活在一起,斗争在一起,和群众在一个锅里吃饭,在一个炕上歇息,在一个行列里行军和战斗,在一起度过艰险和困难,真可以说是"同命运,共呼吸"。因此,作者们不仅改造着自己,而且从群众身上吸取了战斗的力量,真正找到了灵感之泉。若干年来,屡试不爽的经验告诉我们:什么时候,我们忠实地执行了这一正确的文艺路线,我们的创作就会充满生气,我们的歌声就会加倍响亮;什么时候,我们在执行这一条正确的文艺路线中松懈了,我们的创作就会显得疲塌、虚弱,我们的声音也变得空洞和衰微!一个革命诗人,即使是一个天才的诗人,假若脱离了群众,脱离了斗争,他的诗的生命也要走向衰亡。

三

1957年春天,同志们商议着把当年晋察冀的诗汇集出版。可是由于连年战争,诗篇大部都散失了,当年的诗刊,能找到的已经很少。对于烈士们的诗作,也就更加难于搜集。经过两年来许多同志的努力,才搜集起来,编选成现在这个样子。这本诗抄,共收诗歌180篇,包括一部分民歌和另外29个作者的诗作(其中张庆云是农民作者,是写作街头诗的积极分子)。这里包括的作者既不完全,更会有许多佳作遗漏,只有等以后再来增补。在编选中注意到:已经出过专集的同志,一般选得少些;还没有出过专集的同志,一般选得多些。同时,一方面注意到精,另一方面也注意到宽,以便使它包括更多的斗争方面,容纳多种多样的风格,使它的内容更加丰富。

应该特别提到,在诗抄的作者中,有一些同志,已经在当年的斗争中英勇牺牲了。邵子南同志,也在两年前离开了我们。这些同志,都是多好的同志呵!雷烨同志,是在反扫荡中被敌人包围的时候,拔枪自尽的。陈辉同志(他很年轻),是在平西游击区活动中遭受包围,和敌人搏战英勇牺牲的。任霄同志,做妇女工作,她在敌占区活动被捕,壮烈牺牲于曲阳。史轮同志被捕后,受刑极重,不肯屈服,牺牲在雁北下关。劳森同志,在工厂中工作,他常常带病作诗作画,在劳瘁的工作中病故在唐河岸上。军城同志(原名顾宁),他也英勇牺牲在冀东战地,听说在他牺牲以前还写过一首诗,大意是"同志们要问我在什么地方,我就在那太阳升起的地方"。这些同志,牺牲的时候都很年轻,可是他们认识了真理,他们十分忠诚于党和人民的事业。他们生前,热忱地为我们的土地、为我们的人民歌唱;他们在危难中,又慷慨地用年轻的鲜血,写下了人世间最美丽的诗篇。正如陈辉在他生前所歌唱的:

> 祖国呵,
> 在敌人的屠刀下,
> 我不会滴一滴眼泪,
> 我高笑,
> 因为呵,
> 我——
> 你的大手大脚的儿子,
> 你的守卫者,
> 他的生命,
> 给你留下了一首
> 无比崇高的"赞美词"。

是的,这是对祖国无比崇高的赞美词。因为诗人不仅用歌声而且用自己的鲜血赞美了他亲爱的祖国,诗人的鲜血也化作了使人奋发前进的歌声。我们将永远记着他们,尊敬他们,他们不但用笔,而且用英勇的行为给我们的诗歌创作留下了光荣和骄傲!遗憾的是,他们的诗作多半散失了,尤其是劳森、史轮等同志,他们生前写了很多,这里只找到了一点点,事实上很难代表他们的诗作。我们对于死者怀着歉意。

四

这本诗抄中的民歌部分,是从田间同志的手抄本上选取来的。对于晋察冀的民歌来说,自然分量是太少了,只能说是其中的一滴。但就从这少量民歌中,也可以听出晋察冀人民当年的心声。你听这首建屏民歌:

太行山下没太阳,
千年万载遭灾殃;
如今来了共产党,
撵走黑暗亮堂堂;
受苦人才翻了身,
太阳不落照太行。

这是根据地人民的心情最真实的写照。我们再看一篇敌占区工人的歌谣:

青石头青,
蓝石头蓝,
像死牛样的背煤,
两头不见阳婆,
饿着肚子,
命也靠不住活,
冷的滚吧,
怎么热的还不来哟?!

在歌声里,我们可以听出,他们对日本统治者是如何地憎恨,而对我们党、我们的军队,是如何地渴盼!遗憾的是,过去我们不少诗作者对这些民歌的搜集和学习都非常不够,这不能不说是一个很大的缺点。

五

在整个编选过程中,我的心情是兴奋的,这些诗篇,不断地给我带来喜悦和激动。当我读着它们,读着它们,仿佛又回到我们战斗的故乡,又回到我们的田园。仿佛又看到了狼牙山、神仙山、妈妈河、胭脂河……仿佛又看到铁矛上飘拂的红缨;又看到怀抱着地雷在大道上行进的民兵;仿佛又看见老大娘拿着针线活,坐在村边的柳荫里放哨;小孩子拿着扎枪,仰着脸,睁着机警的眼睛,向你盘查路条;它还使你听见高粱叶哗哗的响声,大豆棵里秋虫的鸣声,在那里埋伏着我们的勇士……总之,这些诗篇给我们绘下了动人的人民战争的风俗画,使我们好像又回到了那斗争的年代,人民大觉醒的年代。浓厚的生活气息和鲜明的战斗风采,可以说是这些诗篇共同的特色。我看,比那些"牧歌诗人"的小笛子,还更加富有诗意。

其次,你还可以发现:诗篇中的劳动人民,再也不是无所作为的"群氓",也不是被怜悯的对象,他们已经是诗篇的英雄的主人公了。这里不仅有声威远震的将军,也有慷慨献身的牧童,有在大风雪中送公粮的英雄父子,有革命精力无限深沉的骡夫,有深夜给部队打着灯笼照路的老人,有夜半掩着怀给工作人员开门的大嫂,有戴着"蚂蚱腿"眼镜给县长送药的医生,有紧扎着头发在战斗行列里行进的小脚妇女……这些普通人都闪着英雄的光芒和浓厚的时代色彩出现在诗篇中。诗人用自己的彩笔指明,正是他们在党的领导下,用自己的双手和脊骨,支撑着这个战争,支撑着这个时代。许多诗篇,在描绘人民的力量方面,都是很出色的。就拿方冰同志的《拿火的人》这篇来说,写的是多么平常的一件事呀,那时在晋察冀的山村里,每到夜晚,都有拿着火绳给工作人员带路的自卫队员。方冰在诗篇里,不仅使我们看见火绳哔剥的火星,闻见艾火的香气,而且使你感到这不是一个人在活动,这是一个庞大的、有严格组织的人群在活动。仿佛使你看到,在晋察冀的山野,在晋察冀的夜里,有无数拿火的人在你的前面行进。

这本集子里所收的诗篇,如果说还有特色的话,就是风格的淳朴。对人民的热爱,饱满的战斗热情,是这些诗作的基调。而它的表现形式,也是明朗的,朴实的,语言一般也是比较自然的。从诗篇中可以看出:诗人追求诗意,是从生活出发,从斗争出发,使自己的革命热情和生活的色彩、时代的色彩融合起来,使它产生出诱人的魅力;而不是依靠耍弄文辞、要弄一些小花样来摆设诗歌的天地。这又是这些诗歌有别于各类形式主义作品的地方。

以上说的是这些诗篇的共同特色,当然他们又有各自不同的风格。比如田间的诗,比较凝炼,仿佛他要把自己的热情铸成一把钢剑。子南的诗,极力追求自然,他更喜欢深刻挖掘生活中平凡的事物,习用散文的手法,去绘制战争的风俗画。曼晴的诗,是异常朴实和亲切的,他的诗达到了相当的和谐和自然。方冰的诗,感情丰富,色彩鲜明,在诗歌艺术上,他是一个线条明朗、色彩引人的画家。徐明的诗,使人有一种突出的朴素、新鲜和真挚的感觉,这是只有一个纯洁的战士才具有的那种真挚。陈辉的诗,使人感到他是一个浑身渗透着忠诚、热情的年轻战士,他的诗流露着一片孩子式的纯真……

六

这里,我们侧重说了这些诗歌的成就方面。这当然不是说,它在反映人民的斗争上,在和人民群众结合的问题上,在诗歌艺术上,已经没有问题了。它仍然是非常不够的。特别是和党在诗歌创作上提出的新的要求相比,就更感到做得不够了。今年,根据党的启示,我们已在讨论这样两个问题:一个是革命的现实主义和革命的浪漫主义相结合的创作方法问题;一个是新诗的发展道路问题,指明新诗只有在民歌和古典诗歌的基础上发展,才有出路。这是对文艺创作尤其是诗歌创作具有重大意义的两个问题。这两个问题在理论上和实践上的正确解决,将使我们的革命诗歌出现崭新的天地和更高的水平,并且会使它进一步地与革命斗争和人民群众结合起来。现在,空前繁盛的新民歌,已经英勇地走在我们的前面,给我们的新诗歌开辟了道路。这对我们的诗作者是一种有力的鼓舞,也是一种督促和批评。写诗的战友们!让我们发扬当年诗歌战线上的士气,望着未来,向党指出的新方向进发吧,让我们在新的伟大年代,写出更多更好的诗来,为我们昼夜不息在前进着的人民服务!

1958 年末

傅仇《伐木声声》集前赘语

在我们青年诗人的战列中,傅仇同志也是有成绩的一个。

作家出版社要我为他的选集写几句话。建国以来,我自己写诗很少,钻研很差,对傅仇同志又不熟悉,要讲得中肯就难了。但是,对于诗歌战线上出击获胜的战友们,我理应寄予欢呼和祝贺。

在祖国大建设的事业中,林业和森林工业,无疑是一条重要的战线,是关系到祖国整个前进步伐的战线,同时也是一条极为艰苦的战线。在这里,我们无数的兄弟们,祖国优秀的儿女们,他们为祖国的建设事业,付出了辛勤的沉重的劳动。他们远离城乡,居住在野兽出没、蚊蚋成群的荒山野岭,一年四季工作在风霜雨雪之中。这"伐木声声",就是从这里发出来的。它是诗人对伐木者的赞歌,也是伐木者对祖国的忠贞的赞歌。这赞歌,随着岷江与大渡河的流水,从布满红军足迹的地方涌到了我们的耳边。我愿这伐木声,借助诗人的歌喉传送得更远,让它传送到一切为祖国工作的人们的心中,激励我们各条战线的前进。

让我向光荣而劳苦的伐木者、育林者致以由衷的敬意。

让我也向同他们在一起的诗人致以由衷的敬意。

读完这部选集,我的初步印象,作者仿佛是一个写生画家,而且是一个喜欢以柔和、明丽的线条勾勒生活的彩墨画家。我仿佛看见他背负着诗囊,富有情致地行进在林海中,给我们带来了许多优美的画幅。

他不仅使我们看到森林里的云朵、露珠、花翅膀的雀鸟和蓝色的细雨,也使我们看到草叶上红军战士昔年的血迹;他不仅使我们感到幼树的生长和森林的呼吸,也使我们看到伐木者的树皮屋,挑着布招的野店和高高的、搭在鸟窝旁边的眺望台。最重要的,作者还让我们看见了战斗在这条战线上的辛勤的人们。这里有"背上飞驰着风雨、雪花"的伐木者,有"满腔爱情送绿树,深深藏林海"的老局长,有"浪花飞在头上,水珠溅上花衣"的少女,有给幼树剪制冬衣而自己"却站在雪地里"的育苗人。

作者有力地描绘了伐木者的形象:

> 背上飞驰着
> 风雨、雪花;
> 面前奔跑着
> 云豹、野马;
> 双手采伐着
> 赤桦、云杉;
> 胸中竖立着
> 巍峨的大厦。

——《伐木者的画像》

一个坚强有力的伐木工人的形象,在我们的面前树立起来了。(附带说道:原诗还可以再精练些,其实,只留上面所引一段,再加上"问他何处是家乡?从林海直到天涯",似乎也就可以了。)作者热情地歌颂了他们的革命风格:

> 林中安家,
> 云里落户。
> 百叶窗,
> 树皮屋。
> ……………
> 林中树木千万株,
> 不采一棵做梁柱。
> ……………
> 千万别担心,
> 工棚木板屋;

> 风雨无害，
> 阳光充足；
> 伐木者，
> 人人是梁柱！
>
> ——《伐木者之家》

这种革命风格，是多么感人！而作者对它的歌颂，也是何等有力！由于作者对他所描写的事物充满了感情，在《一代新林》这精彩的篇章里，可以看到，作者把人和树都写活了。

作者歌颂的是一个已经退休的老伐木工人，正提着水壶来浇幼树：

> 他从林海里采来的幼苗，
> 他亲手选择的最好的树木；
> 一齐拥在他的膝下，
> 像子孙围着慈祥的祖父。
>
> 老人刚刚弯下腰来，
> 幼苗嚷嚷争先告诉：
> 我叫云杉！我叫铁松！
> 我叫赤桦！我叫杨树！

这是一段多么活泼有趣的描写呀！这时候，"慈祥的祖父"微笑地嘱咐他的"子孙"们，要他们经得起风吹雨打，长成攀天大树，以便明天参加伟大的建筑；而"子孙"们呢，却"仰起天真的脸庞"，要他们的"老爷爷"休息，不要再为他们操心。可是，老人不听这一套：

> 老人抬起身来，
> 指着捧托白云的杉树：
> 云杉百岁成为栋梁，
> 森林里没有退休的树木。

好一个"森林里没有退休的树木"！这真是充满革命精神的令人振奋的警句。这里就把一个老伐木工人的崇高的精神状态作了真实的表现。而且，意味深长的是，这篇诗作，还是象征着我们新老两代革命者的一幅画图。

当然，作者的思想感情，是会有发展过程的。由于对作者的具体情况不了解，只能就作品本身作出一些不甚可靠的判断。我似乎觉得，在作者前一时期的某一些诗作中，虽然也具有一定的思想内容，虽然也写得很美，并且有些诗句写得很自然；但读起来，却总使人觉得有点儿轻飘飘的。作者的情趣，似乎倾注在自然之美方面较多，而对于大森林的真正的主人——林场工人，对于他们的灵魂之美，却挖掘、表现得不够。因此，也就显得恬静的牧歌风味的东西多了一些，反映伐木工人英勇斗争的风俗画少了一些。可以考虑，作者的主观世界，同充满火热斗争的客观世界之间，作者与工人之间，是否还存在着一定的距离。而自作者"再进林场"之后："亲亲树，满身香；摇摇树，挺健壮。……一颗心儿放下了，母树年高都健康。"显然，感情更深也更扎实了，对于这条战线上的英勇、勤劳的主人公们，也就反映得更有力了。像《一代新林》《育苗人》《伐木者之家》《伐木者的画像》等都是这一时期的佳作。

当然，也不是说，这后一时期，思想感情上的进展就够了，同工人群众的结合就够了，作者也不会有这种认识。例如，《再见！森林的故乡》，这无疑是一篇热情洋溢的作品，也是作者直抒胸臆的自白。依据作者介绍：当岷江与大渡河洪波滚滚，木材盖满大江的时候，山鸣谷应，好像是大树向林海辞行。作者为这壮丽的场面所激动，放声唱道：

　　八月的热风，
　　吹化雪山千层浪；
　　八月的林海，
　　送儿送女喜洋洋。
　　飞泉如马铃，
　　千山万谷响当当；
　　波浪如马鞍，

载着木材游大江。

写得真是气象雄阔。作者借木材之口,慷慨言志:

> 我也许,
> 去做一张犁、耙;
> 我也要在大地
> 翻起云彩一样的波浪!
> 我也许,
> 去做板车的木轮;
> 我踏着公社的大路,
> 也要像林鹰一样飞翔!
> 我也许,
> 去做一扇门窗;
> 我站在公社的门口,
> 也要像云崖石壁一样!
> 我也许,
> 去做一棵柱梁;
> 我和社员并肩作伴,
> 就像在森林里一样!

一种为人民服务、为祖国献身的热忱写得是多么充沛呵!

可是,这篇本来写得很好的诗,却在第二部分存在着一个值得商讨的问题。作者通过木材之口,把"生我,养我,锻炼我"的、"教我幻想,教我歌唱"的、"给我智慧,给我灵感"的、"带我游翔蓝天、碧海"的,都归之于自然,归之于森林、林峰、云彩、雪浪和百鸟的翅膀!这就不免使人发生疑问:假若指的是林木本身,它怎么可能会忘记那些用自己的粗手把它送入激流的人们?假若指的是作者自身,他又将怎样理解这一切呢?

没有真理的阳光和雨露,我们的生命之树,就会黯然无光;更别说幻想和歌唱,智慧和灵感了。

这使我再一次想起毛主席的"又红又专"的教导。"又红又专",

同样是诗歌战线上的指路明灯。专无止境,红也无止境。我们要以红带专,做到红上加红,专而又专。作者在同诗里提出:"我走了,不是去旅行作客;我要到公社安家落户","我的根还是扎在泥土里"。提得非常之好。让我们在同群众结合的道路上,进一步解决又红又专的问题。让我们对党,对无产阶级,对人民的热爱更加执著和深沉!

在诗选的《琵琶行》一辑里,也有许多好诗。我最喜欢的有《眼珠》《琵琶行》《新乐府》《牦牛驮着婴儿》《金鹇鸪》等。尤其《金鹇鸪》一首,情绪与音乐性达到很高的结合,给人以强烈的感受。《赶牛姑娘的歌》和《阿斯满》两首,也写得很有情致,并且在写法上看来是从少数民族的民歌里吸取了营养,读来非常和谐。但是《赶牛姑娘的歌》这一首,在结尾处提到:"请不要忘记,赶牦牛的姑娘呵!"假若是作者的话,那就没有问题;假若是姑娘自己的话,是否就有损于姑娘的形象了。《阿斯满》一首,写了藏族人民的工业化的愿望。这几个藏族姑娘,写得是多么可爱呵!但是,我想对这几位姑娘说:你们不论是开飞机也罢,开火车也罢,进工厂也罢,我都希望你们不要离开自己的故乡,因为你们的故乡,就是你们"理想的地方"。

至于诗歌形式,可以看到作者也像其他诗人一样,正在作多方面的试探。作者采取的,有比较接近口语的自由体,接近古典诗歌的格律体,也有接近少数民族民歌的民歌体。在实践中,都取得了一定成就。至于究竟采用哪种形式为好,还是由作者在实践中去解决吧。但是,不管采取什么形式,我觉得,都要更加接近活的语言。语言愈是新鲜活泼,才愈有生命力。诗的语言,只能比活的语言更好,而不能比活的语言更次。有时候,我们从自己也从别人的诗里看到,那种被一定形式歪曲而变形了的语言,读起来还不如流畅的散文来得优美,怎么能够是我们理想的诗的语言呢?

作者在这方面是有成功经验的。例如《三月羊鼓》:

三月放羊钱,
三月打羊鼓,
三月呵,三月呵,
穷人悲,羊羔哭!

>　　地主宰羊羔，吃羊肉，
>　　地主剥羊皮，绷羊鼓！
>　　………
>　　宰的，吃的，敲打的，
>　　是温驯的羊羔！
>　　宰的，吃的，敲打的，
>　　是穷人的皮肉！

可以感到，不但诗句的音乐性很强，而且很接近活的语言，听来十分自然。也有一些诗，在运用语言上是不很成功的。例如《酒的故事》中有一节：

>　　老人头发雪白，神采动人，
>　　他是红军时代的农会委员。
>　　将军曾经在这里战斗过
>　　十几年前结识了这位老人。

词句明白，没有毛病；但是读起来，总觉得更接近散文，而且不一定会比散文更好。紧接这一节，下面还有两句："老人怀抱一坛陈年窖酒，他左臂一伸紧抱将军肘。"这个"将军肘"，听起来有一点儿生硬。另有一篇《盆景》，里面有这样的句子："充满灵气的苔丝，是迭迭翠林。"这个"迭迭翠林"距离活的语言就比较远了。下面还有两句："局长、场长每逢开会，盆景总是盯住大家的眼睛。"为什么不说"大家总是爱望望盆景"，而要反过来说呢？这样说有什么美呢？从活的语言中提炼诗的语言，尽可能自然一些，就像作者的成功之作那样，恐怕是更正确的方法。

话就说到这里。不准确的地方，还希望作者原谅。让我们同心协力地为诗歌战线的革命化而斗争！为诗歌的革命化与民族化、大众化的完美结合而斗争！诗歌永远是我们的革命武器，不论在哪一代诗人的手中，都应该让它更锐利，更明亮！

1964年7月1—5日

王石祥《骆驼草》序

王石祥同志是从战士中成长起来的一位诗人。

我和他相识,是在1959年。那时,我的长篇小说《东方》已经准备就绪,正要找一个"下蛋"的地方。这样,我就到了我曾经工作过的老部队里,以便就近向老战友们请教。在写作期间,听一位师政委说,他们有个战士经常在黑板报上发表诗歌,有时还在训练场地朗诵,颇受战士们的欢迎。这便是石祥同志,后来经过师政委的介绍,我们便相识了。

当时,石祥写诗很勤奋,部队领导对他又很关怀。在充足的阳光雨露中,他像夏天的高粱一般长势喜人。到1963年,他已写了不少反映部队生活的诗篇。师政治部便将这些诗作打印成册,送给田间同志。田间同志热情地为他选编了篇目,题名《兵之歌》,并推荐出版。这就是石祥的第一本诗集。

此后,部队为了进一步培养他,先后有计划地把他调到炮兵、工兵、通讯兵、侦察兵、坦克兵等20多个单位学习和锻炼,使他接触各方面的生活。1964年,又把他调到北京部队战友文工团搞歌词创作。在这期间,他除写了大量歌词外,还继续写了许多新的诗作。到现在为止,他已出版了《兵之歌》《新的长征》等几部诗集,还有歌词集《战斗的歌》。在我军诗歌作者的战列中,他已是有显著成绩的作者之一。

这本《骆驼草》,便是作者20年来诗歌作品的一个选集。作者要我为它写一篇序言,我们作为同一块沃土上成长起来的战友,也理应向他致以衷心的祝贺!

我觉得,石祥的诗,在风格上有一个明显的特点和长处,就是明快有力,有战士味。例如《擂鼓》:"脚如锤,地如鼓,战士们走正步。咚——咚——咚——咚!一——二——三——四!一声一个霹雳,一步一个音符。踏碎多少顽石,震碎多少汗珠!"

这里追求的是力的节拍,力的音乐。读起来真如鼓点一般。

再如《对刺》:"刺刀对着刺刀,怒吼对着怒吼。——杀!——杀!一龙,一虎;龙争,虎斗;一刺,一防,一攻,一守。刺的如凤凰啄窝,防的赛风折杨柳。直杀得云飞雾散,直震得地动天抖。"

这里不仅有力的音乐,而且是力的形象。把我们生龙活虎的部队描写得何等动人!而且把它美化了。我看,表现我们英雄部队的勇武精神,不可以没有这种壮美的诗!

表现练兵生活,一般容易写得枯燥;然而由于石祥当过战士,有自己的切身体验,他就从这里发现了生活的诗意。例如《爬绳》:

"一根绳,天上挂,谁先爬?我先爬!……疼吗?不疼!怕吗?不怕!低头瞧,不见地,抬头望,咬咬牙。爬呀爬!爬呀爬!白云,我踩住啦!太阳,我抱住啦!"

这个"太阳,我抱住啦!"我看写得真好。当然,这是"白发三千丈"式的夸张,然而不如此就不足以表现出那种经过艰难攀登所达到极度的欢乐。这就把一种平常的训练活动升华到了诗的境界。

石祥的诗,也不只有那么一股硬劲,有些诗也写得机智而有情趣。例如《知了》:"烈日当头照,知了上树梢;战士练刺杀,脸上汗珠掉。两眼喷怒火,刺刀卷风暴,杀声震天响,知了伴着叫。(知了,知了!……)知了啊,你知道什么了?是知道战士的勇敢了,还是知道敌人的下场了?战士哈哈笑,知了高声叫,知了,知了,都知道了!……"

诗写得很平易,但却很有味。这是只有身处其境的战士才能拾取的灵感呵!那首《瞄星星》,也写得同样富有情趣。

在石祥 20 年来的诗作中,作者以绝大篇幅歌颂了我们的战士,歌颂了我们的党和伟大的社会主义祖国。随着作者的刻苦锻炼和阅历加深,这种感情也日益深厚。那首写于 1978 年的《电杆赞》,在歌颂战士的诗中,我以为是很成功的:

> 钢的筋骨,铁的身板,
> 站得正,看得远。

横——成行,
竖——成线,
英雄的队伍来自哪里?
井冈松、延安柏,太行杉……
炮火中扎根,
弹雨中伸展,
年轮记载着峥嵘岁月,
个顶个经过严峻考验。
老红军的作风,
老八路的信念,
党指到哪里就到哪里,
东西南北,城乡山川。
杆头:日走、云飞、星移、斗转,
杆下:冰封、雪裹、水冲、泥溅,
一颗红心,一身赤胆,
抗腐拒蚀,一尘不染。
需要的最少,
——三寸立锥之地;
贡献的最多,
——支撑万里云天!

这哪里是讲电线杆,分明是对我们人民军队伟大集体的热烈颂歌! 诗的感情深,概括力强,确是一首好诗。

在歌颂老一代无产阶级革命家的诗中,值得特别提到的,是那首《周总理办公室的灯光》。这首诗构思巧妙,感情真挚,以灯光为引线,歌颂了恩来同志漫长一生为人民事业心神劳瘁的伟大形象。当这首诗在群众中朗诵时,引起了广泛的赞扬,因为它确实传达了人民的心声。

总之,石祥20年来的创作道路,是沿着为工农兵服务的正确路线走过来的,并且在这条道路上取得了累累的果实。当然,《骆驼草》也只能是他长途跋涉中的一个驿站,还远远不是终点。实际上,在艺术上也不可能有什么终点。一个作者,只要他还活着,就应该在思想上艺术上作毫不疲倦的追求。何况石祥正值盛年,来日方长,他也必然会总结成败得失,取得新的突破。

作为读者和战友,我深切希望:石祥今后的诗路还要再宽一些,思想感情还要再深一些,在诗歌艺术的追求上还要再精一些。所谓宽一些,就是指我们部队生活的全部丰富性和指战员的精神境界应该得到多方面的表现,而这一点,也正是我们部队当前诗歌的薄弱之处。所谓思想感情再深一些,指的是思想的深度和感情的浓度,而且要极力做到思想、感情和生活的浑然统一。诗歌和散文作品同样要求有思想的闪光。但是,它绝不要求赤裸裸的思想说教,而是把思想化为感情,并且通过活生生的形象水乳交融地表现出来。一切艺术的最重要之点是能够在感情上打动人,诗歌艺术就更要这样。一篇诗歌作品,不管词句如何华丽,不能打动人也是枉然。所谓在诗歌艺术的追求上再精一些,指的是决不要为写而写;多产是好事,但是切不可写滥了。感情需要酝酿,诗的语言也需要积累。如果看到一点就写一点,就会像好酒没有酿好就出厂了。

怎样做到宽一点,深一点,精一点呢?这要很好探讨。我看,努力是多方面的,关键恐怕还是更好地深入生活。通览这部选集,我感到石祥前期在部队写的那些诗反而更为扎实耐读。后期那些游历各地的即兴篇章,虽然不乏佳作,但也不免使人有浮光掠影之感。当然多看一些地方,增广见闻,开阔思路,是很必要的,但毕竟不能代替深入生活。例如前面我举出的那首《知了》,如果不是出自切身体验,那种饶有情趣的好诗是写不出来的。

据说,骆驼草又名骆驼刺,是一种常见的沙原植物。它生长于大漠之中,虽然叶子碎小,貌不惊人,但却耐旱抗碱,生命力极强,特别是它结有一种小小的红色浆果,甜而酸,骆驼很爱吃,比一般青草还营养丰富。作者将这部选集题名为《骆驼草》,大约是想使自己的作品能够有益于同风沙搏击的战斗者吧!我们的一切工作,都应当使人民群众得到实际的利益,属于精神领域的文艺作品同样应当如此。这也是我的文艺观点。乘本集问世之际,谨赘数语与石祥共勉。

曼晴的诗

《曼晴诗选》的出版,使我深为高兴。曼晴同志是30年代就开始写诗的老诗人了。但我认识他,却是在烽烟遍地的抗战时期。那时候,他在西北战地服务团工作。这个战斗性很强的文艺团体,最初由丁玲同志任团长,是最先出现在山西前线的文艺团体。1939年初,他们第二次由延安出发到晋察冀,就长期留在这里,同这块土地上的人民生活战斗在一起了。他们不但进行着频繁的演出活动,而且对晋察冀的文艺建树,起了多方面的作用。例如在诗歌活动方面,就是他们作出的贡献之一。那时的诗人田间、邵子南、曼晴、方冰等同志,就全在西战团。他们以战地社的名义出版着一种诗歌周刊,名字叫《诗建设》。虽然是油印,但刻印得很精美。有时用毛边纸,有时用麻纸,很少间断。在那样荒凉寒苦的地方,又经敌人反复劫掠烧杀,在物质条件十分困难的情况下,能够坚持下来,是非常不容易的。当然,这同当时晋察冀边区党的领导者聂荣臻、彭真等同志对文化工作的重视,同广大军民的支持是分不开的。当时,西战团除了出诗刊,还大力提倡开展街头诗运动。他们自己也写了不少的街头诗。在他们的影响下,还出版了另外一些诗刊,如《边区诗歌》、一分区铁流社的《诗战线》等。各地街头诗搞得非常热闹,大会上还散发着红红绿绿的诗传单。甚至对敌人开展的政治攻势,诗歌也以传单的形式参加了攻心战。可以说,是我们的党第一次把革命的新文化,中国的新诗,传到这些名副其实的穷乡僻壤,然而又是充满光明和生机的战斗的乡村!而这些一向同文化无缘的乡村,简直也成了诗的国土了。在西战团的诗歌活动中,曼晴同志就是最活跃的诗人之一。

1958年,我怀着对晋察冀和晋察冀诗歌的那种亲人一般的感情,编选了《晋察冀诗抄》。在这本诗集里,我选了曼晴的诗作15首。当时我对他的风格是这样说的:"曼晴的诗,是异常朴实和亲切的,他的诗达到了相当的和谐与自然。"这次我重新读了他的诗选,仍然是这种印象。朴素和自然是同空洞、华而不实、矫揉造作相对立的,是诗歌优秀的品质之一。如果需要补充的话,我可以说,朴素和自然,是诗人的感情和实际生活浑然融合的结果,也不是很容易就达到的。当然,诗歌也有辩证法;朴素并不排除华美,而只是排除空洞;自然也不是不要艺术加工,而是要排除矫揉造作,达到浑若天成。

曼晴抗战以前的诗,我没有读过。这次他作为第一部——"饥荒年代的诗",收在诗选里。他描写了旧中国在三座大山重压下的种种惨象,尤其是农村破产的惶惶不可终日的情景。他描写了兵灾、匪祸、饥荒、逃难。从我少年时代所接触的生活相印证,我可以说这些描写,是非常真实的。即使今天想起来,也仍然令人心惊胆战,那真是一个可咒诅的极端黑暗的时代!例如,他写的《卖地》:

> 笔头儿像毛虫,在雪白的纸上乱爬,
> 一个一个的黑字,都张着黑嘴,
> 将把我们母子吞下。
> 这样呀!这样呀!
> 我祖业的田地,
> 就从笔头上溜走了,
> 跑到有钱的人家。……

残酷的封建剥削,再加上饥荒,农村的情况已经濒临绝境:

> 这年头,
> 手指头再顾不上嘴,
> 纺纱车也拧不出利,
> 就是讨养去,
> 一家一家的都关着门子,

看不到一个人影,
连狗儿也看不见,
谁还给残余的东西?

在这种情况下,人民只有颠沛流离,四处逃亡。曼晴活生生地画出一幅流民图:

"又是淹,又是旱,逼得我家逃了难。推着独轮车,挑着行李担。爸爸走不动,落在大后边。两个小孩子,抱着泥囡囡。一个个泪满面,把人心哭乱。前面水拦路,点点金波远!坐在长堤上,相对夕阳残。"

这种悲惨的图画,在旧中国几乎触目皆是。人民的苦难,虽然已经像噩梦般地成为过去,我觉得是不应该淡忘的。尤其是,当现在一些人已经分辨不出资本主义和社会主义何者优越的时候,这些描绘旧社会生活的作品,是有很深教育意义的。

当然,描绘抗战生活的诗篇,应该说是曼晴作品的主要部分。当人民面临绝境,诗人慨叹着"遍地是土匪,遍地是饿鬼,哎哟哟!庄稼人靠谁"的时候,共产党来了,八路军来了!人民起来了!在诗人的家乡的土地上,出现了崭新的生活。可以想到,诗人是如何地兴奋。他那多年被压抑的心情为之一扫,投入到了抗日的伟大斗争。他的诗篇也就随着新的生活涌流出来。这里有许多好诗,如《羊圈》《打灯笼的老人》《女房东》《籴粮食的》《选代表》《火》《信》等等,为晋察冀人民的新的斗争生活留下了许多动人的图画。

这次重读曼晴的诗,使我又不禁回忆起那个朝气蓬勃的斗争年代,想起我们亲爱的晋察冀,想起诗歌战线上的战友,想起那些在战斗中英勇牺牲的同志。如雷烨、陈辉、任霄、史轮、司马军城同志等,就是他们用自己最后的鲜血为人民写下了最忠诚最美丽的诗篇。如果说晋察冀的诗歌,在当年曾经起到过一定的影响和作用,如果说它在诗歌艺术上也取得了一定的成就,我想原因就在于,它一般做到了同革命斗争相结合,同人民群众相结合。毛泽东同志《在延安文艺座谈会上的讲话》发表之后,人们在这方面做得越来越自觉了。要讲传统,我看这就是我们的传统,革命文艺的光荣传统。我们今天开会的地方是河北省,河北省的大部分地区都是老根据地。

我可以说,这里的每一寸土地都是经过激烈的战斗才夺取的,这里几乎每个乡村,每一个山头,都是染过烈士的鲜血的。我们应当继承这个传统,发扬这个传统。可是前两年听人说什么要发展文艺就要"破掉这个传统",我看这是破不得也扔不得的。如果我们的诗歌,脱离革命斗争,不关心人民的命运,只在个人的小天地里兜圈子,那是没有出路的。在诗的形式上,我们完全赞成"百花齐放",要充分发挥每个诗人的创造性,但是如果排斥民族化和群众化,那也是没有多大前途的。

这就是我在研讨曼晴诗歌时的几点感想。

《徐明诗选》序

> 远远看见红霞中的塔影,
> 好像海洋里出现桅杆,
> 啊,这就是延安,
> 我登上了革命的大船。
>
> 脱掉身上褪色的长衫,
> 草鞋、军装我很爱穿,
> 从此是大船上一个水手,
> 经过风浪将变得更加勇敢。

这是徐明同志初到革命圣地延安的第一首诗。这首诗,读来非常亲切,我很喜欢。因为我们都是在年纪轻轻的时候,登上了这只"革命的大船"的。当年,我们那些年轻伙伴们,哪个没有这样的感情呢。那时候,我们是多么热烈地爱着延安,我也多么喜欢穿草鞋哟!

这首诗,是徐明诗歌的序曲,也是他的诗歌的主旋律。从此,他登上革命的大船,开始了一个长长的航程,也是诗歌的长长的航程。也许革命同诗歌从来就是结伴同行。

我和徐明到延安的时间差不多,年龄也相仿,可以说都是"红小鬼"吧。不过是爱读诗、写诗的那种类型的"红小鬼"。那时,我们还不大认识,但他在校刊上发表诗,我是知道的。以后,我们又几乎同时渡过黄河,经过长途行军,到达了敌人后方的第一个抗日根据地——晋察冀边区。那时,根据地的领导人,很重视文艺工作,尽管根据地还处于初创时期,他们已经把文艺工作推上重要地位。我记得,在平山县的蛟潭庄——晋察冀军区司令部的驻地,召开了边区第一个文艺座谈会。会议是由聂荣臻司令员和彭真同志亲自主持的。参加会议的还有邓拓同志。就在这次会议上,我看到一个身着戎装,腰扎皮带,脸色红润而又略显腼腆的青年,有人给我介绍说:"这就是徐明。"

徐明在抗大二分校做宣传工作,在北岳区的腹地;我却在北岳区的东线,在保定以西地区。我们很少见面。但我却在《诗建设》上经常读到他的诗。那时,邵子南同志编《诗建设》,他很关心大家,经常写些诗歌评论。这自然是一种鼓励。其中就评论过徐明的诗。徐明同志不仅写诗勤奋,还参加搞街头诗、诗传单这些活动。收在这本诗集里的《播种》,我们就可以看到一位年轻诗人的形象:

> 我满头是汗,
> 跑向大会场上来;
> 大会场上,
> 伸起森林般的手臂。
>
> 我把手一伸,
> 传单在人们手上飞,
> 好像一阵大风,
> 吹落满树红叶……

徐明同志当时写了不少诗。在晋察冀的诗坛上,他不仅是最活跃的诗人之一,也是具有独特风格的诗人。我在《晋察冀诗抄》的序言中,在谈到战友们的风格时曾说:"徐明的诗,使人有一种突出的朴素、新鲜和真挚的感觉,这是只有一个纯洁的战士才有的那种真挚。"我现在的看法,仍然是这样。我认为,感情的真挚,是诗歌的重要品格。正如同为人一样,只有真挚、真诚,才能感动人,才能具有其他东西不能代替的魅力。当然,艺术上的真、善、美,是完整的和谐的统一,不能割裂。我们讲真,不能离开善和美而独立存在,但是善和美如果没有真,也就失去了生命。像这本诗选里收入的《除夕》

《黄金时代》《同志》等篇,都是充满着真挚感情的诗,同时又是富有思想性的优美的诗。读到这些诗总使我深深感动。

在诗歌的园地上,徐明一直在辛勤耕耘。不论在战争时期还是建国以后,都从来没有停辍自己的诗笔。即使在十年"文革"期间,他也在悄悄用诗句吐露着自己的怀疑和不满。他就是这样默默地默默地工作着。在这些内容相当广泛的诗里,倾吐着一个革命战士对祖国,对人民,对革命事业的热爱。

> 不嫉妒山顶古松比我高几丈,
> 不卑视水面荷叶小得像巴掌;
> 春天杜鹃的歌声不会使我伤感,
> 冬天暴风雪来了,我能够抵挡。
>
> 假如我长大了不能成为栋梁,
> 请把我做成一只桌子或板床。
> 被木匠抚摩是我最大的安慰,
> 有益于人类是我惟一的愿望。

1952年:《小白杨之歌》

如果问,这是一种什么情感?我可以回答:这是一种革命战士的情感,它的精神实质是无产阶级的集体主义。我们要培养青年,归根结底,正是要培养他们的集体主义精神。但是,这种精神似乎不那么时兴了,有人在文艺作品里不断地提倡什么"不想当将军的士兵,不是好士兵""不想当元帅的士兵不是好士兵",这是用什么精神引导人们前进呢?如果用这种标准,那么像雷锋那样的士兵,就该是最不好的士兵了。事实上,这种刺激个人主义积极性的说法,不过是一种甜蜜的迷魂汤,因为在万千士兵中,究竟能有几个当上将军和元帅呢?看来,真不如多读读《小白杨之歌》这样的诗,更富有营养,更能提高人的精神境界。

在诗歌的形式上,徐明同志也作了努力和探求。他是相信在民歌和古典诗歌的基础上发展新诗这条途径的。他实践了,也得到了收获。在这本诗集里,还可以看到,作者善于写短诗,是个写短诗的能手,这些都由读者去看,不必细说了。

  当徐明同志将他的这本诗选送来,要我写一篇序言时,我抚摩着这些经过风雨的篇章,不禁浮想联翩,时光过得多快呵!自从年轻的伙伴们在延安登上这条"革命的大船",已经48年了。在这将近半个世纪中,我们的"大船"经过无数次的惊涛骇浪,也迎来了一个又一个胜利的港岸。我们,这些当年年轻的水手们,虽然各自献出的力量是微薄的,但是,我们的航程,我们的胜利,却是极其伟大的。我们为我们的大船乘风破浪奔腾前进而欢呼,我们也为她遇到狂风大雨恶浪暗礁而叹息,但是任何时候,我们都没有对她丧失信心。我们的船,永远是一条光明的船,美丽的船,人民惟一寄托着希望的船。现在这条船还要继续航行,航行,一直到共产主义的远方。徐明在《生活的旋律》中说:"一部生活交响曲/谱写了将近半个世纪/……只要心脏还在跳动,决心到全曲完成/……尾声应该是高潮/尾声必须和序曲相呼应……"这真是"老骥伏枥,壮心不已"呵!我们对徐明同志怀着热烈的期待。

1985年1月20日于北京

《生命之歌》序

　　王炜同志是晋察冀的诗人之一,虽然他总是自谦说他不是诗人。

　　我认识王炜同志大约是在1939年的冬天。那时他是晋察冀通讯社的记者。我最深的印象是,他穿着边区土布制成的近乎黑色的棉衣,圆乎乎的缺乏营养的脸上戴着一副黑框眼镜,背着一个颇大的背包来到我们驻地。和他同来的,还有比他年纪大一些的陈肇同志。他们是到边区东线来采访的。当时的根据地是比较困难的,大家都吃不好,我们也没有什么招待他们。但大家谈得很乐和,王炜说,他还是我的河南老乡。那时大家相互之间很容易接近,很容易理解,友谊的种子很容易落土繁衍。可以说,严酷的革命斗争,把汇集在革命旗帜下的人们之间的一切距离都缩短了,何况我们有着基本相同的经历——都是在那个大时代奔赴延安的年轻人,更何况我们还有共同的爱好——就像被鬼迷上了似的爱上了诗歌女神呢!

　　王炜在边区发表的第一首诗,就是他那首《小溪之歌》。那正是空前残酷的1941年秋季的反"扫荡"之后,田间主编的《诗》以欢庆胜利的姿态出现在大家的面前。上面第一首诗就是这篇《不再忧郁的小溪》(后改为《小溪之歌》)。这首诗得到大家的赞赏,解放前后,都曾经收入过语文课本。直到今天,我仍然非常喜欢她:

　　　　我,小溪,
　　　　再也不忧郁着脸,
　　　　躺在阴暗的山谷里,
　　　　伤心地哭泣。

我飞过陡峭的岩石，
跳跃在新开的水渠里，
唱着欢乐的歌调，
向布谷鸟飞鸣的田野奔去。

我把干涸的菜园饮足，
黄瓜就开放出金黄的花朵，
菜豆角也伸出了蔓长的银须。

我把燥热的田地润湿，
麦子就翻滚起金色的波浪，
豌豆花也像对对蝴蝶儿翻飞。

我虽然是一条细细的溪流，
——一条新开的小渠，
我要把我青春的生命的汁液，
倾注进这亲爱的土地。

来啊，
我辛勤的劳动者，
让我伴着田野里的南风，
给你们唱一支丰收的小曲。

  这哪里写的是一条小溪，分明写的是一个革命青年充满热情的献身之歌。这里"布谷鸟飞鸣的田野"，就是我们的亲爱的土地晋察冀嘛！当我们离开苦难的家乡，来到这光明的民主的雨水滋润的土地时，心里是多么地欢畅呵！这种情感是当时大家所共有的，而王炜在他种菜时飞来了灵感，压抑不住的热情就借助"新开的小渠"宣泄而出，缠绵流来。这里借物托人，以物化人，达到了主观与客观的浑然融化，思想性与艺术性的浑然统一。诗本身朴素自然，仿佛使人看到了那湾汩汩的流水，听到了她亲切的吐诉。这首诗，以它情感的饱满和艺术的完整，我看将会流传下去。

此后，我调到冀中，以后又转战四方，我同王炜同志就很少见面了，看他的作品就更少。不过他在业余时间写的并不算少。除了诗歌，还写了短篇小说、戏曲、话剧等形式的作品。建国以后，他在内蒙古一座大学里担任领导工作，集中全力于工作，写作也就无暇顾及。这几年他对此颇有感喟，认为不该将写作中断。我倒觉得也不必如此。人之一生，只要大前提对，也就是说能做到为人民服务，个人能做点什么就做点什么，都是有价值的。从更多的人说，他们不写作品，但是他们把生命化到一个大作品中去了，这个大作品就是我们人民的革命事业。这就是有价值的。写作的人虽然拥有一些作品，但是这些作品如果不能在人民的事业中起积极的作用（这要经无情的历史来评定），也同样是无价值的。不知王炜兄以为然否？

现在，王炜同志已经卸职离休，工作与爱好的矛盾已经彻底解决。令人兴奋的是，他写诗的劲头仿佛又回到了当年，仿佛那位可爱的蛊惑我们的缪斯又回到了他的心中。他不断寄诗来要我看。最近他把这部准备出版的《生命之歌》的稿子也拿来了，要我写序。他说，这不是他诗歌生涯的结束，而是他诗歌生涯的新的起点。看来他已经扬鞭跃马，又要杀向前去，我怎能不为之鼓舞呢！

本集所收各篇，我都一一拜读。他的诗风一如既往，明朗、朴素、亲切，对祖国的山川、人民怀着深深的爱。读起这些诗，仍然像一条细细的缠绵的小溪，在你的耳边絮语，以她的真实和诚恳唤起你心灵的共鸣。我还发现作者极为热诚地歌颂了中国的劳动妇女，描绘了她们的美丽、温柔、勤劳、坚毅和勇敢的形象。如短诗《一个平凡的农妇》，长诗《母亲》《海姑》，读后都使人感动。尤其是《海姑》，这是在帝国主义者屡次入侵的海河所塑造的一座雕像，对我们有着特别重要的意义。愿这座美丽、勇敢的雕像永远巍然立于津门，立在我们的心中。

艺途无止境，这对任何人都是一样。王炜同志既然把他的诗歌生涯当作新的起点，自然会继续努力，继续追求，使他的诗愈臻精美，愈臻深厚。美丽可爱的缪斯是这么善于蛊惑我们，几乎使我们迷恋了一生，可是我们要想得到她，却需要付出多么高昂的代价呵！

1985 年 12 月 3 日于北京

长篇叙事诗的重要成就

——读《长歌行》札记

长篇叙事诗是文学形式中颇为艰巨的领域,即使不说它是最为艰巨的领域。要完成一部长篇叙事诗,可能要比其他文学形式付出几倍的精力。因为长篇叙事诗不仅要求对生活的概括、提炼、升华和诗化有更高的要求,而且最好能做到每一行都是诗。这就难了。就像一座大型的象牙雕刻一样,要求每一刀都很精美;就像一座建筑物,不是用一般的砖石,而是要用一块块水晶石砌成。没有一个真正艺术家的热情、耐心和毅力,在这个领域里是很难有所成就的。

王致远同志是一位老诗人。他是带着地道的西北黄土高原的气息进入诗坛的。20年前他的长篇叙事诗《胡桃坡》即已风传于世。近年来,他又将另一部呕心沥血之作《长歌行》奉献给人民。这部长篇叙事诗,是以我国人民最艰难的一段岁月——难忘的1976年为背景的。从内容上说,长诗不是凭主观臆断,而是真实地概括了和再现了那个历史时期的生活。特别是创造了司马国生、冯山丹、冯二农、张高亭等等令人难以忘怀的艺术形象。在反映"文革"的同类作品中,诗人跳出了那种展览伤痕的通常做法,突出地描绘了作为历史主人公的革命群众,描绘了他们的主动性和积极斗争。这是诗篇的一大特色。作者在批判"文革"的历史性错误时,完全是站在党和人民的立场,这一点更是可贵的。

但是,这里我想多说几句长篇叙事诗本身的问题。因为我在作者的诗之国里作了一番遨游,在作者的这座大型的精美的艺术品中,得到了一次美的享受。应当说,《长歌行》是我国近年来长篇叙事诗领域中所取得的重要成就。

对长篇叙事诗,我以前也作过一点小的尝试。据我有限的实践经验,我感到长篇叙事诗应当做到叙事与抒情的高度统一。也就是说,叙事与抒情这两者应当做到互相渗透,以至水乳不分。缺乏抒情或者抒情成分不浓,就会成为分行小说,或者连小说也不如了。但是叙事诗也可以有两种做法,一种是以抒情带叙事,一种是从叙事中抒情,这两者搞好都可以成功。看来《长歌行》总的来说似乎是第二种做法。可以说,作者完全达到了叙事与抒情的统一。例如长诗一开篇对周总理逝世后的景物描写就是这样:

  风无声,水无浪,
  千里黄河雪铺床。

  山野大树排成行,
  身上全着白衣裳。

  芦草弯腰诉衷肠,
  大地斑斑尽是伤。

  万户千家房檐檐上,
  清泪结成了冰凌棒。

这里既是写景,也是抒情,叙事和抒情是融会在一起的。

通观整个诗篇的特色,我以为是地地道道的民族风格和浓郁的乡土色彩。多年来,我们都在提倡一种"为中国人民所喜闻乐见的中国作风与中国气派"。认识上的歧异自然达不到这点,即是心向往之,而缺乏坚忍不拔的努力,也还是达不到。不说别的,光学习群众语言这一条,就够艰巨的了。而致远同志在这方面则是取得了重要进展的。从《长歌行》来看,作者不仅得到中国古典诗词的丰厚的滋养,而且可以说他的诗紧紧衔接着民歌尤其是陕北民歌的源头。只要揭开书页,那优美的高亢的陕北民歌的音调和气息就扑面而来。但是我认为构成诗篇民族风格的并不止此。只要细读作品就会发现,作者不仅是深得陕北民歌韵味的歌手,还是一位黄土高原上熟练的风俗画家。由于作者对人民的热爱和对农民的熟悉,诗篇中充满了对当地农民风习的动人描写,成为诗篇中最有魅力的部分。这些风俗画和民歌风的结合,就构成了我上面所说的地道的民族风格。

例如,作者写到司马国生与冯山丹结婚的场面,就很有意趣:

> 眼见前头一群鸭,
> 红头绳绳颈上挂;
> 山牛他妈吆喝忙,
> "今日婚礼你全参加。"

> 身后来了山丹妈,
> 当年的红裙手中拿;
> 媳妇闺女剪子剪,
> 鹅群脖子上飘红霞!

> 鸭群鹅群娃娃群,
> 一路山呼笑死人;
> 鸭鹅熟知山湖路,
> 老老少少紧后跟。

> 四外青山天公描,
> 一湖鸭鹅凤凰叫;
> 耀眼流苏弹水弦,
> 王母瑶池哪有这儿好!

> 三条小船湖边漂,
> 披红挂彩吊鞭炮;
> 山牛一伙船头站,
> 手举火香青烟绕。

写到群众中人与人的关系,乡情里趣,更为引人。这里有生产队出工一段描写:

车声隆隆马蹄重，
送粪的大车一条岭；
扬起了鞭子冯二农：
"嗨，领头人还有我白头翁！"

"你不过只把鞭梢动，
看看我眼泡肿不肿？"
山丹妈地头搭了话，
姑嫂笑的一哇声。

不知这喜神成啥精，
二农扬头眼儿瞪：
"噢，昨夜我听棒槌响，
山丹爹打你哭三更！"

"咳，大叔领兵不知兵，
你听那山里金铃撞银铃！"
山牛他妈赶上来，
手拄锄把擦汗星……

对农民家庭生活的描写，也是很生动的。例如，有一段描写山丹要深夜进山工作，山丹爹心中不愿，故意拖延，而妈妈却更加体贴女儿的感情：

女儿心底起啥波，
浪头先在妈心上过；
山丹心急妈更急，
眉头一皱暗琢磨。

她为女儿暗开脱，
派饭说成莲花落：
"珍珠珠拌汤鸡蛋蛋卧，

青竹篮篮里有新蒸的馍。"

山丹爹一听,急了,把脚一跺,说:

"明明你是糊弄我,
面疙瘩汤汤泡冷馍;
剥上葱,捣上蒜,
油泼辣子面擀薄。"

聪明懂事的山丹,一看爹急了,连忙接上:

"爹呀爹,全好办,
面片上绣花也不难!"
山丹笑着来和面,
揉成了河里石头光又圆。

这部叙事诗所以成功,我觉得作者善于提炼群众语言也是一个重要因素。我们的诗和文章写来写去,不能老是书本上那些话,那套词。我们十分需要从生活中来的、从群众中来的鲜活的语言。但又不是自然状态的语言,尤其是诗,需要更精的提炼。在叙事诗中要有许多对话,这些对话怎么写呢?写成书本上的话,那不好;写成自然状态的话,也不行。如果我们仔细研究一下《长歌行》,就会得到不少启示和教益。这里我引一段女主人公冯山丹同一个"文革"中投机分子冯三江的舌战:

"哎,你跟英烈比诗章,
蛤蟆跳在脚面上,
张口就见你啥肚肠!

"车铃为你配乐章,
独家的文采哟数三江,
你把那学问学到了后脊梁!

"青山绿水任你赏,
白面黄米将你养,
驴肝肺怎么长在你身上?"

"哼,天下真该生哑巴!
面对何人你乱唧喳?"
气粗声短冯三江,
抬腿想把车子跨。

"哎,听说你是官秧秧,
提上个铜锣拴门梁,
你出来进去哟,响当当!

"见你搜尽九花肠,
知你心头梦黄粱,
称称你那骨头没分量!"

三江蹬车脚打滑,
车印印弯的长虫爬:
"哼,卧山老虎我不怕,
你知道明日江山开啥花?"

"开下臭花唤风刮,
开下毒花用霜打,
开下妖花使雪杀!

"谁挖墙脚不饶他,
劝你莫在泥坑爬,
滚成个泥猪儿,你怎回家?"

看到这场舌战,不禁使人想起刘三姐的对歌。这里可以看到作者提炼语言的功力。而这却不是一日之功,要费很大辛苦才能学到手的。

当然,诗的民族化不可能是一种模式。在我们向民族化这个大目标努力的时候,每个诗作者很可能会经过不同的道路。而且我觉得一部数千行的叙事诗,在总的统一风格下,也允许有更多的变化。在《长歌行》中,作者为女主人公设计的三句式就是一种变化,而且产生了好的效果。其他人物依据个性化的需要,想必也可以这样做。中国韵文的传统也不止是七言,在这里是大有变化的余地的。这也是我在学习这部精美的艺术品时所想到的。

1986年4月8日于北京

《推涛集》序

韩瑞亭同志要我在《推涛集》前面写几句话。这里我随便谈点感想,对他的第一本评论集的问世表示祝贺。

搞创作很难,搞评论也不容易。一个评论家同作家一样,不仅要懂艺术,还要懂生活,尤其是在马克思主义的理论修养上,似乎还应高上一等。不然,怎么能站在更高的山岭上来观察风云的流动,来分析艺术,分析生活,并引导作家前进呢!我还把革命的文艺评论家,比作文艺园地的园丁,他要保护好花,要施肥浇水,又要清除杂草,驱灭虫害。这就包括表扬与批评两个基本方面。当然,这只是比方,事实上不能如此简单。表扬与批评不能截然分开,批评也不单是指责,还要循循善诱。但是不管怎么说,表扬似乎好说一点,批评就会得罪人。这也是人们所不愿做的。所以,一个好的评论家,往往具备一种超出世俗的品质,或者说是坚强的党性。这都是做一个革命的文艺评论家不容易的地方。然而,我们的文艺事业是需要评论家的,我们的文艺园地是少不了辛勤的园丁的;没有园丁,我们的花园就会杂草丛生或者荒芜。在我看,出现一个有深刻的马克思主义文艺理论修养的、能够洞察生活和艺术发展的、热情而又严肃公正的文艺评论家,对我们文学事业的发展,其意义绝不比一个作家小,因为他会影响我们的方向。

可喜的是,随着我们文学创作的发展,我们的作家队伍和评论家的队伍都在茁壮成长。虽然搞评论的人不像搞创作的那么多。在这中间,韩瑞亭同志就是年轻的文艺评论家中甚为活跃的一个,也是比较突出的一个。当然,这里说年轻,其实也不年轻,他今年45岁,已经是在《解放军文艺》干了20多年的老编辑了。

今天，当我拜读这本评论集的时候，引起我的感动和敬意的，就是这位评论家对军事题材这个文学园地的辛勤耕耘。可以看到，粉碎"四人帮"以来，他以极大的热忱在凝视着我们军事题材的文学，不论是年老的和年轻的作家，也不论是军内和军外，都在他的关注之内。他热情地注视着他们的每一步进展，细心地探寻着他们的成败得失，认真地总结着他们的实践经验。

这些扎扎实实的努力，都在无形中推动着我们军事题材的文学一步步前进。今天，我们看到满园色彩斑斓的果实，怎能不想起辛勤的园丁，不想到他们的汗水！

值得重视的是，韩瑞亭同志不仅注意从个别作品中探求成败得失，而且从众多作家的实践中，探索着军事题材文学带有规律性的东西。在《步履坚实的文学进军》中，他就总结了这方面的经验。例如，他提出：从广阔的社会背景下表现军队和军人生活；彻底打破"无冲突论"，敢于和善于揭示矛盾，在对立统一中表现我军的革命本质；在塑造英雄人物方面，既要摒弃"高大全"的虚假模式，也不受某种"非英雄化"的干扰；等等。这些意见无疑是正确的，对促进军事题材文学的发展是很有意义的。理论工作者的任务，就是善于从实践中总结出经验来用以指导实践。韩瑞亭同志正是这样忠实地履行着自己的职责。

近几年来，军事题材文学的发展，是令人鼓舞的，但是在创作上攀登高峰的路也是艰难的。文艺评论也是一样，既要从"左"的文艺思想中彻底解脱出来，又要防止陷入右的泥坑，真正经得起时间的考验；评论文章既要写得深刻、准确、中肯，而又生动、活泼、让人爱看，具有一定艺术魅力，同样是不容易的。责任很重，道路很长，让我们彼此共勉吧！我相信，为了军事题材文学的繁荣，为了我们社会主义祖国精神堡垒的巩固，我们都不会吝惜自己的汗水的。

1984 年 7 月 19 日

《家园集》序

今年,是世界反法西斯战争胜利四十周年。时间是个很厉害的东西,它可以把一切磨平。现在有些人,恐怕已经不知道法西斯为何物了。但是经历过那场战争的人,却深切体会到那是一次对人类命运攸关的战争。如果那场战争失败,全世界都会退入难以想象的黑暗时代。

中国的抗日战争,是世界反法西斯战争的一部分,而且是辉煌、伟大的一部分。当世界人民纪念反法西斯战争胜利四十周年的时候,我们也要纪念,也要庆祝,因为中国人民是当之无愧的反法西斯的战士、反法西斯的英雄,他们为这场战争的胜利付出了高昂的代价并作出了巨大的贡献。

因此,我们怀着高兴的心情,编了这本三人小集,作为对那个时代的一点纪念,对反法西斯战士的一点敬意。

苏金伞同志是我们诗坛的著名诗人。他年纪比我和启祥大,写诗比我们早,大约在1926年,他的诗作就已经出现在"创造社"主办的《洪水》上。30年代和40年代,他曾发表过大量作品。这里收入本集的九首诗,是他亲自从自己抗日战争和解放战争时期的诗作中选来的。他的诗感情深厚,诗味浓,富有形象,充溢着对农民和土地深深的爱。

周启祥同志是我少年时代的朋友和诗友,我们十五六岁时,就在一起切磋诗句了。我自家乡出走,于山西前线参加革命之后,他于1942年在河南也参加了地下党,长期在国统区和国民党部队中做地下工作。后来组织被破坏,他还被押到南京和杭州,坐了几年监狱,直到杭州解放。现在他在河南大学任教。他在学生时期,就在报纸上编过诗刊,抗日战争初期,又在西安的《国风日报》上编过文艺副刊。1938年延安开展街头诗运动,他还将他的街头诗寄给我,我代他贴在延安街头。从30年代后期直到40年代初期,他写了大量诗作,发表在当时的报刊上。他的诗刻画了国统区广泛的社会生活。

本书题名《家园集》,不仅因为我们三人的家乡都是黄河南岸不远的地方,而且本书的大部分篇幅,是描绘抗战时期我们的家乡的,甚至可以说,这些诗是我们家乡一页活生生的历史。其实,广泛地说,我们的家园就是祖国,祖国就是我们的家园。

可是,当这本集子编成的时候,却可以看到:在我们的笔下出现了两幅完全不同的图画。一幅是战斗的、生气勃勃的、军民团结一致、意气风发的图画。人民群众尽管处在敌人残酷的烧杀劫掠之中,却透出一片生机,充分显示出一个民族奋力挣脱锁链的雄姿。而另一幅图画,却令人感到沮丧,政治依然像抗战前那样腐败,人民群众依然处在黑暗的重压之中,不仅抬不起头来,反而由于苛捐杂税、横征暴敛、抓丁勒索、特务统治、物价飞涨,苦难更为深重。那种重压,就好像要斩断民族的最后一丝生机。这正是抗战期间两个地区——解放区和国民党统治区,两个战场——解放区战场和正面战场的鲜明对照。

金伞和启祥当时都生活在国民党统治区,由于他们的亲身经历,这些诗写得相当深刻、十分逼真。这种生活,直到抗日战争结束之后,并未结束。

例如,金伞的《冰雪季》:

> 壮丁们都抓走了/剩下寡妇们/再也难以活下去/但是死又没门路/河水结了冰/自裁没有剪刀/上吊没有绳子/井里——又被死尸填满

> 剩下老太婆们/坐在纺车怀里冰僵了/手里还捏着棉花条/没人装殓/也没人埋葬/风在门外呜呜地哭着/算是她们惟一的亲人

这首诗写得何等震人心魄！看了这样的诗足可以使你记忆一生。不是诗人故意写得这样凄绝，而是由于我们的家园的昨天确确实实就是这样的生活！

启祥同志在抗战开始前，就接触到农村破产的惨象。抗战以后，由于启祥同志的丰富经历，他对当时中原大地的重重苦难，水灾、旱灾、蝗灾、兵灾，人民大众所受的压榨，国民党政权和军队的腐败，都作了真实而沉痛的描述。1942年，河南人民在天灾人祸中死了300万人，大批农民逃往城市，倒毙在城市街头，启祥是这一可怕景象的目击者：

哎呀又一个灾民／在我身边倒下去
先挣扎了一会儿／嘴里喃喃着／不清晰的"呓语"
随后，就慢慢地／闭上了眼睛／嘴里吐出一摊黄水
天呵，我要哭／哭不出声音／泪水也变成鲜红的

——1942年:《灾荒图》

1942年的灾荒，的确是很严重的。华北解放区同样遭到灾荒的袭击，加上日本法西斯的残酷蚕食和"扫荡"，形势更为严重。然而，由于抗日民主政府强有力的领导，组织人民发展生产、自救互救，加上政府和军队增产节约，减轻人民负担，积极支援人民群众，终于度过了这一困难，并未发生上述惨象。所以，什么是共产党，什么是国民党，什么是解放区，什么是国统区，1942年这一页历史最能说明问题，在国统区发生的事情，根本问题不是天灾，而是他们政治上的腐败。

启祥同志长期在国民党部队中做地下工作，对这种腐败情况知之甚详，他在1942年写的《国军素描》的诗篇中对这支军队作了深刻的描绘。在启祥的诗行中，还为国民党的基层政权——掌握生杀予夺大权的保甲长、特务们画了像，这些都是国民党那盘腐败机器上的产物，就不必细述了。

重温这段历史，再次使人感到两种不同地区对照之鲜明，实际上这是两个不同的党所执行的两条不同的抗战路线的必然结果。

如果按照蒋介石的那条路线,怎么会有抗战的胜利?蒋介石本来不想抗战,在"西安事变"被迫抗战之后,仍然十分动摇。冯玉祥将军在他所著的《我所认识的蒋介石》一书中,曾记载了一件他亲身经历的事:"南京失守前,蒋介石曾在一次最高国防会议上,把双手向左右一伸,大声嚷着,双手抖着说:'他们要抗战,硬把国家弄到这个样子!'一连喊了十几声,并且愈嚷声音愈大,有十几分钟没有一个人说话。"这就是被奉为"抗战领袖"的那个人的真实情状。

伟大的抗日战争的历史已经证明,在那场战争中,真正的中流砥柱是中国共产党。自始至终,最坚决、最坚定地把全民族团结起来的是中国共产党。中国共产党才真正是中华民族的骨头和灵魂。这一点毫无疑问。今天,领导中国人民建设社会主义的,也必然是她,这也是毫无疑问的。

这就是这段历史最深刻的经验。

1985年6月8日于北京

青春的诗篇

人之一生,应当创造青春的诗篇;我们的文学也应当有歌颂青春的诗篇。卢弘同志的长篇小说《我们十八岁》,就是抗美援朝战场上一曲青春的颂歌。

血与火的战争给我们留下了血一样浓、火一样烫的文字。时光飞逝,但记载这血火斗争的文字却使我们记忆常新。因为,这血溶进了文字,这火锻炼了文字。经过时间的沉淀,一切渺小卑微的东西沉寂了,伟大高尚的精神仍然闪着光芒。《我们十八岁》中的年轻人,他们的青春不是还在我们的眼前闪着耀眼的光华吗?

《我们十八岁》切开生活的断面,展现了朝鲜战场上志愿军战士们年轻的灵魂。陆林保,这个硬说自己已经18岁的四川娃,天真纯洁,机警顽皮,一副乐天派的样子。在他的滑稽中包含着很多幼稚可爱的成分,他引逗敌人用炮火帮助"砍柴";打伏击还忘不了带上半瓶牙膏。他时而认真,时而又像老兵的样子对什么都不在乎,老味十足。他有着永远不被敌人压倒的精神。这种精神似乎能使他在炮火里死而复生。显然,这是作者着墨最多、最为钟爱的人物,也是写得比较成功的一个。另一个人物周子秀,也是18岁。他性格文静,使人觉得有些姑娘气。他曾在一家店铺记过两年账,是个有点墨水的小伙子。刚从国内安稳的生活中出来,置身于艰苦激烈的战争环境中,他还适应不了。对残酷的现实,他有些胆怯,甚至有几分畏惧。他在战友牺牲的地点站岗时,"偶然地,他看到面前一块石头边上,有一节土色、一寸来长、很像树枝却又不是树枝、圆滚滚的东西,他每次把目光从远处收回时,总是禁不住落在那个东西上,一次无心,二次有意,三次、四次……最后他终于忍不住了,伸出手一捏,竟是软的,顺手抓过一看……原来,那是一段手指头,人的手指头,一个刚修剪过的手指头"。他清楚地知道这是战友张三章的手指,这使他毛骨悚然。但是,在血火交织的战场上,他最终锻造了自己,像勇士一般坚强。在战斗中,这个18岁的青年失去了一条腿,却收获了成熟、勇敢的品质,收获了精神上的力量。叶正青,也是一个呈现在我们面前的18岁青年。他刚刚18岁就过早地结束了生命,又是牺牲在朝鲜战场停战前的最后一仗,给人们留下了双重的惋惜。为了开辟通路,他趴在敌人的铁丝网上牺牲了。他的牺牲像他平时的性格一样,也是默默无言的。叶正青的生命虽然短暂,却迸发出耀眼的光芒,仿佛聚集起生命的全部能量,像雷电般骤然释放出来。作者写道:"18岁就牺牲,是太早了。可是叶正青在18岁就达到的人生高度,有的人直到80岁甚至一生也达不到。""他的18岁,是应该被呼为万岁的18岁。"不错,这就是作者对生命意义的理解。为革命事业早逝,胜于浑浑噩噩地生活百年。作品中还有一个18岁的姑娘,作者着墨不多,却写得十分可爱,给人留下深刻的印象。

  18岁是写不完的,在当年的战场上有多少这样可爱的青年呵!作者虽然只写了四个,实际上是反映了50年代青年的神采风貌。这种精神,就是朝气蓬勃的革命精神,激扬的爱国主义、国际主义精神,不怕苦、不怕死、任何敌人也压不倒的革命英雄主义精神。我们是唯物主义者,但我们同样重视精神的力量,这是辩证法。革命的精神力量可以鼓舞我们的战士在物质力量不足的情况下克敌制胜。这不是神话,而是革命战争所证明的。知道这一点,对青年朋友们是有益的。

  卢弘同志有着多年的军旅生涯。他的作品以深厚的部队生活积累为基底,生活气息浓郁,有新鲜感,读来非常亲切。作为军事题材文学,这部作品对战争生活细节的描写,是充实而生动的。这显然是作者的特长。没有亲身经历过战争,没有在阵地上生活过的人,是不会写得这么真切的。如陆林保与战友打埋伏一章的细节就很有特色。陆林保卧在草丛里,突然"只觉得一个什么又凉又滑溜的东西,'噗'一下正巧落在自己裸露的后脖根上。接着又感到那东西是个活物,正在以脖子为基地蠕动着身子,那冰凉、滑腻而又痒酥酥的感觉,弄得他浑身每根寒毛都一齐竖了起来。他几次想抽手去摸摸到底是个什么,可是几步以外敌人的暗影正无声而严厉地警告着他,不能动,绝对不能动!"这个细节写得活灵活现。一个骤然而降的小东西,引起陆林保生理上的厌恶,为战场纪律制约,他又不得不忍受着。虽然,这不同于烈火焚身般的痛苦,却也能把战场上的气氛真实地再现出来。另外还有战士们处理烈士后事,给烈士的母亲回信的情景;打完仗战士们吃不下肉;挖阵地挖出死人等细节描写,真实、精练、巧妙、感人。可见作者确是扎根于生活,秀实于劳作。

《我们十八岁》有它的不足,主要是作品结构上的平直,缺乏大的情节上的起伏跌宕。如果在作者丰富生活的积累上,进一步精妙构思,作品就会更加引人入胜了。之所以没能做到这一点,恐怕是因为作者多着眼在战壕之中,而没有把目光扩展到更为广阔的社会和历史背景。在那样的背景下,从中把握人物,视野会更大,思想会更开阔。

在苏联,反映卫国战争的作品经久不衰,高潮迭起。我们有长达25年的战争经历,其丰富多彩是罕见的。所以,应有更为精彩的长长的画廊,才能与这壮丽的历史相衬。卢弘同志写了一部好小说,读后有感,录之与作者共勉。

1985年9月13日

谈谈报告文学

"中国报告文学丛书"的编辑与出版,对我国报告文学的发展将是一个贡献。编辑者要我对丛书中的第3辑第4分册写一个序言,我平时对这方面缺乏全面系统的研究,又来不及对收入的文章重看一遍,只能笼统地说几点感想。

本分册收集的是抗美援朝战争和建国初期以来的军事题材方面的报告文学作品。从篇目上看,可能是很不完全的,也许只能说是同类作品的一小部分。因为这个时期,报告文学是有巨大发展的,无论从作者队伍的扩大来说,或者从作品产生的巨大影响和作用来说,都是一个大发展的时期,甚至可以说是很繁荣很辉煌的时期。

当然,这同一定的历史条件是分不开的。也就是说,新中国的成立,政权掌握在人民手中,一切都起了变化,一切都显得生气勃勃。尤其是,在这个时候,在我们祖国的东方,发生了一场战争,这是威胁到我们新生的祖国安全的一场战争,也是同东方人民命运攸关的战争。中国人民志愿军出动了。战争规模很大,后来总有百万以上的中华儿女同敌人进行着生死搏斗。我们的新闻战线和文艺战线的同志们,包括相当大数量的记者和作家,都一批又一批地走上了朝鲜前线。这里不仅有战争年代经常出现在风雪与硝烟中的作家,像杨朔、刘白羽、华山、菡子、西虹等许多同志,也有像巴金、老舍等等怀着很高爱国热情的老一代的作家。可以说,中国作家有相当多的人都到过朝鲜战场。当然年轻的作家就更多了。他们组成了一支劲旅,伴随着英雄们的脚步,写出了许许多多色彩绚丽的报告文学作品。其中收入《朝鲜通讯报告选》的就有109篇。此外,还出了不少报告文学专集或重要文章,像杨朔的《鸭绿江南北》《万古长青》,刘白羽的《朝鲜在战火中前进》《对和平宣誓》,巴金的《生活在英雄们中间》,李蕤的《在朝鲜前线》《难忘的会见》《扫雷英雄姚显儒》,黄钢的《最后胜利的预告》,华山的《远航集》,李庄的《朝鲜战地目击记》《战斗十日》,菡子的《和平博物馆》,白朗的《锻炼》,黄谷柳的《战友的爱》,黄药眠的《朝鲜——英雄的国度》,田间的《板门店纪事》,张志民的《祖国,你的儿子在前线》,碧野的《幸福的人》,宋之的的《信念》,西虹的《无尽的怀念》,等。当然,上面列举的专集是很不完备的;还有一些作家,侧重于运用其他文学形式,这里也就不一一列举了。应当提到,我们的作家们,他们在朝鲜战场上,同战士们一起过着相当艰苦的生活,他们的斗争精神也是很感人的。例如已故的作家杨朔同志,他随铁路工人入朝很早,在朝鲜战场的时间也很长,他所在的定州地区是敌机的轰炸重点,可以说,他的《三千里江山》就是在炸弹下写成的。因此,抗美援朝战争胜利后,朝鲜民主主义人民共和国曾授予他二级国旗勋章。提起这位优秀的革命作家,仍使我们深深地怀念。

  上面这些作品,对中国人民志愿军惊天动地的伟业,作了及时的反映和热烈的歌颂。它大大激发了祖国人民的抗敌热情和建设热情,从而有力地推动着祖国的建设。而祖国人民在恢复与建设中的奇迹般的速度,又经过另一些作品(例如被选入《经济建设通讯报告选》中的那些作品),鼓舞着在朝鲜前线浴血奋战的战士们。在那个年代,我们常常看到从前线归来的志愿军战士,被满含热泪的青年们围起来,抬起来,那种情景是非常感动人的。可以说,前方与后方,祖国人民和战士,他们的心完全融合在一起了。当然,这是由于我们党在全国进行了大规模的组织动员工作,进行了多方面富有创造性的政治工作所达到的,但是也不可否认报告文学在其中发挥了巨大的作用,它在朝鲜战场和祖国人民之间,架起了一座精神的桥梁。在我们研究文学现象时,可以发现,伟大的革命斗争孕育和产生着伟大的文学,而伟大的文学又反转来推动着革命斗争的发展。因此可以说,这是文学事业发展的规律,当然更是报告文学发展的规律。我们可以看到,特别在革命战争期间,报告文学总是很活跃的。由于人民对自己的命运的深刻关切,又由于报告文学能在其中发挥特殊功能,所以,报告文学这株花也就开得特别繁盛。

这个时期,军事题材报告文学的另一特色,是它的群众性。抗美援朝结束后,军队方面曾经发起过一个《志愿军一日》的创作运动。广大志愿军战士和各级指挥员都踊跃参加,把他们亲身经历的最动人的一段写下来。据说,应征稿曾达万篇以上,最后选出四五百篇,编成100多万字的皇皇巨著。这些文章都是战斗者本人的亲身经历,自有其特殊动人处,读来生动亲切,令人爱不释卷。郭老在这部书的序言中曾说,读这样的文章,真像吃嫩黄瓜、鲜海椒那样爽口。这部书就其反映抗美援朝这一段历史的丰富性和生动性来说,真可说是报告文学史上的一座丰碑。我们的革命文学总是应该越来越为群众所掌握,报告文学就更应该是这样。特别对于历史上的巨大运动,仅仅依靠少数的作者是不够的。

这些军事题材报告文学作品在思想内容上的特色,是那些强烈的爱国主义、国际主义和革命英雄主义的精神。甚至可以称它们是革命英雄主义的文学。这种文学绝不是什么"假、大、空",更不是什么"瞒和骗",它确实是部队实际生活活生生的写照。事实上,如果我们的部队没有这种精神,那是不可能战胜敌人的。这种革命英雄主义的文学为部队实际生活所产生,反转来又用同样的精神培植着新的一代。现在大家都不无感慨地称赞50年代青年的精神面貌好,这同我们党和共青团强有力的思想政治工作是分不开的,同当时文学方面的影响也是分不开的。战争结束后,军事题材的报告文学,又在宣传革命传统和共产主义典型上发挥了威力。宋之的所写的《沿着红军战士的脚印》,不仅颂扬了长征战士的功勋与艰辛,而且把这种艰辛换来的鲜花与果实奉献给人们,这是一本充满革命豪情的纪实文集。60年代初,影响最大的是对雷锋的宣传和对南京路上好八连的宣传。西虹和郭小川都热情地参加了好八连的报道。小川是很重视报告文学的,他不仅在诗歌上作出了众所周知的贡献,还写了不少出色的报告文学作品。在这个时期,特别是对雷锋这位共产主义新人的宣传,对我国青年的精神面貌,产生了极为巨大的影响。这种影响远达国外,雷锋的榜样甚至为资本主义国家的青年所仰慕,所效法。从上述事实,我得到这样的印象:我们的报告文学,其触角可以探测到社会生活的各个方面,但是一定要有无产阶级的世界观作指导,才能充分发挥教育青年的巨大作用。当我国历史已经步入社会主义的时代,我们的文学不仅不应向青年兜售个人主义的货色,而且要有意识地尽心竭力地来培养他们集体主义的品质。报告文学家要以特别的敏感来发现生活中含有共产主义因素的事物。那些代表我们前进方向的各种各样的先进人物,特别是具有共产主义觉悟的高尚人物,应当始终成为我们注意的中心。

　　上面我粗略谈了抗美援朝战争以来军事题材报告文学的成就和特点,但并不是说我们的成就已经达到顶点了,不能再发展了,不,完全不是这个意思。相反,我们还要继续不断地积累经验,总结经验,来提高我们报告文学的水平。现在大家已经公认,报告文学是其他文学形式所不能替代的独立文学形式。它同时具有新闻性和文学性这样两种特性,或者说它是这两种特性的统一。一方面,它必须是真人真事,而且是不允许虚构的,从这一点上,它区别于小说等文学形式;另一方面,它又要充分运用文学手段,在这一点上,它又区别于一般的新闻通讯。但是,我们切不要以为它的真实性上有特殊规定(即不允许虚构),就会限制它的文学性的发挥。事实上,它仅仅在不允许虚构的前提下,存在着运用文学手段的广阔天地,并不会因此限制一个成熟的作家的创造才能。严格的真实性虽是一个限制,也正像各种文学形式(如诗歌、小说等)都有自己的限制一样,它可以运用自己的特殊规律来发挥自己的特长。比如,写小说与写报告文学一个很大的不同,主要表现在写人物上。写小说要依靠众多的模特儿塑造出某种艺术典型,而报告文学则依靠报告文学家在生活中善于发现与选择具有典型性的人物,经过深刻的发掘和形象化的手段,使其成为具有社会意义的典型。因为每个人都不是孤立的个人,在其独特的个性中,都寓有某一集团的共同的社会本质。只要认识得深,艺术上处理得好,不一定就会比创造的典型逊色。至于对生活的描绘,在形象化的要求上,小说与报告文学则没有什么不同,两者都要求写得逼真,写得绘声绘色,栩栩传神。至于在情节与细节的安排上,却有很大不同。小说是依据实际生活和人物性格来虚构出情节和细节,而报告文学则集中在原有的情节上下功夫,进行取舍剪裁。为了提高报告文学的水平,既要提高文学修养,还要研究报告文学的特殊规律。

现在有人说,目前的报告文学是"报告少了,文学多了",意思是虚构太多,不实在,不充实,文学的粉饰超过了实际内容,这当然不好。过去江青反对写真人真事,弄得报告文学中一度出现了真真假假,真假难分的混乱状况,大大败坏了报告文学的信誉。如果这样发展下去,就会导致报告文学的消亡,这种教训必须引以为戒。而反过来"报告多了,文学少了",也会大大减少它的价值和威力。看来新闻性(中心是真实性)与文学性二者要做到浑然统一,才是最为理想的。在提高文学性方面,一个重要的问题是写人物,一定要深刻地写出人物来,写出既有共性又有个性的人物来。只有这一环突破了,提高了,才能说提高了我们的报告文学的水平。如果报告文学真的在这方面能取得进展,也许会提高我们整个的文学水平。我很希望出现这样的局面。

1982年2月24日于北京

明星，穿过岁月的风尘

——叙事长诗《高尚的人》重版序

峭岩同志是我们部队的一位中年诗人。他写作很勤奋，是从部队的业余作者成长起来的。60年代初，我就看过他改编的话剧《五十大关》，当时这出戏很受同志们的称许，得了创作奖，后来还参加了华北地区的调演。在这同时，他也开始发表了不少诗作。现在，他刚刚四十出头，已经出版了好几本诗集了。

这部歌颂白求恩大夫的叙事长诗，是峭岩的第3本诗集。原书于1977年出版，这次是经过作者重新修订出版的。这本书现在重版，是否合乎时宜呢？在我看是很合乎时宜的。现在十二大刚开过不久，大会对建设社会主义的精神文明提到很高的地位，而社会主义精神文明的核心就是共产主义思想。用白求恩这个共产主义的典型，来教育我们的人民、我们的青年，这不是非常合乎时宜的吗？对实际生活来说，也是如此。从打击经济领域严重犯罪以来所揭露的情况看，资产阶级思想作风对人们的猖狂侵蚀是不可否认的事实。然而，足以同资产阶级思想相抗衡的，并且能予以粉碎性打击的，也只有共产主义思想。当然，有些人可能不这样看，他们被历史进程中出现的曲折模糊了自己的视线，把共产主义看成是虚无缥缈的东西，把宣扬共产主义的典型也看成是老一套，仿佛这些都已陈旧过时了。而对那些真正腐朽了的资产阶级、封建阶级的东西，反倒觉得那么新鲜，那么时髦。这就正好把新和旧看颠倒了。实际上，在当今世界上真正方兴未艾的思想，还是共产主义，纵然这一真理在各民族的实践中会百转千回，但她仍然是全人类前进的方向！

我想，这一主旨，正是作者创作动因之所在。重读这本诗，我的思绪又飞回染着烽火硝烟的岁月……

白求恩这个崇高的形象，对我说来是很亲切的。在那抗日游击战争的年代，我有幸同他在一个地区工作过，而且还有一次不期而遇。记得，1939年的秋末冬初，我还是一个19岁的小青年，正在晋察冀的老一团工作。闻名的雁宿崖、黄土岭之战就要展开，我们的团队正向前开进。大家走了整整一夜，天色微明时赶到战场附近的一个三岔路口。当时我们正坐在小小的峡谷里作短暂的休息，忽听身边有人低声地说："白求恩！白求恩！"我抬头一望，只见一个身材瘦长、动作敏捷矫健的外国人，留着小胡子，穿着和我们一样的军服，戴着"八路"的臂章，精神抖擞地从另一条路上走过来。他手里还拿着一根小藤子棍儿，边走边在山径上轻快地敲着。后面跟着的是一些医护人员和驮着药品器材的驮子。他们就这样从我们身边插过去了，大约是去寻觅和安排设立绑扎所的地方。战斗于当天早晨就打响了，如果我记得不错，这正是当年的11月3日。当时我还不知道白求恩已经在我们一分区的后方医院工作了20来天，本来该返回军区了，又发生了这次战斗，他就匆匆地赶来了。可是，在临离开一个名叫干河净的村庄时，又转来了一个伤员。这个伤员于5月大龙华战斗中头部负了重伤，有些碎骨头未取出，化了脓。白求恩就立刻停止出发为他做手术。可是由于装载手术器械的驮子已经走了，白求恩就没有戴橡皮手套。不幸的事就发生在这里，他的手指在为这个伤员掏取碎骨时被扎破而受了感染。当我们在峡谷里相遇时，他还是那样神采奕奕地在山径上行进，哪知道八九天后，他的生命就献给了我们的人民，我们的土地！在雁宿崖——黄土岭这个击毙日军阿部规秀中将的战役中，白求恩大夫是从头到尾参加了的。他的手术台就设在孙家庄的一个小庙旁边。在敌人的炮火下他同手术队的同志们忙碌不停地做着手术。直到后来病情发作，他还在坚持。黄土岭之战于11月8日结束，10日白求恩转移到唐县的黄石口，病情已经恶化。过了两天，他就带着对中国革命，对中国人民无限的深情溘然长逝。白求恩在加拿大是一个很驰名的外科大夫，如果按照现在流行的"实惠"哲学，他足不出户就可以过上人们梦寐以求的"高级"生活，可是他为什么要远离亲人，漂洋过海，到咱们这穷山沟里来吃苦呢？如果不是怀着共产主义的伟大理想，他怎么能够做到这一点呢？现在有人动不动爱说，真正大公无私的人是没有的,毫不利己的人是没有的,我们说,白求恩不就是一个吗?!像这样的外国朋友,还可以举出很多。那些为人民事业英勇牺牲的中国英雄,又何止成千上万!也许正是由于这些高尚的人走在人们的前面,人类才得以不断地前进。

在白求恩大夫逝世几十年之后,这颗共产主义的明星,仍旧以不灭的光辉,穿过岁月的风尘,照射到一个年青诗人的心中。他感动了。于是,他以自己的满腔热情,和这位伟大人物的感人事迹融合在一起,就创造了这部生动的诗篇。当然,也不只是热情,还有清醒的理解。作者在序歌中唱道:"白求恩逝世四十秋,光辉不灭形象在,他伴我们在斗争,携手共创新时代。"是的,这话讲得完全正确,我们只有用共产主义的精神来开路,才能除旧布新,创造出一个新的时代啊!

这部叙事长诗是以民歌体的形式写成的,读来琅琅上口,既有古典诗歌的韵味,又有民歌刚健清新的格调。可以看出,作者在这两方面都进行过钻研,在这两者结合的基础上发展新诗,作了较好的实践。对于自由诗和民歌体,我一向不抱成见,只要写得好我都喜欢。我自己也是哪种形式都写。今后,我看这两种形式仍然可能并存,在民族化、大众化的长途中,这两者都会继续起变化。民歌体也不必全用七字句,三言,四言,五言,六言,七言,八言,九言,十言,十一言,长短句,随着感情灵活交错运用,用武之地也是很宽广的。尤其一部很长的叙事诗,自然允许有更多的变化。

现代的长篇叙事诗,究竟怎样才写得好,这不仅是一个值得专门研究的问题,还是一个需要继续实践的问题。说老实话,写好一部长篇叙事诗,那是很难很难的。但是从这部长诗中已可看到,随着作者充沛的革命情感和铿锵有力的诗句,白求恩的光辉事迹和伟大精神,将会重新激动着读者的心,使人们的精神境界也高尚起来。这部诗作,也将穿过岁月的风尘,经受时间的检验。我相信,对长篇叙事诗已经积累了相当经验的峭岩同志,以他风华正茂之年,必会写出更加优秀的篇章。

1983年1月31日

序《而今百龄正童年》

这本散文集,是描写一位革命老人的,这就是我国革命文学的老前辈曹靖华同志。

大家都知道,曹老是我国著名的翻译家和散文家,是鲁迅先生的挚友和战友。当然,应当说明,曹老作为翻译家,搞的并不是一般意义上的翻译,按照鲁迅先生的说法,这是给起义的奴隶们偷运军火。当年,在那人们难以想象的黑暗年代,在文艺战线上,鲁迅是把翻译和介绍工作当作斗争的重要一翼来看待的。有些时候,他甚至把翻译看得比创作还要重要。他在《现今的新文学的概观》中说:"……翻译并不比随便的创作容易,然而于新文学的发展却更有功,于大家更有益。"这当然是针对当时的情况说的。鲁迅为什么会这样说呢?因为他要从世界上的进步文学那里,特别是第一个社会主义国家的无产阶级文学那里取得火种,来燃起斗争的火焰,也来哺育我们的文学。我们从鲁迅先生的书信中看到,他在这方面所付出的精力与苦心,是非常令人感动的。他不仅自己动手翻译了许多佳作珍品,而且还团结了一些实干家共同奋斗。曹老就是鲁迅先生衷心称许的"不声不响"的实干家之一。在那国民党反动派进行反革命文化"围剿"的日子里,要想给奴隶们偷运一点军火谈何容易。例如曹老翻译的著名作品《铁流》,就遇到了不少困难。这部书,是曹老应鲁迅的约请翻译的。当时曹老住在冰天雪地的列宁格勒,因为正处在革命后的困难时期,房子里没有火炉,呵呵手才能写几个字,《铁流》就是在这寒气袭人中开笔翻译的。书译成后,又怕译稿沿路遭到扣留或遗失,不得不复写双份。每一笔下去都要力透粗纸六层,待译稿誊完时,手指上已经出现老茧了。可是这样一部经过重重困难,穿过万里云山的译稿,到达鲁迅手中,却没有任何书店敢于承印。最后还是鲁迅自己拿出1000元,以根本不存在的"三闲书屋"的名义才勉强出版了。自然一出版就遭到严禁,后来经过一家日本人在上海开的书店,才在柜台下,一本一本地流到读者手中。曹老就是这样同鲁迅在一起并肩战斗,成为介绍革命文学和其他优秀作品的中坚力量。他翻译的苏联著名作品和俄罗斯的文学作品不下30种,在中国人民争取自由解放的斗争中,起到了巨大的鼓舞作用。当年,我们这些起义奴隶队伍中的小鬼们,也得以沾到这些作品的恩惠。鲁迅把这种工作又比喻为希腊神话中的普罗米修斯盗取天火送到人间。仔细想想,伟大的鲁迅不就是倚天而立的普罗米修斯活生生的化身吗?不同的是,他不独自己以天神般的无畏去窃取天火,而且还团结了像曹老这样一批不怕艰险的忠诚的兵将。当中国大地上的革命细流汇成翻天的巨浪,当点点星火终于以燎原之势将那可诅咒的反动统治烧成灰烬时,抚今追昔,我们怎么能忘记当年那些盗取"天火"的人呢!

当然,曹老的贡献绝不止是翻译。记得,60年代初,曹老发表了《忆当年,穿着细事且莫等闲看!》《顽猴探头树枝间,蟠桃哪有灵枣鲜?》等一系列优美的散文。当时人们颇为惊讶,没有想到这位翻译家竟一下子写出了这么多新鲜活泼、土色土香、内蕴丰富的散文来。其实,这毫不奇怪,以曹老的生活阅历、文学修养和精神境界,这些作品的产生是很自然的。他确是我国一位有独特风格的散文家。

我同曹老相识,是在1951年中国作家代表团访问苏联的时候。那时曹老是我们代表团的副团长。当然,很早以前,在延安,在敌后抗日根据地,我就读过他翻译的许多作品了。其中有些作品,是在敌后极为艰苦的条件下印刷的。那时人们对这些作品真看得比粮食还要宝贵,对作品的译者也怀着深深的感激之情。这次在访苏期间一起相处,感到他是那样朴实、亲切、平等待人,毫无架子。以后,我们又同是河南省的人大代表,常在一起开会,接触也就多起来。我很喜欢听他讲鲁迅的故事,从他那里受到不少教益。

像这样一位从战斗中走过来的革命老人,我以为把他的事迹记述下来,对教育后人很有意义。彭龄同志写的这本《而今百龄正童年》,我想将会受到大家的欢迎。我觉得,这本书写得还是有特点的。它既像传记而又没有传记那样古板,全以散文的格调,通过点点滴滴的小事,将曹老的革命生涯、文学生涯、生活情趣具体而又生动地描绘出来,既有花又有叶,毫无枯燥之感。这部书读来轻松流畅,一点都不吃力,而正是在这轻松之中,使人体味着、思考着生活的真理。

中国革命是伟大的。以鲁迅为旗手的无产阶级革命文学运动,也是光辉灿烂的。列宁说"忘记过去就意味着背叛",的确如此。即使我们的事业已如大江一般汹涌澎湃,也不能忘记自己的源头。忘记了源头也就会迷失方向。无论整个的革命事业或文学事业,我们都不能忘记那些先行者,那些人民生活的真正开拓者,那些披荆斩棘的人们。

1983 年 8 月 23 日下午

祝《毛泽东诗词鉴赏》问世

由老诗翁臧克家同志主编的《毛泽东诗词鉴赏》出版了。这在当前是很有意义的,值得祝贺。我想它一定会受到全国广大干部和群众的欢迎。

毛泽东同志是伟大的革命家,又是伟大的诗人。他的诗词是无产阶级世界观与古典诗歌美的浑然统一。没有革命家的雄伟气魄,写不出这样的诗词;没有古典诗歌的深厚修养,也写不出这样的诗词。这二者的高度统一,正是毛泽东诗词的独特价值。即此一端,也就足以奠定他在文学史上的独特地位了。

过去毛主席的诗集出过好几种版本,而这本诗词鉴赏可能是最全的。尤其可贵的是,编者约请了海内诗人、学者和评论家,对集内所收的50首诗词,每一首都写了鉴赏和分析的文章。这些文章都写得认真、细致并各有独到的见解。简直是一次盛况空前的品诗大会。这本《毛泽东诗词鉴赏》,将如一个热情而高雅的导游,把读者引进一个充满艺术美的花园之中,并给他们以前进的力量。

说到这里,我们就不能不感谢我们的诗人克家同志了。他以85岁的高龄,发动并主持此事,而且亲自写约稿信,亲自审阅稿件,亲自筹划出版诸事,据说陆续忙了半年以上,这种热情是多么地可贵呀!这完全是一个革命诗人对革命、对党怀着炽热的感情的表现。让我们再次地谢谢他!并祝他健康长寿!

1990 年 12 月

战地黄花分外香

——读《采桑子·重阳》

去年岁末，接到老诗翁克家同志来信，说他将主编《毛泽东诗词鉴赏》一书。如他所说，这"是一件大有意义的好事"。他要我就《采桑子·重阳》一词写一篇鉴赏文章。对老诗翁的嘱托岂敢怠慢。从心里说，我也是很喜欢这首词的。多年前我曾将这首词写给妻子，并悬挂室内，朝夕吟味，也是有几句话可说的。

这首词，从外观上说，词句晓畅，几乎没有任何费解的地方。它究竟有什么奇特之处呢？依我看，它的不同凡响之处，就在于它是渗透了无产阶级世界观和美学观的一枝奇葩。虽然它穿的是古典诗词的外衣，但在古典诗词的烟海中，你却找不出这样崭新的诗词。

为什么这样说呢？这样说是否夸大了？我觉得不夸大。这里并不是说没有这样好的诗词，而是说没有体现这种崭新世界观的诗词。

让我们就从第一句来谈起吧。古往今来，歌咏人生的诗词真是太多了，而且多数都带有某种悲观色彩，及时行乐不过是悲观色彩的另一种表现。陈子昂的《登幽州台歌》便是很典型的。全诗只四句："前不见古人，后不见来者，念天地之悠悠，独怆然而涕下。"愈是"念天地之悠悠"，便愈是"感人生之短暂"，前瞻后顾，孤独悲凉，再加上人生坎坷，处处失意，便不免"怆然而涕下"了。这自然是艺术上的成功之作，读来荡气回肠，可也真使人感到人生太悲凉了。那位文武全才、横槊赋诗的英雄曹孟德，对于人生也不免发出"对酒当歌，人生几何"的慨叹。李白的胸襟应该说够豪放豁达的了，可是"天地者，万物之逆旅，光阴者，百代之过客，而浮生若梦，为欢几何"，不就是他的叹息吗！然而我们在《重阳》中读到的，却与这些截然不同。诗人说,"人生易老天难老"。"人生易老",这是不容回避的客观事实,而宇宙和自然界却是长久的,不断发展变化的。既然这样,那么处在自然界之中的人就还是要生存繁衍下去。虽然古今诗人们看到的是同样的客观存在,是同样的有限与无限的联结,但是经无产阶级革命家这样一说,便没有悲观的意味了。这就是毛泽东和其他诗人在世界观上的不同处。当然,这只是诗的首句,不是诗的重要部分,不过意在引出"岁岁重阳。今又重阳"罢了。

　　这首词最核心的句子,或者说最足以代表这首词的精神的,便是那句"战地黄花分外香"了。我自己击节赞赏的也是这一句。我读书有限,在我看过的古今诗歌中,还不曾见过这样的诗句。问题不在诗句,而在某种世界观化成的情感。如果不具有某种情感,便写不出这样的诗句。那么,这是怎样一种情感呢?简言之,这是对革命战争的由衷赞美。谁都知道,战争是伴随着牺牲和灾难的。参加革命战争的人,是要付出巨大代价的,是要牺牲包括生命在内的一切常人所说的幸福的。尤其处在第一线作战的人,那就随时都有牺牲的可能。有人昨天见了面,今天就牺牲了;有人刚才还同他谈谈笑笑,几个钟头之后,就见马克思去了。毛泽东同志当时写这首词的时候,他与朱德同志指挥的红四军,才不过7000人,比现在的一个师还要小,作为这样的指挥员,那是要经常置身第一线的。也就是说,经常都在生与死的边界。如果不是对革命战争具有英勇无畏的献身精神,如果不是把参加这种战斗看作是一种幸福,一种愉快,他怎么会对战地的菊花有一种"分外香"的感觉呢?说到这里,我不禁想起马克思回答他女儿的话。女儿问他:"你的幸福是什么?"马克思只回答了两个字:"斗争。"这就是说,为全人类的幸福而斗争,才是他最大的幸福。这里可以看到,毛泽东同马克思的人生态度多么一致。基于这样的世界观,也就产生了他的战争观。在中国当时那样的社会里,不用革命战争的手段,怎么能够打碎人民身上的枷锁来取得解放和幸福呢?所以,革命战争在毛泽东的眼睛里,便同那些和平主义者、假惺惺的人道主义者有完全不同的看法。这在毛泽东的诗词中,不止一处可以看到。如《大柏地》:"当年鏖战急,弹洞前村壁。装点此关山,今朝更好看。"也是一例。村壁上留下一些弹痕,按常理说有什么好看呵?但是,这是几年前朱毛下井冈山时打的第一个大胜仗,大柏地已回到人民之手,所以在那雨后斜阳、彩虹如带的映照下,就显得更加"好看"了。

我附带说到,这几年来,随着资产阶级自由化思潮的泛滥,和平主义和抽象的人道主义也侵入了我们的军事文学。他们的特征就是抹杀战争的性质,把正义战争与非正义战争混为一谈。他们把一切战争都看成是罪恶的、破坏的和不人道的,把国共两党的阶级斗争说成是一种误会。他们用这种观点来描写革命战争,结果弄得面目全非,为害极大。有的甚至歌颂侵略,歌颂敌人,诽谤自己。如果照此去做,将来敌人打进我们的国土,谁来保卫我们的国家呢!这是非常危险的。对于这种倾向,必须坚决反对。

下面,我们来研究词的下半阕。这里主要是描写秋天。在毛泽东同志的诗词里,有好几首写到秋天,从中可以看出,毛泽东是很喜欢秋天的。俄罗斯的大诗人普希金,就很喜欢秋天。每个人都各有自己喜欢的季节,这不算特殊。值得注意的是,毛泽东对秋天的描写可以说独树一帜。在古典文学的传统描写中,秋天总多少和悲秋相联系。老杜的《秋兴八首》,可以说是其中的典型了。《秋兴八首》中的第一句便是"玉露凋伤枫树林,巫山巫峡气萧森"。随着藤萝架洒落的月光,洲前飘飞的芦花,江边停着的孤舟,高高的城墙上传来的悲角声,再加一阵一阵的猿啼,真要叫人下泪了。这些诗在艺术上的高度成就,自不用多说。而老杜在那年老多病羁留孤城的逆境中,忧国思家,心事重重,这是很自然的。可是,毛泽东笔下的秋天,比起许多诗家却是另一种调子。即使在他青年时期的词作《沁园春·长沙》中,也可看到这种特色。尽管他"独立寒秋",而看到的却是"万山红遍,层林尽染;漫江碧透,百舸争流"以及"鹰击长空,鱼翔浅底,万类霜天竞自由"的蓬勃景象。总之,不论人和自然界都是一片生命力的欢跃。对秋天作如是描写的,实不多见。这首《重阳》也是这样。所以,尽管"不似春光"却也"胜似春光"了。为什么呢?是随便说的吗?不是,请看那绵绵的高山和河谷之中,"万木霜天红烂漫",比春天的映山红还要殷红,还要可爱,这寥廓的江天不是真的"胜似春光"吗?我也曾看到过这样的秋景,千里江山,就像被一匹红毯子包着似的,真是太美太美了!

总之,这是一首渗透着无产阶级世界观的战斗者之歌。它感情饱满，意象宏丽。一种对革命前途的坚定信心，同外部世界的美水乳交融地化为一体了。

  这里，我对有关的背景材料也谈几句。这首词标明写于1929年10月。该年旧历重阳节是阳历10月11日。据《中国人民解放军战史》说，当年6月，朱毛领导的红四军在闽西连续取得胜利。6月下旬，红四军在龙岩召开第七次党的代表大会，就红四军党内长期存在的关于建立巩固的根据地和建军原则的不同认识进行讨论，但由于领导者的意见不一致，未能得到正确的解决。会后，毛泽东被迫离开了红四军主要领导岗位。当年10月22日，红四军前委收到党中央9月28日的指示信。在信中，中央肯定了毛泽东关于建设无产阶级革命军队的一系列正确主张，并指出在红四军中应"纠正一切不正确倾向"。11月26日，毛泽东回到前委。在上述时期内，毛泽东同志住在后方养病，至10月18日，虽刚能起床，还不能走路。重阳节就在这个时候。据此材料推断，毛泽东同志此时当是大病初愈，《重阳》一词想是渴望到前方进行战斗之作。如果是这样，那么这首词流露的情感应当说是更为可贵了。

1990年2月13—15日

序《一个红军战士的歌》

我认识云晓同志是在粉碎"四人帮"以后了。那时我在北京军区任文化部长,他在沈阳军区任文化部长,每逢总政开会就有相聚的机会。我俩年龄差不多,我却特别敬重他,因为他是文化部长中惟一的老红军了。他出身很苦,年纪很小就参加了红军,在红四方面军中当过宣传员,做过各方面的工作,有丰富的斗争经历。我只听人说他会作曲,却不知道他还善诗,去年他把他的一大摞诗稿——就是这本《一个红军战士的歌》——捧给我,我颇有点惊讶。我把全诗细细地拜读了一遍,就不是惊讶,而是惊喜了。

读云晓的诗,我带着特别欣然的心情,是因为这是一本地地道道战士的诗作,还因为从工农出身的老战士中,又站起了一位诗人。我一向认为,而且一向希望:那些在前线,在风暴的中心,为人类命运不惜鲜血和生命的搏战者,应当拿起文学的武器,写出创造历史的诗篇。我想,他们一定会给我们的文学带来一种特有的富有生命力的东西,也许是我们的文学还感到不足的东西。但是,由于时代的限制,劳苦大众缺少受教育的机会,文化修养的不足给他们带来困难,这是时代造成的一代人的不幸。云晓同志自然也不例外。他小小年纪参军,不要说大学,恐怕中学也没有上。他上的就是社会大学,斗争大学。而这个真刀真枪的大学却给了他一般大学所断难学到的东西。加上他几十年孜孜不倦地学习文化,时代本身加给他的困难,就被他跨越过了。我们从这本诗集可以看到,他不仅熟悉民歌,而且从古典诗歌和自由诗中广泛地汲取了营养,这样他那深厚的生活蕴积,就生发出来构成了这部具有相当水平的诗集。

这本诗集的主要内容写的是二万五千里长征,长征中红军战士的生活,也写到作者参军前所经历的苦难。我对这本诗集的总印象是真实感人,有些情感和描写,非亲历其境者是难以达到的。也许这是本书最可贵的地方。

> 房前病柳耐风雨,
> 房后弱竹忍饥愁。
> 田地都被汗浸透,
> 犁瘦人更瘦。

作者就是从这样的家里走出来的。集中有一首《分离》,写的是作者少年时的悲惨往事。母子孤苦无依,无法活命。母亲去给人当佣人吧,人家不要带孩子的。出于万般无奈,她就骗孩子到河沟里舀水,然后抢过河去,把桥板抽了。母子隔河相对,泪流不止。这是生离,又无异死别。短短一曲悲歌真是写尽了人间苦难,令人摧肺裂肝。不是亲身经历,怎能写得如此沉痛!

作者笔下的长征,不是口号,也不是一般的歌颂,而是长征生活的具体描绘。过去一些动人的情节,多见于长征战士的回忆录中,从诗歌里反映得这样具体生动,怕是第一本诗集了。其中有些诗,具有特别强烈的感人力量。如本集中的《期望》就是一例。作者是同自己的哥哥一同参加红军的。过雪山前,当排长的哥哥还跑到弟弟那里说:"一定要跟上,掉队就是死亡!"而他自己却在前面问路的时候倒在雪山上了。弟弟路过时,看到了牺牲在路边的哥哥,想停下来,却被走在前后的战友推拉着,"才没有摔在地上"。诗中写道:

> 拭眼泪,
> 忍悲伤,
> 没拉一步档。
> 只在瞬间,
> 回头一望。
> 他头朝前方,
> 仰视蓝天,
> 深沉安详。

那永不瞑目的双眼，
寄托着无限的期望！

看到这样的诗，真是叫人凄绝悲绝，像刻在心头。谁能忘记烈士的期望呢！

集中还有一篇《嘶鸣》，写得非常动人。这是写过草地时一匹负重的马陷进泥水中了：

从未见，
那样烈暴狂愤，
耳直，眼瞪，鬃挺！

全身肌肉膨胀，
尾巴抽打得响声瘆人，
竭力发出长长的嘶鸣。

直到几十年后，这匹沉马的嘶鸣声还缭绕在作者的耳际：

它是那么悠远，
它是那么永恒，
它将伴我走完生命的旅程。

也许，只有红军战士才会有这样深刻的感触。这是这本诗集所独具的。

集中还有一篇《不能停止，长征的脚步》对我们很有启示：

不能停止呵，
长征的脚步。
谁要止步，
百病皆出。
不是吗？
有的人——

住了楼房忘茅屋，
……………
钱眼能钻进，
再也钻不出。

停止了长征的脚步，
就丢掉了老"家谱"。
醒来吧，
聪明的头颅。
让长征的大动脉，
连通子孙的肺腑。
应有多少明媚的春天，
就有多少长征的脚步！

我想，大概这就是作者写作这本诗集的用意了。作者已过花甲之年，几年前即从领导的岗位上退下来，他不优哉游哉地安度晚年，反孜孜于此，大概就是为了诗里说的意思吧。诗中指出的现象确实存在。现在确实有人把长征精神看得没有多少用了，他们相信的是金钱，认为只有金钱才能给我们带来一个奇幻的世界，到底能带来什么，自然还是疑问。不少人的眼睛像被混沌的雾气包围着，在这样的时候，大概特别需要这样的诗吧！

1988 年 2 月 2 日于北京

又是一篇《背影》

——读丁宁的散文《愧疚》

丁宁同志的散文《愧疚》,读后使我深为喜爱。

丁宁是十四五岁就参军的老八路。解放后在中国作家协会工作多年,可是大家并不知道她是写文章的"里手"。粉碎"四人帮"后,她连续发表了纪念郭小川、杨朔、柳青等同志的散文,写得那样好,使人大为惊讶,原来她已经是一个很有修养的散文家了。1984年,她将她的散文集《心中的画》送给我,我通读了一遍,很感愉悦。尤其集中的《愧疚》使我感动,这是一篇相当出色的散文。

《愧疚》写的是作者的母亲,一个普通劳动妇女的离情别绪。在旧社会,人们迫于生计,长年离乡背井出外谋生,夫妻很少团聚;即使一时相聚,转瞬又是伤别。这是旧时代、旧生活带给人心头的伤痛之一。作者的母亲就是承受着这种深深的伤痛。在我们的文学典籍中,描写别离之苦的诗文,可说是并不少见,而直接揭示一个普通劳动妇女胸臆的,倒不是很多。丁宁在这篇散文中,却以她亲切的笔触和童年特有的印象,将一个劳动妇女的离情别绪写得如此真切动人。作品感情深沉,含蓄,哀而不伤,而且写出了一个善良、温婉、富有感情、热爱艺术的女性形象。

这篇散文所以写得好,主要还是由于作者感情的真挚。也许这是符合散文创作规律的吧。古今许多散文佳作,哪篇不具有一定的思想和一定的感情?即使一篇短短的文字,没有一定的思想就站不起来;没有一定的感情,就无从动人。自然其他艺术形式也是如此,不过各有其不同的要求罢了。我们常说的文采和作者的思想感情也有直接关系,没有思想的闪光和感情的畅流,文辞也难发出光彩,当然词章的修养也相当重要。

散文因其篇幅短小,内容、情节最好单纯一些,尽量减少枝蔓。《愧疚》中写到冰心老人,是一段动人的文字,写得很有感情;但从总体看,似乎专写一篇为宜,这样文章就更精粹了。不知丁君以为然否?

为了写这篇小文,这次我将《愧疚》找出,与朱自清先生的名篇《背影》一起读,确信《愧疚》是一篇好散文,不啻是又一篇《背影》,而情感则更为博大。作者在《愧疚》的篇末感慨地说:"在革命的路上,越走越远,生活、阅历也渐渐多起来,爹的背影似乎变得模糊了,而代之的是许许多多新的壮丽的背影,有昂首阔步、奔向战场的背影,有视死如归、牺牲在敌人枪弹下的背影。还有成千上万劳动人民的瘦弱弯曲的背影,健壮高大的背影……我自问:为什么不去歌颂他们、表现他们呢?""虽然蘸着自己的眼泪,竟没有描好我心目中的'背影'。几十年心头上的重负,并未稍减,一颗负疚的心,也未曾得到些微的宽释。什么时候能找到一支得心应手的笔呢?"今天,我应当说:丁宁同志,这样的笔你已经找到了,它就在你的手中,为了我们伟大的事业,为了那些难以忘怀的人和难以忘怀的生活,写出更多更好的"背影"吧!

1988年3月8日

值得一读的一本好书

——读《中国红军长征记》

长征对今天的年轻人来讲,似乎已经是一个很遥远的故事了。的确,54年是一段漫长的人生,也给人的记忆以充裕的遗忘时间。但是,长征作为中国人的一首壮丽诗篇,作为人类一曲英雄主义的凯歌,是不会被人忘记的。

几年前,我开始构思长篇小说《地球的红飘带》。多年来长征作为一部无比壮丽的诗,深藏在我的心中,所以我要用这部小说把这首诗具体化。我去长征路上采访,翻阅大量的文件资料。这时,我才惊讶地发现,在我们这个产生了红军及其英勇业绩的国度,还没有一部完整地叙述长征始末的书。也就是说,我们还缺少一部早该有的长征史。直到我的小说开始动笔之后,才得到历史学家力平同志馈赠给我的由他和余熙山、志咸同志合著的《红军长征简史》(湖北人民出版社出版),使我得到许多方便。

时下,言情、武打小说特别受一些出版社的青睐。相比之下,那些引导青年上进,真正给人们知识和信心的书籍,倒显得有些寂寞。在这种情形下,河南人民出版社出版60多万字的《中国红军长征记》,是有魄力、有眼光的行动。这部书的出现,是多么令人高兴啊!

《中国红军长征记》是一部历史书籍。它的最大特点,就是史料翔实,全面系统,在当前它是记述长征最为详尽的书了。作者郑广瑾、方十可查阅了大量的资料文献,才使摆在我们面前的《长征记》,成为一部有史、有论的史著。正如作者在书中前言所说,我国已经出版了不少关于长征的回忆录、论文、史料和小册子,他们只是对目前还没有出版一部全面地、周详地反映长征的书的缺陷,作了一些弥补。然而,过去出版的有关长征的书,写红一方面军的多,写红

二、四方面军和红二十五军的较少；写某一方面、某一阶段的多，全面反映的少。《中国红军长征记》以"全面反映"的愿望，详细勾勒了长征这幅历史画卷。

　　一个民族要前进，就不应该忘记自己的历史。只有善于总结并发扬自己的优良传统，珍视自己的荣誉的民族，才有可能大步前行。中华民族有两个"万"：一个是万里长城，一个是二万五千里长征。这两者在世界上都是独一无二的。长征影响了20世纪中国的历史，红军在长征这个历史事件中把中国人民的美好品质发挥到最高度，是永远值得我们中华民族自豪的。美国作家索尔兹伯里以他年过古稀的高龄，来我国采写长征，他说，这是出于对英雄主义的崇拜。我们更没有理由漠视长征。让我们的青年多了解一些自己民族奋斗的历史、自己的前辈为人民事业不惜抛头颅洒热血的历史，对国家的前进、人民精神境界的提高，无疑是大有裨益的。

记一位蒙古族作家①

敖德斯尔同志是我国著名的蒙古族作家,在文学界的集会上,我常常遇见他,并且早就同他相识了。在我的记忆里,他的夫人又是亲密的合作者斯琴高娃,又总是和他在一起,他们都在我的脑海里留下了朴实和亲切的印象。今年初夏,我有机会来到内蒙古自治区的首府呼和浩特市,与蒙汉作家、诗人欢聚数日,更增添了许多美好难忘的回忆。

我们的共和国,是多民族的友好和睦的家庭;我们共和国的文学,也是各兄弟民族共同繁荣发展的文学。而各民族文学繁荣发展的标志,就是本民族作家和诗人的成长。在这一点上,解放以来的情况是令人欣幸的。我们高兴地看到,各兄弟民族中都涌现了自己的诗人和作家,他们以相当优秀的作品丰富了我们的文学。为我国社会主义文学的繁荣作出了贡献。我想,其中敖德斯尔就是一个典型的例子。解放战争时期,他在一个骑兵师工作,而在文学上则几乎是同共和国的成长一齐起步。但是,由于他的路子走得正,耕耘又辛勤,在50年代末和60年代初就已经取得了令人注目的成就。他的小说《遥远的戈壁》曾得到茅盾同志热烈的赞扬。他此后的一系列作品,自然更加成熟。

敖德斯尔除致力于小说创作之外,还写了不少散文。我看,他的小说写得好,散文写得也好。这次,我集中读了他的一些散文,深感他的散文朴实优美,感情深厚,尤其是描写草原风物的那些篇章,文字虽不华丽,但却有一种内在的魅力。这种魅力来源自他对家乡

---

① 这是为蒙古族作家敖德斯尔的散文集写的序言。

的父老,对家乡的草原,山野,河流,历史和风习,骏马和牛羊等等发自内心的深沉的爱。这种爱流荡在他的胸中,泄流在他的笔下,也就成为散文佳作了。

例如《骏马》就写得非常精彩:

> 马,魂魄俊逸,两眼水凌凌的闪光。两耳时而剪动着,是它内心机警的反映。即便伫立不动,你总觉得它身上有道惊人的电闪,随时都可爆发出来。
>
> 马的鬃毛是潇洒的。像姑娘们的散发,刚健而精神。骏马的鬃毛,有的长达四五尺,当它奋鬃飞奔时,犹如彗星经地,壮观至极。马尾呢,很像衣襟的下摆,无论静止或摆动,无不别有风韵。
>
> 你听过马的长嘶吗?如若你没听过的话,我真不知道你是怎么理解蓝天下的高远和大地的辽阔的。
>
> 听了马的嘶鸣,懦夫也会振作起来。
>
> 你细察过马蹄吗?听过马蹄落地的声音吗?有了那胶质坚硬的东西,可爬山,可涉水,即是(使)长征万里也在所不辞。而它有节奏的踏地之声,不正是激越的鼓曲吗?

这里对马的体魄、神韵,写得何等生动!不是爱马者,不是对马的美深深领略的人,是写不出来的。这篇散文真可以称作文学上的骏马图了。作者笔下的骆驼,也很使人动情:

> 骆驼是充满感情的动物。每当秋天的寒风从北边飒飒吹来,踏上归程的大雁排成人字阵,向着温暖的南方飞去的时候,远离故土的骆驼就像嫁到远方牧民家的姑娘一样,怀念家乡的水,家乡的草,整天朝着家乡的方向翘首悲鸣,大颗大颗的泪珠滚滚落下。

我还是第一次看到有人这样描写骆驼。

作者对家乡的人民和山水怀着的深挚感情,在《银色的白塔》和《美丽的汗山》中,表现得是很充分的。在《银色的白塔》中,他写道:

>每当我离别家乡踏上迢迢的征程,白塔是最后一个送行者,它凝望着我的背影,即使离开一天的路程,回头仍能望见它闪着白光,引起我对可爱的故乡更深的恋情。每当我远途归来,回到离别多年的家乡,白塔也是第一个迎接我的亲人,远远地向我展臂招手,激起我对幼时熟悉的山水更深的热爱。

在《美丽的汗山》中,他写道:

>乌力吉木伦河河水清澈,灌溉着腴美的草原和宽广的田野,向东南方向湍湍流去。民间有这样的传说,乌力吉木伦河是汗山的左乳,这里的人畜喝的都是它的奶汁,因此,孩子长大都成为力大无穷的勇士,马驹长大都成为日行千里的良骥。

作者写到汗山时,更是心醉神驰:

>春末夏初,没有比策马挥鞭翻山踏青更能娱人身心的事了。草尖碰击马蹄,露珠向四面飞溅。宛如绣在蟒缎上的各种花卉,像在迎接着远方客人随风点头微笑。百花之中,最吸引人的就推无瑕玉盏般的芍药,镀金喇叭口般的黄花,新娘发髻般的百部草和牧女红头巾般的百合。它们都像婚礼上盛妆艳抹的姑娘一样,在微风中摇摆着身躯,散发着幽香。

此外,集中的《慈母湖》《马驹湖》等等篇章,都使人嗅到了草原的香味。

散文是文学体裁中的重要形式,它是值得有志者来辛勤耕耘的。因为它的篇幅短小就轻慢它,在艺术上粗疏地对待它,都断难有所成就。散文,看去很轻易,实际上没有至情,没有深邃的思想和诗意,没有独到的观察和体会,没有精练和富有特色的语言,没有传神和生动的描绘,是很难进入佳境的。因此之故,我带着十分愉悦的心情祝贺敖德斯尔同志在散文上取得的成就;同时祝他跨上散文的骏马在草原上纵横驰骋,为我们撷取更多更好散文的花朵吧!

敖德斯尔同志要我为他的散文集写序,我写了上面这些话,但不敢称序,只是战友间的互相勉励而已。

1988 年 7 月 1 日于北京

读《西路军女战士蒙难记》

世界上没有只打胜仗不打败仗的军队,革命军队也不例外。在我军的历史上,西路军的失败,恐怕是最为悲壮惨烈,最为惊心动魄的了。尤其是西路军中的女战士,她们作战之英勇与被俘后遭遇之悲惨,都足以撼人心魄。

但是,这一页历史,在文学中基本上还是没有开掘的园地。除将帅们的回忆录及个别电影外,就很少看到了。1985年夏,我路过西宁时,曾经访问过一位女红军,她戴着一顶黑帽子,全像一个回民老太太的样子,已经很难辨认出她是当年妇女团的副连长了。当我听她吐诉几十年前受凌辱的历史,察看她头上的斑斑伤痕,我们彼此都流下了眼泪。这件事使我难受了好多天,至今想起来记忆犹新。最近我读到董汉河同志的长篇报告文学《西路军女战士蒙难记》(载今年《西北军事文学》第二期),心中更加不能平静。这部作品15万字,详细记录了西路军女战士在敌人残暴践踏下的悲惨命运,辛酸处真是字字血泪,不忍卒读。这恐怕是当前反映西路军女战士的最详尽、最生动真实的报告文学了。

首先,我觉得,作品相当充分地揭露了敌人的暴行。作者以确凿的材料告诉我们:匪首马步芳在张掖杀害西路军俘虏3267人,其中活埋2609人,枪杀575人,烧死56人,其他扒心、割舌27人;在西宁光活埋的俘虏就有1800人。马步芳的兄弟马步瀛,还把30多个红军战士的胆取出来做了眼药。对女俘除了枪杀、活埋外,从马步芳起就进行强奸,分给部下做妻妾丫鬟,甚至转卖多处,使她们受尽了百般凌辱。要认识敌人的真面目吗?要认识敌人的本质吗?我想在这些活生生的事实里可以认识一些了。看了这部作品,对刚刚过去的历史将是一个很好的回顾和有益的提醒。

其次,我认为这部作品,对揭示中国革命的艰巨性颇有价值。我们常听革命老人感慨地说:"革命来之不易呵!"而这一点在文学上却表现得非常不够。过去在文学作品中,对于失败、困难、挫折、错误等方面,作者常常不敢放手去写,到了"四人帮"时期,又把一些作品说成是"渲染战争残酷,颂扬战争苦难",弄得作者更不敢接触这个方面了。我自己在"文革"中就受到许多内行同志的反复围攻,弄得人啼笑皆非。其实这样做,非但害了艺术,也害了政治,革命历史的伟大而艰巨的真实图景,也就不能生动地充分地反映出来,实际上反而削弱了它的教育力量。这是一个教训。《西路军女战士蒙难记》的出现,则说明作者已经没有这方面的顾忌了。作品中表现了许多女战士的命运和各不相同的遭际,这些合在一起,实际上是表现了一个深沉的主题:中国革命的艰巨性。它将深刻地告诉我们:为了革命胜利,革命战士们付出了多么巨大的牺牲,包括这些女战士所付出的昂贵的代价! 作品也引出了一些难忘的历史教训。作品中专门写了一章《党中央在关心她们……》,记述了党中央对被俘同志的深切关心与多方营救。不仅派出使者与敌交涉,周恩来同志甚至亲自出马。党中央对被俘同志的营救可以说不遗余力,作品中对此专写一章极为必要,因为这些都是历史事实,是党对自己儿女的深切关怀。但在后来收集和接待失散人员的工作中,也出现了一些欠妥之处。当时曾规定:一年归来收留,两年归来审查,三年归来不留。这种规定自然是从当时敌我之间严酷的斗争形势出发的,但是第三条的规定,仍不免给被俘同志心中留下深深的伤痛。这是一个深刻的教训。至于"文革"中的教训,自然更使人感到痛心了。

此外,我觉得作者还有一个值得称道之处,就是他对失散和被俘的男女同志怀有深深的同志之情。他跑遍全国各地去访问她们,不仅给了她们以抚慰,也写成文章为她们说了话。不然谁知道她们艰巨的奋斗和所受的苦楚呢! 现在人们可以清楚看到:我们的女战士(男同志也一样)是有功的,她们对党对革命是忠心耿耿的,她们在革命中所付出的代价是太大太大了,作为女战士,真正在第一线作战的,恐怕她们是第一份了。这是中国妇女的光荣和骄傲。我们应当尊敬她们,感谢她们。但是生活中的事不像我们想象的那么简单，在相当长时期内，直到解放以后，她们还生活在困苦之中，什么报酬也没有得到，直到王定国、伍修权同志怀着深深的同志之爱，先后到该地区察访，并给中央写了报告，才给了流散的老红军一些少量的补助。但是他们的待遇仍很微薄，有的甚至没有落实。这篇报告文学无疑是又一次呼吁了！我希望有关部门能够重视这件事，使我们的老战士们得以度个幸福的晚年。这本来是他们理应得到的。

这篇报告文学作品，自然也有不足之处。主要是作者似乎想把访问所得全都堆上去。因而显得对素材提炼和剪裁不够，篇幅也过于冗长了。而提炼和剪裁却是报告文学加强文学性的重要手段。这些问题随着写作实践自然会逐步解决，这里不过是顺便提醒一下罢了。祝作者今后取得更多更大的收获。

1988 年 7 月 13 日于北京

元 辉 的 诗

《绝响》将要问世,诗人元辉嘱我为序。我这些年诗写得少,更缺少钻研,怎么敢写序呢!只写几句读后感在这里吧。

记得,50年代,我曾读过一首名叫《家》的诗,是写一个参军十年的战士,在复员前夕对部队难割难舍的依恋之情。诗篇有如醇酒般浓烈,十分感人。我对这首诗曾写过几句赞赏的话。这首诗就是年轻诗人元辉所作,而我当时还不认识他。几十年过去了,元辉已是我国军旅诗人中闻名的诗人之一。当我捧读他这些累累的硕果时,怎么能不为之激动、为之高兴呢!

可是,我想说,我更为高兴的,是如下一层。近些年来,在百花齐放的方针下,诗歌的路子确实打开了,拓宽了,无论在内容、题材方面,或者在表现手法方面,都是如此。在诗歌领域里也出现了不少优秀的作品。然而另一方面,在某些错误理论、错误思潮的引导下,诗歌离开了它的伟大目标和神圣的责任,走上了歧路。感情的世界变得越来越狭小了,以致不疲倦地歌颂的只有自我。距离人民当然也就越来越远。可惜的是,在令人眼花缭乱的色彩中,某些修养有素、写过不少好诗的诗人,也困惑不定,甚至像太空的行星一样脱离了自己的轨道。而元辉则不然,他仍然怀着自己的信念,坚定不移地走着自己选定的路——一个战士诗人应走的健康的路。

在这部诗集里,我们看到,边防阵地和战士的生活,依然是诗人的灵感之泉;诗人从这里不断地摘取诗的花朵和提炼生活的诗意。其主旋律依然是贯穿整个诗作的爱国主义情感。

如《英雄的画像》就是其中优秀的篇章。本诗写的是英雄黄继光,牺牲前竟未能留下一张照片,不仅使大家感到遗憾,也使画家和雕塑家感到为难。其实许多贫农家的孩子都是这样。而作者在慨叹之余却从人生价值上投以光照：

> 英雄呵！你没有为自己
> 留下一张生前的照片，
> 但却把祖国的形象，
> 留在了举世瞩目的上甘岭前。

结语异常有力，使英雄的形象与祖国的形象融为一体，变得无比高大起来。这样的诗是令人感奋的。

再如《伏击》也写得很有情致。本来似乎是枯燥的生活，由于发掘了生活的诗意，揭示了战士与祖国的联系，便显得诗意盎然。

> 寂寞吗？
> 不寂寞。
> 趴下来，在地上贴上一只耳朵，
> 你听！祖国大地上那沸腾的生活！
>
> 晚会上的音乐，工地上的灯火，
> 城乡大道上的马龙车河，条条战线上高奏的凯歌，
> 此刻呀，一齐汇聚到战士的心窝。

战士们自然是为此而战斗的。但是有这样的诗与没有这样的诗不同。有了这样的诗伴随我们的战士，他们该不会寂寞了。

此外，元辉还把阵地的风光也收入了诗囊，使人认识到生活之美。其中有一首《椰树上的诗》，我很喜欢。这首诗极其自然，就像从生活中随手拈来的璞玉，稍稍加工而成。这也许是一种比较高明的手法。因为诗人的本领就是能在生活中发现诗。

诗集中还有一首《野菠萝》，其中有这样的句子：

> 它紧紧地攀住地面，
> 满盘根须，满身筋络，

>　根根筋络都向着海岛诉说：
>　我永远,永远守着你生活！

　　诗人说,他是借野菠萝"忠贞的形象"来歌颂守岛的战士的。我却想到,在军旅诗的岗位上,这也许是诗人的自况和誓言吧！

　　当我通篇读完这本诗集之后,赞赏之余,我自然也怀着更高的期望。我觉得,作者的诗路还需要进一步打开,进一步拓宽,无论题材内容或表现形式,都需要进一步发展。我相信他是有潜力的,等待他的还有新的高度。诗歌艺术没有止境,愿共勉之。

1989 年 11 月 20 日

大森林的知音

——记森林诗人傅仇

在建国15周年的时候，人民文学出版社为了展示新诗的战绩，给收获最突出的十位青年诗人各出了一本诗集。傅仇同志的《伐木声声》就是其中之一。出版社要我为这本诗集写序，于是我为这本出色的诗集写了一篇《集前赘语》。我自感有幸在精神上结识了这位挚诚的诗人。而在这之前，我还不认识他，也从未见过面。直到1983年夏，我为探访长征路，第一次入川到了成都，才见到了这位只通过信的朋友。记得那天我登门去看望他，出我意外的是，本来还是盛年的傅仇，已经鬓发苍苍。原来他害着很严重的肺心病，稍微一动就哮喘得厉害。我深深为他感到痛苦。更加出人意外的是，两年以后，他竟溘然长逝。当我接到这不幸的消息，我实在为这位优秀诗人的早逝而痛惜。傅仇实在走得太早了！如果不是这些年他为病所苦，如果能够活得长一些，他肯定还会对中国诗坛作出更大的贡献！傅仇在诗里流露出："我还未能尽情地泼出彩墨，还未能写尽森林的风景，伐木者的风貌，万山绿叶的风情……"也可窥知诗人临终前的遗憾了。

令人感到欣慰的是，在傅仇同志逝世一年后的1986年5月28日，于成都举行的林业文学工作者协会成立大会上，国家林业部、四川省人民政府授予傅仇以"森林诗人"的光荣称号。林业部副部长董智勇在会上宣读了这一决定。决定说，从50年代初期开始，傅仇同志就背着行李来到海拔3000多米的原始林区。30多年来，整个川西北林区成了他进行创作的"根据地"。他生活在大森林里，生活在广大林业工人之中，同林业工人同甘共苦，建立了深厚的感情。70年代中期他虽已体弱多病，仍多次深入林区进行创作。直到他生命的最后几年,在生活难以自理的情况下,仍以顽强的毅力和激情写成了一首首对森林的颂歌。他去世前的几个月,还艰难地支撑着病体,选编了最后一本森林诗集。大森林是他创作生活的源泉,他把自己的一切献给了大森林。傅仇同志的森林诗篇,不仅在国内广为传颂,有的还被介绍到国外,享有较高的声誉。林区职工亲切地称他是我们的森林歌手,大森林的知音。为了表彰他在林业文学创作上作出的卓越贡献,林业部、四川省人民政府决定,授予傅仇同志"森林诗人"的光荣称号。

以政府或政府部门的名义给诗人、作家授予称号的事并不多。在我的记忆中,除了北京市给老舍先生授以"人民艺术家"的称号外,恐怕就是傅仇了。傅仇对此确实受之无愧。因为他把自己的青春年华,他一生中的主要精力都献给大森林、献给林业战线了。傅仇深入生活的川西北林区,是中国偏僻荒凉的地区之一。当年红军长征经过的雪山草地就在这里。马尔康、毛尔盖、黑水、芦花罗、梦笔山,这些地方我在寻访红军的足迹时也曾到过,我深切地感到了这一点。何况傅仇是同伐木工人一起住在高山密林之中,与星星作伴,与白云为伍,其艰苦是可想而知了。如果没有崇高的理想与饱满的热情,怎么肯到那里去呢!朋友们回忆说,傅仇第一次进森林,脚上就缠着纲子,同13个伐木工人住在林海深处的木板棚里,用树枝架床,树桩做桌,棚里踩的是冰块,锅里煮的是雪花,白天同工人一起伐木,晚上同他们围在火塘边倾心相谈。他从森林中回来的时候,尽管卷铺盖的油布破了,衣服上打上了补丁,眼镜也摔坏了,但他的精神却非常充实,胸中诗情激荡,歌颂工人的诗篇像泉水般奔涌而出。此后他每年都要到大森林去。随着感情的加深,大森林倒成为他难割难舍的"故乡"了。有一次森林工棚发生火灾,他为了扑火,棉衣烧着了都没有觉察。作为文艺工作者,傅仇同志这种深入生活的精神是多么地可贵呵!应该说,他是毛泽东文艺思想的忠实的实践者,是同群众结合的一个模范!

正因为如此,傅仇对大森林、对林业工人的热爱越来越深沉。人们说,他对森林着了迷。一点也不错,在诗里你可以看到他常常以树自居或把自己比作一棵树。他的儿子半岁时,他在儿子的照片上题了一首诗,把儿子也比作一棵树:

> 森林里最好的树木，
> 是迎风挺立的云杉。
> 性格勇敢坚强，
> 在暴风雨里长大。
> 它把正直的身心，
> 献给革命的大厦。

1961年:《云杉》

由此可以看到傅仇对森林、树木是怎样的感情了。正是这种感情的加深，大森林中的赤桦和云杉，云豹和野马，山月和流云，飞泉和雪浪，以及大森林中的街市、野店、树皮屋、鸟窠一般的哨所、穿着蓝色雨衣的伐木者，便都带着诱人的魅力和色彩渗入了诗人的感情世界，也就是诗的世界。这些都在诗人的眼中变得美了，活了。于是美好的诗篇便不绝地涌流而出，生活的美变成了艺术的美。然后，诗人把这种美奉献给劳动者——生活之美的创造者。诗人是感谢劳动者的，因为劳动者创造了生活之美；劳动者也感谢诗人，因为诗人把艺术之美还给了劳动者，从而美化了生活并鼓舞了他们。从傅仇的创作经历看，生活是泉源的真理是显示得很清楚的，诗人和劳动者的关系也显示得很清楚。如果我说得不错，这就是傅仇走过的道路，一条正确的路。

傅仇的收获是丰硕的。30多年来他创作了十多部森林诗集。到现在为止，还没有哪位诗人像他那样广阔而动人地描绘了林业战线。此外，我们可以看到，红军长征的脚印和血迹，常常在他的心灵中引起回响；当地藏族同胞为建设新生活的努力，也经常拨动他的心弦；这些也都留在诗篇中了。这次我有机会将傅仇森林诗的主要部分从头到尾拜读了一遍。许多诗篇使我叹赏不止。其中我喜欢的篇章有《赤桦信》《蓝色的细雨》《夜景》《给种树人》《再进林场》《一代新林》《云崖上有位少女》《育苗人》《伐木者之家》《蜜蜂》《伐木者的画像》《再见！森林的故乡》（这首诗感情充沛、气象宏阔，很动人）。1964年我对这首诗个别地方提的意见不恰当《三月羊鼓》《琵琶行》《泽斯满》《雪里送炭的"小伙子"》《果林里的新城——绰斯甲》

《酥油的房子》《草地花海》《森林新景》《云中马铃响》《鹧鸪山月》《密林里有个帐篷》《五月红杜鹃》《森林奔马》《撒在森林的歌》等。由于傅仇走的路子对,成长很快,从诗里可以看到,至60年代初,他已经是一个成熟的诗人。他的诗清新优美,感情奔放,富有生活色彩。他不仅是一个诗中的彩墨画家,而且有些诗很有音乐感,读起来铿锵悦耳,足见他在艺术上的孜孜追求了。

诗人已经逝去,但他对人民对革命事业的忠贞与热情将同他的诗篇永存。尤其对高山密林中辛勤工作的人们,傅仇的诗篇将是留给他们的最好的纪念。傅仇在《撒在森林的歌》中说"当树木长成良才,伐木者把她采走的时候,结有种子的树木总是毫无保留地把全身的种子播撒在森林里":

> 山的波涛,不要激动,
> 树的浪峰,不要拥挤,
> 何必都拥到江岸送行,
> 不要因为我离开你!
>
> 我的云杉,不要难过,
> 我的桦树,不要悲泣,
> 让我捧起万丈云裳,
> 给您擦去树枝上万行泪雨。
> 在您的身旁,有我的影子。

一部真实生动的回忆录

——读洪学智同志的《抗美援朝战争回忆》

我军著名将领、前志愿军副司令员兼后勤司令员洪学智同志，最近出版了一本《抗美援朝战争回忆》，很受广大读者欢迎，颇为畅销。伟大的抗美援朝战争已经过去 40 年了，当年的领导者毛泽东、周恩来，以及在前方直接指挥作战的彭德怀和邓华、韩先楚、陈赓、甘泗淇、解方等同志，都已经先后作古了。到今天自始至终参加战争全过程的，除杜平同志外，健在的只有洪学智同志了。因此，他的这本回忆录，对我们是极为珍贵的。得作者馈赠一册，捧读之后，深感兴奋和激动，不禁又把我带回到那场难忘的、对中国人民命运有重大影响的战争中去了。

这本回忆录，是写得很成功的。作者是当年作战指挥核心中的人物，对于历次战役形成的条件、指挥决心和争论，以及战役进程和得失，自然是最清楚的了。作者对这方面的描述，以及对现代化战争中后勤工作的记述，都是有独特价值的。以后学习战史和研究战史，这些都是很难得的文献。看来这一点是不需要特别说明的了。

我想特别谈到的是，这本书作为回忆录，写得相当真实和生动。读来兴致盎然，一点都不枯燥。其中尤以对彭总形象的描述，写得鲜明，突出，可信，可敬，可爱。例如，指挥部得悉彭总要来当司令的描述：

> 我兴奋地对邓华说："彭总要来当司令员，这太好了！"
> 邓华开玩笑地说："老哥，小心伺候！"
> 我问："怎么？"
> 邓华说："我对彭总是了解的。他这个人事业心很强，打仗

要求很严格,有高度责任感。作战中稍出点纰漏他就大发脾气,要是把他惹火了,还要杀人呢!你得小心脑袋呀!"

我说:"彭总脾气大也没关系,咱们认真按原则办事。反正脑袋只有一个,拿掉就拉倒了。"

邓华敛起了笑容说:"玩笑归玩笑,彭总一来,可就是要入朝的架势啦。我们得准备好,到时候可不能出纰漏呀!"

我说:"按你说的办,'小心伺候'就是!"

随后,作者写到了同彭总第一次会面:

第二天早上,我和邓华先去彭总下榻的大和旅馆见了彭总。一见面邓华就说:"欢迎老总,有你出任司令员,我们的仗就更好打了,我们大家的信心就更足了。"

彭总微笑着说:"那好,那我们一起抗美援朝吧。"

然后,他又开玩笑地说:"不过,我可不算志愿军呵!"

我问:"那你是怎么来的?"

彭总说:"我是毛主席点将点来的,本来是该林彪来的,可是他说他有病,毛主席命令我来了!"

我见彭总这样风趣,这样和蔼地同我们开玩笑,也开起玩笑来了。我说:"彭总,那我也不算志愿军!"

彭总听了一怔,笑着问:"哦,你怎么也不算志愿军?"

我说:"我是邓华把我鼓捣来的!我换洗的衣服也没来得及带。"

……彭总笑了一会儿,对我说:"你说你连换洗的衣服也没来得及带,就给弄来了,那我呢?4日上午,我正同西北的领导同志一起研究开发大西北的规划,北京突然派飞机,令我立即上飞机去北京开会,一分钟也不准停留。我连家也没回,连洗漱用具也没有带就上了飞机……"

书中这样生动的记述很多,这里就不一一列举了。

一本回忆录,如果没有一点新鲜的事情,都是老材料重来重去,读起来就索然寡味了。而这部回忆录则不然,许多材料都是鲜为人知,甚至是第一次公布的。例如志愿军出动前夕,中苏双方曾经达成协议:由苏联出动空军加以配合,但随后又出于种种顾虑不愿出动了。为此,周恩来总理曾亲赴莫斯科与斯大林谈判。最后仍无结果。在此情况下,毛主席以伟大政治家、军事家的非凡气魄,毅然决然地作出了历史性决策:不管有无苏联空军支援,我们仍按原计划出兵援朝。这件事,充分显示了毛泽东同志和中国共产党的国际主义精神。而这是以前从未公布过的。在叙述历次战役时,本书也本着实事求是的精神,分析了各次战役的得失,既讲了成绩,也讲到缺点和不足。如五次战役后期,一八〇师曾受到巨大损失。在我军历史上是罕见的,本书对此总结了经验教训,这件事也是第一次公布。

本书还有一点特别值得重视的,就是为我们提供了如何写回忆录的有益经验。近几年写回忆录的人很多,其中革命老干部也写了不少。这些回忆录大部分写得很好。他们往往从自身的经历,从一个局部反映中国革命的伟大斗争。这些众多的回忆录,大大丰富了革命历史的内容,成为党史和军史的补充,是教育青年的良好教材。这无疑是革命老干部在晚年所作的重要贡献。但是这些回忆录,有的写得很成功,也有的写得比较枯燥,一般化。多数革命老干部有一个心理,怕别人说自己在回忆录中突出了个人,因此在下笔时顾虑颇多,往往堆积了大量的背景材料,而自己的所经所感则写得很不充实。这样的回忆录当然就不可能生动,不可能引人入胜了。而洪学智同志这本回忆录,则写的完全是他自己的亲身经历,亲耳所闻,亲眼所见,亲身所感,既不粉饰,也不夸张,更不避开什么,所以,读来饶有兴味。我看,这就是本书的成功所在。写文章必须把自己摆进去,写回忆录尤其如此。至于是否意在宣扬个人,突出自己,那要从动机上去检查,也从效果上去检查,与回忆录的写作方法无关。这一点,我想对打算写回忆录的人,许是一个有益的启示吧。

1991年1月17日

《三十年代中原诗抄》序

　　这本《三十年代中原诗抄》，编起来很不容易。这是由主编周启祥等同志花了多年时间，流了大量的汗水，从当年所能找到的报刊上，一篇一篇抄录下来的。如果不是出于他们对新诗遗产的特殊热情，那是不会有这本诗集出现的。所以，这里该首先感谢他们。

　　一些当年的诗友推举我为本书写篇序言。我虽自幼爱诗，当时也发表过一些诗，但毕竟是诗人们的小弟弟。由于许多人不知去向，一些人年大体弱，有的人担负着更重要的工作，这件事就轮到我头上了。

　　我将这部诗稿从头到尾读了一遍。在阅读之前，我的确有一种担心：这些从发黄的纸张上抄下来的东西，至今已经五六十年了，人们会不会看作陈年旧货而不欢迎它呢？但是在我通读之后，这种担心完全打消了。因为我从这里看到的是那个不寻常年代的特有的色彩和诗人的动人心魄的歌唱。读来不仅不感到陈旧，反而觉得比现时某些无病呻吟之作要新鲜得多和动人得多。我认为无论从新诗发展的本身来考虑，或者从帮助我们的青年认识那个年代来说，都有独特的价值。

　　这本诗集包括的年代，是从1931年到1937年6月抗日战争爆发以前这个时期。在中国历史上，这究竟算一个什么年代呢？我可以说，那时不论民族危机还是社会危机都已经达到了顶点，而且这两种危机互相交织着，使我们的人民蒙受着空前的灾难，把我们的民族推到了毁灭的边缘。从民族危机说，自1931年的"九一八"事变到后来的华北"自治"，日本侵略者已经深入我们的国土；从社会危机说，国民党反动派全力进行的剿共战争，加上沉重的阶级压迫和剥削，已经使人民挣扎在死亡线上，常常发生成百万的人饿死。那个年头儿，城市凋敝，农村破产。除了极少数人过着荒淫无耻的生活，绝大多数人都毫无出路。我们经常看到农民从破产的农村流入城市，不是把他们的女儿送入妓院，就是倒毙街头。这正是鲁迅说的那个可诅咒的时代。面对着这样的现实，诗人们怎么能无动于衷呢！

新诗作为"五四"新文学运动的开路先锋，在中原这块土地上，也在欣欣向荣地发展着。从20年代起，就出现了徐玉诺、冯沅君、于赓虞等名闻全国的诗人。邓颖超同志也写过诗。但就整体说来，诗人的数目不多，诗创作的气氛也不够浓。可是进入30年代，便大大不同了。除了20年代就发表诗的苏金伞，仍在写诗不辍以外，又崛起了一个相当强大的诗群。如程率真、高天（高紫竽）、王兆瑞、逆飞（赵文甫）、张洛蒂、张雨门、刘心皇、张因凡（张立云）、方哂凡、郭伯恭、周启祥、哲生等，还有几位女诗人，如赵清阁、李建彤、刘晓村（刘晓）等。当时，在文学上已经崭露头角的作家，像姚雪垠、李蕤，也时而写诗，尚不计在内。本集中收入诗作的作者，即达49人，也可说是洋洋大观了。

当我通读这些诗篇时，我觉得最宝贵的，就是它们相当真实地反映了当时中原人民的苦难，至今读起来仍使人唏嘘不已。在当时的诗坛上，虽然也有一些梦呓般的靡靡之音响在耳际，但它们不是主流，真正的主流还是那些和人民的命运连在一起的现实主义诗歌。人民的苦难在这些诗篇里几乎都触及到了。

例如，苏金伞的《春荒》：

> 锅儿生了锈，
> 粮囤早作了饥鼠的猎场，
> 一只驴价已吃光了，
> 夜间也听不见
> 隔壁踢槽的蹄声。
> 而缫丝的纺车也弃置墙角，
> 几亩荒田不值一文；
> 轮到榆钱证人的贫富，

待柳絮成棉,
水萝卜开了花时,
路旁的尸骨就一天比一天多了。

再看陈雨门的《难妇》(街头小景之一):

也难怪使你一看惊讶,
角黍样脚上绽开了花;
压着土的头发披散满脸,
头上黑方布在迎风招展。

瘦孩子偎依在胸前,
噙噙乳头瞪大了眼;
她瘫软地坐在街头,
呆看人群往来的流。

傅尚普的《灾后》也写得动人心魄:

腹中的饥饿痉挛着喷着酸水,
饿了的孩子吮吸着慈母的乳头哭干了眼泪,
异乡的街头使他们抬不起软瘫的腿,
每个人都涂满脸可怜的憔悴,
小孩大人都叫喊着饥,
看样子,恐怕要一齐卷入死亡的地狱;
大人淌着泪结果了孩子的生命,
一个个吃人肉吃得眼红……
枯瘦的老母遗弃在天涯的路上,
娇滴的少女也只能卖五块大洋……

这是多么可怕的地狱般的图画!张洛蒂的《卖女》写得更是凄绝:

"爹爹,哪里去? 在这大清早?"
"到城里去找你的姐姐,姣姣!
她那里有馍馍香香,你不知道?
到年下还给你做一件花棉袄!"
他的心像插进了钢刀,女儿在肩上笑!

他把女儿在城里的青楼中卖掉,
他想:五元的价钱又可换几天温饱?
"你等一等,我去找你的姐姐!"
"爹,不,我要和你同道!"
"天冷! 你等着我吧,姣姣!"

等到父亲买了高粱回到家里的时候,女儿的妈妈已经悬梁自尽。这就是当时人们的命运。

在阅读这些诗篇的时候,我还深切感到,诗人们不仅为我们绘制了一幅幅灾难的图画,而且还渗透着他们鲜明的革命倾向,鼓舞着人民为改变自己不幸的命运进行斗争。可以明显看到,30 年代的左翼革命文学对这些年轻诗人产生了强烈的影响。诗人程率真可以说是其中的优秀代表。他是漯河《警钟日报》的编辑,诗作甚多,在郑州、开封、漯河等地的诗刊上经常发表作品。收在这里的 18 篇诗,可以说都是上乘之作。应该说在那时他就是一个成熟的诗人了。如《歌》:

推推,担担
流血,出汗
干干,干干
干的结果没有饭

挨骂,折磨
困苦,焦灼
工作,工作
作的结果不能活

莫鄙笑我们是光蛋
莫笑我们沿门讨冷饭
我们的头颅,会变作——
炸毁黑暗的炸弹

莫鄙视我的模样儿丑陋
莫笑我是个无力的狱囚
有一日,我会把铁锁弄断
一伸腿踢翻了这个地球

再如《毁灭》:

天上,太阳没了光
地下,海水翻巨浪
坦白绞碎在地轴中央
虚伪,振着翅儿翱翔
望不穿的黑夜里
听不见半声鸡唱
聪明的上帝哟! 告诉我
这是否世界毁灭的时光

…………

宇宙间四大皆荒
人们已没有了生活的食粮
丑恶,作了时代的君王
爱美,在崎岖的路上彷徨
新时代在地层下探头四望
他正在哭送着抱他生来的母娘
聪明的上帝哟! 告诉我
这是否世界毁灭的时光

从诗篇里可以看出,程率真当时已是一个自觉的革命者。很可能是个共产党员。据说抗战开始,他就参加了游击队,此后即不知去向。全国解放,依然没有消息。他也许已经牺牲,不在人间了吧,我同高天谈起他,觉得十分痛惜!

高天也是活跃在当年中原诗坛上的重要诗人之一。可惜这里只搜集到他的一首《血的挽歌》。这首诗名为纪念"三一八",实际上是谴责国民党的血腥镇压。这是号召人们起来行动的一首壮歌:

> 三月杜鹃叫醒了春天,
> 叫醒了人们梦境的噩幻;
> 这古城蚀透了两遭血水,
> 也该蓦地里爆起了云烟。

高天不仅以他的诗歌吸引着人们的注意,而且是一个热情的脚踏实地的组织者。他在郑州《大华晨报》上主编了两个文艺周刊:《跋涉》和《沙漠诗风》。随后为了团结更多进步的文学青年,他又同程率真等发起组织了劲风文艺社,并出版了《劲风》文学月刊。笔者也是该社的社员。在30年代中原诗歌运动上,高天是起了重要的推动作用的。

赵文甫当时活跃在豫北,以逆飞的笔名在各地发表了许多诗作。他的诗战斗性强,格调豪放。从诗里可以看出他已经是一个自觉的革命者。例如《云雾》:

> 乌云像一只狂乱的疯狗,
> 来吞没灿烂辉煌的星斗;
> 深谷里涌起了强大的飙风,
> 对乌云展开强劲的进攻。
> ....
> 历史原是一笔笔形象的簿账,
> 如今光明被围进黑暗的高墙;
> 来呵!让我们一起用力推吧,
> 光明在高墙倒塌声中高歌自由解放。

赵文甫除创作外，还在辉县百泉团结了一些进步的文学青年，组织了"新垦文艺社"，并主编了副刊《新垦》和《海星》月刊，对促进中原的新诗运动起了重要作用。

王兆瑞也是30年代中原重要的诗人之一。他在河南许昌当小学教员，诗篇多描写下层的生活。他的诗篇幅都不长，语言朴实，感情深厚。收在本集中的《不要》《寒鸦》《自伙儿的告语》，都是佳作。如《自伙儿的告语》：

　　也不要叹息前途的险恶，
　　辽阔的宇宙下哪里能够生活？
　　让我们手扣手，心靠心，
　　给旧有的世界来个翻身。

刘心皇也是当年中原诗坛最活跃的诗人之一。从1935年起，他在郑州《大华晨报》上主编《中原文艺》及《新诗世纪》两个副刊，并在河南各地发表了大量诗作。他的诗充满激情，富有才华，而且敢于接触破产农村的种种惨象。他甚至写到"犬咬住了人的头颅/一片一片地把干瘪的头发撕下/咀嚼着/嘴里滴着血"（《犬吠》），写到"西门外/建筑了一口大锅/里面塞满了死人的尸体/枯槁的人们/围着那口锅……拿着人腿或臂膊/在一旁大嚼。有一个人嚼着，哭着……"（《西门外》）。这种连地狱里也难得有的惨象，读来真令人心胆俱裂。因此，作者在《我》中满含感情地喊道：

　　不爱天际的云雀，
　　喜欢农夫的劳动歌；
　　在贫血的气氛里，
　　谁不渴望燎原的天火。

终于，"燎原的天火"起来了，将罪恶的统治烧了个精光。崭新的新中国出现了，现在已是截然不同的两幅天地。作者如能看到，当会有一番感慨吧！

在当年夜色如磐的重压下，青年诗人们深切地关心着祖国的前途。他们曾以诗的形式讨论着自己应采取的人生态度。自从诗人张湃舟1936年3月在郑州《沙漠诗风》上发表了《像不像一只漂舟?》,提出"朋友,每个人像不像一只漂舟/悠悠地顺着水向无尽处流;/江心中常掀起巨大的波浪/浪花时时刻刻溅在我们的身上;/朋友,哪地方是我们的家/这浪头会不会把我们打落天涯?"诗一发表,便引起诗人们的注意。女诗人刘晓村便以《给因凡、湃舟及其他的朋友们》为题,写诗回答。诗篇说:"虽然我们恰似一只漂舟/悠悠地顺着水向无尽处流/但我们不应等浪头来打/该以大家的互助来挣扎;/……须抛掉烦恼、苦闷忧愁,/不应把'黑暗的世界摈弃脑后'/因为我们是光明的使者/而光明又是躲在黑暗后头"。张因凡(立云)也写了《恰像一只漂舟》参加讨论。他们的酬答会使人感到兴味。

诗中还有许多佳作,这里就不一一列举了。

总之,30年代的中原诗歌活动,是相当繁荣的。郑州和开封是两个中心,此外北有百泉,南有漯河,西有洛阳,有多种的文学刊物和诗刊出版(详见周启祥所写本书"后记")。这些诗刊大多附在当时国民党政府办的报纸上。由于国民党官僚们腐败已极,只顾抓钱,根本顾不得这些,所以进步的青年们才得以乘虚而入,一分钱不花就办起了许多诗刊。回顾往事,真该谢谢他们了!

前面已经提到,本书的出版将有两方面的意义。一是对青年教育上的意义。由于近几年宣传教育上的失误,使一些人模糊了自己的视线,反而把资本主义看成天堂,把私有制看成包医百病的灵丹妙药。这本《三十年代中原诗抄》,不就是一叶活生生的形象化的历史吗?大家可以看一看私有制、资本主义所造成的"天堂"究竟是什么样子!也许它比历史教科书告诉人们的东西还要丰富。第二就是在诗与文学的发展上提供一个思考。近几年由于资产阶级自由化思潮的泛滥,确实把一些是非界限搞模糊了,把新与旧的观念搞颠倒了。比如,那些躲在"象牙之塔"里歌颂自我的东西,那些看不懂的现代派的玩艺儿,在30年代就有,并不新鲜,可是现在忽然成了最时髦的货色。而真正新兴的无产阶级文艺,倒反而成了旧的,这完全是一种颠倒。这本诗集再一次唤醒我们,诗人必须与人民的命运血肉相连。集中的许多诗篇之所以写得那样真实,那样感人,我看主要是因为多数诗作者都是生活在下层的普通人,他们有同人民同样的感情。他们甚至用不着体验生活,因为他们就在人民之中。这是一个根本原因。其次,是他们从无产阶级文学运动接受了影响,事实上他们之中的许多人已经站在进步的立场上来观察问题。我看我们的诗歌沿着这样的路线去创新,去发展才是正路。愿杜甫故乡的土地上,诗歌之花开得更绚丽吧!

1990 年 3 月 15 日草

一位老红军的诗集

这本《清晨漫曲》的作者欧阳平同志,虽只比我大 4 岁,但却是我尊敬的师长和引路人。

我是在民族危亡、烽火烧红的年月认识他的。那时平津已经沦陷,太原又告失守,我在山西赵城前线参加了我终身为之服务的这支军队。为时不久,被编入以韦国清为校长的总司令部随营学校。学校住洪洞县白石村,和设在马牧村的总部靠得很近,他们都来给我们上过课作过报告。我所在的第四队住在一个大庙里。当时队长是徐国夫同志,指导员就是欧阳平同志,还有陶汉章同志是我们的军事教员。这是我们最初常接触的几个"老红军"。自此以后,我们就在他们的引导下一步步向前迈进了。从如何打绑腿到如何以北斗星判定方向,从阶级斗争到统一战线,都是那时候学来的。那时候,欧阳平同志才 21 岁,军装穿得很整齐,身后常背一顶从江西带来的竹斗笠,英气勃勃,非常有精神。他在长征中就是陈赓、宋任穷那个干部团的政治教员,自然讲起话来颇为拿手。我们这个队大多是来自平津太原的流亡学生,其中大学生也不少,但欧阳平这个放牛娃讲起课来,常常使我们为之倾倒。我们不仅感到新鲜有味,而且赞服不已,认为红军中"真有人才"。欧阳平是江西兴国人,我们很快就发现他喜欢唱兴国山歌。当他在晚会上唱起《送郎当红军》时,真要使我们陶醉了。

可惜我们在一起的时间不长。不久,敌寇继续向南进犯,临汾沦陷前夕,随营学校奉命西渡黄河。我还记得,正是惊蛰的前一天,河冰已经开始融化,有一块房子大的巨冰正在陷落。我们随校的人马就从这冰上走过去。我们四队到陕北后,并入延安抗大,我就被编入另一个大队去了。此后大地上的战争如火如荼,彼此长期分隔在不同的战场。直到全国解放后我才听说他在上海警备区任副政治委员,早就是我军的将领了。说来也真巧,1983年春末夏初,为了探访长征路,我正准备取道三峡入川,我们竟一起住在宜昌的一个招待所里。当时,我一听说欧阳平同志在此,真是高兴万分,赶快前往拜见,我们还一起参观了兴建中的葛洲大坝。令人欣慰的是,这位老首长虽然多了些许白发,但英姿飒爽依然不减当年。我在谈话中问他:是否还像当年那样喜欢民歌?他笑着说,他不但依然喜欢此道,而且于1958年出版过一本诗集。诗集的名字叫《黎明前之歌》。直到今天,仍然常写些诗。我听到这里,心中颇有所感。觉得一个人一生经过那么长血与火的战争,经过那么多惊心动魄的事变,经过那么多挫折与失意,他的那颗对党对人民的赤心依然丹红如初,既不为风暴所摧折,又不为世俗的尘埃所污染,而仍然保留着与诗(我的理解是人类高尚的情感)的恋情,这是多么地难得和可贵呵!

去岁,我接到他从济南寄来的一大摞厚墩墩的诗稿,就是现在的这本《清晨漫曲》。我从头到尾拜读了一遍,果然其中流荡的就是上面所说的这种高尚的情感。诗的内容大概是两个部分,一是对往昔战斗的回顾,一是对今日现实的歌颂。试想一个从少年起就投身革命为新中国奋不顾身的战斗者,再次经过大渡河、雪山草地、沂蒙山区、闽赣老红区,怎么会不感慨万端发而为诗呢?当一个流血流汗的战士,看到以巨大的代价换来的新的生活,又怎能不发出由衷的赞美呢?这同那些对人民事业的冷眼旁观者,或者把新中国看得一无是处的人,在感情上简直是相差十万八千里了。然而对于广大人民来说,这些诗却是富有启示和教益的。诗集中有些篇章,如《青松赞》《重走长征路感怀》《再探班佑》《远巡短歌》《黎明前曲》《杏叶颂》《逊暑芝罘》《向左齐同志敬赠笔名》《梦母》,我都觉着写得不错。其中尤以《梦母》最为感人。诗集中各篇虽有粗细高低不同,但都出自真情实感,没有一首是无病呻吟。这是很可贵的。当然有些诗也有不足之处,主要是形象思维发挥不够。因为作者不是职业诗人,也就难以苛求了。

当这本诗集问世之际,我谨向作者致以热烈的祝贺,并祝他写出更好的诗来。

1990年6月24日于北京

《石玉山随笔》序

　　石玉山同志的第一本随笔集行将问世,我很乐意向青年朋友们推荐。

　　作者是在解放战争如火如荼的1947年参加到我军的行列里的。第二年他就加入了中国共产党。他经受过基层的锻炼,又长期做部队报纸的编辑工作。后来从事我军军史和战史的研究工作,并坚持业余写作。自1979年以来,他在各报刊发表了大量文章。这个随笔集就是这些文章的结集。值得指出的是,其中的大部分作品,都是作者怀着很高的热情,"利用别人喝咖啡的时间",为青年朋友们写的。这种对当代青年的关注和责任感,无疑是非常可贵的。

　　这些年来,我国青年的思想相当活跃,但也存在着混乱的一面。我一直认为,我们的青年是好的,其中一些人所表现的消极面,多半由社会的影响而来,是受资产阶级自由化思潮影响的结果,需要深思的是应当如何引导他们的问题。也就是说,我们是用共产主义思想来引导还是用资本主义思想来引导,是用集体主义思想来引导还是用个人主义思想来引导。也许有人问,在我们社会主义国家里,难道有用资本主义引导青年的吗?我说,有的。在我们的社会生活中,不仅有"一切向钱看"的邪风,把人往钱眼里吹,而且有明目张胆宣扬"全盘西化",为资本主义"平反",搞资本主义"补课"的。至于在文艺作品中宣扬资本主义生活方式,宣扬"性解放"等诲淫诲盗的东西,那就不用说了。在我们的青年工作和宣传工作中,究竟是提倡资产阶级个人主义还是提倡无产阶级集体主义,究竟是提倡树立远大共产主义理想还是提倡"一切向钱看",究竟是提倡全心全意为人民服务还是提倡一切为个人奋斗,这是一个原则问题。不同的引导,将把他们吸引到不同的方向。近些年来,有的报刊宣扬个人主义不遗余力,如"不愿当将军的士兵不是好士兵","不愿当元帅的士兵不是好士兵","当作家就要当大作家"之类。其实这种论调,除了思想不正确之外,还带有点"蒙傻小子"的味道。试想,在拥有数百万之众的军队里,有多少将军?有几个元帅?如果一个士兵不把全心全意为人民服务和保卫祖国当作自己的崇高目的,而是一心想当将军,当元帅,那么他当不上怎么办呢?这岂不是大煞风景吗!当作家也是这样,一心想当大作家,很可能当不了大作家;而不想当大作家,一心把人民的命运放在心上,也许当了大作家。世界上的事往往如此。看了石玉山的随笔就会发现,作者不仅关心青年,而且是希图把他们引向正确的方向。这些文章和那些贴着时髦商标、冒称"新价值观念"的东西不同,是真心实意地帮助青年,是以无产阶级的世界观和方法论来武装青年。我看只有这样做的,才真正是青年的朋友。

在宣传工作中,除了坚持正确的方向,确实有一个宣传艺术的问题。尤其是以青年为对象的宣传是这样。近年来常有人说:"现在讲大道理不行了,干巴巴的大道理没人听了。"仿佛真理已经失去光辉,失去威力了。是不是大道理真的没人听了,真理已经不再是真理了呢?不是的,真理依然是真理,不过它被形形色色的歪理所缠绕,只要把那层乱云抹去,它依然像太阳那般光明。大道理还是要讲的,但是否讲得干巴巴,那就是一个值得讲究的问题。因为真理是从生活里来的,它是活生生的,有血有肉的,它本身并不是干巴巴的。之所以弄成干巴巴,那是宣传者本身的问题。这次我读玉山同志的随笔,就不觉得干巴巴,而且觉得像是一个老朋友在谈叙家常,使人感到温暖亲切。因为这些文章多半来自作者生活、学习中的所思所感,作者每有所得就写上一篇,所以非常自然。由于作者勤于学习,勤于思考,广采博览,加上具有良好的写作修养,作品自然也就具有知识性、趣味性和艺术性了。由于作者对当代青年人的思想、生活和工作、学习实际的关切,发言有针对性,自然就会使人感到兴味,这里的趣味性和艺术性不是外加的了。健康的内容,加上知识性、趣味性和艺术性,这就构成了本书不仅是富有营养的,而且会是人们乐于接受的。这是一枚甜而美的果实。自然,这样的果实得来很不容易,它不知道耗去多少灯火灿烂的夜晚和银色的黎明。

在本书出版之际,请允许我向作者祝贺,并希望青年同志们通过作品来结识这位热心的朋友。

1987 年 9 月 1 日于北京

《炮火中的女记者》序

戈焰同志的《炮火中的女记者》行将问世,她要我写几句话。我们是老战友,在抗日战争中就很熟了。当时,她是来自天府之国的一位活泼天真的姑娘,比我们的年龄都小一些。据说她在学生时期就是个活跃分子,参加过一些抗日活动,15岁就参加了党。一年之后,也就是1939年,她又穿越秦岭来到延安。到延安的事她没有跟母亲说,惟恐母亲不答应。当她背上行李同伙伴们出发的时候,看见母亲正坐在店铺门前察看她。她这时既怕母亲发现自己,又想多看母亲一眼,就把草帽檐儿往下拉了一拉走过去了。当时国民党很怕进步青年到延安去,戈焰她们路经西安时,还被抓捕过一次,幸亏她们机警地逃了出来。为了献身抗日民族解放战争,当时的青年是怀着多么高的热情呵!

戈焰后来参加了丁玲、周巍峙领导的西北战地服务团。这个团长期活动在晋察冀。当时戈焰刚16岁,性格活泼开朗,能歌善舞。但她更醉心于文学,又从歌咏队调到了文学组。文学组有邵子南、田间、方冰等人,都是这块战斗土地上的诗歌明星。他们那一颗颗心简直像火焰在燃烧,无日无夜地在写着诗,并且以《诗建设》这份诗刊,团结着全晋察冀的诗人。戈焰就在这个组里协助他们工作,也开始写起诗来。不用说,在这个难得的环境里,戈焰是会受到许多有益的熏陶的。

在抗战最艰苦的年代,戈焰来到了晋察冀的东线,这时她已经是晋察冀通讯社的记者了。具体工作的地区,在距保定不远的满城。那时满城仅有一小块山地在巩固区,其余平原地带都是敌占区。而且敌人挖了又宽又深的封锁沟,构筑了密密的炮楼,封闭着游击队进出的孔道。就是在这样的环境下,戈焰以农村姑娘的打扮,手持六轮手枪,经常随游击队越过封锁沟,到敌占区活动,或打炮楼,或做群众工作,或征收公粮,以自己的亲身感受和所见所闻,写成通讯报道,在《晋察冀日报》和《新华日报》上发表。在那个年代,我们见她总是那么活泼乐观,经常哼着歌子,充满青春的朝气,就好像一只勇敢的燕子,出没于炮火之中,穿行在敌人点线之间,本集中收入的《炮火中的女记者》,就是她当年的写照。我在阅读本篇时,不禁神往久之,仿佛又回到了那个充满浓郁诗意的战斗年代。那一代青年虽然吃了很多苦头,冒了不少危险,但他们那种为理想而献身的青春的光辉,又是多么灿烂夺目呵!我想它也许会给人带来一些人生的启示吧!

戈焰长期从事记者生涯。她身上很可宝贵的一点,就是始终保持着青春的朝气。近年来她仍笔耕不止。为了历史上的一些珍贵事物不致流失,她总是东奔西跑地前去"抢救"。所以本集里除收入了一些她当年做记者时的作品外,还收入了她以文学回忆录形式写成的人物回忆,如对丁玲、邵子南、何洛等同志的回忆。这些回忆都是怀着很深的感情写成的,因之读来真实动人。由于作者和邵子南相处过一段时间,这篇回忆录尤其写得好。邵子南才华出众,读书又多,还有一番不同寻常的经历,在祖国大地上流浪过,当过船工、学徒、见习生,还当过和尚,颇类似于高尔基的经历。他当时已经比较成熟,又正逢创作的高峰期,经常被诗情燃烧得难以安眠,创作了许多剧本、歌词和出色的诗篇。尤其是1943年经过毛泽东同志《在延安文艺座谈会上的讲话》的学习,他下了最大决心深入群众,在阜平五大湾村当了一名小学教员。他头蒙白毛巾,身穿黑棉袄,简直和老百姓一模一样。反"扫荡"开始后,他就和爆炸英雄李勇的游击组一起埋地雷,一起战斗,吃睡都在一起。对游击组的每个成员,无不了如指掌。他以后写出了《地雷阵》的名篇,绝不是偶然的。像邵子南这样一位杰出的作家和诗人,本来还会作出很大贡献,可惜解放后因病英年早逝,只活了39岁,真太可惜了!明年是《在延安文艺座谈会上的讲话》发表50周年,戈焰同志对子南的回忆文章,是一个很合适的纪念。

弹指一挥间,半个多世纪过去了。当年那个"炮火下的女记者"

恐已霜染两鬓矣！然而,她在《愿绿竹伴随一生》的散文里说:"绿,象征着旺盛的生命力和强烈的感情,竹,终身穿绿装,显得顽强、勇敢、不畏强暴。……在寒气凛凛之时,更是惬意地生出很多冬笋儿,摇曳着嫩绿的枝叶,向着高空升去,连天上的云彩也要为她让路!"也许戈焰本身就是这样生气勃勃的翠竹吧!

1991年岁末

一本表现青少年智慧的书

袁捷同志是一位沙场老将。他很年轻时就参加了革命战争，打过不少仗，实践经验甚为丰富。最近，他为大家写了一本不仅有益且很有趣的书，名为《小机灵的故事》。书里写的几十个故事，都是表现人的聪明才智的。这些故事，多半发生在战争时期，革命战士们为了战胜敌人，充分发挥了自己的聪明才智，战胜了种种困难。虽然书的主人公是"小机灵"，实际上是作者在他身上集中了群众的智慧。可以说这是一本表现人的智慧的书。

作者说："我本着一个老年人的责任，把自己生活实践中亲历的、在身边发生的有关聪明才智的故事，选写几个，献给青少年朋友及部队的战士同志们。如果能使他们受到一些启迪，我就心满意足了。"这就是作者写这本书的愿望和目的。从这里可以看到一个革命老战士热爱青少年的纯洁的心。我想，作者的这个愿望一定能够达到。因为这本书的每个故事，都迸发着智慧的火花，都可以使人心"开窍"，并激发人的想象。也许它会使聪明的人变得更聪明，不聪明的人也渐渐变得聪明吧。而且这本书写得生动活泼，毫不枯燥，一定会使你读得兴致盎然。

古语说："人为万物之灵。"这是人和动物的区别。但是这个"万物之灵"如果脱离实践，什么事也不做，那他只能成为白痴。这就是实践和智慧的关系。但是同样的实践，动脑筋的人和不动脑筋的人又是大不相同的。毛泽东同志曾说过"多想出智慧"，就是说在实践中还要"多思"。

愿我们的青少年，都成为勇敢而又聪明的人，为建设祖国作出自己的贡献。

1992 年 5 月 30 日

金伞的诗

苏金伞同志是我国的著名诗人。他已是87岁的老诗翁了,其创作生涯已达70年了。在"五四"以来出现的新诗的田园里,他不仅是辛勤的耕耘者,也是一个丰收者。在我国新诗的史册上,具有无可置疑的地位,他的成就和贡献是显著的和优异的。当各地为一些有成就的诗人、作家纷纷举办纪念和研究活动的时候,金伞同志无疑是更应受到重视的。

我很喜欢金伞的诗。他是自由诗派。他的诗是地地道道的自由诗。他充分汲取了自由诗的优长,并达到得心应手运用自如的境界。读他的诗,感到有一种天籁般的音韵贯彻其间。但是还必须补充一句,由于诗人从中国古典诗歌中汲取了足够的营养,加上他对中国农村风情画的出色描绘,以及他对群众语言的采用,他的自由诗又绝不像外来的自由诗和书斋中的自由诗,而是从中国土地上生长起来的自由诗,或者说是中国化了的自由诗。我觉得,值得特别重视的是他的诗的语言。在他的诗里,很难找到过分欧化的别别扭扭的句子,用的多半都是经过提炼的活的语言,还间有中州大地上具有乡土色彩的语言,使人读来倍感亲切。例如本年《诗刊》一月号上他的组诗《野火与柔情》,读来就是这样。在《小轿和村庄》中有这样的诗句:"天空像一面无人敲的锣/似乎稍微动一下/就会响彻宇宙/响彻冬天。"比喻多么新鲜,语言又多么通俗,毫不费解,给人想象的美提供了足够的空间。而令人遗憾的是近年来出现的有些新诗,距离活的语言反而越来越远,有的过于欧化,有的甚至夹杂了许多文言用语,好像古人穿上一套洋服,不伦不类。既名新诗,总是多在活的语言的提炼上下功夫才好。

金伞的诗,其风格主要是朴素和自然,在朴素和自然中流露出一种内在的美。这也许是他的诗所具有的独特魅力。在他的诗中,你很难发现有刻意雕琢的痕迹。然而他的诗又绝不是粗疏的,读他的诗,你会感到他的诗的触觉是相当细微和灵敏的,这一点并不是所有的人都能够做到。他的诗的风格的另一方面是含蓄。在古典诗歌中,他比较喜欢李商隐的诗。我曾在北京的书摊上买过一部线装的古版本《李义山集》送他。他很感兴趣。他吸取了李诗的某些长处,但又绝不晦涩难懂,可以说做得恰到好处。比起现在某些朦胧诗易解得多了。

金伞的诗,在题材与内容方面,与中原人民的遭遇是分不开的。他有不少诗描写劳动人民的生活,并对他们在旧中国遭受的苦难充满同情。从这些诗中,我们可以认识到那个可咒诅的黑暗世界。新中国建立以来,诗人热情勃发,写了许多歌颂社会主义新中国的诗篇,是诗人又一个创作高峰。诗人一生,为文严肃,凡有所作,皆有感而发,几乎篇篇可读。

金伞为人正直,对朋友热情诚恳,50年代他陪我游览故都开封,至今仍历历在目。不想时光流逝,故人多已垂垂老矣!但他仍时有新作问世,尤其今春发表的《野火与柔情》的组诗,令人惊叹那青春的血仍在他胸中流动,他的诗永远是年轻的!谨祝他健康长寿!

1993年5月14日于北京

向孙犁同志学习

——在孙犁创作 60 周年研讨会上的发言

  孙犁同志是我的老战友,也是我尊敬和热爱的作家。他今年已经 80 岁了,其创作生涯已有 60 年的历史。他为社会主义的文学事业,辛劳耕耘了一生,可谓硕果累累,成就辉煌。今天由中国社会主义文艺学会和河北省文联为他举办作品研讨会,我以为是完全应该的,令人高兴的。尤其在当前的情况下举行,是很有意义的。它一定会给我们的文坛许多新的启示。我看到许多朋友都来了,使我特别感到欣慰。我祝这个会取得圆满成功,并祝孙犁同志早日恢复健康。

  提起孙犁,我就不能不想起白洋淀,想起滹沱河,想起冀中平原,想起晋察冀英勇的人民和这块光荣的土地。同时也就很自然地想起许多的老战友,想起我们的友情,想起那个永远令人怀念的战斗年代。那时候人与人的关系,可以说是今天无法比拟的,彼此之间真是充满着一种极其纯洁的同志之情、战友之情、兄弟之情。游击战争的环境,由于被敌人封锁、分割,几年也很难见一次面,但大家却心心相印,都关心着彼此的工作,彼此的成长和进步。谁发表了一篇好作品,大家都高兴,就立刻写文章表扬,谁写了一篇有缺点的作品,大家也坦率地提出批评。谁在战地牺牲了,大家就痛惜不止。那时的文艺战线,真可称之为一条坚强的战线。我作为一个年轻的战士,就是生活在这种氛围里,成长在这种友情中。

  我记得,在延安的时候,我曾把我写于 1937 年抗战爆发后的长诗《黄河行》寄给了何其芳。尽管我同这位已经成名的诗人从未谋面,但他却给我认认真真地回了一封长信,而且字迹是那样工整,使我深为感动。热情如火的诗人柯仲平处,是我常去的地方,他的诗人气质和作品都使我受到感染。艾青同志到延安的时候,我已经到敌后去了,也没有见过。但是丹辉同志将我写于1941年的《秋季反扫荡诗章》寄给他,他一直保存在身边,后来跋山涉水,千里迢迢来到晋察冀,整整经过一个解放战争,直到建国之后我们在北京见面时才交还我,这件事怎不使人感动呢!简直可说是文坛上的一段佳话了。田间和邵子南,我们在延安就认识了,来到晋察冀以后,关系更加密切。他们是我写诗的经常的关心者和鼓舞者。我的诗作《当黄槐花悄然飘落的时候》发表了,他们都来信或写文章给以热情的鼓励。我的长诗《黎明风景》在《诗建设》上发表后,田间一直为我保存着这期刊物,直到现在仍珍藏在我的手里,成为我对这位诗人永远的怀念。

孙犁同志是我关系密切的朋友,他同样经常关怀着我。但我至今总想不起来我们第一次见面始于何时。那时候,他在晋察冀就很有名,不过他在冀中,我在冀西。当时在冀中的作家还有王林、梁斌、路一、徐光耀等同志。根据地开辟之初,孙犁就很活跃,除了写小说、散文,还为培养文学人才,写了《农村连队写作读本》,并与其他同志发起并组织了《冀中一日》的群众创作,受到群众的欢迎和同志们的赞美。大约是1939年,他被调到冀西晋察冀通讯社工作,我在他主编的《晋察冀通讯》上也发表过通讯一类的文章。他那时很积极,不仅在报刊上时常发表小说、散文,还写诗,写文艺评论,我和丹辉编的《诗战线》上,也发表过孙犁的诗。那时的文艺风气很好,除了彼此鼓励,也常提出同志式的批评。在孙犁的评论文章中,有一次我就看到举出了我一个过分欧化的句子,我当时也并不以为怪。我的长诗《黎明风景》发表后,孙犁和邵子南都写了长篇的评论文章,很可惜这些文章没有保存下来。1949年平津解放后,我奉命去参加改造一支起义部队的工作,说实话那种工作是很危险的,随时都可能发生意外。因此,在临行前我就将解放战争时期的诗稿交付给孙犁。后来孙犁为我亲手编印了一本诗集,题名《两年》,交上海文化工作社出版,这是我第一本铅印的诗集。解放战争后期,我参加了解放大西北的战役远征去了,孙犁还写了《红杨树和曼晴的诗》来怀念我,这篇文章收入到他的文集里。这都是我感念不忘的。

我是孙犁的朋友,也是他的作品的热心读者。作为读者,我是很喜欢他的作品的。他的作品优美,有浓郁的乡土色彩和那个战斗年代的时代色彩。读他的作品,就好像置身在冀中平原,一幅一幅都是动人的风俗画,使人不禁陶醉其中。这真是一种美的享受!但是,这绝不是说他的作品缺少思想性、不,他是把他的思想性、倾向性,或者说共产党人的党性,深深地包容在优美之中了,或者说是融化在优美之中了。可以说,他是把真善美不露痕迹地融合为一了。这正是孙犁作品的高妙之处。这样,就把一些无产阶级作家,尤其是初期无产阶级作家标语口号化的倾向和过于直露的缺点清洗无余,而大大地前进了一步。一句话,孙犁的作品,真正做到了倾向性和真实性的统一,或者说党性与真实性的统一。这是孙犁在革命作家中令人注目的卓越成就。他的《荷花淀》等许多短篇小说,以及长篇小说《风云初记》和中篇小说《铁木传》等等,都充分说明了这一点。

有人总认为,党性和真实性是对立的,思想性和艺术性是对立的,还举出一些著名作家的例子,说什么他们在参加革命前,作品是如何如何好,参加革命以后作品就不行了,或者说,解放以前其作品是多么优秀,解放以后就不行了。这种认识如果不是出于偏见,也是对作家的情况没有认真研究的缘故。的确有些作家在解放前写出了相当卓越的作品,解放以后的作品反而不如以前,其实这是由于作者对旧社会的生活和人物有相当深刻的理解,而解放以后对新的世界和新的人物,却比较陌生,缺乏理解和把握,因此作品就显得差些,其本质原因并非来自思想性与艺术性的对立。也存在另一种情况,就是作者本身的理解有误,认为插上一些政治口号就是政治性思想性强,结果自然损害了作品。总之,党性和真实性,思想性与艺术性是完全可以统一的,没有搞好是作者存在着片面的理解或者是没有本事,不能埋怨问题本身。在这方面,孙犁的作品就为我们作出了榜样。

孙犁还有一个优点,他有自己独特的风格和自己的艺术追求,从不人云亦云,随波逐流。在政治上,他也不时"左"时右,忽"左"忽右,不随行就市,追逐时尚。因此他的许多作品都能度过历史的检验,成为传世之作。这同他的人品自然是结合在一起的。他是一个老老实实的党员,老老实实的作家,他一生没有当过官,也从来没有想当官,一生一世都在辛勤地劳作。他能取得今天的成就绝不是偶然的。

孙犁为什么能取得这样的成就呢?

我以为有下列三个重要因素:

第一,是他的文学根基深厚。他对中外古典文学作品,尤其是对中国古典文学作品,以及"五四"以来的新文学作品和30年代的革命文学作品,都有刻苦的学习和研究,尤其对鲁迅的作品进行过认真的学习。

第二,是他生活的根子深厚。他一直生活在人民之中,对故乡的风土人物有深厚的感情和深刻的理解。

第三,是时代的影响。他成长在一个人民大觉醒的年代,并且积极参与了革命斗争。革命年代那些特有的东西,不能不有力地影响和培育着他。

如果再加上一点,那就是他特有的才华。他的确在文学上是个才华出众的人。我以为,如果没有以上这几个因素,就不会有今天的孙犁。其实,同时代的其他作家又何尝不是如此呢!

以上这几条,我想对我们今天的许多作家是会有启示的。如果我们不愿成为一个昙花一现的作家,向孙犁同志学习是有必要的。

综观孙犁在文学上的成就,可以说他是中国解放区文学最杰出的作家之一,在中国文学史上,也是"五四"新文学和革命文学之后居有重要地位的作家。在某些方面,例如说在作品的民族化方面、群众化方面,以及语言上的成就,都有所发展。我想这种估价不算过分。

孙犁晚年,依旧笔耕不辍,写了大量散文、杂文和总结写作经验的文章,尤其写了一些坚持四项基本原则、针砭时弊的杂文,更为可贵。人说这是他创作生涯的第二个高峰期,我对此特别高兴。希望他的病早日康复,为人民再作贡献。

1993年7月11日

祝贺梁斌兼怀王林

——在祝贺梁斌创作60周年座谈会上的发言

　　冀中平原上四位老一代的作家——孙犁、梁斌、王林、路一都是我尊敬的朋友。

　　梁斌同志的创作成就是丰硕而光辉的。他的平原三部曲（《红旗谱》《播火记》《烽烟图》）是新中国文学的鲜花，标志着新中国文学的重要收获，在中国文学史上具有重要地位。它既是解放区文学合乎规律的发展，也与其他同时期优秀作品一起为新中国社会主义文学的发展铺下了基石。

　　由于梁斌对农民生活惊人的熟悉，他不仅成功地描绘了农民这个最广大的社会阶层，揭示了当时中国社会的基本矛盾——地主阶级与农民阶级的冲突；而且正确地揭示了广大农民在共产党领导下进行的阶级斗争，从而揭示了新民主主义革命的本质。在艺术上三部曲成功地塑造了朱老忠等一系列农民形象，不愧是冀中平原上农民革命斗争的画卷，也是当代中国农民革命斗争的历史画卷。

　　梁斌的风格是粗犷豪放的，充满了铁板铜琶的阳刚之美。这是与那个时代的要求相适应的。阳刚之美与阴柔之美，都是我们的文学所需要的，既不能以阳刚之美贬低阴柔之美，也不能以阴柔之美贬抑阳刚之美。在革命文学的进行曲中，完全可以和谐一致。

　　梁斌是经过长期积累进入创作的，这一点在他身上特别显著。他在30年代就参加了革命实践，参加了北方左联，具有马列主义的素养和文化素养，尤其他长期生活在家乡农村，抗日战争中甚至在五一反"扫荡"后仍主动要求在已经变质的地区活动。他的生活底子极其深厚。因此，他在写《红旗谱》时，说他的语言"就像从笔端流出来似的"。如果没有上述几方面的积累，他是不会结出这种硕果的。

　　说了梁斌,又使我想到王林。王林同志已去世好几年了。我因事忙,一直未能写一点纪念他的文字,心里一直不安,觉得对不起这位老朋友。王林同志是一位老党员,老革命,比我入党要早。他从事文学活动也早得多,抗战以前就常发表作品,名字叫王隽闻。还参加过"双十二"事变。他在抗日战争中写了许多东西,在冀中很有名。我到冀中去就听到人称赞他的《十八匹战马》。他最使我感动的一件事,就是冀中五一"扫荡"地区变质后,大部队都撤到了山区,而他则仍要求留在冀中,情愿在周围都是敌人的情况下留下来。他说,我要同人民一起度过这场考验,我不能等到局面好转后再回来向人民采访。他果然就留下来了,在老百姓的掩护下经历了度日如年的岁月。他的精神完全是一个战士视死如归的精神。他留下的长篇《腹地》和两卷短篇集,是他以生命作代价奉献给人民的。我们将永远怀念他。

　　说到梁斌的三部曲,也就不禁想起出现三部曲的17年。应当说,17年是我国社会主义文学最好的时期之一。但是这个时期遭到来自"左"和右两方面的攻击。一是"四人帮"的"左"的攻击,说17年是文艺黑线,《红旗谱》是歌颂了错误路线;一个是来自近年来右的方面的攻击,说17年的文艺是瞒和骗的文艺。像《红旗谱》,你说它瞒了谁?骗了谁?那是真真实实的历史,是谁也否定不了的。真、善、美的东西将永远与人民同在。

1994年4月17日于天津

贺《新战争与和平》问世

　　李尔重同志的《新战争与和平》的出版,是文坛上一个重要事件。在党中央强调要进行爱国主义教育的今天,尤其有重大的意义。抗日战争是我们党的历史上非常重要的一段。这次战争意义很不平凡。第一,中国人民一百多年来一直处在帝国主义列强的压迫下,到抗日战争中才第一次取得了胜利,从这个时期开始,才真正翻过身来。第二,这个时期是我们党最辉煌的时期之一。在这个时期,马列主义、毛泽东思想显得最生气勃勃,得到很大的发展。现在想想过去的那个时代,非常动心,非常向往。在"解放区文学丛书"出版会议上,胡乔木同志说了一句话。他说,真正的抗日前线是在敌后。我很欣赏这句话。了解了敌后的斗争,才能真正了解抗日历史的全过程,真正了解共产党领导抗日发挥了什么作用。后来有一种思潮,对我们党在抗日战争中的作用采取贬低的态度。我可以说出几种假设:一、假如没有共产党作抗日的中流砥柱,那场战争是支持不下来的,尔重同志的作品里也揭示了这一点。二、假如那个时期我们党掌握了全国政权,即使没有苏联的援助,我们也迟早可以战胜日本侵略者。回想那个时期,通过1942年的整风,群众路线深入人心,解脱了教条主义的束缚,创造性得到了很大发挥,像敌后对敌斗争中那些创造,的确在历史上是没有过的。三、假定没有抗日战争的胜利,也就不可能有解放战争的胜利。正是因为这个时期党的政策正确,党的政策非常深入人心,所以解放战争取得了决定性的胜利。对于这样一个历史时期,在文学上的反映非常之不够。当然,许多作家也写出了许多重要的作品,但是像这样大型的作品,描写全面的作品还没有,这是一件令人非常遗憾的事情。尔重同志

《新战争与和平》的出现,我想,也算是得到一些弥补。当然,也不是说今后不需要再写了。苏联卫国战争,写了多少东西?我国抗日战争斗争生活那么丰富,出现的文艺作品还是不够的。《新战争与和平》的出版,使我们得到很大的欣慰。周而复同志的一部大型的以抗日战争为题材的作品《长城万里图》,也快出齐了。这都是对抗日战争的贡献。尔重同志不但在青年、壮年时期对革命作出了很大贡献,在晚年,仅对文学事业也作出了很大的贡献。力群同志谈到,就他写作这本书的过程本身而言,这种精神,就是极其动人的。从70岁开始,经过十年时间,写出这部名副其实的巨著。我本人写了一辈子,到现在也没有他写得这么多。他真的可以称得起是"劳动英雄"了。这体现了中国人民坚韧不拔的品质和共产党员的革命精神,是可喜可贺的。尔重同志刚才的发言和在《中流》杂志上发表的终卷语,我觉得有很深刻的含义。譬如,他提出两个观点。一是帝国主义为了瓜分殖民地、争夺市场的战争还远远没有结束,这是一句话。第二,我们是需要和平的,没有和平我们就不能建设,但是我们需要的是平等的没有人剥削人、没有人压迫人的那种和平,而帝国主义需要的是把我们踩在脚底下的那种和平。他的这两个观点,都涉及到问题的本质。但是在现实生活中,我们对帝国主义这个词提得太少了。在一些青少年中间,帝国主义慢慢地淡化了,这是令人非常遗憾的一件事,这样下去也是非常危险的。尔重同志在海南开会时讲过的两句话我也非常赞成。他说:我们讲的爱国主义不是文天祥、史可法的爱国主义,也不是梁启超、康有为的爱国主义,我们讲的是社会主义内容的爱国主义。我认为,这本书要大力宣传,让大家重视,让青少年们好好读一读。书虽然很长,但是尔重同志的文风流畅,很容易读,很好读。有同志建议把它搬到电视上,让大家受教育,我都很赞成。

1994 年 12 月 8 日

《王宗槐回忆录》序

中国革命是极其伟大的。在长达 20 余年的革命战争中，不仅造就出像毛泽东、周恩来这样举世罕见的伟大人物和一大批无产阶级革命家，而且锻炼出许多身经百战的牧童出身的将军。至于那些坚定的共产主义战士和英雄模范人物，就更不计其数了。他们有如灿烂的星河，横亘在我们的上空，成为中华民族的骄傲。

王宗槐同志就是其中的一个，他是由"织布伢子"成长为将军的。他幼年父母早丧，寄人篱下，10 岁出头就当了"织布伢子"。在唉唉的机杼声中，传来了红军闹革命的消息，他毅然把织梭一扔就去投奔。路途遥远，身无分文，因饥饿难忍，幸遇一祭坟农妇赐以米饼，这才使他找到了救星，从此这个 14 岁的"穷小鬼"成了"红小鬼"，献身在中国工农红军光荣的战列中。经过 5 次反"围剿"，二万五千里长征，8 年抗战，3 年解放战争，终于在枪林弹雨的人间少有的艰难困苦中，成长为我军的高级将领。

我认识王宗槐同志，还在我很年轻的时候，那是 1939 年 1 月，从延安抗大毕业来到了晋察冀边区，刚刚才 19 岁。当时，聂老总的晋察冀军区司令部驻在平山蛟潭庄，政治部驻在李家岸，是两个并不太大的山村。那时政治部主任是舒同，组织部长是王宗槐，宣传部长是潘自力。我在政治部工作了很短的时间，并表示愿到前方做下层工作，就由舒同和王宗槐同志分配我到战斗部队去了，而且去的是有名的大渡河团，这使我感到特别高兴。平津战役时，王宗槐同志任晋察冀野战军第 3 纵队（即以后的 63 军）的政治委员，我在他领导下任政治部的教育科长。1950年,我从团政治委员的岗位上调到总政,王宗槐同志又是总政的秘书长,为工作调动还亲自同我谈了话。几十年来,风风雨雨,王宗槐同志给我留下了可敬可亲的深刻印象。在我的印象中,他是一个温文尔雅的将军。他性格温和,待人亲切热情,谦逊有礼;他作风严谨正派,办事公道,既有高度的原则性,又通情达理,因此,干部都喜欢接近他。我认为,这正是我军培养出来的典型的政治工作者的风度,尤其是组织部长(干部部长)的风度,怪不得过去人们把组织(干部)部门看作干部之家。正是因为他们拥有这种优良传统所带来的魅力,如果像现在一些大机关,某些干部对人那样冷淡,也就不会有这样的魅力了。

人们对宗槐同志还有一个共同的印象,即他那惊人的记忆力。至今他虽已80高龄,仍能说出许多干部的名字,甚至他们爱人的名字。人们还传说着一个故事:在抗日战争中,因为日军反复扫荡清剿,干部档案很难保存。有一次,军区把干部花名册和档案埋在唐县的山沟里,后来竟被日寇的军犬嗅出异味挖出来了,敌人从而判断出我军的实力。聂帅知道了,反"扫荡"前总要下令焚毁干部花名册一类东西,宗槐同志硬是用脑子记下了全军数千个营以上干部的姓名、籍贯、负过几次伤等。反"扫荡"一结束,他就伏在膝盖上填好花名册,并把阵亡干部的名单和现有实力呈报八路军总部,这种近似计算机的记忆力简直是神话了,然而这却是他的天赋和高度的责任心长期养成的。

今年欣逢抗日战争胜利50周年,听说宗槐同志的回忆录已经完成并将要出版,实在可喜可贺。回想当年,平型关战后,聂老总被留在五台山一带,担负着开辟敌后根据地的艰巨任务,其麾下不过3000之众,仅凭这3000人,要光复沦陷的大好河山,并屹立在敌人的腹地之中,谈何容易。然而他们终于在毛主席、党中央正确路线方针政策的指引下,成就了这一伟业,王宗槐同志无疑是最初艰辛的开拓者之一。解放战争时期,他又先后担任晋察冀野战军4纵队、3纵队的领导工作,差不多晋察冀战场的许多重大战役他都参加了。如平津战役,解放太原以及解放大西北的兰州战役。他所领导与指挥的部队都立下了累累战功。他作为一个富有政治工作经验的领导者,对部队优良作风的培养多有建树,因此,他的回忆录,内容是相当丰富的,文风上是不饰不矫,真实生动的。阅读这本书,对领会我党我军的光荣传统和革命前辈的奋斗精神,将会有很大帮助。

1995 年 5 月 19 日

《风雨历程》序

许焕岗同志把《风雨历程》一书的书稿送给我,并邀我作序。

这部描述李真将军的传记,读来很有一种亲切感。这可能是因为我非常熟悉李真同志,我曾经不止一次地同他交谈过,并且在抗美援朝时期到他所在部队深入生活,多年来一直保持着同志间的亲密联系;也还因为作者以朴实的语言,流畅的文字,实事求是、毫无杜撰地写人、写事,一看这就是李真,而不是其他人。

李真这位戎马倥偬半个多世纪的老将军,却是牛倌出身。而正是在他当牛倌时,巧遇"播火种"的共产党人,他以少年儿童聪敏和特有的办法,用牛群驱散了押解共产党人的敌人,救出了自己的同志。从此他走上了革命道路,成了一名"红小鬼"。之后,他参加了举世闻名的二万五千里长征;过黄河,北上抗日;转战大西北,解放全中国;跨过鸭绿江,参加抗美援朝战争。作者满怀激情地捕捉了发生在其间的烽烟滚滚的血染的故事,且生活气息浓厚,具有人情味。读来既动人,又感人。

这部传记还有一个突出特点,就是写了李真身边的一些普通人。如长征路上的孙大叔,在部队长期吃不上盐的情况下,攻打小镇时,他进到一家咸菜店看到香喷喷的咸菜,便想买一罐,可掏不出一分钱。为了同志们吃到盐,他一狠心,提回了一罐。事后,他感到自己犯了错误,竟哭着要求召开党小组会作检讨,同志们严厉地批评了他。小郝、小刘为了掩护李真的安全,遭到日本鬼子的残害,献出了年轻的宝贵生命。王海在攻上太原城后,一气射了上千发子弹,枪管红了,又连续甩了大半箱手榴弹,牺牲时手里还握着一颗手榴弹。还有在攻打宁夏时为人们撑羊皮筏子的老船工,在朝鲜铁原战场上英勇跳崖的"八勇士"……据作者说，要多写英勇顽强，不怕牺牲，公而忘私，忠厚老实的普通人，这是李真的要求。

据我所知，在海内外、军内外了解李真战斗历程的人，不如知道他是"将军书法家"的人多。然而从牛倌到将军不易，从将军到书法家也不易。在这条道路上也有不少动人的故事。此外，李真的诗词、散文创作也颇有成果。李真可谓文武双全。

作者虽然不是专业作家，但他有特殊的优势，那就是他在李真身边工作过多年，对李真的性格、习惯、思想、为人等，都较为熟悉，所以对于留心收集的大量资料能够融会贯通地运用。因此，本书对于人物的刻画，是比较成功的。

我衷心地祝愿此书出版，并希望青少年朋友能读一读，以便学习革命历史，汲取前进的力量。

1994 年 11 月 22 日

李健诗集《战神之光》序

李健同志的诗集《战神之光》行将问世,他嘱我为之序。序不敢说,但作为共同战斗在晋察冀的老战友,理应说几句祝贺的话。

我们解放军有一个好传统:不少指战员爱诗并且喜欢写诗。尽管炮火连天,饥肠辘辘,而在战斗的余暇,仍然诗兴不减。毛泽东同志的一些诗,就是在马背上哼成的。其他一些将领,也都各有所作。《将帅诗词选》的出版,就是一个例子。其中就收有李健同志的作品。在目前部队文化程度大为提高的新情况下,这个好传统更应大大发扬。毛泽东同志曾说:"没有文化的军队是愚蠢的军队,而愚蠢的军队是不能战胜敌人的。"不断地提高部队的文化教养,不断地提高指战员的精神境界,这正是革命军队区别于反动军队和一切旧军队的地方。

李健同志生于太行山麓的河南济源县。1938年参加我军。抗日战争中长期做参谋工作,后在冀中九分区任参谋长。白洋淀地区就是他战斗的地方。许多艰苦、残酷的战斗,他都参加了。解放战争时期,他是晋察冀炮兵旅的参谋长,指挥他的部队参加了清风店、石家庄、保北、太原以及解放平津等各大战役。此后,他一直没离开过炮兵,曾长期任北京军区炮兵的副司令员和司令员。因此,他对炮兵的感情很深,写了不少有关炮兵的诗篇。炮兵一向被称为"战争之神",他的这本诗集取名"战神之光",大约也就是反映炮兵精神的含义了。

读了李健同志的诗,你可以感到,诗篇中所显示的为党为国的耿耿忠心和军人的豪气。如他写于1937年7月的《激愤》一诗:"国破家亡山河碎,中华男儿怎偷生,愿效班超投笔去,马革裹尸亦英雄。"这是作者在卢沟桥事变后投笔从戎时抒写的壮志。这种壮志豪情也贯穿在其他作品中。再如集中的《解放肃宁》："狼烟滚滚七春秋,幽燕血泪遍地流。白洋雁翎揭竿起,高蠡英雄志又酬。潴龙咽泣'五一'泪,滹沱怒吼雪深仇！宜将大勇追穷寇,不捣黄龙恨不休。"肃宁是1944年重新打开冀中局面解放的第一座县城。李健同志受命指挥了这一战斗。诗篇中流露的战斗意志已经溢于纸上了。诗篇在绘景写物上,也有写得颇好的,如描绘炮兵演练中的《藏》："夜半降下飞将军,沙陀古国巧隐身。旭日东升云雾散,秋月西落朝霞深。黄鹂误落炮当柳,白马失陷草作茵。车炮隐藏无踪影,景色如画假似真。"这里写景真是惟妙惟肖,富有诗意。这种形象思维如能充分发挥,则诗篇又可进入一个新的境界了。

  松柏老而健,芝兰清且香。李健同志已年逾古稀矣,而仍精神矍铄,诗篇迭出。借本书问世之机,特再致祝贺之忱。

1991年3月于北京

名将传奇有新篇

王震同志是人们熟知的一代名将,无论是纵横疆场的武功,还是对边疆荒原的屯垦,其成就都赫赫在人耳目,但是长期以来却不见他的传记问世。《纵马湘赣》一书出版,虽只是他初期斗争的记述,也可稍慰人们的渴望了。

我的好友郭小川,常常同我谈起这位被大家亲切称为"王胡子"的将军。他描绘这位将军的长诗《将军三部曲》,我也深感兴趣。在王震同志的事迹中,给我印象最深的是他的孤军南征。1944年,日寇向国民党战场发动了打通大陆交通线的进攻,国民党军队一触即溃,长沙、衡阳等湘中湘南国土瞬即沦陷。在这种情势下,党中央命令屯垦南泥湾的359旅挺进湖南,在沦陷区开辟抗日根据地。不消说,要完成这一任务,必须穿越数千里的敌占区和江河障碍,这是一次难以想象的难度很大的远征。但是王震却毅然决然地接受了任务,和他的战友王首道、王恩茂一起,仅率领4000人,于是年秋从延安出发,沿途冲过了日寇和国民党军的重重阻拦,竟一直打到湘赣边界以至接近广东的边界,以后因情况变化又北返鄂南。在将近一年的时间内,这支仅仅4000人的队伍,且战且走,纵横于敌占区与蒋管区,不啻又进行了一次艰苦卓绝的长征!如果不是王震这样的将军,不是共产党的部队,有谁能够做得到呢?这简直可说是军事史上的奇迹了。

这次读了《纵马湘赣》,又增进了我对王震同志的理解。我深切感到,王震同志不仅在军事上是骁勇善战的武将,而且政治上很强。

《纵马湘赣》一书,是李慎明同志以纪实文学的体裁写成的。该书记叙了王震同志与任弼时、萧克等同志一起坚持湘赣苏区的斗争历程。这本书写得生动活泼,真实可信,堪称一部纪实文学的佳作。我觉得最可贵的是作者写出了王震的性格特点。王震同志不仅在战场上是勇敢的,在政治上也是勇敢的。特别是在党的路线、政策发生偏差和错误的时候,在党和群众的利益受到严重损害的时候,在某种错误形成压倒的气候弄得人们不敢吱声的时候,王震同志却敢于挺身而出,不怕风险地提出实事求是的意见。例如第五次反"围剿",错误的战略战术指导已经占据了统治地位,毛泽东早已离开军队,被远远地排斥到一边,但王震却敢于在湘赣边区领导人的会上公然传达毛泽东的意见,并按照毛泽东的指示进行反"围剿"的斗争。结果在别的地方纷纷打败仗的时候,他们却打了胜仗。这不能不说是很难得的。再如,30年代初,各根据地曾一度出现肃反扩大化的错误。由于逼供信,许多好同志也被诬陷为AB团。那时在酃县任县委书记的张平化也被保卫部门和省委定为AB团的骨干分子,并且派王震去抓他,把他就地处决。王震根本不相信这些子虚乌有的材料,他亲自在酃县的群众中做了调查。从调查中得知:张平化家有11口人,其中有7人为革命献出了生命。他虽身为县委书记,却终年没有鞋穿,光着脚在山里打游击,脚上的老茧连小竹尖都扎不进。王震想,这样的人怎么可能是反革命呢?于是他断然否定了保卫部门和省委的结论。10年之后,在延安整风期间,任弼时有一次谈道:"张平化有福星高照,碰上一个大胆、负责、没有机械执行命令的王震,才大难不死哟!"这时张平化同志才知道自己险些被处死的事。他后来感慨地说:"不要说派一个坚决执行上级指示的人,就是派一个怕负责任的人,我张平化也早去见马克思了!王胡子当时改变省委的决定,是要冒很大危险的!"张平化同志的话一点不错,王震确实也上过黑名单,不过他本人是多年之后才知道的。关于王震同志抵制错误倾向的事例,本书有许多生动的描写,此处不一一提及。这使我不禁想起,建国以后王震同志不也是这样的吗?在反右派扩大化中,丁玲同志就曾无端地被定为右派。按丁玲的说法,那时她脸上是"刺了字"的,连平时熟悉的人也都不敢跟她讲话了。但是当她披着风雪到达北大荒时,王震仍然像老朋友一样地接待了她。人们知道,艾青同志被错定为右派时,也是王震同志主动地要他到新疆的。这大半个世纪的历史都充分证明:王震同志不信邪,只信马列主义,有"左"反"左",有右反右,任何时候都实事求是,为此而不怕冒任何风险。这是一种多么可贵的共产党人的品质呵!

从本书中还可看到,王震同志很注意对部队的无产阶级思想领导。我们部队中农民和其他小资产阶级的成分居多,不可避免地会经常反映出许多非无产阶级的倾向。王震同志平时很注意对此加以纠正,把部队引导到正确的方向。这是完全符合古田会议的精神原则的。本书以生动的描写反映了这一点。为什么年轻的王震在那个时候就能比较好地做到这一点呢?我在思索是否与他的出身与勤学马列有关。王震同志是铁路工人出身,参加红军前是工人纠察队的队长。我不赞成唯成分论,但王震的出身的确使他比较容易接受马列主义的真理,而且从那时起,他就很重视对马列主义的学习。毛泽东同志曾送过他3本列宁的书:《共产主义运动中的"左派"幼稚病》《国家与革命》《帝国主义是资本主义的最高阶段》。这3本书他都熟读不忘。

总之,《纵马湘赣》是一本好书,既真实生动而又富有营养,我想必能使广大读者受到教益。

1992年9月15日于北京

魏传统《书法精品选》序

　　魏传统将军自幼娴习书法，笔墨功底很深，他以魏碑体为范本，勤学苦练，在长期的书法创作实践中，形成了刚直端庄、严谨有序的艺术风格。他的书法作品独树一帜，在军内外盛名远播。他的知己战友张爱萍上将对他的书法作品，曾给予高度评价，有诗云："自幼喜书法，笔耕伴岁华，一心攻魏体，当代大书家。"

　　魏传统将军是老一代无产阶级革命家，又是著名的书法家和诗人。他的书法作品以为革命服务、为人民服务为宗旨。在创建川陕苏区的地下革命活动时期，在爬雪山、过草地的红军长征中，在8年抗战和3年解放战争的战斗岁月，他书写了许多革命标语，鼓舞了战友们的斗志。他书写的"斧头劈开新世界，镰刀割断旧乾坤"的著名标语，至今还完整地保留在川陕苏区的石壁上，成为珍贵的历史文物。建国以来，他饱含革命激情，创作了大量的书法作品，赠送社会各界人士，用他坚定的革命信念，给人们以精神上的鼓励。由于他本人是革命家和诗人，所以他的书法作品与众不同，在整体上展示了一个真正共产党人的共产主义理想，彻底唯物主义者的人生观、世界观、价值观。纵观魏传统将军的书法作品，他的革命家的气质与独创的魏碑体融而为一，从而使他的书法艺术得到升华。

　　这本书法精品集所选编的内容十分丰富，品位很高。包括作者建国以来自己创作的各方面的书法作品。如赠友人的赋诗、题词，对老一辈无产阶级革命家的赞颂，对革命事业的沧桑抒怀，对名山大川的观光览胜，以及楹联、警句、名言、信函等尽收其中。所选四个阶段的书法作品各具特色：60年代的书法，以魏碑为主体，方正清新、刚劲有力；70年代的书法，行书与草书相结合，挥洒自如、笔锋犀利;80年代的书法,以行书为主体,刚柔相济、笔墨潇洒;90年代的书法,集行书与楷体为一体,柔中寓刚、气度不凡。魏传统将军的书法作品是诗作与书法相结合的典范,有些书法作品本身就是一首精致的诗篇。每一幅书法作品既带有诗情画意,又寓意深刻,饱含人生哲理,不仅给人以美的享受,还给人以灵魂深处的启迪。魏传统将军以笔为武器,他的书法作品旗帜鲜明地弘扬正气,贬斥歪风邪气;热情讴歌党、军队的光荣传统和建国创业的丰功伟绩;赞颂振兴中华民族的英雄气概;鼓励人们认识社会,追求和坚持真理。显示了一个老红军战士生命不息、战斗不止的英雄本色。为此,这本书法精品集具有思想上的学习价值,艺术上的欣赏价值,书法上的收藏价值。读者们细细品味每一幅具有浓郁诗味的书法作品,其味无穷。

《魏传统书法精品选》的出版,不仅是文艺界的喜事,而且为我国书法艺术宝库增添了新的财富。值此香港回归,迎接21世纪新曙光来临之际,献上浸透魏传统将军对党、对军队、对祖国、对人民忠诚厚爱之心血的书法精品,对于繁荣民族文化艺术,推进社会主义精神文明建设,具有积极意义。同时,以此表达对魏传统同志在天之灵的深切怀念。

1997年3月

推荐一本好书——《京城雷锋孙茂芳》

由北京军区政治部组织部编写的《京城雷锋孙茂芳》出版了。这确是一本好书。

我是在住院的时候认识孙茂芳同志的。他是北京军区总医院内六科的政治协理员。我感到他对病人很热情。他曾不止一次地陪同我去做检查，还帮助我去配助听器。听说他是学雷锋的标兵，我很敬重他。但是他的事迹我没有详细了解。这次读了《京城雷锋孙茂芳》这本书，使我大受感动。

这本书搜集了整整100个孙茂芳的故事，全面地反映了他的模范事迹，从中可以看出他30年来"扛雷锋旗，走雷锋路"的坚实脚印。故事都很生动感人，其中有些甚至催人泪下。比如，他照顾孤寡老人军属王炎老大娘的事就是一例。王炎老人在旧社会曾是北京协和医院的护士总管，老来孤苦无依，甚是可怜。孙茂芳带着几个青年人常常去照顾她，竟长达17年之久。但一开始，她只是默默观察，并没有表示出感谢之情。有一次她的脚气感染了，脚趾缝里都被脓粘住了，味道非常难闻。而孙茂芳却蹲下来，仿佛什么也没有闻到似的，一个脚趾一个脚趾地帮助她洗，每个脚趾间都抠得干干净净。这时的王炎老大娘才露出几丝淡淡的笑容。以后孙茂芳还经常帮助她洗脚，倒大小便。1984年，老人病重，觉得自己活不长了，孙茂芳去看她时，她叫孙茂芳把墙上的圣母像取下来。孙茂芳问："你是有信仰的人，为什么要取下圣母像呢？"老人说："我信了一辈子上帝，但是我最需要的时候，上帝却没有帮助我；帮助我的是你们，是解放军。我相信毛主席教育出来的好干部。你把我箱子里的毛主席像给我挂上吧！"1990年老人去世。去世前，孙茂芳把老人从小胡同里背出来,送到医院急诊室,抢救了整整12个小时,孙茂芳一直守在身边,在病危的时刻她才悄悄告诉孙茂芳:她是一个有钱人,在王府井存着一笔款子,她住的那个四合院十几间房子,也是她的私产。她要立遗嘱,把这些全给孙茂芳。孙茂芳立即说:"我为你做好事,是我自愿的,我不能要你的东西,哪怕是一根草。"整整的17年呵,孙茂芳和他的伙伴17年的辛勤劳苦,改变了一个人的信仰,这就是一切。

毛泽东同志曾说过,一个人做一点好事并不难,难的是一辈子做好事,不做坏事。孙茂芳同志30年如一日,无论是从事什么工作,处在什么环境,甚至是受到冷嘲热讽,都能做到不改初衷。他曾经说,"别人吹他的冷风,我学我的雷锋"。当前拜金主义、利己主义、享乐主义被一些人奉为人生哲学。在这种帮助别人、牺牲自己被一些人视为傻瓜、看作迂腐的时候,孙茂芳同志竟丝毫不为所动,坚持共产主义的信仰,以自己辛勤的工作,去解除别人的痛苦;以自己微薄的工资,去资助别人的生活;以自己一颗火热的心,去温暖那些他所能遇到的需要帮助的人。这实在是难能可贵呵!他实在不愧是北京城的活雷锋呵!

这本书由老将军张震同志题写书名,由北京军区司令员李来柱同志、政委谷善庆同志作序。全书写得生动活泼,通俗流畅,很容易读。这本书的问世,对于匡正时弊,建设社会主义精神文明有重大意义,特别是对广大青少年的人生观、价值观,将是一个正确而积极的引导。我愿更多的人读这本书!

1995年元月3日

《志愿军女军人》序

第二次世界大战以后,在东方发生了两次大规模的战争:一次是朝鲜战争,一次是越南战争。这两次战争,都使不可一世的美帝国主义遭到严重挫败。

朝鲜战争发生在我建国之初。当时国内战争并未完全结束,西藏还未解放,战争创伤严重,百废待举。中国人民志愿军的入朝作战,就是在这种条件下进行的。当时如果我们不能击退美军或至少顶住他们的猖狂进攻,就会出现难以预料的严重后果。局面是相当危急和极其严峻的。但是,中华好儿女,何惧风雪狂,一战惊天下,大败兽中王。中国人民终于在东方巨人毛泽东的领导指挥之下,取得了抗美援朝的伟大胜利。这使中国人民永远感到自豪。这一胜利将用金字铭刻在中华民族的历史上,千秋不朽,万古流芳!

在当年奔赴朝鲜战场的万千优秀儿女中,女军人也占有不小的数量。她们在各自不同的岗位上,都作出了不可磨灭的贡献。其斗争事迹和英勇精神,也同样可歌可泣,令人赞叹。这一点留给我的印象十分深刻。例如入朝之初,部队曾有命令,在情况未明时,女同志暂不入朝。这自然是对女同志的爱护。可是她们却不能接受,坐在鸭绿江边哭呵,哭呵。难道她们不知道江对岸就是敌人的狂轰滥炸吗?就有死亡的可能吗?可是,即使死她们也还是要去。这是一种多么真挚的、感人的、慷慨赴战和视死如归的崇高情感!我把这些动人的情节已经写到我的长篇小说《东方》中去了。在朝鲜战场上,无论前线后方,我到处可以看到她们矫健的身影。我在《年轻人,让你的青春更美丽吧!》的散文中也写到了她们。1952年,我还专门到三登访问了野战医院。那里是敌人"绞杀战"的重点,敌机不分日夜都来轰炸。年轻的女护士们,夜夜都要到车站去背前方下来的伤员,有时就不免为掩护伤员而牺牲。她们的工作也十分劳苦。战争初期,有时下来的伤员很多,一个人要看护100多人,常常累得她们往那一坐就睡着了。我在《东方》中写到的杨雪和徐芳等人,就是她们的缩影。这是我怀着敬意对她们的讴歌。

在朝鲜战场上,我也看到许许多多的朝鲜妇女,我同样对她们抱着深深的敬意。当时,大部分男青年都到前线去了,后方的重担都压在她们的肩头。每到傍晚,你都可以看到许许多多的朝鲜妇女,穿着单薄的衣裙,出现在寒风中或漫天的风雪里,去修补被敌机炸坏的公路,有的人身上还背着幼儿。有的妇女则头顶着沉重的子弹箱和粮袋送往前线。对于朝鲜妇女的这种劳苦勇敢的精神,志愿军战士无不流露出感佩之情。当中朝两国兄弟在一起相处时,中国同志常常称赞朝鲜妇女,而朝鲜同志则赞美中国妇女"顶好"。实际上他们也都为本国的妇女而自豪。

但是,对志愿军女军人的宣传还是做得太少了。过去虽然出过《志愿军一日》和《志愿军英雄传》,那上面也有她们的事迹,但是还没有反映她们的专集。因此,原北京军区副司令员、老将军袁捷倡议要编一本志愿军女军人的回忆录。一言既出,群相响应。来稿者极为踊跃。袁捷同志不仅亲任顾问,而且戴上老花镜亲自参与编辑修改,经过许多日日夜夜的辛劳,历时3载,才使这本书得以完成。将军暮年不为名,不为利,只为"我党我军的光荣传统在新的形势下发扬光大"。一片拳拳之心,令人可敬。这就是《志愿军女军人》一书的来历。

本书所收入的篇章,都是当事者的亲身经历和真人真事,读来非常亲切感人。这里有许多生动的故事,因为是在战场上发生的,都具有一种特殊的魅力。你听说过一个16岁的花季女孩,口对口地吸出伤员堵塞在喉管里的浓痰吗?你听说过豆蔻少女为伤员擦身和帮助排解大小便吗?你听说过在敌机轰炸时用身体掩护战友而牺牲了自己的生命吗?你听说过一对将要喜结良缘的恋人在血与火中铸造的爱情吗?你听说过一个资产阶级家庭出身的娇小姐,经过战争的锻炼如何在火线上进行广播吗?……这些篇章,处处都闪耀着青春的光彩,人生的哲理和爱国主义、国际主义的高尚情感。

对我们现在的青年,实在是一部爱国主义和世界观、人生观教育的好教材。广大青年尤其是女青年,好好地读一读这些东西,一定会大大提高自己的精神境界,汲取强大的鼓舞力量。当前商品经济大潮的冲击十分猛烈,本书对于一部分意志薄弱者,也将唤起她们的自尊、自爱与自强。

今年是抗美援朝45周年。本书的出版,将是献给志愿军最可爱的人一份最好的礼物。我谨为之祝贺。

1995年10月26日

《潜龙吟》序

郭光同志于今年春天逝世了。他是作家中默默耕耘、从不张扬的那一类人。他究竟还有什么写好的作品没有发表，作为老战友，这是我应当关心的。因此，在他逝世的第二天，我去看望他的夫人张涛同志的时候，就提到了此事。他的孩子很是认真，不到半年时间，就将书稿整理、复印好了。更可喜的是，他所属的单位解放军第二炮兵领导机关非常重视，给这部遗著提供了出版的机会。这样才使本书得以问世。对于一个逝世的作家来说，这也许是最大的安慰吧！

郭光和我同属于抗日烽火中成长起来的一代。他是冀中蠡县人。1938年1月参加八路军，翌年加入中国共产党。参军后长期从事部队宣传文化工作。整个抗战时期和解放战争时期，我们都共同战斗在晋察冀这块光荣的土地上。平津战役后，华北野战军19兵团成立了骑兵师。我们又被调到一起，我在一个团当政委，他在师部当宣传科长。我们还在宁夏韦州太阳山，与刘志丹的老对头张廷芝打了一仗。以后我们又先后调到总政文化部从事编辑、创作工作，来往就更多了。

郭光对人热情诚恳，但不喜交游，只是一声不响地做工作。也许他的作品出版时，你才能知道他写了什么。他的第一部长篇小说《仅仅是开始》，是解放区作家进城后第一批铅印出版的作品。此后他又写了长篇小说《寒流滚滚》，中篇小说《马》《春生》和报告文学《英雄列车》。这篇报告文学当时受到大家的热烈赞扬。但在我的印象中，郭光最苦心经营，写得也最上劲的作品，怕就是这部《潜龙吟》了。记得1959年我们住在前门外大耳胡同一个小院的时候，他就在有滋有味地写着这部宏大的作品了。他写得很认真，事先打好草稿，然后工工整整誊在原稿纸上。真可谓经年累月，锲而不舍。直到"文革"才被迫中断。"文革"后，他插进了另一部反映解放战争前夕的长篇小说《寒流滚滚》。此作完成并出版后，才全力投入这部大书的修改工作。不料1979年他生了一场大病，病体恢复后已大不如前，再加上种种不如意的事，终于使这部大书未能全部完成。

《潜龙吟》是这部大书的第一卷。前几天，他的夫人和孩子们，把两大抱原稿放在我的书案上，并嘱我作序。我在展读亡友的遗稿时，很快就被作者的艺术才华和冀中平原浓郁的生活气息吸引住了。读完全书，我可以毫不夸张地说，这是一部革命现实主义的杰作。甚至可以说，它为抗战前几十年的中国农村生活作了一个总结。在同类作品中，它不仅毫不逊色，而且似乎更加切近生活本身。这样的作品，恐怕也只有这一代作家能写出，今后怕很难再有这样的作品了。郭光同志数十年的心血没有白费。

从本书的命名和作者的计划，我们可以窥知作者的宏愿。他要写一部大书，显示中国农民在共产党领导下发挥的伟大作用。第一卷《潜龙吟》，意在象征这条巨龙还曲蜷潜伏于深潭之中，而在此后的抗日战争与解放战争中，就要飞龙在天了。这无疑是从中国革命的伟大实践中汲取的具有宏大意义的主题。早在第一次国内革命战争时期，毛泽东同志就指出"中国革命的中心问题是农民问题"。而农民群众也只有取得近代无产阶级的领导，才能创造历史的新格局。中国惊天动地的新民主主义革命史已经作了充分证明。作者汲取的这个主题，完全反映了中国近代革命的本质。

但是徒有这样的宏愿，还是无法实现的。可喜的是作者对农村生活惊人的熟悉。因此，他在描写农民的命运、农村的阶级关系与阶级斗争方面，是写得那么真实那么自然。其间毫无公式化、概念化的痕迹，更没有单凭主观杜撰来歪曲生活。整个作品通体都闪射着生活的美。如果不是作者生活底子丰厚，那是做不到这一点的。

本书的主人公乔进宝，是作者创造的中国贫雇农的艺术典型。作者通过这个典型概括了旧中国农民的命运。像一般农民那样，乔进宝和他的父母都怀有发家的愿望，即使不能达到，也怀有娶妻生子最低的生存需求。然而在那样一个存在着封建剥削压迫的社会里,这一切都是不能实现的。最后他不得不奔走异乡,走上众多农民都走过的道路——"吃粮",也就是当一个大兵。等他发现这不过是另一座牢狱,再度回到故乡时,自己挚爱的恋人已经嫁给他人,一切梦想都幻灭了。最后连开一点废弃的荒地,刮一点地皮上的盐土都不可得。封建的魔网堵塞了最后一点活路。乔进宝就是在这种情况下,受到共产党人的启发而觉醒的。他的命运概括了旧中国千千万万农民的命运。这就是旧中国赤裸裸的现实。小说至此揭示了一场伟大革命的必然性。现在有一些时髦文人正在卖劲地鼓吹"革命不如改良"的反动主张。他们认为,我国的新民主主义革命,甚至包括辛亥革命在内的旧民主主义革命,都统统搞糟了,如果不是这些革命,而是采用改良的办法,现代化也许快得多。这是对我国人民百余年来伟大革命史的彻底否定。恐怕只有帝国主义和封建阶级的传人才会发出这样的抱怨,得出这样的结论吧!于此可知,他们嘴里的"现代化"不过是"殖民化"的另一个称谓罢了。对中国人民来说,它早就臭不可闻,不值一文!这里也可看出,他们对历史对生活是多么无知。因为一场革命是否会发生,是由事物内部的矛盾运动来决定的,是不以任何政治家的主观意志为转移的。革命家不过是因势利导而已。一切改良派都为历史所抛弃,正是因为他们不能适应中国人民大众的需求。历史就是这样无情。小说《潜龙吟》,对革命发生的必然性,就作了确切的说明。

  小说的艺术性也是高水平的。作家运用的语言,是经过提炼的富有地方色彩的语言。所描写的风土人情具有浓郁的"冀中味"。故事情节抓人,常使人不忍释卷。作为故事中心线索的乔进宝与梅姑的爱情,写得缠绵悱恻,令人回肠荡气。尤其小说创造的乔进宝等一系列性格鲜明的农村人物形象,是对中国文学的宝贵贡献。

  现在看,小说惟一的遗憾,就是没有写"飞龙在天"。然而这是无可奈何的事。但是,我们从那些叱咤风云的老将军身上,从那些牧羊童、放牛娃出身的将军身上,不是都可以看到乔进宝的身影吗?乔进宝的遭遇和经历不就是他们过去的经历吗?我们只有用想象来弥补这个遗憾了!

1995年11月7日于北京

"帅星升起丛书"序

"帅星升起丛书"就要同全国的青少年见面了。

在我国无产阶级革命家的一生中,充满着人生的哲理与生活的智慧。用这些活生生的榜样来影响我们的青少年,使其在人生观、世界观的形成中,吸取足够的上等的营养,这是一件多么好的事情!因此,当广东教育出版社提出这个倡议的时候,我就是非常赞成的。何况现在我们的孩子正处在拜金主义的狂涛和形形色色的腐朽文化的深深包围中,那就更为必要了。

本丛书收入的几位元帅,不仅是中华人民共和国的开国元勋,而且是追随毛泽东使我们的民族重新崛起的民族英雄。更可贵的,他们还是忠诚的马克思主义者,是中国第一代共产主义的先行者。他们都具有以解放全人类为职志的高尚胸怀。这是与前一代革命家不同的地方。人之一生,能达到这样的高度,也可以说了不起了。但是,我们同时又看到,他们原来不也是些普通人吗?他们的青少年时期不也和我们的青少年差不多吗?如果说有不同,那就是他们的处境,比起现在的青少年恐怕要困难千百倍,凶险千百倍。请问,他们在这样的环境下何以能达到这样的高度呢?他们对人生的道路究竟是怎样选择的?他们对个人的幸福和祖国的前途是怎样思考的?他们对形形色色的人生观、世界观是怎样分辨和抉择的?他们何以要选择共产主义作为终生的信仰?这些都是饶有兴味的问题。我认为我们的青少年认真研读,不仅不会觉得枯燥,而且会兴致盎然。外国有句谚语说"好人的榜样是看得见的哲理",我想是很有道理的。

我注意到,在帝国主义者对社会主义国家推行的"和平演变"战略中，他们是很重视改变社会主义国家青年的价值观念的。为什么呢？这里自有它的深意在。因为价值取向是人生观的核心。如果一个社会主义国家的青年，抛弃了集体主义，抛弃了社会主义的理想，而变成个人主义的信奉者，那他就不会热切关心祖国的前途与人民的命运了。那他就会把个人私欲的满足作为人生的最高追求，他也因此不会再站到马克思主义的旗帜下为人类的崇高理想奋斗了。一句话，帝国主义者企图改变我们的价值观念，是要从根本上摧毁马克思主义，连根拔掉马克思主义。

但是在价值观念上，我们的革命前辈却提供了光辉的榜样。例如，在九位元帅中，至少有三位在革命前已经有了较高的地位，假如仅从个人利害考虑，那他们是不会参加革命的。像朱德同志，参加革命前就任过滇军的旅长，要金钱有金钱，要地位有地位，参加革命岂不等于先革自己的命吗？然而他却偏偏要找共产党，跑到北平找不到，又跑到上海，最后又跑到法国，才找到周恩来参加了共产党。又如贺龙同志，南昌起义前已经是军长了，在军阀横行的时代简直可以独霸一方了，要什么没有？但他却宁愿投身革命，不惜冒最大风险，最后不得不单枪匹马，提一个小皮箱跑到湘西深山里过最艰苦的生活。还有彭老总，革命前是旧军队的一名团长。团长不算甚高，但在旧社会要作威作福，要搂钱，还是很有办法的。但他却要搞平江起义，把部队拉到共产党那里过最艰险的生活。这一切都是为了什么？还不都是为了推翻三座大山，使我们的受苦受难的人民得到解放吗？还不都是为了我们的民族有一个光明的前途吗？这就是他们的价值观——人民利益高于一切的价值观。这就是他们的价值取向——不惜抛头颅洒热血以换取人民的幸福与尊严。同时，我们也看到，这几位元帅虽各有性格，各有风采，并经过不同的道路走进革命行列，但他们却有一个共同点，即都是由一个伟大的爱国者转变为忠诚的马克思主义者和共产主义的忠实信徒。刘伯承同志曾说过：如果我死后，我的墓碑上能写着"马克思主义者刘伯承之墓"，我就此生足矣！可见他们对马克思主义怀着何等深沉炽烈的信仰！为什么他们会由一个爱国主义者、民主主义者转变为共产主义者呢？为什么他们会从五花八门五光十色的学说中，单单要挑选马克思的学说呢？这是值得我们今天的青年深长思之的。这套丛书也将给我们以启迪。

本书的作者,多数是各元帅传记组的成员,或者是熟悉这方面情况的人。因此,他们提供的材料翔实可靠,写得也都生动活泼,一定会受到广大读者的欢迎。为了祝贺这套丛书的出版,我怀着欣慰的心情,说了上面的话。

1995 年 4 月 24 日

革命在铁索上前进

——喜看电视剧《大渡桥横铁索寒》

六集电视连续剧《大渡桥横铁索寒》播演了。这是一件十分令人高兴的事。

飞夺泸定桥,是红军长征途中最惊心动魄最壮观的场景之一。它与安顺场 17 勇士的孤舟飞渡,同为我军历史上辉煌的篇章。这 13 根铁索确实系着中国红军的命运和中国革命的命运。历史的考验真是太严酷了,后人简直难以想象革命必须在这 13 根光溜溜的铁索上进行。

长征的领导者和诗人毛泽东,在他闻名的《长征》诗中曾说"五岭逶迤腾细浪,乌蒙磅礴走泥丸",这是何等的气魄!也许只有毛泽东才能写出这样的诗句。然而,请注意,在越过泸定桥的时候,他却特意用了一个"寒"字。这就足以说明这场战斗的冷峻和艰难。

但是,这一切难以想象的艰险,都被长征英雄们战胜了,被他们为革命所激发的人类最大的勇敢、最强的毅力战胜了。安顺场孤舟上的 17 勇士和泸定桥上的 22 勇士,将在历史上万古流芳!

为了使这一光辉历史在电视屏幕上再现,编剧、导演、演员以及各方支持者可说是尽了最大的努力,并且获得了成功。这是可喜可贺的,也是很不容易的。

在编剧方面,我认为他们抓住了一个很动人的环节,这就是将红军的大渡河之战与当年石达开的覆亡做了映照。的确,蒋介石是梦想把红军变成第二个石达开的。如果当时我方主观指导不当,变成石达开第二并非绝无可能。红军在大渡河的处境与当年的太平军可以说有着惊人的类似。第一,两者兵力差不多,都是两万多人;第二时间也相同,都是阳历 5 月;第三敌情也差不多。而不同的却是红军有无产阶级的领导。因此,一个失败,一个成功。这两者构成了丰富的思想内涵。我对这一历史对比也很感兴趣,因此在《地球的红飘带》小说中着力地写了这一点。

据编剧之一张子申同志说,安顺场的17勇士的名字已全部流传下来;而泸定桥的22勇士则因当时《红星报》脱期,将稿件遗失,名字没有流传下来。据后来干部们的追忆,也只回想起8名,其余14名只能作为历史的遗憾了。这留下的8个名字是:廖大珠、刘金山、云贵川、刘梓华,当时即落水牺牲的是魏小三、刘大贵、王洪山、李富仁。前4名也都在以后的战斗中陆续牺牲了。最后一名牺牲的是刘梓华,他牺牲于解放天津的战役中,当时是副师长。从这里也可看到,中国革命是付出了何等巨大的代价啊!

向柯岗祝贺

欣逢柯岗同志创作55周年和《柯岗文集》问世之际,我谨向他致以衷心的祝贺!

柯岗同志是从抗日战争的烽火中成长起来的革命作家。这样的作家,在中国文坛上,在中国文艺史上,有一大批人。这批人或先或后,被概称为40年代的作家。在他们身上具有相当鲜明的时代特点。其一是他们革命实践的经验比较丰富,其中不少人经过战争的锻炼或战争的考验;其二是马列主义、毛泽东思想的根子扎得较深,尤其是1942年毛泽东的文艺讲话,对他们有巨大影响;其三是他们对人民群众特别是劳动人民有着深刻的血肉联系。以上这三点,听来平常,得来却并不容易,是经过几十年艰险的革命斗争和自我革命才换来的。柯岗同志就属于这个行列中人。他从太行山到了大别山,又从大别山到了二郎山和喜马拉雅山,走遍了大半个中国,都不是坐火车、汽车,而是凭自己的两条腿同战士们一起走到的。

在军旅作家中,应该说,柯岗同志是有成就、有贡献、成果丰硕的重要作家之一。抗战时期他在太行山晋冀鲁豫根据地坚持斗争,解放战争时期他随第二野战军千里跃进转战中原,以后又参加了淮海大战和渡江战役、进军西藏,他的长篇小说《三战陇海》《逐鹿中原》和《金桥》,不妨说是二野的一部形象化的战史。

从《柯岗文集》看来,他还是个多面手。他不仅是小说家,诗和散文也写得不错。他的诗中有不少佳作,如《采椒》《一个女人》等,都写得很美,很动人。散文方面,他的《红军的妈妈》写得很好。1950年我为总政选编语文教材,当时读到这篇作品很感动,就把它选到语文课本中去了。那时我还不认识柯岗同志。他写的《刘伯承印象记》也很好,把这位有智慧、有风趣、语言诙谐生动、心细如发胆大包天的元帅活生生地刻画出来了。柯岗同志在文学语言上也取得了相当成就,通俗、流畅、丰富,比那些欧化、洋化的东西好读多了。这是同他长期的努力分不开的。

1996年3月25日

马加创作生涯研讨会的贺信

马加创作生涯研讨会：

欣闻马加同志创作生涯研讨会即将在沈阳举行，这在当前是很有意义的。我谨祝大会圆满成功，并祝马加同志健康长寿。

马加同志是我所敬重的老一代革命作家之一。他对无产阶级的革命文学事业怀着极大的热诚，并为此辛勤劳苦地耕耘了一生。数十年来，不管哪个时期他都投身在斗争的前列。他不仅生活根底深厚，而且具有高度的现实主义素养和炉火纯青的艺术语言，因此他在文学创作上取得了一系列光辉的成就。尤其是他晚年的《北国风云录》堪称那个动荡年代的真实的画卷。它将作为革命现实主义的精品流传下去。

让我们更好地向马加同志学习吧，学习他深入生活的热情，学习他严谨勤勉的创作作风，学习他革命现实主义的艺术经验，这对我们社会主义文学的健康发展，是有重要意义的。

魏巍
1996 年 9 月 11 日

序李钧《生命甘泉的追寻者》

诗人李钧怀着极大的热情,写了一部报告文学《生命甘泉的追寻者》。这本书讲的是解放军模范团长李国安带领全团官兵,在边防缺水地区为军民打井的故事。故事可谓美丽动人,感人肺腑。

抗日战争中,我曾随军走过缺水的吕梁山区,那里要赶着小毛驴到很远的地方去驮水。解放战争时进军宁夏,我也曾经过一段苦水区。那些地方,老百姓的日子都是过得很艰难的。但是,在内蒙古边防地带缺水的问题却更为严重。据说在 2400 万人口中,还有 1/6 的人没有解决吃水问题。在一些地方,人们常年吃着啤酒色的苦水。正是在这样的地方,李国安和他的战友们,吃着苦水,为边防军民找出和引出一眼又一眼的甘泉。

在自古以来就缺水的地方找出水来,或者在几百年来已经消失了水的地方找出水来,自然是很不容易的。可以说,他们每打出一眼井,都有一则动人的故事,这些深入边防大漠采集来的故事,都很高尚、美丽和动人。它们饱含着人生的哲理和生活的诗意,向人们宣示着革命军人的人生价值。

在内蒙古西部巴丹吉林沙漠深处,有解放军某连的哨所。那里长年缺水,战士们吃水要到 65 公里外去拉。60 年代,战士们在哨所周围打井,先后挖了 40 多个黑窟窿,好不容易有一眼出了水,可一天仅能渗出半桶水,还是苦的,连骆驼都不喝。战士们捧着苦水,哭了。他们说,不要让祖国人民知道我们这里喝的是苦水,不要让家人为我们担心,还是叫"甜水井"吧!于是在中华人民共和国的地图上,便有了"甜水井"这个地名。1963 年春,正是风沙弥漫之时,拉水车坏了,一连几天,连队断了水,生命受到威胁。消息传到中南海,周恩来总理非常焦急,立即派直升机来为他们送水。几年后,周总理依然记得这件事,在一次边防会议上,他对元帅和将军们说:"内蒙古边防上,有一个住在'甜水井'的连队没有水吃,多给他们配一辆送水车吧!"……就是在这样的地方,李国安和他的战友们,决心要为边防连找出淡水来。从1991年开始,李国安就带领物探连,在1500平方公里的地域内,一公里一公里地勘查。1994年9月,经过18天的勘查、分析、论证,才确定了一个井位。1995年一开春,便开钻了。李国安日夜守候在井架旁,每钻进一米,就要取出岩芯来品尝,一直打到109米,才发现有十来米的岩芯不咸,于是决定在这一段取水。在众人热切的期盼中,抽水泵响了。一瞬间,清澈的水扬了上来,人们争着用手掬着去尝,顿时一片欢呼声:"我们有甜水啦!……"正是从这时,"甜水井"才名副其实。

李国安就是这样带领着他的团队,终年跋涉在缺水和苦水的区域,找出一眼一眼的甘泉。人们感慨地说:"给水团常年奋战在缺水的地方,到有了水,他们又走了。我们缺水、吃苦水是有头的,他们却注定要永远吃苦水,永没个头……"

李国安和他的给水团,还为蒙汉农牧民打了不少"扶贫井"。这些农牧民常常来找给水团,说:村子穷,没有钱,找过几个打井队,却不愿给打,没办法,只好来找解放军。这意思不言自明。而给水团每年只有8万元的钻井训练费,还不够打一口井的。怎么办?能拒绝吗?李国安说:"拥政爱民是我军的光荣传统,什么时候也不能丢。"他们就是这样,清理仓库,修理旧设备,甚至连办公费也打了进去,帮助西讨思号村打了8眼井,少收了58万元。5公里外的后窑子村知道了,也提出请求。这是大青麓一个有名的贫困村,许多人娶不起媳妇,所以成了光棍村。李国安一听也犯了难,一来不知道有没有水,二来明知道要贴钱。他和史政委一商量,还是答应了。经过踏勘,李国安和工程师们,终于从无水区的大地貌中找出了含水的"小构造"。经过45天的奋战,打出了一眼每小时出水330吨的好井。这一天,整个后窑子村沸腾了。村民们把几十挂鞭炮连在一起,挂在高高的树枝上,整整放了几十分钟。从此,这个村有了水浇地。作者李钧到该村访问时,一提到打井的费用,村里负责人就不好意思地说:"别提了,一提我就觉羞得不行。当时村里就只有上边给的2万元的扶贫款,可人家给水团投资6万多元,辛辛苦苦打好了井,还倒贴4万多元,这种事只有解放军才干。"

　　正是这些实实在在的工作,为解放军赢来了崇高的威信。在不止一个村庄里,人们拆掉了拜龙王的土台子,立下了"幸福不忘共产党,饮水全靠解放军"的石碑,以表示他们感激之情。在给水团的荣誉室里,有一张内蒙古地图,上面画着许多黄圈圈和绿圈圈,黄圈圈是无水区或贫水区,而一经打出水来之后,就涂成绿色。现在,在查干楚鲁、赛乌苏、白言查干等好些地域已经染成绿色了。这是给水团的官兵们用他们的生命与青春染绿的,用辛勤的汗水染绿的。是李国安带领官兵们忍着干渴、吃着苦水引来的甘泉,为内蒙古高原,为八千里边防注入了绿色的生机。

　　李国安确实是一个全心全意为人民服务的典型,是一个坚韧不拔的忠于党的事业的模范人物。1993年,他患了"腰椎管肿瘤",手术后留下了一条无法愈合的骨槽,不得不扎上一条钢围腰。就是在这种情况下,他一心惦记工作,提前出院,带着病痛坚持勘查了八千里边防,沿途拄坏了多根拐棍,总行程24800公里。我在与他会面时,称他为"和平建设年代最可爱的人"。我说:"你叫李国安,我还有一个志愿军朋友叫李玉安,你们虽然生活在不同的年代,但你们的革命精神是一样的:他是松鼓峰的战斗英雄,是战争年代最可爱的人,你是和平建设年代最可爱的人。"

　　当前各种浪潮席卷着大地,物欲横流,拜金主义、个人主义污染着清新的空气。在这种情势下,李国安及孔繁森一类典范人物的出现,有着十分重要的意义。首先,它充分显示了我党我军光荣传统的优越性和生命力,以及继承与发扬这种光荣传统的重要性和紧迫性。全心全意为人民服务,既是我军的宗旨,也是我们光荣传统的核心,它是无产阶级世界观、人生观、价值观的体现。在过去一段时间里,一些人天天叫喊"观念更新",岂不知在当今世界上,为人民服务就是最新最美的世界观,比起形形色色发霉的陈旧的世界观,它一如早晨的太阳一般光彩夺目。一个党,一支军队,一个人,只有奉行这样的世界观、人生观和价值观,才能做出对人民有利的事,也才能受到人民的真心拥护。一切共产党员和一切先进的人们,不仅应从思想上,而且应从自己的行为上,同腐败现象彻底决裂,以浩然之气顶邪恶之风。我同李国安同志见面时曾说,江泽民同志强调政治,就是要我们毫不动摇地坚持党的基本路线,做真共产党,不要做假共产党。那些打着共产党的招牌,贪污腐化、谋私利的人,就是假共产党。

这本书从正面宣扬了我们的模范人物,宣扬了无产阶级世界观的真善美,自然也是对资产阶级腐败现象的批判,我想一定会受到广大读者的欢迎。当然,对腐败现象的斗争,只从思想上反对是不够的,重要的还在于找出腐败的根源和堵塞住腐败的源头。

1996年4月12日